D1750017

Andrea Giovene
Das Haus der Häuser

ANDREA GIOVENE

Das Haus der Häuser

Roman

*Aus dem Italienischen
von Moshe Kahn*

*Mit einem Nachwort
von Ulrike Voswinckel*

OSBURG VERLAG

Titel der italienischen Originalausgabe:
L'autobiografia di Giuliano di Sansevero
Volume Terzo
Copyright © Lorenzo Giovene di Girasole

Alle Rechte der deutschen Ausgabe
© Osburg Verlag Berlin 2010
www.osburgverlag.de
Lektorat: Bernd Henninger, Heidelberg
Herstellung: Prill Partners producing, Berlin
Umschlaggestaltung: Toreros, Lüneburg
Satz: Dörlemann Satz, Lemförde
Druck und Bindung: GGP Media GmbH, Pößneck
Printed in Germany
ISBN 978-3-940731-36-4

1. Die Esel

Wenn man die obere Straße von Licudi entlangging, tat man das weniger, um ihrem nicht ganz deutlichen Verlauf zu folgen, als vielmehr, um ihn gewissermaßen an den Hinweiszeichen wiederzuerkennen, die Strand und Campagna auf ihm zurückgelassen hatten: Laub, dürre Zweige, Streu, zwei Obstgärten, eine breite Spur flammender Tomaten, und abends der Geruch von Lämmern und Milch.

Eigentlich war sie auch gar keine Straße, so wie sie sich von einer Seite zur anderen hinüber und herüber wand, zwischen ausgedehnten Bereichen mit geschlagenem Holz, aufgehäuften Bausteinen, die auf ihrer nördlichen Seite allerdings schon den Moder der Zeit angesetzt hatten, Mauerteile, die nichts einfassten und sich mit abgerutschter rötlicher Erde abwechselten: das alles immer nur andeutungsweise und bruchstückhaft zwischen mit Leben erfüllten kleinen Stellen, wo Hühner herumscharrten und Schweine grunzten.

Bauten im eigentlichen Sinn gab es nur an ihrem Anfang: ein alter Turm, der recht und schlecht wieder hergerichtet worden war, und am Ende die »Chiesia«, die Kirche, die nichts weiter war als ein großer, nahezu völlig kahler Raum. Dazwischen das Kommen und Gehen von Barfüßigen, das rasche Schurren von Hufen unter schweren Lasten zwischen feinen Staubwolken, und der große Wurf von Schatten aus der Kühle der Akazien, Sonnenstreifen zwischen den Geranienbüschen oder auch spontane Gewächse von unbekannten tropischen Schösslingen.

Im Grunde konnte Licudi sich zweier Straßen rühmen. Der oberen, als Begrenzung des darüber liegenden, noch voll mit Bäumen bestandenen und wenig aufgesuchten Hangs, und der weiter unten liegenden, die das Dorf, das sich über den Hügel erstreckte, daran hinderte, in einem einzigen Rutsch ins Meer hinabzustürzen. Doch dieses zweite Sträßchen, das sich kurvenreich und ganz schmal dahinwand, sich an den Falten des Abhangs festklammerte und an manchen Stellen zusammen mit der einen oder anderen Ecke einer Hütte oberhalb des Strandes abgerutscht war, war eine Art Sieb, Abladeplatz, dörfliches Rinnsal, das von Katzen und faulenzenden Hunden aufgesucht wurde, und nur bei Nacht von den Gespenstern riesenhafter, mit dunklen Säcken verhüllter Maultiere, die damit der oben, auf der eigentlichen Straße durchgeführten Kontrolle entgingen.

Auf ihren Türschwellen sitzend, auf irgendwelchen heruntergekommenen Stühlen oder auf den krummen, hervorstakenden Wurzeln eines Baums, und verstohlen aus kleinen Fenstern oder von Balkonen, aus Dachluken und von schon fernen kleinen Terrassen herabblickend, prüften die Leute von Licudi sich abends gegenseitig und legten einander Rechenschaft über den Tag ab.

Die Familien kehrten in langen, aber immer noch prozessionsartigen Abständen heim: die jungen Frauen und kleinen Kinder an der Spitze der Gruppe, unter den Augen der Mütter, die mit Blattwerk bekrönte Körbe trugen; danach der Mann, der die Ziege hinter sich herzog; schließlich die Jungen und jungen Burschen, die ein bisschen abseits gingen und die Axt über ihrer Schulter herunterbaumeln hatten. Eine Gestalt nach der anderen, geradezu identisch in Form und Kleidung mit alten Krippenfiguren, so zog die Bevölkerung von Licudi auf der Rückkehr von ihren täglichen Obliegenheiten vorbei, schon von weitem an jedem Einzelnen ihrer Mitglieder, an ihrer Kleidung, ihrer Mähne, ihrem Gang erkennbar: der Vollbart von Tobia, der Kasack von Chiàpparo, die bunten Strümpfe von Mariannina; und dem Quersack, der Mistgabel, der Flinte des einen oder anderen.

Das neugierige, durchdringende Auge des gesamten Dorfes prüfte genau, wer Gemüse gesammelt, Holz gebündelt oder Schilfrohr geschnitten hatte. Und kleinste Wahrnehmungen, etwa ein Ausweichen oder wenn einer sich nichts anmerken lassen wollte. Und unfehlbare Folgerungen, um etwas herauszufinden und sich zu vergewissern. Ein stilles, aber sich schnell drehendes Karussell voll intensiver Beobachtungen und Gedanken im Anblick der sinkenden Sonne weit hinten, fast schon auf der Linie des Horizonts über dem Meer.

Da hinten stand die Sonne kurz davor, ins Meer einzutauchen, wo die letzte der Äolischen Inseln einen violetten Schatten warf, nur eben eine Andeutung auf dem reglosen Wasser; und diese riesenhaften, geschliffenen Steine, wie die Alten sie behauten, lagen da und umschlossen das Geheimnis der Zeit.

Das waren die letzten, deutlich durchdringenden Lichter, die jetzt die Küste mit unsichtbaren Pfeilen heimsuchten, deren Zittern und deren Klang man aber wahrnahm. Die tiefe Wärme des Septemberabends brachte Dinge und Menschen zur Ruhe, sie drängte die verspäteten Schatten auf den lauen Samt des Staubs.

Aus der schwarzen Masse der Bäume, die oberhalb der oberen Straße von Licudi stehen, erhob sich ein freundlicher Lufthauch. Dann begann das Zirpen der Grillen.

Wie ein endloser Fächer entfaltete sich auf vollkommenste Weise die mediterrane Nacht.

Janaro Mammola, der »Mastro« von Licudi, der Bauführer, stellte sich unverzüglich bei mir ein, sobald ich nach ihm hatte rufen lassen. Er, wie auch das gesamte Dorf, hatte aufgeregte Kenntnis über die bevorstehenden Ereignisse, und es schien, als würde er, gewissermaßen hinter der Türe, darauf warten, seine Rolle zu übernehmen, die schließlich die wichtigste war. Als ich den Wirt der Locanda, der mich bei sich beherbergte, fragte, wer am Ort die Fähigsten seien, um »ein Haus für mich zu bauen«, hatte er mich eindringlich angesehen; dann war er eine Zeit lang still, als würde er in seinem Gedächtnis auf die Suche gehen, bevor er eine

Entscheidung fällte, um mir dann zu versichern, dass es in ganz Licudi nur einen einzigen Mastro gebe, dem ich so vertrauen könne wie mir selbst und welcher in der Lage sei, mit großer Gewissenhaftigkeit den Bau hochzuziehen, nämlich Janaro Mammola. Und der war im Übrigen auch der Einzige, über den das Dorf verfügte. Meine Wahl war also getroffen.

Janaro setzte sich mit einer sozusagen umständlichen Feierlichkeit an den viereckigen Tisch mit dem grauen Wachstuch, der mir mittlerweile auch als Esstisch diente, und wartete mit einer allerdings spannungsvollen Zurückhaltung ab. Er nahm die Mütze, das Symbol der Poliere des Südens, die seine pechschwarzen elektrisch aufgeladenen Haare nur schwer unter sich bändigte, nicht ab. Er mochte fünfunddreißig sein: recht groß, viel zu hager und offensichtlich auch etwas krumm, sein Kopf war ein bisschen klein, und auf seinem Gesicht lag ständig ein Ausdruck von Schläue und Durchtriebenheit, doch das war nur ein Schutz. Ich wiederum war nicht in der Lage, mich ihm gegenüber locker zu geben. Beide fühlten wir uns von einer großen Aufgabe erfüllt und von subtilen Empfindungen angespornt.

Wie allgemein und vage doch dieses Gespräch war, das immerhin zu einer endgültigen Vereinbarung führte! Allen meinen bohrenden Fragen setzte der Mastro dieses Lächeln entgegen, das jetzt aber unendlich viele Dinge verschleierte, die mir unbekannt waren. Ich erkannte, dass es völlig überflüssig war, über Maße und Preise nachdenken zu wollen. Dass sich bei der Berechnung alles auf einen stetigen gemeinsamen

Nenner zurückführen lassen musste, nämlich »la giornata«, den Tageslohn eines Mannes, einer Frau oder eines Tiers und dessen Führers: alles zusammen. Und für alles andere hätte der Mastro vor aller Welt die am Ort üblichen, alt hergebrachten und einem jeden bekannten Systeme angewandt, indem er die bestmögliche »Bauhütte« einrichten und seine ganze Kompetenz und Begeisterung bis zum letzten Tropfen darein legen wollte. Gesichert und entschieden war lediglich das Datum und die Uhrzeit der ersten Ortsbesichtigung: Alles Weitere wollten wir vor Ort feststellen, entwerfen und beschließen.

Noch waren diese äußerst schlichten Ergebnisse nicht unterschrieben, als die Vereinbarung, ich glaube, durch die Türritzen gedrungen und im Bewusstsein des ganzen Dorfes aufgenommen worden war. Und weil der Wirt aufgrund seines Berufs ja eine neutrale Person sein musste, war mein Zusammentreffen mit dem Mastro das erste mit der Bevölkerung von Licudi. Zum ersten Mal in meinem Leben empfand ich, dass mir eine umfassende Aufmerksamkeit entgegengebracht wurde und ich mich dieser Prüfung unterziehen musste. Ich empfand die Angemessenheit und Eindringlichkeit, die jedoch beide völlig frei von jedem Übelwollen waren. Die Menschen von Licudi übten sich lediglich in der vorausschauenden Umsichtigkeit von Waldtieren, wenn diese einen ihnen unbekannten Gegenstand beschnuppern. Ich prüfte damals nicht, ob hinter dieser Vergewisserung ein materielles Kalkül steckte, jedenfalls habe ich es entweder nicht vermutet oder mich entschlossen, es zu vergessen.

Licudi war damals, als ich zum Ende des Sommers 1934 dort ankam, wenig mehr als der Beginn einer Ortschaft. Eine Gruppe von Häusern hinter dem Strand, ein paar andere in dem kleinen Hafen oder über die Höhenzüge verstreut. Die Bewohner, Bauern und gleichzeitig Fischer, stellten nur den verbliebenen Rest der ursprünglichen Bevölkerung dar, die vor Jahrzehnten und für Jahrzehnte nach Uruguay, Kolumbien und Chile ausgewandert war. Die, die jetzt dort wohnten und vielleicht glücklicher oder weniger glücklich dran waren, werden an die zwei- bis dreihundert gewesen sein: eine Großfamilie, in der nur ein kollektives Zusammenleben vorstellbar war.

Es war noch nie vorgekommen, dass ein Fremder den Einfall hatte, ein Haus in Licudi zu bauen, wohin niemals ein Auto gekommen und eine Badewanne etwas völlig Unbekanntes war. Daher konnte man verstehen, dass Mastro Janaro Mammola bei dieser Gelegenheit all jenen Theorien ein lebendiges Dementi entgegenschleuderte, die den Menschen als ein rein an der Wirtschaftlichkeit ausgerichtetes Wesen sehen, denn er war bereit, meinen Spuren zu folgen und sich auf ein berauschendes Abenteuer einzulassen, und das nicht unter dem Gesichtspunkt der Nützlichkeit, sondern dem der Leidenschaft und der Fantasie. Bis dahin hatte er sich gezwungen gesehen, wenig mehr als kleine Häuser zu errichten, mit einem Raum unten und einem oben, die mit einem hölzernen »Laufsteg« verbunden waren; sich um die Brunnen im Ort zu kümmern, die er von Laub ausputzte oder von ertrunkenen Eidechsen; oder das eine oder andere Sträßchen durch das Gestein zu schlagen. Jetzt wurde er gerufen, ein richtiges nobles Haus zu bauen, mit Zufahrten, Bogengängen und Terrassen. Das gesamte Dorf nahm tiefen Anteil an diesem großartigen Werk, obwohl es sich ganz sicher fragen musste, wie wohl der Charakter und die Gedanken dieses Menschen waren, dem sechs Monate zuvor ein mit Steinen beladener Karren vorausgefahren war und der sich seitdem nicht mehr hatte blicken lassen, jetzt aber Anstalten traf, sich für immer nach Licudi zurückzuziehen, das er (und das in so jungem Alter) für den besten und geeignetsten Ort von allen auf der weiten Welt hielt, um dort zu leben und möglicherweise auch dort zu sterben.

Die weite Ausdehnung der Olivenbäume, die ich bei jenem ersten Mal von oben her gesehen hatte, war in Wirklichkeit in drei annähernd gleiche Zonen unterteilt: die am weitesten vom Dorf entfernte gehörte insgesamt Don Vito Calì, dem einzigen wohlhabenden Mann von Licudi, wohingegen das andere Drittel, das gleich in der Nähe der Häuser lag, sich auf über hundert Eigentümer aufteilte, von denen einige nicht mehr als zwei oder drei »Fuß« Olivengrund besaßen. Doch es waren gigantisch große, zahlreiche, jahrhundertealte Bäume. Außerdem verfügte die Ortschaft über ein paar Bereiche für den Gemüseanbau, ein paar Orangen- und Zitronengärten und zahllose Kaktusfeigenspaliere, wo das Land an den Sand grenzte, in heiterer Eintracht mit dem Mastixbaum und mit den monumentalen Agaven. Die dritte Zone, die sich in der Mitte zwischen den beiden anderen befand, gehörte mir, und in deren Mitte und damit im Herzen dieses wunderbaren Ganzen, stellte ich mir vor, das Haus zu bauen.

»Ach, wirklich?«, hatte Don Calì zu seinen Vertrauten gesagt. »Sich da zwischen den Bäumen zu begraben! Wenn wir nicht wüssten, dass er ein Herr aus Neapel ist, sollten einem doch glatt sonderbare Gedanken kommen!«

Während ich mit Mastro Janaro Überlegungen anstellte, musste ich mir klar darüber werden, dass in der Sprache dieses Ortes das, was man als »ein Haus« bezeichnete, lediglich einen Raum meinte. Zwei »Häuser« besitzen, bedeutete daher zwei Räume besitzen: geradlinig, viereckig, mit einem Fußboden aus Beton, einer Decke aus Balken und Olivenästen, einem zum Meer gelegenen Fenster und einer zur Straße liegenden Eingangstüre. So also sah in Licudi das einzig vorstellbare Wohnhaus aus, wo lediglich Don Calì diesen Turm besaß und bewohnte, der vielleicht einmal zur Zeit der Sarazenen zu einer Festung gehört hatte, jetzt aber in viele Bereiche unterteilt war, und den er und die anderen den »Palazzo« nannten. Die Einrichtung in diesen Wohnungen bestand nahezu ausnahmslos aus selbst gemachten Dingen, so spärlich wie man es sich nur vorstellen kann. Wie im Übrigen auch die Kleidung der Leute von Licudi: Hemd und Hose für die Männer; und für die Frauen Röcke von unauffälliger Farbe und sehr lang. Außerdem trugen die Frauen einen aschgrauen Wolllappen auf dem Kopf, um manchmal Nase und Mund vor dem Wind zu schützen oder die Augen vor der Sonne zu beschatten. Fast niemand benutzte Schuhe, vor allem die Mädchen steckten ihre sehnigen Füße in verschlissene Pantoffel.

Diese Frauen von Licudi waren nach den Olivenbäumen die eindrucksvollste und neuartigste Erscheinung für mich. Kerzengerade wie Statuen gingen sie unablässig durch die Gässchen zu den beiden Brunnen. Auf dem Hinweg lag die leere Amphore wie leicht entspannt auf dem »Tortanello«, dem aus Lappen geschlungenen Kränzchen. Auf dem Rückweg mit dem gefüllten Gefäß türmte dieses sich ausbalanciert über ihrer Stirn wie in Bildern archaischer Gottheiten. Und sie verstanden es, wenn es notwendig war, sich mit einem Bein niederzuknien und etwas von der Erde aufzuheben, ohne dass auch nur ein Tropfen aus der Amphore schwappte. Diese feierliche Prozession stellte das intime Leben des Dorfes dar, sie zog dort hindurch und öffnete sich dort wie eine ununterbrochene Arabeske, die freilich nicht nur aus Farben und Linien bestand.

»Sich im Olivenhain begraben!«, hatte das Bewusstsein von Licudi entsprechend der Bemerkung von Don Calì in Gedanken nachgetönt. »Und das mit dreißig! Wieso nur?«

Als ich Mastro Janaro ein Haus in Auftrag gab, das aus vielen »Häusern« bestand, war mir zunächst nicht bewusst geworden, dass ich ihn mit einem Unternehmen betrauen wollte, das weit über die in Licudi verfügbaren Arbeitskräfte hinausging. Hierher schickte der Auswanderer Heller für Heller seine Ersparnisse über Jahre hinweg. Und in den Armen der Zeit häufte die Familie in aller Stille die notwendigen Materialien an, um »das Haus« zusammenzubekommen. Wenn die Frauen vom Berg herunterkamen, legten sie auf das schon schwere Holzbündel manchmal einen Stein. Wenn sie gelegentlich leer nach Hause gingen, »beschwerten« sie sich mit zweien. Hunderte von diesen Wegen ließen nach und nach den Steinhaufen anwachsen. Der Esel beförderte ebenfalls welche. Wenn dann unter dem schlechten Winterwetter ein Olivenbaum umstürzte, war das die Gelegenheit, Balken und Äste für den Bau der Decken zu bekommen. Der Kalk, in günstigen Augenblicken erworben, harrte oft Jahre, zehnmal an die verliehen und auch wieder zurückbekommen, die bei ihrem Bau ein paar Schritte weiter gehen konnten. Endlich war dann ein Teil des Notwendigen beisammen. Die anderen drüben machten ihr Feuer doch mit Geld an. Jedes Mal eine Mauerreihe mit Steinen, so wuchs das »Haus« aus der Erde.

So war allein schon für das Material die Grundbedingung allen Bauens die Zeit. Und die Arbeit? In Licudi gab es keine frei verfügbaren Tagelöhner, die man hätte rufen können, wenn man sie brauchte. Niemand war in der Lage, von einer Arbeit allein zu leben, und jeder gestaltete den Tag nach seinen jeweiligen Bedingungen und Bedürfnissen, nach Jahreszeiten und auch Launen. Eine Gruppe aufgrund einer plötzlichen Idee zusammenzustellen, die mit dem Rhythmus dieser Einheit nichts zu tun hatte, die seit jeher von Natur aus funktionierte und nach einer Gedankenabfolge, die ihrerseits in tiefen Gefühlen und unlösbaren Notwendigkeiten verwurzelt war, war ein

Vorhaben und erforderte die Fähigkeiten eines biblischen Führers. Das war es, was Mastro Janaro Mammola mir nicht gesagt hatte, als er die Aufgabe übernahm, das unerhörte Bauwerk in nur sechs Monaten zu errichten, doch musste er es sich wohl selbst versprochen haben, um sich durch Tatsachen als der erste Mann von Licudi zu erweisen.

Ich saß auf einem geschwungenen Olivenstumpf, der sich von der Erde mit der Beweglichkeit eines Feuers heraufwand, und gab mich stundenlang mit dem Mastro den Überlegungen über das künftige Haus hin, wobei er die Naturgewalten kannte, die uns in einer ersten Phase feindlich gesonnen wären, dann aber in den Bau des Hauses einwilligen würden. Licudi besaß keine Autostraße. Der steinige Maultierpfad, auf den sich der mit behauenen Steinen beladene Karren gewagt hatte, brach ein ganzes Stück vor dem Dorf ab, vor einem Sturzbach, über den man nur kam, wenn er fast trocken war. Und zudem mussten die Naben der Karren ziemlich hoch liegen, um den steilen Graben zu überwinden, den der Lauf des Baches ständig ausformte. Auf abfallenden Triften, die strichweise von kahlen Stellen durstiger Tonerde unterbrochen wurden, waren wir als Bauunternehmer in eine uralte Epoche zurückversetzt, die noch vor der Erfindung des Rades lag.

Hinter uns verschloss der Monte Palanuda mit seinen unförmigen Riesenschultern aus Stein jeden Durchgang. Im Hafen konnten nur bescheidene Tartanen vor Anker gehen. Alles musste sozusagen unter der Hand gefunden und irgendwie erfunden werden.

Und ich wollte ja auch ein Haus, das nicht anders war als die, die man auf diese Weise bauen konnte. Ich hätte keine Hilfe angenommen, die nicht zugleich auch den anderen Gedanken dienen würde, die den Ort bewohnten, und damit die Melodie stören würde, welche die unwegsame Natur unberührt zu erhalten gewusst hatte. Das Haus der Häuser würde in Licudi nicht das erste sein, sondern eine Synthese aus allen, das Siegel auf dem, was das Dorf zu leisten in der Lage war, wie die alten Kathedralen, diese Werke des unbekannten Volkes, die darüber Zeugnis ablegten, und um seinen spirituellen Kern herum gestaltet, den heimischen Herd, den ich von den Bergen heruntergebracht hatte. Seine Gliedmaßen würden sich nähren und wachsen wie die eines lebendigen Wesens, aus dem, was es atmet und woraus es seine Nahrung bezieht, und zwar an der Stelle, an der es entstanden ist. Mastro Janaro Mammola hörte mir ganz glücklich zu und nickte.

Vor uns hörten die Olivenbäume auf, hoch über dem Strand, wegen eines Tuffsteinsturzes von ungefähr fünfzehn Metern. Unten wellte sich das bogenförmige, sich weit hinziehende Ufer mit seinem chromgrünlichen Sand im Schutz einer violett getönten Niederung aus Felsblöcken, über welche die Welle bronzetönend hinwegrollte. Vom gewählten Standort aus, fast in der Mitte des Hains, wo das Haus vor der Macht des Windes und dem Salz des Meeres geschützt lag, tauchte dieses jetzt mit seinem überaus intensiven Blau zwischen dem Braun der Stämme auf. Der gesamte Ort war von starker, aber ruhiger Färbung, wie in bestimmten, in regloses Licht versunkenen Fresken der Antike. Das tiefe Grün der Mastixbäume, das silbrige und tiefe Grau des Felsgesteins, die Ockerfärbung der Erde, das plastische Blattwerk der Bäume strömten Kraft und feierlichen Frieden aus. Zwischen diesen strengen Substanzen zogen sich freundliche Wiesen mit gelben oder himmelblauen Blumen über den Grund, oder zarteste Grüntöne deuteten oben auf leichte Windungen hin, die in den mächtigen Berg hineingewirkt waren und so dessen Schatten weicher erscheinen ließen.

»Vom Palanuda bis zum Abhang«, erklärte Mastro Janaro, »gibt es Adern von gutem Stein und so viel Ihr wollt. Die uns nächste ist die Scocca.«

Entsprechend dem mit Mastro Janaro errechneten Bedarf brauchten wir dreißigtausend Steine: mächtige Steine von annähernd vierzig Kilo jeder, die, nachdem sie im Steinbruch herausgeholt und behauen worden waren, alle mit Eseln und Maultieren befördert wurden. Zwei konnte ein Escl auf jedem Weg tragen, und das Maultier drei, dazu noch einen kleinen. Zehn- oder zwölftausend Wege mithin?

»Mastro Janaro, wie oft am Tag kann ein Esel den Weg von der Scocca bis hierher machen?«

»Wenn's ein guter Esel ist, bis zu siebenmal. Ein Maultier macht neun, aber wir haben nur eins.« Und Mastro Janaro lächelte, während er auf der Erde die Begrenzungen des Hauses der Häuser zeichnete.

»Wo«, so fragte ich mich besorgt, »wo nur finden wir eine so große Zahl von Eseln?« Im Ort gab es vielleicht ein Dutzend, aber die machten alle möglichen

Arbeiten (man weiß, dass in Kalabrien das Lasttier das einzige Beförderungsmittel ist und »der Wagen« genannt wird). Sie brachten Gemüse, Fisch, Personen, Fässer. Mastro Janaro verfügte über einen Esel für seine gewöhnlichen Arbeiten, und ich konnte zwei weitere kaufen. Doch was war damit gewonnen? Jeder, der in Licudi einen Esel besaß, hatte ihn nach genauen Erwägungen strengster Nützlichkeit erworben. Selbstverständlich liehen die Menschen von Licudi ihre Esel gegenseitig aus, doch nur für einen halben Tag oder eine halbe Stunde, und sie vergalten es auf gleiche Weise. Es war unmöglich, dem ganzen Ort für die ununterbrochene Dauer eines Jahres seine Esel zu entziehen. Und wie sollte das Haus dann in sechs Monaten gebaut werden?

»Meine Sorge«, sagte Mastro Janaro, »gilt eher dem Wasser!«

Richtig! Das Wasser! Es war ungefähr einen Kilometer entfernt. Doch wie konnte man es hierher bringen und vor allem, wie konnte man es hier sammeln? Die Erde von Licudi bestand aus einer Art rötlichem Sand, in dem der Regen auch nach dem heftigsten Wolkenbruch bis zum letzten Tropfen versickerte. Das Dorf, das sanft zum Strand abfiel, vergoss diesen Reichtum, an dem es so arm war, verschwenderisch und ließ ihn ins Meer laufen.

»Für den Kalk dagegen«, fuhr Mastro Janaro fort und senkte beim Nachdenken seinen Kopf, »für den Kalk habe ich eine Entscheidung getroffen. Dieses Mal entzünde ich einen Kalkofen. Der taugt uns während der gesamten Arbeiten und noch darüber hinaus.«

Wie jeder echte Mastro eines Ortes, war Janaro nicht nur in der Lage, ein ganzes Haus von den Grundmauern bis zu den Schornsteinen und in allen seinen Einzelheiten und Eigentümlichkeiten zu errichten, sondern machte sich auch mit jeder anderen Kunstfertigkeit vertraut, die mit seiner in Beziehung stand. Indessen musste für den Kalkofen eine Stelle gefunden werden, an der der Fuß des Berges mit dem Wasserlauf zusammenkam, damit zur gleichen Zeit der Stein für die Verkalkung, der Wald für den Brennstoff und das Wasser vorhanden war, wenn man nach getaner Arbeit den Kalk löschen wollte. Diese Stelle lag weit entfernt. Mastro Janaro musste alles zusammenführen, vom Fällen der Bäume bis zum Bau des Ofens. Er musste entscheiden, ob der ungelöschte Kalk transportiert (schließlich gab es ja kein Wasser zum Löschen an der künftigen Baustelle inmitten meiner Oliven) oder im Wasserlauf gelöscht und anschließend transportiert werden sollte, wenn er allerdings viermal so schwer war. Meine Gedanken verloren sich in Berechnungen ohne Ende, in astronomischen Zahlen von Transportwegen der Esel, von Steinen, von Kalk, von Wasser. Mastro Janaro hielt mir sein verschmitztes, nach außen gewandtes Lächeln entgegen und entwickelte in seinem Bauführerkopf den außergewöhnlichen Mechanismus, der das Haus hervorbringen würde.

Das Hauptelement, auf das sich seine Zuversicht gründete, bestand in Wahrheit aus seinen vier Brüdern: Die stellten eine gleichbleibende, bewährte Kraft dar, auf die er zählen konnte. Für den Augenblick war lediglich der Jüngste von ihnen, Glù, um uns, ein Junge von vielleicht dreizehn Jahren. Die anderen drei Mammolas arbeiteten an der Küste. Doch als Erstgeborener würde Mastro Janaro seinen Ruf aussenden, und dem war Folge zu leisten.

Ich musste den Wert dieses Umstands erahnen und fühlte mich darüber stolz und verantwortlich zugleich. Die drei Mastri würden jede andere Tätigkeit aufgeben, anderen Verpflichtungen nicht nachkommen, Häuser, die nach jahrelanger Vorbereitung endlich gebaut wurden, halb fertig stehen lassen, obwohl sie es seit Monaten versprochen hatten, damit stattdessen dieses eine entstehen könne, das ein tiefsitzender Instinkt ihnen als das wichtigste von allen vor Augen stellte, womit es der jahrzehntelangen Mühe des Auswanderers vorgezogen wurde, der sich sein Haus Heller um Heller in den Wäldern Brasiliens verdient hatte. Wer hatte Mastro Janaro gesagt, dass auch ich von einer beschwerlichen und langen Reise zurückgekehrt war und auch mir mein Haus mit Sorgen und Schmerzen verdient hatte? Er aber wusste es.

Am Abend kam Janaro wieder zu mir, und auf dem bläulichen Wachstuch des Ess- und Arbeitstischs fuhren wir mit dem Durchsieben von Maßen und Zahlen fort. Jetzt kamen mir die alten Kenntnisse zugute, die ich in der Zeit erworben hatte, als ich mich um Gian Luigis Baustellen gekümmert hatte, und in einem gewissen Sinn wusste ich mehr Dinge als mein Bauführer. Doch die Probleme, die sich nun auftaten, waren weniger technischer als vielmehr logistischer und menschlicher Art. Jedes Mal, wenn ich dann eine in der Stadt übliche Lösung vorschlug, um eine Abtrennung, einen Durchgangsraum oder eine Stütze durchzusetzen, wies Mastro Janaro mich darauf hin, dass die große Struktur aus Stein sich für keine dieser Veränderungen eignen würde, dass es kein anderes Holz gebe als das überaus harte Olivenholz, dass man es mit der Hand bearbeiten müsse und keinen Nagel hineinschlagen könne, dass die gerade eben mit einer zwei Zentimeter dicken Schicht verputzten Wände aus nicht durchbohrbarem Stein beständen, sofern man auch nur ein kleines Bild an ihnen aufhängen wolle, dass die Fußböden, wenn man keinen Zement verwenden wolle, Fliesen verlangten, die man in Paola oder in Sapri beschaffen müsse, und dass man anschließend mit dem Zement und den Eisenbeschlägen jedes weitere Material für die Fertigstellung immer wieder mit dem Esel, mit den Wegen von Eseln transportieren müsse, deren Zahl ins Maßlose steige.

Daher waren die Häuser von Licudi so viereckig und kahl und besaßen nicht einmal die kolorierten Lithographien als Schmuck, die in allen anderen Orten auf dem Land so verbreitet waren. Daher hingen an den wenigen Nägeln, die in die Wand getrieben worden waren, nachdem man den Verputz vier- oder auch fünfmal abgekratzt hatte, bevor die Verbindung zwischen zwei Steinen gefunden war, lediglich die Osterpalmen oder ein paar kleine Buchenzweige, die man von einer Votivwallfahrt auf den Palanuda mitgebracht hatte. Nahezu sämtliche Wohnhäuser verzichteten aus dem gleichen Grund auf die schwierig einzufügenden Installationen von Lampen. Die Ablagerungen des Öls auf dem Grund der Krüge waren es, die das matte Licht für die Leute spendeten, die zudem beim ersten Tageslicht aufstanden und sich früh abends zur Ruhe legten.

Auf diese Weise reduzierte ich, allerdings mit Freude, die ursprünglichen Vorhaben und zwängte jede überflüssige Notwendigkeit in diesen strengeren Rahmen, wobei ich mich selbst mit dem zukünftigen Haus in die machtvollen Arme dieser altüberlieferten Realität einfügte. Und es kam mir vor, dass ich, indem ich so verfuhr, zu meinen ureigensten Wurzeln als Mensch hinabstieg. Jetzt konnte ich wie nie zuvor die Erzählung Homers verstehen: den letzten Beweis, den Penelope von Odysseus forderte, damit sie in der Lage wäre, ihn zu erkennen, das Bett nämlich, das der Held aus einem in Brusthöhe eines Mannes abgeschnittenen Stamm gefertigt hatte, und um das herum er, nachdem er das Ehebett herausgearbeitet, ohne seine Wurzeln zu berühren, das geheime Zimmer seiner Liebe im Mittelpunkt seines königlichen Hauses gebaut hatte.

Das war es, was es bedeutete, eine Wohnstatt zu »errichten«, welche die Fortsetzung des Menschen auf seinem Land war; die Erweiterung seiner Glieder, so wie die Äste die harmonische Ergänzung eines Stammes sind. Und so lief das Schema unseres Plans auseinander und vereinfachte sich zugleich, bis ich mir bewusst wurde, dass er immer mehr dem »Palazzo« von Don Calì zu ähneln begann, einer Art mittelalterlichen Kastells, das jedoch in der Lage war, in seinem Inneren den Frieden zu schützen. Gleichzeitig gelangte ich zu der Überzeugung, dass ich mich bei den anfänglichen Proportionen geirrt hatte, dass die Notwendigkeit eine Begrenzung erforderlich machte, damit man ans Werk gehen konnte, ohne dass es eine sinnlose Herausforderung würde. Als ich Mastro Janaro anvertraute, dass diese Überlegungen dazu führten, das Volumen unseres Baus um ein Drittel zu reduzieren, was bedeutete: auf lediglich zwanzigtausend Steine, sah er auf und lächelte.

Wie jeder in Licudi, betrachtete auch Mastro Janaro niemals etwas als endgültig, obwohl man gemeinsam lange über alles Mögliche nachgedacht und vorher bestätigt hatte. Er war es gewohnt, Projekte zu erörtern, die im Lauf von Jahren verwirklicht werden sollten und ständig verändert wurden, je nachdem, wie die Umstände es verlangten, und daher kam es ihm auch keineswegs ungehörig vor, ganz andere Vorstellungen zu entwickeln, denn möglicherweise wusste er instinktiv, dass das Denken sich selbst verleugnet, wenn es darauf verzichten würde, sich zu überholen. Als ich ihm jetzt zwanzigtausend Steine vorschlug, fühlte er sich, der seit zwei Wochen mit seinem Verstand gegen das gewaltige Hindernis von dreißigtausend Steinen anstürmte, siegessicher. Jedes unausgesprochene Zögern verschwand. Und auf der Stelle wollte er mit den Arbeiten beginnen.

Als ich danach in den Olivenhain kam, und die Sonne bereits hoch stand, sah ich auf dem schon vorbereiteten, viereckig ausgelegten Gelände die Erdarbeiter am Werk, die die Fundamente aushoben. In der Ferne konnte ich die bewegte Erde erkennen, die dunkler war, und ich sah die Schaufeln glänzen, die diesen Hügel anwachsen ließen.

Auf der Meeresseite kamen Frauen in einer Reihe hintereinander herauf, mit der vornehmen, unveränderlichen Haltung jener Frauen, die mit vollen Amphoren vom Brunnen zurückkamen. Doch dieses Mal trug jede, majestätisch und in perfektem Gleichgewicht, einen Stein auf dem Kopf. Es waren nicht die behauenen weißen vom Berg, sondern schwärzliche Felsstücke, die leichter und größer waren. Janaro führte mich an den Saum oberhalb des Strandes und zeigte mir in einer nicht weit entfernten Biegung eine nicht genau erkennbare dunkle Masse, die ich vorher nicht wahrgenommen hatte.

»Das da«, sagte er, »ist das alte Lager des Vaters von Don Calì, und das ist vor zwanzig Jahren eingestürzt. Ich habe vereinbart, dass ich es haben kann. Das sind tote Steine.« So nennt man in Licudi das Felsgestein. »Aber mit denen können wir das gesamte Fundament anlegen. Bei mir«, fuhr Mastro Janaro fort, »bei mir sind das um die dreitausend Steine, denn auch da unten müssen Fundamente ausgehoben werden. Und alle zusammen reichen sie für das, was wir brauchen.«

Die Erde von Licudi war fast so locker wie der Sand und zeigte erst in einem Meter Tiefe die Härte eines Ambosses. Auf dieser Ebene sind die Fundamente zwar bereits sicher, aber wir hatten uns vorgestellt, auf zwei Meter zu gehen. Das wäre allerdings nicht überall notwendig gewesen.

»In einer Woche«, fuhr Janaro fort, »werden alle Steine hier sein. In einer Woche ist das Fundament ausgehoben, und dann kommen meine Brüder. Und in einer Woche werden die Esel den Kalk für das Fundament, den ich mir einstweilen ausborge, hierher gebracht haben. Während meine Brüder die Fundamente mauern, baue ich den Kalkofen. Und während ich den Kalkofen baue, bringen die Esel die ersten zweitausend richtigen Steine, die ich mir einstweilen ausborge und den Kalk zurückgebe. Inzwischen werden die weiteren Steine für uns im Bruch zubereitet. Danach ...« Mastro Janaro hielt mit einer Bewegung inne, die von seiner großen Brust ausging, und fegte jedes andere Hindernis beiseite.

»Mastro Janaro! Und das Wasser, das Wasser!«

»Das Wasser«, antwortete Mammola, dessen Name auf eine unverstellte Bescheidenheit verwies (und wie sehr er diesen Namen verdiente!), »das Wasser ist eine Überraschung. Gleich hier unten, am Rand des Meeres, gibt es, wenn man im Sand gräbt, eine Quelle. Das ist zwar ein bisschen störend, denn sie ist eine Spur salzig, doch für die Fundamente kann das angehen. Und wenn die Frauen das Felsgestein geschafft haben, bringen sie das Wasser in Fässern. Ich mache dann mit den ersten Steinen und vier Sack Zement einen vorläufigen Graben, um das Regenwasser aufzufangen. Wir sind nämlich weit vor im Jahr. Es wird regnen.«

Anders als in der Stadt, wo die Bautätigkeit im Sommer stattfindet, wenn die Tage lang sind und das Wetter schön ist, baute man in Licudi, der Logik der Umstände folgend, eher im Winter, wenn die zusätzlichen, aufs Geratewohl zusammengewürfelten Arbeitskräfte frei waren von den Mühen des Feldes und der Fischerei. Außerdem brauchten wir jetzt den Regen.

Ich wusste am Ende, was geschehen würde. Nachdem Mastro Janaro seine drei Brüder aus ebenso vielen Ortschaften abziehen würde, würde er sich aus seiner eigenen abziehen. Mit der ungeheuren Autorität dessen, der der einzige Herr und Gebieter über Geburt und Leben des gesamten Dorfes ist, machte er sich daran, Licudi in einen komplexen Rhythmus von Dienstbarkeiten einzutauchen und von jedem, ob er wollte oder nicht, seinen Anteil einzufordern. Er hatte in seinem Kopf alle bereits fertigen Steine nummeriert, um sie zu requirieren, Steine, die seit Jahren darauf gewartet hatten, Häuser zu werden, und er war nur bereit, sie in einer nicht genauer festgelegten Zukunft wieder zu erstatten. Und wie ich jetzt aus einigen anderen Geschichten erahnte, die er mir erzählt hatte, würde er gewaltsam so viele Esel auftreiben, wie er konnte, und sie nicht wieder hergeben, wenn er sie erst einmal gefangen hätte, und sich damit abfinden, dass er ihnen Futter geben und sie über Nacht verstecken musste. Ich war Mitbeteiligter an diesen leidenschaftlichen, von Freude erfüllten Gewaltakten, die ich allerdings, wie ich mir in meinem Herzen vornahm, hundertfach wiedergutmachen wollte. Und ich fühlte, dass die Menschen von Licudi in ihrem tiefsten Inneren wohl nicht wirklich gegen mich waren.

Auf dem geschwungenen Olivenstumpf sitzend, der mir seine flammengleiche Bewegung darbot, betrachtete ich Tag für Tag den Himmel von ungetrübtem, unberührbarem Blau. Es war nur richtig, dass das Schicksal des Hauses seinem erhabenen Willen anvertraut würde. Und dort oben suchte ich auch nach Antwort auf meine Zweifel und verborgenen Gewissensbisse.

Wie viel Regen, wie viel Regen fiel in den ersten Oktobertagen! Und das Haus, das seine mächtigen Wurzeln gleich neben denen der Oliven in den Boden trieb, tauchte aus der Erde auf und stieg nach oben.

Licudi, ein weit abseits liegender Ortsteil von San Giovanni, war ungefähr zehn Kilometer davon entfernt. Vor Zeiten hatte es mit dem gesamten Rest einmal dem vermögenden Geschlecht der Fürsten von Caldora gehört, doch auf der unermesslich großen Latifundie, die nach dem Fall des Königreichs beider Sizilien aufgelöst, enteignet und auf tausendfache Weise usurpiert worden war, lebten jetzt, außer einer Unzahl von Kleinstlandbesitzern, noch fünf oder sechs große Familien, die einmal Verwalter waren und sich über dreißig Kilometer Küste und tief im Landesinneren über die Berge verstreuten. Die Calìs gehörten dazu. Doch die besten Landstücke waren dem Zweig von San Giovanni zugefallen, wohingegen – und das nun in der dritten Generation nach der Aufteilung der Beute – Don Calì von Licudi außerordentlich begütert war mit Geröllabgängen und Felsgestein und seine wirklichen Güter sich auf den Olivenhain neben dem meinen beschränkten, dazu auf ein herrliches Weinfeld in Meeresnähe und einen einzigartigen Orangengarten, in welchem er durch Missbrauch aus ältester Zeit den gesamten Wasserzufluss des Großbrunnens von Licudi steuerte.

Ganz sicher konnte man nicht behaupten, Don Calì sei im Ort beliebt gewesen, aber es wurde auch nicht viel über ihn geredet. Es gab niemanden, der seine Schafe nicht auf einem seiner vielen Gründe weidete oder etwas von dort mitgehen ließ. Und er wiederum brauchte ebenfalls alle, denn wo das Geld knapp ist, besteht das Leben aus intensiven Tauschgeschäften, aus Erduldungen und Übereinkünften. Vor allem rief sein privates Verhalten (sofern es überhaupt möglich war, sich in diesem Ort irgendetwas Privates vorzustellen!) bei den Menschen von Licudi ein spöttisches Lächeln hervor. In einer Landschaft, die Naturgesetzen unterworfen ist und sich auf bestimmten Gebieten einer mühelosen Bereitwilligkeit erfreut, ist es nicht untersagt, sich ein junges Mädchen zu nehmen, auch wenn man keinerlei Absicht hat, es zu heiraten. Doch es bestand danach in jedem Fall die Verpflichtung, für ihren Lebensunterhalt aufzukommen.

So fand sich unser Don Calì, der immerhin schon um die fünfzig war und nicht verheiratet, mit zahlreichen Familien an der Hand wieder. Und alles, was er konnte, war, ein kleines bisschen Ordnung in seinem Gynäkeion zu halten, indem er Frauen und Kinder nach komplizierten Berechnungen der Angemessenheit und Ersprießlichkeit verteilte. Dabei behielt er sich für seinen eigenen Dienst lediglich die Letzte in der zeitlichen Abfolge vor und einen Lieblingssohn, die bei ihm im »Palazzo« wohnten.

Dass es nur einen einzigen Reichen in Licudi gab,

hatte, abgesehen davon, dass die Menschen von Licudi von alters her daran gewöhnt waren, auch den einen oder anderen Vorteil. Ein Reicher ist schließlich notwendig, um das Dorf zu repräsentieren und es im richtigen Augenblick in Erscheinung treten zu lassen. Diese Rolle übernahm Don Calì: Er war der Ratsbeigeordnete von Licudi, um das Dorf nach seinen, Don Calìs, Möglichkeiten in der Gemeinde von San Giovanni zu beschützen, und niemand sonst wäre dazu in der Lage gewesen. Seit Jahren kämpfte Don Calì dafür, dass der Maultierpfad zwischen San Giovanni und Licudi zu einer ordentlichen Fahrstraße ausgebaut werden und der eilig gebaute Bogen für eine Brücke endlich über den furchtbaren Calitri führen sollte. Wie oft hatte er nicht darauf hingewiesen, dass man die Toten auf den Schultern bis zum Friedhof nach San Giovanni tragen müsse und man, wenn der Bach Hochwasser führte, tagelang warten musste, bevor man ihnen endlich die letzte Ehre erweisen konnte! In San Giovanni antwortete man mit bockiger Engstirnigkeit, dass in Licudi, wenn's hoch kommt, ein Mensch pro Jahr sterbe, dass die Trockenzeiten auch sechs Monate dauern konnten, und dass der Calitri jedenfalls im August niemals Hochwasser führen würde, wenn tagelanges Warten des Toten gewisse Unannehmlichkeiten mit sich bringen könnte. Wenn alle fünf Jahre wieder gewählt wurde, brachte Don Calì sein Programm erneut zur Sprache, das sich in einem Punkt zusammenfassen ließ: die Straße. Und die Bewohner von Licudi bestätigten einstimmig sein Mandat und ihr Vertrauen.

Reichtum und Armut spielten letzten Endes in der Welt von Licudi keine so entscheidende Rolle, um einen tiefsitzenden, bitteren Neid zu rechtfertigen. Don Calì führte mehr oder weniger ein Leben wie die anderen, abgesehen von den vielen auf seinen Namen lautenden, zumeist aber unfruchtbaren und ungeschützten Landstücken und seinen verschiedenen Familien, die er zu unterstützen hatte. Seine Tafel war natürlich dauernd und besser gedeckt, doch auch das nicht immer; denn allen gefiel es ja zu essen, zu trinken und zu lachen. Und wenn ein armer Kerl einen Hasen aufgespürt hatte, dachte er nicht daran, ihn zu verkaufen, sondern es sich mit Freunden in fröhlicher Runde gutgehen zu lassen. Zudem war Calì insgesamt darauf angewiesen, sich um seine eigenen Angelegenheiten zu kümmern, so wie alle. Seine immer weit offen stehende Türe ließ ein weiträumiges Inneres erkennen, das aber nicht weniger Spinnweben hatte und nicht weniger kahl war als jedes andere auch. Das grelle Spektakel in der Stadt, wo in der Schaufenstervitrine Diamanten für Millionen funkelten, und lediglich die Stärke einer Scheibe den Abstand zum Auge eines Hungrigen bestimmt, war in Licudi unvorstellbar, denn dort gab es nur einen einzigen Verkaufspunkt, den der Locanda und seines Wirts, der außer Pasta, Cerini und Tabakwaren nicht viel mehr feilbot. Auf der Straße trug Don Calì zwar Schuhe, das stimmt, doch nur selten eine Jacke, und er rasierte sich, so wie alle anderen auch, nur einmal in der Woche.

Ich hatte meine Beziehungen zu Don Calì sorgfältig überdacht. Im Grunde tat mir dieser Mann leid. Man hatte mir gesagt, dass er mit seinen eigenen Eltern grob und primitiv umgegangen sei, ja, sie in ihren letzten Lebensjahren sogar geschlagen habe: Vielleicht war er darin einem natürlichen Gesetz der Auslese erlegen, das vielen Verbänden von Tieren und von Insekten eigen ist. Doch in dieser Hinsicht schwebte weniger die Last der Meinung der anderen über ihm, als vielmehr die besondere Gefahr all seiner teilweise schon erwachsenen Kinder, Kinder einer Mutter, die den anderen Müttern feindlich gesonnen war, welche ihm, sobald seine Kräfte schwinden würden, das gleiche gescholtene und »natürliche« Alter bereiten konnten, das er seinen eigenen Eltern zugemutet hatte.

Und es war auch nicht seine körperliche Erscheinung, die mich abstieß. Sicher, seine Physiognomie war außergewöhnlich: eine bärenstarke Maske, bunt und brutal, mit mächtigen Kieferknochen wie ein Mastino, mit Glupschaugen und tiefschwarzem Bart, der mich an den des Priesters Cirillo erinnerte, unseres Folterknechts im Internat von Giglio. Doch war es eher der wechselnde Ausdruck in seinem Gesicht, in dem sich unterschiedlichste Stimmungen abwechselten wie bei einem inneren bösartigen Feuer. An erster Stelle der einer plumpen, schwer verdaulichen Ironie, die ganz schnell in Wut umschlug, von der sich sein Gesicht purpurn färbte, um dann ins Vertrauliche, Honigsüße, Unterschwellige umzuschlagen. Der Verstand dieses Mannes war stark, wenn auch wenig ausgebildet, sein Urteil, soweit es Dinge und Menschen des Ortes betraf, unfehlbar. Doch der weit geöffnete

Sinn, in dem der mediterrane Mensch atmet, der jede Vorstellung von Gut oder Böse auf dem schmalen Grat von weder völlig hinnehmbaren noch gänzlich abweisbaren Instinkten und Gedanken zu überwinden scheint, verschärfte sich bei ihm durch etwas Gewaltsames und Blutrünstiges. Die sarazenische Ader, die im Süden auch nach so vielen Jahrhunderten nicht zu unterdrücken ist, machte ihn stärker, aber auch schlimmer als das anmutige Geschlecht, das ihm unterworfen war. Er war wie eine nicht heimische Pflanze und störte mein idyllisches Verhältnis zu dem Ort.

Bei alle dem konnte ich mich nicht nur unmöglich gegen ihn stellen, sondern es war mir auch nicht möglich, ihm auszuweichen. Von Anfang an hatte Don Calì sich mir gegenüber außerordentlich verbindlich gezeigt, und im Grunde war er es, der den Bau des Hauses ermöglicht hatte, indem er Mastro Janaro die Steine des eingestürzten Lagerhauses überließ. Er hatte mich auch darauf aufmerksam gemacht, dass der Teil des Olivenhains, der jetzt mir gehörte, noch von seinem Vater an Onkel Gian Michele abgetreten worden war, weil er in ihm einen Edelmann aus altem Geschlecht erblickte, so wie jetzt in mir. Don Calì hatte ganz zweifelsfrei seine Rechnung aufgestellt. Ich siedelte mich an einem Ort an, wo er bis dahin der alleinige Herr war. Er befürchtete zwar keine aufkommenden Gefahren, doch wenigstens wusste er, dass er jetzt einer Kontrolle unterzogen war, die er vorher nicht gekannt hatte. Er hatte beschlossen, mich auf die Probe zu stellen und zu zögern, so wie ich mich entschloss, mit ihm zu verfahren. Unser Friede war politischer Art, aber er blieb im Grunde ein bewaffneter Friede.

Als ich jetzt seinen Turm mit dem Blick vom Meer aus suchte, konnte ich diesen nur so eben erkennen, während das Boot über das reglose Wasser glitt: ein richtiges Eulennest von erdiger Farbe, hart, inmitten anderer weißer Häuser, mit karmesinroten Dächern. Linker Hand der unversehrte Bestand des Olivenhains, der durch das Getöse meines neuen Hauses noch nicht zersprenkelt war, wie es wäre, sobald es zwischen den Bäumen auftauchen würde. Rechts, in der häuslichen Herde der kleinen Häuser am Hafen und erkennbar an dem erbsengrünen Fensterladen, meine kürzlich bezogene vorläufige Unterkunft, die einzige Alternative zu dem unglücklichen Zimmerchen der Pension: zwei Zimmer, zwei »Häuser«, das Eigentum des Fischers Geniacolo. Und plötzlich dann der Ort, ein Nichts am braunen Saum der Küste, zu Füßen der majestätischen grünen Welle, die zur fernen, ungewöhnlichen Masse des Palanuda hin immer mehr verschwamm und in Andeutungen zerlief: faltenlose Wüste, nur graue und himmelblaue Schatten unter sich auftürmenden Wolkengebilden.

»Geniacolo«, hatte Don Calì beiläufig in seinem Halbtoskanisch genuschelt, »ist ein Unglücksrabe seit seiner Geburt. Seine Mutter, die aus einem der Dörfer weiter im Inneren stammte, wollte verbergen, dass sie ein Kind trug. Sie schnürte und schnürte, dass man's nur ja nicht sah, und so kam der Junge halb verkrüppelt zur Welt.«

Um dem bösen Omen von Don Calì zu widersprechen und in unterschwelliger Reaktion auf sein erbarmungsloses Gerede, hatte ich Geniacolo »ein Glück« zukommen lassen, indem ich ihn bat, mir die beiden von ihm schon vor unvordenklichen Zeiten angefangenen Räume zu vermieten, die immer ein Baugerippe mit einem Dach geblieben waren. Doch Mastro Janaro Mammola hatte in weniger Zeit, als man meinen könnte, sich alles wer weiß wie von wer weiß wem geliehen und alles wunderbar für mich hergerichtet und damit Geniacolo so ungeheuer geholfen, dem diese ganze Herrlichkeit Gottes als »bleibender Zuwachs« zukommen würde. Und er gab mir auch zu verstehen, dass dieses so bequeme Provisorium dem endgültigen Haus damit jede Eile nahm, das er garibaldinisch in sechs Monaten versprochen hatte. Aus Liebe oder Notwendigkeit aus der Betäubung des Olivenhains vor diesem blinkenden Streifen Himmelblau aufgerüttelt, schmeckte ich meine neue Heimat jetzt viel konkreter in den Gerüchen des Hafens von Licudi und ergötzte mich auf dem Meer.

Es gibt keine Stille, die der gleichkommt, die das Fischen auf dem Meer umgibt. Bei der Jagd sind der Knall des Gewehrs, das Bellen der Hunde, der Todeskrampf des Beutetiers, das Blut Unterbrechung und Gewalt. Auf dem Meer stehen sich Leben und Tod, und beide stumm, auf vollkommene Weise gegenüber. Die Fische, die sozusagen aus der Tiefe gefangen wurden, lagen im Boot, in der Sonne, wie abgeschnittene Pflanzenteile.

Ich lag bäuchlings am Bug und verfolgte voller

Zauber, wie die Klingen der Morgensonne das Wasser nahezu in durchsichtige magische Blöcke zerteilten, die bis zu den violett bläulichen Tiefen für den Blick offen waren. Das untrügliche Auge des Fischers erkannte da unten die weißen Steine, die ein Krake anordnet, um seine Höhle zu verschließen. Die Spitze des »Lanzatore« schoss hinunter und bohrte die kupfergrüne Kapsel da hinein. Das fünfhakige Blei sauste abwärts. Ein Augenblick dieser großen Stille. Dann stieg das Krakentier nach oben, indem es eine Art wogenden Schirm verschluckte, der auf halber Höhe eine Wolke schwärzlichen Rauchs ausstieß. Dann gab der Polyp seine letzten Feuer von sich, wobei er schnell von einer Farbe zur anderen wechselte. Und er starb mit weißlicher Färbung auf dem Grund des Eimers.

Unter den Bewohnern des Hafens befand sich kein richtiger Seefahrer, eher arme Fischer mit einer grundsätzlichen Hochachtung vor dem Meer. Geniacolo war der mit der größten Furcht, und fast würde ich sagen: dem alten »heiligen Schrecken« vor dem Element. Seit langem war er Witwer und hatte zwei kleine Töchter, eine von zwölf und die andere von sieben Jahren, und nie fuhr er bei Nacht zum Fischen hinaus. Sein zweiter Mann an Bord, der auch zur Familie gehörte, war Ferlocco: ein wolliger Alter, der dermaßen nach Fisch stank, dass die Katzen ihm auf der Straße miauend hinterherliefen. Beim Rudern zeigte er noch all seine Kräfte, aber er war ein bisschen verrückt und in manchen Augenblicken wirkte er völlig gefühllos. Mit diesem unzertrennlichen Zweiten fuhr Geniacolo, ausgerüstet mit Angelschnüren und Mastkorb, nur bei Tag hinaus. Sein grobes, schwerfälliges Boot, angemalt in einem eindeutigen Flaschengrün, das inmitten des lichtüberfluteten Golfs zugange war, besiegelte dieses Meer wie ein kleines Wappen.

In dieser Gegend dehnte sich die milde Jahreszeit, die nicht einmal im Sommer gleichmäßig und entspannt war, wenn der Süd- oder der Westwind oft das Meer aufpeitschte, in den Herbst hinein und wurde sanfter, und einige Tage lang war es heiter und ruhig. Mit dem Oktober dann »zerrissen« die ersten gewaltigen Regenfälle das Wetter, und auf das ununterbrochene intensive Leuchten, das des Nachts über den Bergen schimmerte, folgte nach wenigen Stunden ein gewaltiges Unwetter, das sich aber gleich wieder beruhigte. Dann wurde es ein anderes Mal heiter, und die Temperatur war lediglich um einen Hauch kälter. Und so blieb es, bis ein neuer Anlauf eine Änderung brachte. Dann verlor das Wasser seine Bläue und nahm ruhigere, silbrigere Färbungen an, und majestätische Wolken stiegen in den Himmelsdunst auf. Das war das Wetter, das auf die Weinlese folgte und im Wasser die unzähligen Generationen neuer Fischschwärme bewegte: die fette Beute des Jahres. Versunken in dieses langsame Dahintreiben und in die unbeweglichen Gewässer starrend, hatte ich, wahrscheinlich schon seit Stunden, den Kopf nicht hochgehoben. Doch irgendwann stieß Ferlocco einen rauen, tiefen Laut aus seiner Brust, und auf der Stelle hob Geniacolo die Ruder aus den Dollen und ließ sie auf die gegenüberliegende Seite gleiten. Zu zweit ruderten sie nun zum Hafen zurück.

»Was ist denn los?«

»Das Wetter schlägt um, Don Giulì, vergangene Nacht hat's geblitzt!«

In Licudi hat jeder einen Spitznamen. Schlimm ist es nur, wenn man jemandem gleich einen sonderbaren oder gar verhunzten anhängt, denn es ist unmöglich, das noch einmal rückgängig zu machen. Der Mann, der die behauenen Steine im Dorf abgeliefert hatte, hatte »Don Giulì!« gesagt. Und das war von da an mein Name.

Ich betrachtete den nördlichen Himmel. So als würde er die Wassertröpfchen gewissermaßen aus seinem heiteren Busen schwitzen, und ohne dass sich auch nur ein Lüftchen regte, verdichtete er sich mit festen, gleichmäßigen Dämpfen, die bereits die dort drüben liegende Ebene verdunkelten, unten aschgrau und in allen möglichen Färbungen. Auf der anderen Seite und über uns strahlte der Tag mit großer Klarheit und unberührt.

»Greif in die Ruder!«, sagte Geniacolo wieder und ruderte selbst mit aller Kraft und blickte oft dort hinüber. »Die armen Hunde, die jetzt da draußen beim Schwertfischfang sind!«

Morgens, als wir den Dorfrand hinuntergegangen waren, hatte er auf vier, fünf kleinste Schatten gedeutet, weit draußen, verloren in der Bläue.

»Die da fangen Schwertfisch!«

Die aschgraue Barriere hatte ziemlich schnell einen weiteren Teil des Himmels erobert. Wir waren nicht weit von der Anlegestelle. Wir zogen das Boot aufs Trockene und gelangten auf die Höhe. Jetzt war der

Himmel weit von Dunkel überzogen, und das Wasser unten hatte eine eiskalte Schattierung von Fäulnisgrün. Auf der anderen Seite strahlte die Sonne weiter. Die kleinen Punkte in der Ferne, die fünf Boote von Licudi, waren viel deutlicher erkennbar: mit Sicherheit griffen die Männer in die Ruder, um das Land zu erreichen.

Fast gleich darauf und ganz unerwartet ein lang anhaltendes Echo von ungeheurer Stärke: Der alte Zeus grollte. Und wie zum Taktstock eines Dirigenten, der von zahllosen Instrumenten erwartet wurde, alle bereit für den Einsatz, bewegte und belebte sich die gesamte Natur. Plötzlich kam ein kalter Wind auf, innerhalb weniger Augenblicke entwickelte er sich zu einem überstürzten Rennen der Geister: Dachziegel flogen und Äste, dann verwandelte er sich in ein etwas leiseres, aber ständiges und rasches Pfeifen und Zischen auf der Wasseroberfläche, während über uns die aschgraue Mauer insgesamt vorrückte und da oben festhing. Dicke Regentropfen prasselten durch die Luft herunter wie schräg aufblitzende Pfeile. Der Meeressaum von Licudi bevölkerte sich mit dunklen Gruppen, die Frauen hielten gegen den Wind wollene Tücher vor den Mund. Und dann bewegte sich das Meer, doch nicht vom Horizont gegen die Küste, sondern längs zu ihr von Norden nach Süden. Mithin traf es die Boote, die mit aller Kraft landwärts ruderten, von der Seite und riss sie mit sich, weit draußen, in dem riesigen Wassergefilde, das auf der anderen Seite die Küsten Afrikas berührte. Die Bewohner auf der Anhöhe verfolgten angespannt und besorgt diesen

Zweikampf, der vor ihren Augen stattfand wie in antiken Zeiten vor den Mauern einer Stadt.

Ich sah staunend, erschaudernd und von einem Zauber erfasst dieser jähen Umkehrung der Natur zu, die von einem unheilvollen Willen beseelt gewesen zu sein schien. Unter dem dunklen Himmel wirkte das fast schon schwarze Meer in der unmittelbaren Nähe wie eine Eisenplatte. Doch augenblicklich erkannte man, dass brüllend etwas Brodelndes heranrollte und ein wütendes Aufwirbeln von Staub, in dem weiße Klingen aufblitzten wie in einer dampfenden, von blinkenden Schwertern durchzogenen Schlacht. Dieses durcheinanderfließende Gemisch gewann mit jedem Streich zusätzliches Gebiet, als würde es sich unter dem Geschrei und dem Zorn zahlloser Kämpfer ausweiten. Am Ende trat dieses Bild klarer hervor: Ein irrealer Lauf von Wellen überrollte den anderen reglosen Teil des Wassers und verlor sich in diesem Wirbel. Und bei jedem Lauf wurde ein großer Teil der Marina erobert. Hinten waren unterdessen die Boote deutlich erkennbar. Doch bevor sie entkommen konnten, verschwand gegen Mittag die letzte Sonne. Der Schleier des Seesturms verhüllte sie. Auf dem windgefegten Strand fielen die Frauen auf die Knie und man hörte schrille, hallende Rufe. Die Leute von Licudi riefen Schutzheilige aus den Gewitterwolken für die an, die auf dem Meer verschollen waren.

Stunden voller Angst folgten. Der große Sturm war gewichen, und jetzt peitschte der Regen dicht und bitter über die Küste. Der schwärzliche Ort mit den offen stehenden Türen und den verlassenen Häusern verbarg sich hinter diesem unerbittlichen Regensturm. Die Steine lagen da und schimmerten unter tausend Rinnsalen, die sich hüpfend in den von trüben, leidenden Wellen aufgewühlten Sand ergossen. Die Bewohner waren vom Berg heruntergekommen, um über unbegehbare Wege zu den Buchten und Felsblöcken zu gelangen, wo es Hoffnung gab, dass die Überlebenden sich dort zusammengetan hatten. Wenige Alte waren tief in ihren dunklen Behausungen neben den zu Asche zerfallenen Holzscheiten zurückgeblieben. Ich ging von einem zum anderen, um sie zu trösten, doch sie hielten mir nur ihre traurige Stille entgegen. Ihre verbliebenen Sinne waren ganz auf den Augenblick gesammelt und geschärft, ob wohl eine Stimme von den Hängen zu ihnen dringen würde, eine erste Stimme. Schließlich kehrte ich wieder in Geniacolos Haus zurück, wo er mit dem alten Ferlocco und seinen beiden kleinen Töchtern nachdenklich neben der Feuerstelle saß.

»Ferloccos Vater«, sagte Geniacolo leise zu mir, »ist vor vielen Jahren da draußen geblieben, genau auf die gleiche Art. Beim Schwertfischfang. Er war mit noch einem von der Marina von Diamante zusammen. Und man hat nie wieder was gefunden, weder Boot noch Bretter noch sie selbst. Stimmt's nicht, Ferlocco?«

Ohne seinen Blick vom Feuer abzuwenden, stieß der Alte einen dumpfen, tiefen Laut aus seinen mächtigen Lungen.

»Diejenigen, die hierher zu uns kommen«, fuhr Geniacolo fort, »wissen nicht, was das hier für ein Meer ist. So schön und so mörderisch. Vor drei Jahren waren wir mit unseren Angeln gleich hier draußen. Ich hatte eben meinen Kopf aufgerichtet, da sehe ich, wie ein Schwanz so hoch wie der Palazzo von Don Calì auf mich zukommt. Stimmt's nicht, Ferlocco?«

Mit »Schwanz« bezeichneten die Licuder eine Windhose, die dann zu einem Wasserwirbel wird, sobald sie die Meeresoberfläche berührt. Sie rast mit unglaublicher Geschwindigkeit dahin, ein bösartiger Kreisel, in dem der Teufel steckt. Es gibt Licuder, die sich auf die Kunst verstehen, sie zu bannen, vor allem die Frauen, die während des Wolkenbruchs entbanden. Doch das sind vielgestaltige Verfahrensweisen.

»Ich kannte die Bannungsformel nicht«, sagte Geniacolo, »doch als ich ihn so vor mir sah, packte ich die Ruder und legte sie quer übers Boot, so dass es das allerheiligste Kreuz darstellte.« Er bekreuzigte sich. »Und der Schwanz fegte über uns hinweg, ohne uns zu berühren, und dann löste er sich auf dem Meer auf.«

Geniacolos kleine Töchter hörten beide mit gesenktem Blick zu, jedoch waren sie ungewöhnlich angespannt und reglos, denn die Ereignisse des Tages hatten sie völlig durcheinandergebracht. Die ältere von beiden war ziemlich abgezehrt, überaus sehnig und hager; die jüngere, wie fast alle noch nicht jugendlichen Mädchen in Licudi, von zugleich unschuldiger und wunderschöner Kontur. Ihre langen Wimpern verhüllten die funkelnden Augen einer Königin.

»Das Meer!«, rief Geniacolo schließlich. »Man muss nicht gegen das Meer ankämpfen wollen. Wenn's dir was gibt, dann nimm's und mach dich davon. Wenn's sich bewegt, was willst du dann mit ihm anstellen? Es macht mit dir, was es will.«

Ich ging bei Don Calì vorbei, der mir mit offenen Armen entgegenkam und nur sagte:

»Das Meer ist in Aufruhr!«

Die zwei oder drei Leute, die drinnen waren, machten mir Platz neben dem Feuer, das Don Calìs sogenannte Ehefrau neuerlich schürte. Niemand kam mehr auf den Sturm zu sprechen. Sie wussten und erinnerten sich. Mir stand es an, mich auf die Geschehnisse des Ortes einzulassen, auch wenn ich die Menschen nicht befragte. Mir stand es an, jetzt zu verstehen, warum in Licudi alles nur aus Stein und aus Ton war, aus unzerstörbaren Materialien, wieso die Mandel- und Johannisbrotbäume, die Agaven und die Kaktusfeigensträucher hier keine Wurzeln schlugen: Pflanzen, die dem Mistral und der Gluthitze trotzten, und wieso dort der Ölbaum die Herrschaft hat, der archaischste, der leiderfüllteste und mächtigste der Bäume, der dennoch das freundlichste Blätterdach trug.

Auf dem Rückweg über den zerstörten dunklen Pfad hinunter zum Hafen peitschte der Wind ständig und steif vom Meer herüber. Das Donnern des Meeres wurde immer stärker, es röchelte aus seiner maßlosen Brust, dröhnte dumpf aus den Einbuchtungen des Felsens, brach sich über den Untiefen und auf dem Strand in hundertfachem Stöhnen, in seltsamem Gelächter und Geschrei, es schien in absurde Stille zu versinken, um sich gleich darauf noch stärker wieder zu erheben. Der gesamte Ort lag inzwischen düster und versteckt da. Ich verweilte im Dunkel des Hauses und kostete den Schutz des Verschlossenen. Keine Einsamkeit, wie sehr sie auch mit menschlicher Wärme und Bindungen zum Leben angefüllt sein mag, kommt der gleich, wie die desjenigen, der sich vor dem Regen, dem Wind und der Furcht in Sicherheit gebracht hat und sich in der Dunkelheit umdreht, um hinter sich die Türe seines Hauses zu verschließen.

In tiefer Nacht trafen die Nachrichten ein. Das Glück hatte es gewollt, dass ein Schoner der Finanzpolizei die kleine Fischerflottille ausgemacht hatte und es gelungen war, vier der fünf Boote zu sichern, als die völlig erschöpften Männer in den mit Wasser gefüllten Kähnen schon ihre Ruder aufgegeben hatten.

Das fünfte Boot, das am weitesten entfernt war und an Bord nur einen Mann mit seinem elfjährigen Söhnchen hatte, konnte nicht gefunden werden.

Unsere kleine Baustelle inmitten der Olivenbäume war die festlichste, die ich je kennengelernt hatte. Gian Luigis Firma hatte ich wegen ihrer kalten Atmosphäre, zumindest zu jener Zeit, nicht mehr gemocht, diese Büros am Rettifilo in Neapel mit den grauen Treppen und den angemalten Türen aus Rotpinie, genauso wie die banalen, unzerstörbaren Möbel, die unter Buchführungsjournalen begrabenen Angestellten und diese Nützlichkeitsbauten mit Hunderten von anonymen Wohnungen für unbekannte Menschen, die künftig in Vereinslokalen, in Kaffeehäusern oder Kinos oder auf den Straßen leben würden, statt in ihren ungeliebten Wohnungen, die für sie lieblos hochgezogen worden waren.

In Licudi dagegen hörte man schon morgens angeregte Stimmen und schrilles Gelächter, wenn die kleine Mannschaft von Tagelöhnern, von Mädchen und Polieren in ihren unterschiedlichsten fröhlichen Farben in diesem Braun und Grün auftauchte. Sie alle waren in vielen Fällen miteinander verwandt oder mindestens Freunde aus Kindertagen, darauf versessen zusammenzusein, ohne die Gelegenheit eines Festes abwarten zu müssen. Sie taten die Arbeit oft nur, um sich zu sehen. Lediglich zwei dieser Mädchen gehörten von Berufs wegen dazu, die anderen, die in manchen besonders intensiven Augenblicken auch acht oder neun waren, wurden von Mastro Janaro geholt, mal die eine, mal die andere, um sich einen Tageslohn zu erarbeiten, einige andere kamen aus reiner Neugier, damit sie sagen konnten, dass auch sie am Haus der Häuser mitgearbeitet hätten. Sie bewunderten es und legten sich ins Zeug, um es mitzubauen. Der Bau des Hauses steigerte ihre gute Laune, sie fragten mich, wen ich denn dort hinbringen würde. Viele von ihnen waren schön. Alle waren sie unbedingt bereit, auch das Leben der anderen zu leben. Und sie waren stolz auf ihren Mastro, dem sie unter die Arme greifen wollten, damit er eine gute Figur abgeben konnte. Und jedes Mal, wenn er sie zusammenstauchte, blieben sie liebenswürdig. Dem Geld gegenüber zeigten sie sich gleichgültig, sie forderten es nie, und wenn sie es bekamen, schienen sie sich zu wundern. In Licudi konnte fast niemand rechnen, und

Handlanger ebenso wie Frauen nahmen die Bezahlung mit voller Hand an, denn sie hielten es für ungehörig oder sie schämten sich nachzuzählen, was sie erhalten hatten. Manchmal zählten sich zwei junge Mädchen etwas abseits ihr Geld vor und verglichen miteinander, was sie auf dem Gras ausgebreitet hatten, und berieten sich wie kleine Mädchen. Wenn Mastro Janaro dann unbedingt eine bestimmte Arbeit zu Ende bringen wollte und alle bis zum Einbruch der Dunkelheit richtig schuften ließ, wofür er ihnen hinterher auch Gebäck versprach, fragten sie nach getaner Arbeit: »Und das Gebäck?« Dann lachte Janaro und antwortete frech: »Ihr solltet es einfach nur glauben!« Dann lachten auch sie, man hörte ihre silbrigen Stimmen, als sie sich im Schatten der Olivenbäume entfernten. Schon seit Jahrzehnten schaffte es Mastro Janaro, dass alle ihm glaubten. Doch keiner nahm es ihm übel, und jeder war aufs Neue bereit, ihm zu glauben, wann immer Janaro es brauchte. Jetzt wusste ich, dass er es auch bei mir geschafft hatte, mich an ihn glauben zu lassen.

Wegen dieses engen Zusammengehörigkeitsgefühls, wegen dieser Freude, miteinander Umgang zu haben, blieb für die Menschen von Licudi die eigentümliche Vorstellung unverständlich, ein derartiges Haus bauen zu wollen, und zwar nicht im geometrischen Mittelpunkt des Ortes, wie man es möglicherweise hätte tun können, oder auch gegenüber von Don Calìs »Palazzo«, sondern vergraben zwischen Baumkronen, fast einen Kilometer außerhalb des Wohngebiets. Unmöglich, den Mädchen die Freude über die Landschaft zu erklären, über die Stille, die Einsamkeit. Für sie war dieses herrliche Haus völlig vergeudet. Es würde der Hauptstraße von Licudi kein Glanzlicht hinzufügen und die Bewunderung aller erregen, vor allem aber den Neid und die Beschämung der Leute in San Giovanni. Niemand könnte es sehen, und die wundervolle Gelegenheit, in alle vier Winde die Kunde zu verbreiten, dass eine Persönlichkeit aus Neapel Licudi erwählt habe, um dort ein dermaßen glanzvolles, großartiges Haus zu errichten, war unwiderruflich vertan.

»Wen wollen Sie denn hier reinbringen, Don Giulì?«, fragten mich die Mädchen und sahen mich mit ihren lachenden und gleichzeitig nachdenklichen Augen an. »Wer kümmert sich um Euch? Wer kocht für Euch?«

Und zusammen schrien sie: »Ich, ich, ich komme und kümmere mich!«

Ohne dass es den Anschein hatte, wurde von allen Seiten sanfter Druck auf mich ausgeübt. Bis dahin hatte ich den Olivenhain wie einen Garten betrachtet oder auch einen Park, der das Haus umgeben sollte. Doch dann hörte ich, dass man zu mir sagte:

»Wie viel Öl Ihr in diesem Jahr machen könnt, Don Giulì! Die Olivenbäume hängen voll!«

Sprach ich mit anderen, schienen alle von meinem Olivenbestand eine fantastische Menge Öl zu erwarten. Vorher war es mir nicht einmal in den Sinn gekommen, dass man mit diesem Garten Eden einen Gewinn erwirtschaften könnte. Der von Gian Michele in der Vergangenheit beauftragte Alte hatte mir, während ich auf Ischia war, im Jahr zuvor zwei Ballonflaschen Öl zugeschickt, die Onkel Gedeone verblieben waren. Jetzt ließ mich der Alte, der nun wirklich steinalt war, wissen, dass ich mich selbst darum kümmern sollte.

»Wer kommt denn die Oliven pflücken, Don Giulì?«, fragten die Mädchen mit ihren hellen Dorfstimmen, Stimmen, die in die Ferne tragen, ins Offene. Und alle gemeinsam schlugen vor: »Mir, mir! Und Mama! Überlasst sie uns, wir sind zu fünft! Überlasst sie uns, Don Giulì!«

Ich beriet mich mit Janaro Mammola.

»In diesem Jahr werdet Ihr tausend Tomoli machen, das sind um die dreißigtausend Liter, Don Giulì! Abzüglich eines Drittels für die Pflückerinnen, verbleiben Euch sechshundertfünfzig. Bei vier Tomoli pro Mahlgang bedeutet das über hundertfünfzig Mahlgänge. Bei elf Litern pro Tomolo, was neun Stari pro Mahlgang sind, tausendzweihundertfünfzig Stari. Ihr werdet über fünfzig Doppelzentner Öl in diesem Jahr bekommen, Don Giulì!«

»Was denn!«, antwortete ich völlig verwirrt durch all diese ungewohnten Zahlen und Maße. »Aber im letzten Jahr sind mir doch nur insgesamt zwei Ballonflaschen geschickt worden!«

Mastro Janaro lächelte verschmitzt.

»Im letzten Jahr gab's keine Ernte. Ihr müsst wissen, dass der Olivenbaum in einem Jahr trägt und im darauffolgenden nicht. Doch die Frauen, die zum Pflücken kommen sollen, die werde ich diesmal für Euch finden, Don Giulì, sofern Ihr wollt! Die finde ich für Euch!«

»Und wenn die Ernte zu Ende ist«, riefen die Mädchen, »machen wir dann ein ›Cuciniello‹? Ein herrliches ›Cuciniello‹ hier vor dem Haus?«

Die Brüder von Mastro Janaro lächelten unter ihren Stoffkappen. Der jüngste, Glù, vergnügte sich sieben Mal an einem Tag mit dem Hin und Her bis zum Calitri-Bach, um Sand aufzuladen. Doch es war unmöglich, ihn zur Arbeit zu bewegen, wenn er das nicht mit einem bestimmten Mädchen tun konnte. Die beiden fest verpflichteten Trägerinnen befanden sich neben den Brüdern, um ihnen zur Hand zu gehen. Die Handlanger mischten pausenlos den Mörtel. Nach und nach, wie die Steine auf nahezu mysteriöse Weise von der einen oder von der anderen Seite zu dem kleinen Platz der Baustelle gelangten, stellte Janaro die anderen Mädchen paarweise zusammen, die diese Steine an den Fuß der im Bau befindlichen Mauer brachten. Diese Mädchen »beschwerten« sich gegenseitig, das heißt sie wuchteten den Stein in einem rhythmischen Schwung von der Erde hoch, und wenn der Stein sich in Höhe ihres Gesichts befand, bückte sich eine der beiden mit ihrem Kopf unter die Last, richtete sich dann wieder auf und ging. Wenn sie angekommen war, genügte eine leichte Bewegung ihres Halses nach vorne, der Stein fiel, und das Mädchen zog sich genau so schnell und so weit zurück, dass der Stein nur eben ihre Brust streifte. Das alles hatte etwas von einer altüberlieferten Gebärde, streng zwar, doch sanft. Die Mastri drehten den Stein zwei-, dreimal um, um den Aderverlauf zu bestimmen, behauten ihn mit dem Hammer auf Maß, erhielten so die Kanten und legten ihn auf das Mörtelbett. In die Verbindungsspalten drückten sie mit dem Daumen die vom Boden aufgelesenen Bruchstücke. War der Splitter zu groß, zerschlugen sie ihn mit dem Hammer, wobei sie den Splitter in ihrem kräftigen Handteller hielten. Und die Mädchen machten sich wieder auf ihren Weg, von Tagesanbruch bis Sonnenuntergang. Jedes Mal einen Stein, eine Wanne Mörtel nach der anderen, eine Handvoll Steinsplitter, ein Weg mit Sand. Wasser, Stein, Mörtel, Sand. Das Haus wuchs.

Doch Mitte November kam alles plötzlich zum Stillstand.

»Don Giulì«, sagte Mammola an einem Samstagabend zu mir, nachdem er die Löhne ausgezahlt hatte, »von Montag an können wir für eine Weile nichts mehr tun. Jetzt müssen wir an die Oliven denken.«

Ich sagte kein Wort. Seit einer Woche lag das große Ereignis, der Höhepunkt des Jahres, den die Olivenernte für die endlosen, unbekannten Weiten des Südens darstellt, in der Luft. Jeden Abend folgten die diskreten Besuche von schalumhüllten zuversichtlichen Frauen aufeinander, die mich um das »Drittel« baten. Die Armen, die kein Land besaßen, verdienten sich so ihr Öl für das Jahr, das für sie das unverzichtbare, ja das wichtigste Nahrungsmittel in der südlichen Basilicata, in Apulien und in Kalabrien darstellte, so wie der Weizen auf Sizilien und der Reis in China. Doch die Vorsicht riet mir, mich mit dem »Palazzo« zu beraten. Ich war nämlich über die miserablen Löhne, insbesondere für die Frauen, auf meiner Baustelle dermaßen entsetzt, dass ich mir vorgenommen hatte, sie aufzubessern. Das war ein gefährlicher Präzedenzfall für Don Calì, und er hatte es vorgezogen, nicht darüber zu sprechen, so als würde er ihn ignorieren. Doch obwohl ich ihm meine Absichten mit noch größerer Achtsamkeit als der im Salon Siri gezeigten verbarg, musste ich anerkennen, dass sein Scharfsinn weitaus größer war als der der jungen Herren in Neapel. Zudem war ich außerstande, mich der Aufgabe zu entziehen, auf irgendeine Art der Familie des Fischers beizustehen, der in dem Oktobersturm auf dem Meer umgekommen war. Vor meiner Ankunft in Licudi hätte niemand erwartet, dass Don Calì etwas Derartiges tun würde, und meine Handlung klang gewissermaßen wie ein Tadel ihm gegenüber. Wenn ich ihn nun also auch in der Frage des Öls berührte, Hand an die örtlichen Bräuche legte, das feinmaschige Netz störte, über das er herrschte, wäre das eine offene Herausforderung geworden. Daher fragte ich ihn mit vielen Förmlichkeiten nach seiner Ansicht. Die nahm ich teilweise auf, Janaro besorgte den Rest. Mein »Drittel« wurde bestimmt. Ich schlug nichts Neues vor (und im Übrigen verlangte auch keiner etwas Besseres, noch etwas, das darüber hinausging), und die mächtige Maschine, die so alt war wie die Gründung von Athen, setzte sich in Bewegung.

Die Ernte der Oliven ist, Frucht für Frucht und bei über Millionen von Früchten auf der Erde, ganz sicher eine Handlung der Ergebenheit an die Natur. Und im Übrigen war alles, was mit Oliven zu tun hatte, in Licudi rituell und heilig geblieben. Schon vor der Ernte wird der Boden mit einem schönen sauberen Kreis vorbereitet, der so groß ist wie die Baumkrone breit, gereinigt von jedem Steinchen und jedem Grashalm. Dieser Kreis wird mit kleinsten Erhöhungen eingefasst, damit der Regen die Früchte nicht den Hang hinunterspülen und vergraben kann. Wenn die mächtigen Winde des bevorstehenden Winters durch die Baumkrone fahren und die unzähligen kleinen Glanzkügelchen schütteln, fallen diese, nach und nach wie sie reifen, herunter. Dann beginnen die Pflückerinnen von der untersten Stelle des Grundstücks, wo die Bäume aufs Meer schauen, sich den Hang hinaufzuarbeiten, knien dabei auf der feuchten Erde, vergessen die Mühsal in der Hoffnung auf guten Ertrag und sammeln. Eine unermüdliche Arbeit, flink, fast schon fieberhaft, die aus kleinen, vielzähligen Gesten der Hände besteht, die die Erde abwischen, mit allen zehn Fingern die winzigen Früchte betasten, die so reichlich in der Hand liegen, wie hineingehen. Und wenn die Hand gefüllt ist, steht, von ganz kleinen Mädchen, die dem »Drittel« folgen, herbeigebracht, der Korb schon bereit.

Vier solcher Körbe füllen eine Kiepe, die ein Tomolo fasst. Vier Tomoli sind die Menge, die notwendig ist, um den Mühlstein in Bewegung zu setzen. Das Ergebnis des Mühlgangs wird in Stari gerechnet, das fünf Litern entspricht. Die Qualität der Oliven je nach Jahr, der Reifegrad, der Schaden, den die Fliege verursacht hat, wenn sie hineinsticht, um ihre Eier abzulegen, beeinflussen am Ende das Ergebnis. Hierin lag Mastro Janaro Mammolas Mathematik.

Ich hatte Mitleid mit den armen Pflückerinnen, die

bei Regen und Wind, manchmal sogar bei Dunkelheit zu meinem Nutzen arbeiteten. Ich sprach mit ihnen, ich wollte, dass sie sich ausruhen, doch sie hörten mir möglicherweise gar nicht zu. Die blühenden Mädchen wie die alten Frauen, die von den Mühen und den Schmerzen aufgerieben waren, schienen von einer einzigartigen Begeisterung durchdrungen zu sein. Eine blinde Hingabe an einen uralten Ritus, in den sich die gierige Sucht eines Schatzsuchers mischte. Sie waren alle verschlossen in die gleiche Haltung und in das gleiche Aussehen, eingewickelt in ihre vom Schlamm verschmutzten Kleider, verborgen von wollenen Tüchern, damit beschäftigt, die Erde mit ihren spinnenartig bebenden Händen zu durchwühlen. Unter dem Wenigen, das sie sprachen, keine Klage.

Im Dunkeln machten sich die Frauen nun, unter der Last ihrer kostbaren Körbe, in langen Reihen auf den Weg zu den »Pressen«, und jede notierte bei der Ablieferung ihrer Ernte im Kopf ihren zukünftigen Kredit: das Leben für den Winter. Unter den Gewölben der Ölpressen, dunklen minoischen Höhlen, schwitzten sogar die Wände den Geruch von Öl aus. Und wieder drehten die gleichen Esel, die seit Wochen schon mit Scheuklappen geschützten Augen und voller Geduld um das Haus herumgetrabt waren, jetzt die jahrhundertealten Mühlsteine. Dunkle Männer, bedeckt mit Fetzen und Öligem, unter denen sich allerdings ihre athletischen Muskeln herausmeißelten, drehten mit aller Kraft gemeinsam die Stange der Ölpresse, damit aus den Strohmatten auch noch die letzten Tropfen herausrannen.

Die Wege waren von den Hufen der Tiere und von den Spuren der mit Lasten beschwerten Menschen bearbeitet worden. Rötliche Rinnsale von den Rückständen flossen unter den Türen her, Haufen ausgepresster Ölkuchen verstellten die Ecken. Und nach jeder Sturmnacht stieg, noch bevor der Regen einsetzte, »das Drittel« den Hang erneut von unten hinauf, kämpfte gegen Kälte und Zeit an und durchsuchte auf Knien drei-, fünf- und auch zehnmal das Stück Erde, das ihnen zugewiesen worden war, damit auch nicht eine Olive verlorenging. Die Reihe der Pflückerinnen, dunkel im Dunkeln, durchnässt von Wasser und Schlamm, kippte Abend für Abend in den finsteren Schuppen Tomoli auf Tomoli aus. Die Mühlsteine mahlten, sie mahlten auf den klagenden und doch nie ermüdenden Schritt des Esels mit den Scheuklappen an seinen Augen. Aus dem gerade zermahlenen Brei »empfing« das Öl sein feines Wesen in jedem kleinsten Hohlraum. Am Ende schwamm es wie wunderbar poliertes Metall in den bauchigen, mannshohen Tonvasen. Von dort würde es sich beim Umfüllen mit seinem festen, schweren, herrlichen Strahl schließlich als das erweisen, was es eigentlich war: das vollkommene Gold der pflanzlichen Natur.

In dieser Zeit kehrte Licudi dem Meer den Rücken, das unter dem feuchten Südwestwind wütend heranstürmte und den Strand, so weit das Auge reichte, mit einem weißen Schaumschleier bedeckte. Und weil ich meine schöne Aufgabe, den Arbeiten am Haus zu folgen, verloren hatte, füllte ich die Zeit damit aus, von Türe zu Türe zu gehen oder, wie die Leute von Licudi das nannten, zu »häuseln«, um ihre Existenz ganz allmählich mit dem geduldigen Schicksalsfaden meiner eigenen zu verbinden.

Diese armen Menschen, denen es allerdings nie an einer gewissen Heiterkeit mangelte, empfingen mich so gut wie es eben möglich war, und sie unterließen es trotz meiner Einwände nicht, den Espresso in bestimmten Zinnschälchen herzurichten, die das Werk von Mastro Vito waren, dem alten Kesselflicker. Der Kaffee stammte immer aus Brasilien. Bei Reisen, bei Anlässen und bei Bestellungen war die Belieferung mittels des Verwandtschaftsnetzwerks mehr oder weniger für das gesamte Dorf gesichert, das ihn im Übrigen nur äußerst sparsam verwendete und nur, um den Gast zu ehren.

Die Auswanderung, ein Schicksal der Leute von Licudi, dem die jungen Menschen geopfert zu werden schienen wie die jungen Athener dem Minotauros, regulierte, im Verborgenen zwar, doch immanent, das gesamte Leben des Ortes. Innerhalb von vier Generationen hatte Licudi drei unbekannte Örtlichkeiten in den verlorenen Weiten Amerikas erobert, und von Vater auf den Sohn wurde dieser Besitz tiefer, weil sie durch unsichtbare Fäden mit ihm verbunden blieben, so wie Lachse mit den Flussquellen auf der anderen Seite des Ozeans. Vieles sollte ich erst später verstehen können. Jetzt sah ich einen Mann nach zwanzig Jahren zurückkehren, der eine von Mühen und Arbeit verbrauchte Frau wiederfand, die er als blutjunges Mädchen zurückgelassen hatte, als es ihm erst seit wenigen Monaten der Liebe verbunden war. Doch er nahm wieder seinen Platz neben ihr ein, und Mastro Janaro Mammola wurde herbeigerufen, damit er ihr »Haus« zu Ende baute.

Mastro Janaro hatte die Arbeiten an meinem Haus eigentlich nicht nur wegen der Olivenriten unterbrochen. Sicher, er war unverzichtbar für das Ingangshalten der Ölpressen, die Reparatur der immer gefährlichen Dächer, das Ausflicken der gemauerten Wannen, in die das Öl floss und sedimentierte, und die Ausbesserung der verätzten Abflüsse. Doch vor allem versuchte er gemeinsam mit seinen Brüdern, das ganze übrige Dorf einigermaßen zufriedenzustellen, das er wegen meines Hauses der Häuser vernachlässigt hatte. Die Leute kamen zu mir und flehten mich in der Angst, dass ich ablehnen könnte, an, Mastro Janaro nicht gleich wieder für mich in Beschlag zu nehmen. Sie hatten schon unendlich lange gewartet, dazwischen gab es Hochzeiten, die Aufteilung von Hinterlassenschaften, unverschuldete Verwirrungen in Familien. Zunächst hatten sie mich alle vorgelassen, aus Gründen des zivilisierten Verhaltens, der Gastfreundschaft, der Wertschätzung. Sie hatten mir die Steine, den Zement und die Esel geliehen! Ach, die Esel! Wie konnte ich sie jetzt ein zweites Mal wieder bekommen? Ich spürte, wie sie alle Recht hatten, ich wusste, dass mein Bau wirklich nicht in sechs Monaten fertig sein würde! Und Mastro Janaro wusste ebenfalls, dass ich, als er mich zwischen den bescheidenen Häusern des Hafens Wohnung nehmen ließ, als er mich mit ganz Licudi auf du und du allein ließ, dazu gebracht würde, mir meine Gedanken zu machen und folglich auch zu verstehen. Aber da war noch viel mehr.

Da ich also aufgerufen war, diese Dringlichkeiten zu überdenken und zu entscheiden, und zwar mit umso größerer Gewissenhaftigkeit, als ich doch Richter und Partei in einem war, wurde mir klar, dass die herrliche Abgeschiedenheit des Hauses der Häuser durch die diskrete Vermittlung Mastro Janaros zur außergewöhnlichsten Bindung mit allen Menschen hier führte. Hinter jedem Gespann mit Steinen, hinter jeder Wanne Mörtel, hinter jedem Arbeitstag mit einem Esel nahm jetzt, noch vor allen materiellen Überlegungen, die menschliche Situation Gestalt an. Denn auch dafür hatte ich ja die Verantwortung übernommen, indem ich bereit war – auch wenn mir das nicht bewusst vor Augen trat –, sie zu verändern oder sie aufzuheben. Mein Haus hatte, zugleich mit dem Material, die Gedanken von halb Licudi in sich aufgenommen und war jetzt durch verborgene, aber ungeheuer feste Bande mit all den unzähligen Wohnstätten verwoben, mit denen es seine Glieder teilte.

»Diesen hier«, hatte Angiolina gesagt, eine Frau so würdevoll und still, wie man sich die Heilige Anna vorstellte, »diesen Stein hier, der Eure Schwelle bildet, habe ich vom Bachbett auf dem Kopf zwei Stunden lang getragen. Ich wollte damit die Mauerkante meines Hauses bauen. Mit Freude habe ich ihn Euch überlassen!«

Es handelte sich also nicht darum, einen Stein zu begleichen, sondern vielmehr eine Arbeit und eine Gabe. Und außerdem war da noch die Zeit, die nicht nur die vierte Dimension der Dinge ist, sie ist ihr größter Wert, sie ist ihr Gewicht. Wie viele Jahre der Schaffenskraft musste ich also begleichen?

Mastro Janaro, der sich wortlos zu meinem Minister gemacht hatte, beherrschte mit heiterer Willkür die Anlage des Schachbretts. So wie er Geniacolos Bau ohne jede Verpflichtung und zudem vor der Zeit vollendet hatte (so, aus dem Stand, um dem Dorf zu zeigen, dass es kein Fehler war, dem zu vertrauen, für den er sich verbürgt hatte), genau so würde er auch hinterher verfahren. Er würde unendliche Materialien und unendliche Dienste auf dem Konto des Hauses der Häuser verbuchen, um mit der mir und ihm selbst würdigen Großherzigkeit zurückzuzahlen, was geschuldet wäre. Danach würden dann niemals weitere Mengen, Qualitäten oder Maße in Rechnung zu stellen sein. Durch das Werk Mastro Janaros betrat ich den Lebenskreis von Licudi mit Großzügigkeit, Sorglosigkeit und Annäherung an die Natur.

Die Gespräche, die die Leute von Licudi also mit mir führten, waren nur dem Augenschein nach schlicht. Die dauernde Bewertung der Gewichte und das bohrende Gedächtnis, die in ihnen steckten, machten sie angenehm und schwierig zugleich. Mehr als einmal kam es vor, dass ich mir klar darüber wurde, was sie mir eintrichtern wollten, indem ich einfach nur darüber nachdachte. Ansonsten pflegten diese Graeculi, diese törichten Griechlein, untereinander eine freundliche und heilsame Ironie. Wenn »Salimma«, Don Calìs rechte Hand, wichtigtuerisch verkündete, alles zu wissen und alles zu besitzen, kamen die »Paranzuoti« zu ihm, die Küstenfischer, die zufälligerweise im Hafen vor Anker gegangen waren, und im Sommer auch die ahnungslosen Commendatori aus Mailand in weißen Hosen und Kapitänsmützen auf Entdeckungskreuzfahrten im Süden. Sie fragten ihn, nachdem die Hafenarbeiter sie dazu aufgestachelt hatten, nach einem Sprudelsiphon, nach einer Ersatzlinse für ihr Fernglas, nach einem Erdbeereis oder einem Spill.

»Seid Ihr denn nicht Salimma? Man hat mir versichert, dass Ihr Lager alles böte!«

Vielleicht, um Unheil abzuwenden, machten sie auch Witze über das, was sie fürchteten oder woran sie litten.

»Wenn das da gut gewesen wäre«, sagte Geniacolo, als er sah, wie das Meer sich zusammenkrampfte und bis zu den kleinen Häusern des Hafens heraufwogte, »hätte mein Großvater sich das Laster des Rauchens mit siebzig nicht abgewöhnen müssen.«

Immer gab es in Licudi diese Mischung aus Oberflächlichem und Tiefem, diesen Geschmack an Anspielungen, dieses leichte Hinweggehen über einen möglichen Abgrund, und darin sah ich eine Entsprechung zwischen dem Wesen der Menschen und dem der Oliven: gequält und unbeugsam im Stamm, und so wunderbar fließend und heiter im Blätterdach und im Öl.

Ich begann wahrzunehmen, dass auch Mastro Janaro unter seiner mitreißenden Euphorie seine Qualen erlebte. Ich ging zu ihm nach Hause, doch er und seine Brüder waren durch die Arbeitsmühsal von Tagesanbruch bis abends um zehn nie da. Ich traf seine

Eltern mit ihren Gedanken beschäftigt neben der dunklen Feuerstelle sitzend an. In Licudi gab es nur Holzfeuer, und über den spitzen Zweigen standen auf den »Trippeti« (das sind Dreifüße, die aus einem auf drei Stützfüßen montierten Eisenring bestanden) kleine Töpfe und Pfannen. Wenn man es nicht brauchte, lag das Feuerchen als Glut unter der Asche, doch wenn man es brauchte, genügte es, einige Male zu blasen, um es wieder zum Lodern zu bringen. Janaros Mutter klopfte eine Scheitspitze, um den verkohlten Teil abzuwerfen. In einer so demutsvollen und vornehmen Haltung, wie sie den Frauen von Licudi eigen war, blies sie, und auf der Stelle versprühte die Flamme wieder fröhlich ihre Funken.

Vater Mammola, der bereits in vorgerücktem Alter stand, war vor Janaro der einzige Mastro in Licudi. Viele Jahre zuvor hatte er an der ersten, in den Süden führenden Eisenbahnstrecke mitgearbeitet. Das war nach dem Anschluss des Königreichs beider Sizilien an das Königreich Italien. Aus dieser Zeit erzählte er die wunderbarsten Geschichten. Das Werk des Eisenbahnbaus wies damals mit Sicherheit zwischen unseren schroffen Bergen die Merkmale eines antiken Epos auf, ähnlich dem, wie die Amerikaner heute die Pioniere des Wilden Westens besingen, um sie zu ehren. Die Toten, die diese Eisenbahnstrecke gefordert hatte, konnte man damals gar nicht zählen, und heute sind sie vergessen.

Vater Mammola, der sich scheinbar durch mich angeregt fühlte (der ich während meiner »Häuslerei« bei den anderen schon einen ziemlichen Vorrat an Indiskretion angelegt hatte), schüttelte den Kopf, wenn er über Janaro sprach, den ich unentwegt vor ihm lobte.

»Er ist ja ein tüchtiger Sohn, auch ein begabter Sohn!«, antwortete er mit einer Färbung, die einem älteren Sprachgebrauch verhaftet war und hier und da besondere Wörter gebrauchte. »Doch er ist ein Baum«, und hier benutzte Vater Mammola das Wort ›arbore‹ anstelle des Wortes ›albero‹, wie eine Urgestalt der *Cento novelle antiche*, der *Hundert alten Erzählungen*, »er ist ein Baum, der seine Wurzel in vergiftetes Wasser gesenkt hat.«

Das vergiftete Wasser, das Janaro mit seiner Wurzel aufsog, war eine Frau aus Piaggine, die Gott weiß wie nach Licudi gekommen war, und die ich einige Male von weitem gesehen hatte. Ihre nahezu göttliche Schönheit war mit Lumpen bedeckt gewesen.

»Ich habe von ihr gehört, Padre Mammola. Das ist doch die, die man Tredici nennt, Dreizehn. Wer hat sie eigentlich so getauft?«

»Die ist nicht getauft. Und Ihr werdet ja wohl auch wissen, Don Giulì, dass Janaro zwei Kinder mit ihr haben soll. Aber wer kann schon sagen, ob sie seine sind? Tredici ist die Frau vom Hafen. Wenn in der Nacht mein Sohn nicht heimkommt, in sein schönes, sauberes Bett, sondern auf einem Strohsack bei ihr liegt, findet seine Mutter keinen Frieden. Wenn er dann kommt, müssen wir ihm alle Kleider ausziehen, weil sie verseucht sind. Unser Sohn in den Händen dieser Hexe! Denn eine Hexe ist sie, das wisst Ihr!«

Ich versuchte, Vater Mammola zu trösten und Tredici besser kennenzulernen. Doch sie wich mir aus, das sah ich sehr wohl. Nur ihr magnetischer Blick blitzte in ihrem dunklen Gesicht auf. Tredicis Gang war ausgesprochen göttlich. Ihre weißlichen Lumpen schmiegten sich an ihren Körper wie die herrlichen Peploi, die die Antiken für ihre marmornen Meisterwerke ersonnen hatten.

Mit mir sprach Janaro nicht über sie. Sein Stolz als Mastro ließ es nicht zu, die Realität einer demütigenden Situation zu erkennen: zwei Kinder, die vielleicht seinem Samen entsprungen waren und vielleicht auch zu seiner Schande. Und das Dorf raunte: »Sie hat ihn irgendwie verhext. Ihn, den stärksten Mann von Licudi. Ihn, den Mastro, vor dem auch Don Calì den Kopf beugen muss. Wie soll man sich das sonst erklären?«

Die Weihnachtswoche kam, die im Dorf ärmlich gefeiert wurde. Durch die beißende Luft hallten die Schreie der Schweine, deren letztes Stündlein geschlagen hatte. Ich sah nacheinander kleine Boten ankommen, die auf einem geschmückten Teller aus Ton, von einem Geschirrtuch und ein paar Lorbeerzweigen bedeckt, mir ein Stück vom Schwein brachten, das Geschenk einer Familie. Am Ende war in Geniacolos Haus, wo ich diese Geschenke abstellte, so ziemlich ein halbes Schwein in vielen Einzelstücken zusammengekommen, die zu zwanzig unterschiedlichen Schweinen gehörten. Geniacolo gab mir den Rat, sie freundlich anzunehmen, weil ich mich auch leicht wieder erkenntlich zeigen könne, jetzt, da die Ölmengen ausgerechnet wurden. Kleiner Nachtrag zum Tausch der Steine.

»Ihr macht fünfzig Doppelzentner Öl, Don Giulì! Was fangt Ihr damit an? Natürlich könnt Ihrs verkaufen, aber wer weiß, wie viel Euch bleibt! Ihr wollt doch eine freundliche Geste machen!«

Mit Geniacolo, Ferlocco, den kleinen Töchtern und der gesamten Nachbarschaft veranstalteten wir riesige Essgelage mit Schweinefleisch, die zumeist schon hier und da zwischen irgendwelchen Kabuffs im Hafen von Giacomo »il Fimminella«, »dem Weiblichen«, zubereitet wurden. Dieses Wesen wäre an jedem anderen Ort ins Auge gefallen, dagegen wurde er von den Menschen in Licudi objektiv wie jede andere Form der Natur betrachtet und angenommen. Er mochte wohl schon um die sechzig sein, war groß, zermürbt und sanft in seinen Bewegungen und in seiner Stimme. Gewöhnlich hatte er einen gesenkten Blick und die Hände in den Schoß gelegt, ganz so wie die Frauen. Von ihnen hatte er auch alle anderen Verhaltensweisen, auch bei seiner Kleidung, ausgenommen seine Hosen, die allerdings sehr weit waren und drapiert. Ansonsten zeigte »il Fimminella« keinerlei anomalen Neigungen, außer seinem Rückzug in eine längst eingefleischte, altjüngferliche Keuschheit und dem beharrlichen Wunsch, eine Frau sein zu wollen, und diesen Wunsch kannten alle und nahmen ihn auch so hin. Er also trug die Amphore mit dem Wasser auf seinem Kopf, er nähte und kochte fabelhaft. In Licudi floss der Wein reichlich. Man erzählte sich, dass man derartige Feste vorher nie gesehen hätte.

Am Weihnachtstag fand eine Messe statt, eine von denen, die der Priester von San Giovanni nur widerwillig in einem Dorf feiern kam, das eigentlich nur wenig für ihn »bereithielt«. Licudi wartete seit Jahren schon auf seinen eigenen Pfarrer, so wie es auch auf seine Straße wartete. Doch Don Calì bezog die Eroberung eines Seelenhirten nicht in sein Wahlprogramm ein. Die völlig kahle Kirche schmückte man lediglich mit Sträußen von Wildblumen und dem einen oder anderen Schleier mit lebendigeren Farben auf dem glänzenden Haar der Schönen.

Zur Vesper entfachte Janaro Mammola (denn auch das gehörte zu seinen Aufgaben) das Feuer für die Knaller auf dem Platz vor der Kirche. Er lief an seinen aus Schilfrohr und Kordel aufs Geratewohl hergerichteten Feuerständen vorbei, fast so, als würde er das Feuer leiten, das unter seinen Händen knisterte, so lang und schnell und auch ein bisschen unwirklich in all dem Rauch. Und völlig unversehens tauchte Tredici vor mir auf, die ihn aus ihren ungewöhnlichen, ungeheuer intensiven Augen anstarrte und gleich verschwand, als die Prozession der Jungfrauen von Licudi aus der Kirche kam, alle weiß gekleidet und, wie die Madonna, der sie geweiht waren, mit einem himmelblauen langen Umhang bedeckt.

Die Schönste unter ihnen trug das Kreuz, und ihr folgten die anderen, die einfach und würdevoll zugleich waren, und führten ihre kleinen lieblichen Füße in den neuen Pantoffeln vor. Viel Zeit musste vergehen, bis ich verstand, warum hin und wieder ein Mädchen aus Licudi seinen Platz in der Prozession verließ und einer anderen das weiße Kleid und den himmelblauen Umhang übergab. Damals sah ich in Licudi ausschließlich Unschuld. Und Don Calì selbst, der mit allen anderen dem Kreuz folgte und mir hinterher seine Weihnachtswünsche aussprach, kam mir, versunken in seiner vielfältigen Schuld, noch wie der Beste unter all den Durchtriebenen vor, die ich kannte. Hier lag das Böse, sofern es das gab, ganz menschlich in den Armen der Natur. Hier wäre das vom Zweifel zerrissene Antlitz Paolo Grillis wirklich wie das Gesicht des Dämons erschienen. Hier bestand ein Zauber, sofern Tredici einen aus ihren Armen hinausschickte, aus Liebe, und ich konnte wahrnehmen, dass Mastro Janaro seine von schwerer Arbeit erschöpften Glieder dort entspannte wie in einem unendlich süßen Bett.

Den Rest des Abends verbrachte ich bei Don Calì. Die Anwesenden, alles Leute, die wie er beinahe zur Nachtzeit aufstanden, dämmerten vor sich hin, wachten auf und ließen gelegentlich ein paar Worte fallen. Diese chronische Müdigkeit aller, die sich einstellte, sobald sich jemand setzen konnte, zeigte die Unbesiegbarkeit des natürlichen Lebens, das in der Luft lag. Gleich Katzen und Hunden, waren die Herrschaften immer zu einem Imbiss oder einem Schläfchen aufgelegt, sofern sie nicht arbeiten, herumlaufen oder gar bellen mussten.

Wie sie ließ ich mich von dieser wunderbaren Schläfrigkeit erfassen. Den ganzen Tag über war ich in den Armen des Dorfes gewiegt worden, was eine für mich vorher nie gekannte Erfahrung darstellte. Unter den möglichen Lebenszuständen schien dieser, in seinem Zentrum ruhend, alles zu haben, was zur Vollkommenheit gehörte: so zwischen Führen und Folgen, zwischen Lehren und Lernen, zwischen Überlegen- und Unterlegensein schwebend. Hier bestand nicht einmal die Notwendigkeit irgendeiner Form, eines Verhaltens, eines Stils, die am Ende doch immer nur wieder Gewohnheiten werden, was zu einer Erstarrung des Verstandes und bisweilen auch zur Unterdrückung des menschlichsten aller Bedürfnisse führen kann. Immer wieder war ich aufgerufen zu bewerten, anzunehmen oder auszuwählen, jedoch nach meinem spontanen Maß, das hinter Gefühlen und nicht eingeflüsterten Gedanken im bequemen Schoß aller anderen eingebettet war. Hierher hatten mich der Schatten und die Intention von Onkel Gian Michele geführt, wie sie mir da oben in dem fruchtbaren Hain erschienen waren, inmitten dieses glücklichen Volks von Tieren und Pflanzen, eingetaucht in die Natur und in eine derartige Nähe zum Göttlichen.

Wenn es kurze Zeit still war, klirrten die Fensterscheiben im Wind, der aus dem Dunkel heraufstieg, und das Rauschen des dreihundert Meter weiter unten gelegenen Meeres hallte noch hier oben nach. Der Raum war schmucklos, jedoch in jedem noch so kleinen Element nützlich: der hohe Kamin aus grob behauenem Stein, die Stapel von Töpfen, Amphoren und Schüsseln, die verstreut aufgestellt und, so konnte man sagen, gepflegt waren, und der beträchtliche Stapel Kaminholz. Don Calìs Hund, ein reinrassiger Setter, der voller Zecken steckte, ein schlammverschmiertes Fell und, wegen eines ständigen Tränenflusses, halb geschlossene Augen hatte, lag reglos zwischen den Füßen seines Herrn. Das Licht war das übliche in den Dörfern, rötlich und träge: eine Birne hing an einem Kabel herunter, das durch Rauch und Generationen von Fliegen schwarz geworden war. Die Frauen bewegten sich lautlos und richteten das Abendessen her.

Und die Welt war wieder so geworden wie diese Dinge, jedoch in meinem Inneren, nämlich unverfälscht und einfach wie ein Stück Brot, das auf einem hölzernen Schneidebrett angeboten wird.

Bevor das Jahr zu Ende ging, tauchte Janaro Mammolo unerwartet bei mir auf.

»Fünftausend Steine«, sagte er, »liegen im Steinbruch bereit, und sobald die Ölmühlen aufhören zu mahlen, sind die Esel wieder bereit, und wir beginnen mit dem Transport. Das Fundament und die Mauern des Kellergeschosses sind fertig. Jetzt brauchen wir Balken, um die erste Decke einzuziehen. Wenn Sie sie besorgen wollen, wie Sie mir gesagt haben, ist das der Augenblick.«

In meiner Vorstellung musste ich die Balken aus den Wäldern oberhalb von Cerenzia holen. Dort oben lag, gemeinsam mit den behauenen Steinen, der Ursprung des Hauses. Janaro zeigte sich nicht abgeneigt, denn wir brauchten gerade und lange Stämme, die der Ölbaum nicht liefern konnte, und zudem eine beträchtliche Anzahl.

»Die Bäume von da oben herzubringen«, sagte Janaro, »ist keine Kleinigkeit. Doch wenn Ihr wollt, kommen meine Brüder und ich mit Euch. Wir müssen sie hier runter schaffen.«

Es war ein denkwürdiges Unternehmen. In Cerenzia gab es so viel Holz, dass man eine ganze Flotte damit hätte bauen können. Doch ich hielt es für unerlässlich, dass die Stämme Brüder und Nachbarn von denen waren, die ich aus Gian Micheles Wald hätte ziehen können, wo ich andererseits aber nicht einmal die Absicht hatte, auch nur ein Blatt zu berühren. Hätte ich die anrainenden Eigentümer bemühen wollen, hätte ich keinen angetroffen, der in Cerenzia ansässig gewesen wäre. Außerdem brauchte ich abgelagertes Material. Die Notablen schauten mir mit einem gutmütigen, stillen Lächeln kopfschüttelnd zu, genau so wie es Onkel Gedeone mit mir zu tun pflegte, aber sie entmutigten mich nicht. Doch war es der stille Wirt, der für mich bereits den Kamin gefunden hatte und jetzt auf diesen Holzschatz gestoßen war.

»Das eingestürzte Haus des Barone Castro«, vertraute er mir an, »hat noch sechs oder sieben Decken mit guten Balken. Die sind mindestens zweihundert Jahre alt und so geschnitten, wie Ihr sie braucht. Sie liegen im Wald des Barone, gleich neben Ihrem. Wenn Ihr ihn in einem Brief darum bittet – er wohnt in Moliterno –, schenkt er sie Euch. Er ist ein Herr. Wichtig ist, dass die Balken Euch nützen können.«

Janaro machte sich auf, um sich das verfallene Haus anzusehen, und es juckte ihn in den Händen, als er zurückkam. Ich erkundigte mich über Barone Castro, doch die Herren von Cerenzia lachten nur.

»Vor zehn Jahren war der Palazzo noch bewohnbar, und mit ein paar Reparaturen hätte man ihn erhalten können. Der Barone aber hat es, ohne auch nur mit der Wimper zu zucken, zugelassen, dass Wind und Wetter ihn zerstört haben. Alle haben sich daraus das geholt, was sie haben wollten. Wenn Ihr ihm schreibt, wird er Euch nicht antworten. Einmal ist er hier heraufgekommen. Wir haben ihm den ›Palazzo‹ gezeigt, und er hat gesagt: ›Meine Vorfahren haben sich damit amüsiert, ihn zu bauen, und ich amüsiere mich damit, ihn zusammenfallen zu sehen.‹ Tja, so ist der Barone Castro.«

Ich telegrafierte dem Barone zweimal ausführlich, doch nie erhielt ich eine Antwort. Ich wusste nicht, was ich tun sollte. Und als ich zwei Tage später neben dem Kaminfeuer wieder darüber nachdachte, tauchte Mastro Janaro mit einem strahlenden Gesicht auf.

»Die Balken liegen bereit«, erklärte er. »Ich und meine Brüder haben sie herausgeholt!«

Ich lief hin, um mir das anzusehen. Die Mammolas hatten mit nicht in Abrede zu stellender Meisterschaft das auf unnachahmliche Art demoliert, was von dem geschmähten Haus noch übrig geblieben war. Ein monumentaler Stapel von Holzbalken schichtete sich zwischen Bergen von Mörtel auf dem freien Platz auf, der einmal der Innenhof war.

Ich ging zu dem guten Podestà, damit er mich aus dieser Bescherung herauseiste. Er beruhigte mich.

»Machen Sie sich keine Sorgen«, sagte er. »Diese gefährdenden und gefährlichen Balken mussten durch die Gemeinde und zu Lasten des Barone herausgelöst werden. Es ist lediglich aus Geldmangel und aus Mangel an geeigneten Fachkräften nicht geschehen. Doch Eure Mastri waren geeignet. Und wenn die Decken von selbst eingestürzt wären, wäre alles unter dem Schutt verrottet. Holt Euch die Balken und bezahlt sie, wenn der Augenblick kommt. Mit dem Barone werde ich reden.«

Wir hielten einen Rat ab, wie wir für den Transport dieser Kolosse vorgehen sollten, von denen einige acht Meter lang waren.

»Von hier bis zur Eisenbahn«, sagte Janaro, »können die Lastwagen durchkommen, und die Eisenbahn bringt uns die Balken dann nach Maratea. Im Verlauf eines Tages verschiffen wir sie über die ruhige See und laden sie in Licudi aus. Vom Hafen ziehe ich sie dann mit Ochsen bis zu Eurem Olivenhain hinauf, danach rollen wir sie über den Hang. Das geht alles in Ordnung!«

Und so gelangten die Balken zur Bucht von Maratea. Die Mastri verhandelten mit Fahrern, Arbeitern, Karrenkutschern und Eisenbahnern wie ganz natürliche Vorgesetzte, und die anderen sagten keinen Mucks. Der Schiffseigner dagegen erwies sich als schwieriger, doch Janaro traute ihm nicht und schickte einen seiner Brüder an Bord.

»Wir«, sagte er, »machen uns schnell nach Licudi auf und bereiten alles vor.«

Natürlich tobte das Meer. Vier Tage lang sah man draußen nur bedrohlichen Wellengang. Janaro lachte verschmitzt.

»Die liegen hinter der Insel Dino und leeren ein Fass Muskateller. Wären sie gleich gekommen, hätte ich noch keine Ochsen gefunden und noch keine Schlitten vorbereitet gehabt. Ihr werdet schon sehen, sie werden genau dann auftauchen, wenn wir bereit sind!«

Und wirklich, der stürmische Südwest nahm ab, und wir sahen die Paranza anmutig in den Hafen einlaufen. Die Paranzoten riefen, sie hätten vier Tage verloren und wären in Eile, und mit der Hilfe von Haken, gleich zahlreichen Piraten, deren Enkel sie ganz sicher waren, warfen sie die Balken ins Wasser.

Janaro wirkte zufrieden. »Sie haben uns die Mühe erspart«, sagte er, »so musste es gemacht werden.«

Licudi, das vor so viel Grandezza erstaunte, sah zwei Tage lang, wie die Ochsen vorbeizogen und auf einer Art Schlitten diese nie gesehenen Balken hinter sich herschleppten. In der gleichen Art mussten die antiken Ägypter die kolossalen Steinblöcke bewegt haben, die der Pharao zur Pyramide bewegen ließ.

Nach dem Dreikönigsfest klarte das Wetter auf. Die Hämmer der Mastri hallten silbrig in der Ferne. Das Haus der Häuser, das bereits eine erste Decke über dem Kellergeschoss besaß, richtete seine silbern schimmernden Mauern auf, die schon von weitem inmitten des tiefen Grüns des Olivenhains sichtbar waren.

Anfang Februar 1935 waren auch die Mauern des ersten Stockwerks vollendet, und die Mastri zogen die Balken von Cerenzia hoch, um die zweite Decke einzuziehen. An diesem Abend war ich wie gewöhnlich nach dem Essen zu Geniacolo hinuntergegangen, um mich mit ihm neben dem Kaminfeuer zu unterhalten, doch wurden wir durch stürmische Schritte unterbrochen. An der Tür erschien eine Frau.

»Tredicis Tochter«, sagte sie mit von Leid ermatteter Stimme, »ist verbrannt!«

Ich sprang auf. Geniacolo verharrte reglos in seiner Haltung vor dem Kamin, mit dem Schürhaken in der Hand, um das Holz aufzurichten. Das jüngere der beiden Mädchen schlief anmutig in seinem Armstuhl. Doch das ältere verdrehte die Augen und rief: »Mamma mia!« Da wachte auch das jüngere voller Angst auf, und Ferlocco drückte sie gleich an seine behaarte Brust und streichelte sie.

Dann folgten die zahlreichen Einzelheiten dieser schrecklichen Geschichte. Tredicis Kind, eines der beiden, die für Janaros Töchter gehalten wurden, mochte vielleicht drei Jahre alt sein. Manchmal hatte ich gesehen, wie diese Geschöpfe vollkommen verdreckt und verschwitzt, aber lachend und kerngesund, sich im Staub vor ihrer Behausung wälzten. In Licudi, wo das Feuer praktisch auf dem Boden angezündet wurde und die Kinder allein blieben, während ihre Mütter bei den Brunnen waren oder auf den Feldern, war ein Unfall dieser Art leider nichts Ungewöhnliches. Im Jahr zuvor musste man zwei beklagen. Doch dies hier war ein Unglück mit weitreichenden Folgen. Es hatte sich kurz vorher ereignet, in der Nacht, als Tredici keinen Grund hatte, nicht zu Hause zu sein. Die Kleine war auf ihrem Stühlchen eingeschlafen, dabei rutschte sie mit ihrem Gesicht ins Feuer. Das andere Mädchen, das ebenfalls schlief, hatte es nicht bemerkt. Die Nachbarn waren zu spät herbeigeeilt. Das Kleine ist fast gleich darauf gestorben.

Am folgenden Tag erschien Mastro Janaro nicht zur Arbeit. Seine Brüder blieben stumm, doch in ihren Gesichtern las ich eine verächtliche Starrköpfigkeit. Die Arbeiterinnen redeten nicht laut und sie lachten auch nicht. Glù ging und kam mit seinem Esel und hielt den Kopf gesenkt, wie sein Tier und auch das Mädchen, das ihm Gesellschaft leistete. Ich aber wollte nicht, dass sie in Janaros Abwesenheit die zweite Decke schlossen.

Ich ging zu Don Calì. Für ihn hatte diese Geschichte keine große Bedeutung. Es war eines jener Naturereignisse, die das Dorf heimsuchten wie Gewitter und Sturmfluten. In Licudi, diesem heiteren Flecken, schoss manchmal auch der Tod pfeilschnell und unbarmherzig herunter wie der Falke, der sich auf seine Beute stürzt. Ein Hirte wurde inmitten seiner Schafe unter einer Eiche vom Blitz getroffen; ein alter Mann glitt in einen Brunnenschacht, in genau die Quelle, die er selbst entdeckt und eingefasst hatte, er ertrank in dem Wasser, das er fünfzig Jahre lang getrunken hatte; und ein kleines Geschöpf, wie das hier, kam im Feuer um.

»Der Maresciallo von San Giovanni ist heute Morgen vorbeigekommen«, sagte Don Calì, wie wenn er mir Nachricht über irgendetwas Alltägliches geben wollte. »Tredici könnte dafür verantwortlich sein. Doch der Maresciallo schiebt derartige Fälle immer von sich, und der Amtsrichter schließt sich ihm an. Fürs Dorf ist das wohl auch besser so.«

Die Frauen von Licudi brachten mir, eine nach der anderen und jede mit ihrem Anteil von Worten und

Gedanken, weitere Teilstücke der Wahrheit über diese Nänie, die das Dorf in seiner kollektiven Seele zusammensetzte und, wie in der antiken Tragödie, als Chor den leidvollen Kommentar übernahm.

»An diesem Abend war Mastro Janaro Mammola nicht bei Tredici. Den ganzen Tag hatte er mit den Brüdern zusammen hart gearbeitet, um die Balken für Euch hinaufzuschaffen. Und er war zu Hause, bei seiner Mutter, die ihn erquickte und stärkte.«

»Die sizilianischen Paranzen hatten im Hafen angelegt. Keine der Frauen von Licudi wäre da in jener Nacht durch den Ort gegangen.«

»Uns ist bekannt, Mastro Janaros Mutter hatte ihn auf das Kruzifix schwören lassen, dass er nie wieder zu dieser Frau aus Piaggine zurückkehrt.«

Licudi war gegen diese Frau eingestellt, vielleicht auf Grund der von Vico beschworenen heroischen Vorstellung, die im Fremdling den Feind erkennt. Doch ich wusste auch, dass Mastro Janaro, der einerseits vor Begehren zerrissen und andererseits von seiner Familie und vom Zweifel besessen war, sich mitunter wochenlang nicht bei Tredici blicken und sie ohne jegliche Unterstützung ließ. Dann fehlte es ihr und den kleinen Mädchen ganz bitter an Brot.

Ein paar Tage später kehrte Janaro zur Arbeit zurück, ohne durch das geringste Verhalten erkennen zu lassen, wie sehr er betroffen war. Seine Brüder wirkten so glücklich, als hätten sich zwischen ihnen und Janaro durch einen neuen Pakt die ohnehin schon festen Bindungen wieder verstärkt. Die Hämmer schlugen dumpf. Die Mädchen lachten. Die breiten und schweren, mit der Hand zugesägten und mit dem Beil bearbeiteten Äste aus Olivenholz waren fertig und rochen nach Öl. Mastro Janaro stand oben auf der Leiter, nahm sie auf und ordnete einen nach dem anderen an. Dabei suchte er nach Fehlerstellen oder Spalten im Holz, um dort die Nägel hineinzutreiben und sie mit seinem mächtigen Arm zurechtzurücken, bis sie schließlich ins Holz der Bäume von Cerenzia griffen. Grad um Grad wuchs mit großer Sanftheit der Schatten zwischen den Mauern, die meine sein würden. Die Fensterräume, die bis dahin offen lagen und so bedeutungslos wirkten, bekräftigten ihre lichtdurchströmten Rechtecke und rahmten den reglosen Tanz der Olivenbäume ein. Abends war das Haus der Häuser bereits in der Lage, einen Menschen vor Wind und Sonne zu schützen. Gleich der Urhöhle hatte es seinen geschlossenen Ort.

Ich wartete auf den Sonnenuntergang und darauf, dass die Arbeiter fortgegangen waren. Erst da stieg ich die Leiter bis oben hinauf zur neuen Decke. Vor mir vereinzelten sich die Bäume ein wenig, fast wie in einer natürlichen Senke aus Grün, einer Höhlung in der Höhlung, dem Strand gegenüber, und weil das Haus den zentralen Ort dieser Welt der Pflanzen, des Sandes und des Wassers darstellte.

Oben spürte ich, wie mein Herz sich vor Freude zusammenzog. Als der Blick über den unendlichen Rhythmus der Zweige hinwegeilte, erfasste er zugleich die bergigen Arme, welche die Hafenbucht umschlossen, die Säume des Strandes, die grenzenlose Weite des Meeres. Die Sonne stand dicht über dem

Wasser, gleich einem gewaltigen und nahezu menschlichen Feuer, das die Augen verzaubert betrachten konnten. Der Golf lag reglos da, ohne eine Kräuselung durch den Wind, wie eine durchsichtige, violette, silbern glänzende, aschenfarbene Marmorplatte. Und unterhalb der Felsen zeichneten die letzten Sprenkel des Tages feinste Linien aus Licht, gleich einem Spiegel, der im Schatten funkelt.

Geblendet stieg ich wieder hinunter. Da löste sich ein Schatten von der Wand und glitt lautlos auf mich zu.

»Hoher Herr! Hoher Herr! Eine Gefälligkeit!«

Ich erkannte Tredici. Sie stand jetzt reglos da, ihre beunruhigenden Augen hatte sie zur Erde gerichtet. Das fleckige, verschlissene Kleid reichte ihr fast bis zu den Füßen. Die Fülle ihres Haares hüllte sie bis über ihre Schultern ein. Der Umriss ihres Körpers war im Halbdunkel von göttlicher Bewegung.

Sie hielt mir einen zu einem kleinen Fetzen verkommenen Brief hin. Weil sie nicht lesen konnte und niemandem vertraute, hatte sie ihn aufgehoben und während all dieser Tage des Wartens befragt.

In dem schwachen Licht erkannte ich Mastro Janaros Handschrift, dieselbe, die ich mir über seinen Berechnungen und Plänen angewöhnt hatte zu deuten. Doch die Ausdrucksweise war ganz sicher nicht seine. Ich stellte mir die Familie von Mastro Janaro vor, die strenge Mutter, die schwermütigen Brüder, wie sie die Sätze abwogen, die Worte schärften für die Zurückweisung der Schande ebenso wie der Verantwortung, ja, selbst noch des Blutes. Ich wusste und ich verstand sie. Doch lieber wäre es mir gewesen, nicht zu wissen und sie nicht zu verstehen.

Tredici folgte geradezu besorgt und voller Spannung mit unruhigen Augen den Bewegungen meiner Lippen.

»Sagt er das wirklich so?«

Wo ich konnte, hatte ich abgeschwächt. Aber was konnte ich im Grunde schon tun?

»Genau so!«

Als ich zu Ende gelesen hatte, blieb sie einen Augenblick still stehen. Dann nahm sie mir das Blatt aus der Hand und blickte auf. In ihren Augen sah ich das Lodern einer schrecklichen Flamme. Tredici richtete sie gegen das Dorf. Im Dunkeln glaubte ich, eine außerordentliche Kraft wahrzunehmen, die sich aufmachte, um dieses Dorf zu treffen.

»Tredici«, schrie ich, ohne dass es mir bewusst wurde. »Nicht gegen mich!«

Wild schüttelte sie ihren Kopf und verschwand. Ich blieb allein zurück. Ich stützte die Hand gegen die Mauer und fühlte die angenehme Frische des Steins unter der Handfläche. Mir war es, als hätte ich gerade eine gewaltige Anstrengung hinter mir, als wäre es mir endlich gelungen, als hätte ich es fertiggebracht, mein so hart erworbenes Gut zu beschützen.

Als könnte ich mich jetzt ausruhen. Als hätten die Olivenbäume mir wirklich Frieden gebracht.

2. Das Auge

Die Gemeinde San Giovanni an den Hängen des Monte Palanuda umfasste ganze sieben Ortsteile, von denen sechs aus völlig verelendeten Weilern auf felsigen Höhen bestanden und einer, Licudi, am Meer lag.

San Giovanni, ein Ort von mittlerer Größe, wies keine Besonderheiten auf: einen Kern von jahrhundertealten, wie Festungen verschanzten Häusern, in denen die größten Landeigner lebten, und ein Streifen rauchgeschwärzter Häuschen ohne jede Art von Annehmlichkeit. Die einfachen Leute von San Giovanni führten ein wesentlich schlimmeres Leben als die in Licudi und trugen im Gesicht die Zeichen eines alten, von Mühsal betäubten Kummers. Viele bearbeiteten Landstücke unten beim Calitri und allabendlich klommen sie, vollbepackt wie Tiere, den steilen Weg wieder hinauf. San Giovanni wurde von einer überraschend großen Zahl Schweine bewohnt. Zwischen ihnen und der »guten Luft« lebte man im Sommer inmitten von Fliegenschwärmen.

Reiche in San Giovanni gab es drei oder vier, die aber, überflüssig es eigens zu sagen, in zwei Lager gespalten waren, und zwar keine politische, sondern persönliche. Auf der einen Seite der Amtsarzt, ein gewisser Carruozzo, und auf der anderen der derzeitige Machtinhaber, der Podestà Calì, ein Cousin unseres Don Calì in Licudi. Doch die Beziehungen zwischen diesen beiden waren nicht besonders.

Die sangiovannische Mentalität ähnelte mehr oder weniger der des Schlangenwurms in der Wagnerschen Nibelungen-Tetralogie: »Mich hungert sein … Ich lieg' und besitz'.« Am Ort zeigte sich kein Exemplar jenes gebildeten Bürgertums, zu der beispielsweise der Rechtsanwalt und der Arzt des gottseligen Marchese Lerici gehörten, die beide aus Avellino stammten.

Meine Nachbarn saßen im Kreis auf einem eher bimssteinhaltigen als sandigen Strand und flickten ihre Netze. Sie hielten die Spule in der Hand und das zwischen Hand und großem Zeh gespannte Netzstück. Zu ihnen gehörten die Zwillinge Tatèo, Ferlocco, Denticiaro, Sciotto und, ein bisschen abseits, »il Fimminella«, »der Weibliche«, der stets diesen sanften Ausdruck hatte und Wäschestücke nähte. Sacht und gemächlich tröpfelten sie mir, bald der eine, bald der andere, in der friedlichen Sonne etwas über die Ruhmesblätter von San Giovanni ins Ohr, die nichts Besonderes waren.

»Don Calìs Cousin«, erzählte der Erste der Zwillinge, »der jetzt Podestà ist, legt darauf großen Wert wegen der Ehre. Alle zwei Jahre kommen alle Angehörigen seiner Familie zusammen, und zwar in aller Heimlichkeit, und untersuchen Kleidung, Wäsche und Schuhe. Was verschlissen ist, verbrennen sie im

Gemüsegarten, ohne dass sie auch nur einen Fetzen an irgendwen herschenken, weil man, so heißt es, nicht kritisieren darf, in welchem Zustand und auf welche Weise sie sich die Sachen vom Leib ziehen!«

»Il Fimminella« presste die Nadel zwischen die Lippen, hielt lange Zeit eine Hose vor seinem Blick in die Luft, um das Ergebnis seiner Näharbeit zu bewerten. Doch es war unmöglich abzuschätzen, ob er irgendeine Absicht hatte oder ob die anderen sie erkannt hatten. Wahr ist, dass die Menschen von Licudi San Giovanni aus vollem Herzen verabscheuten und dem Ort auch dann nichts hätten abgewinnen können, wenn er gemalt gewesen wäre. Wenn sie gezwungen waren, wegen irgendwelcher Zertifikate oder Pässe ins Bürgeramt zu gehen, wanden sie sich wie gepeinigte Seelen und blickten immer zur Marina hinüber, die die Sangiovanneser wiederum als Beduinenkolonie und Nest von Lumpenhunden betrachteten. »Diebsgesindel und Wegelagerer«, sagten sie. Die Herren des Hauptortes dagegen gingen immer tadellos gekleidet aus: dunkler Anzug, Schuhe, Krawatte und Hut.

»Allerdings«, sagte der andere Zwilling, »dem Vater des Podestàs, einem gewissen Don Oronzo, der, möge uns Gesundheit gewährt sein, vor vier Jahren gestorben ist, ging es beim letzten Mal gar nicht gut. Denn der Tischler machte den Sarg so eng, dass es einiger Hammerschläge bedurfte, um ihn da hineinzuzwängen. Doch es heißt, dass er dazu genötigt wurde. Und die Verwandten, sie schweigen! Er hatte die gesamte Gemeinde seit der Zeit des Erdbebens von Messina geknebelt. Hätten sie auch nur zu mucksen gewagt, hätte man ihn einfach ohne Deckel gelassen.«

Sciotto stand auf, um eine andere Garnrolle holen zu gehen.

»Und der Lehrer?«, fragte er. Die Zwillinge verharrten todernst, doch zogen sie unwahrnehmbar die Augenbrauen hoch.

»Der Lehrer«, sagte Denticiaro und wandte sich höflich mir zu, als sei er mir eine Erklärung schuldig, »der Lehrer von San Giovanni jagt seine Schüler in den Wald, lässt sie dort Wurzeln für Tabakspfeifen ausgraben, mit denen er dann Handel im Ausland betreibt. Und wenn ein Junge nicht so pariert, wie er soll, lässt er ihn sitzen. Er verpasst ihm eine Sechs.«

»In Botanik«, ließ Sciotto beiläufig fallen.

Sicher ist, dass, abgesehen vom attischen Salz der Licuder, das örtliche Leben da oben ein Gemisch aus Zeitvertreib, aus Apathie und aus wiedergekäutem Groll gewesen sein muss. Die großen Herren blieben zu Hause, pflegten ihre Langeweile, ihre Absichten und ihre Interessen, und die Knechte kämpften sich durch die tiefen Täler ohne auch nur den Anflug einer Idee.

Angesichts dieses Bildes stellte sich die »meridionale Frage« zwar in keinerlei offiziellen Begriffen, dafür aber sehr konkret dar. Gian Luigi hatte seine Gründe, als er die politischen Entscheidungen verwarf, die, »indem diese die Aristokratie entmannten, den Mezzogiorno seiner natürlichen Führer beraubt hatten«. Die Herren von einst, so absolut sie auch gewesen sein mögen, hatten gleichwohl auf ihren Latifundien einen Palazzo, eine Kirche, eine Bibliothek und eine Kontrolle unterhalten, was die kleinen Usurpatoren, die ebenso gierig wie engstirnig waren, später nicht mehr aufrecht erhalten haben. Nachdem der Palazzo eingestürzt, die Kirche ausgeplündert und die Bibliothek den Ratten überlassen worden war, verarmte auch das aufgeteilte und misshandelte Land. Nach der Abholzung des Waldes kamen die Erdrutsche, die ihrerseits unter der Herrschaft der Regenfälle standen. Wie eine Herde ohne Schäfer hatte sich die Bevölkerung von San Giovanni so wie die vieler ähnlicher Gemeinden in den Bergtälern mit ihrer Abgeschlossenheit abgefunden. Gigantische Wortkaskaden plapperten über das Abgleiten des Südens in eine derartige Stille. Doch diesen eifernden Worten setzte der Süden immerhin genau diese Stille entgegen.

Über der reglosen, sich spiegelnden Wasserfläche kreisten nun unter der Sonne die beiden gezähmten Möwen des Hafens gleichmäßig und feierlich dahin. Am Ende kamen sie neben dem Haufen von Netzen herunter und hockten sich auf komische Art da hin.

»Und Don Calì?«, fragte ich, eigentlich nur, um anzuregen – so wie es Gian Luigi an unserem Tisch tat: Also. Wie er! – »Was ist mit Don Calì? Gehört der denn nicht zum Schlag der Sangiovanneser?«

»Natürlich!«, antwortete der erste Zwilling und warf mir einen Blick von unten nach oben zu, »doch da oben wollten sie ihn nicht haben, und hier unten haben wir ihn gezähmt. Er bewegt sich, das stimmt, immer noch nach eigenen Regeln. Die, die bei ihm im

Haus ist, zum Beispiel, behandelt er wie eine Dienstmagd. Und die ganze ›Maultierbande‹ unterhält er außerhalb. ›Auf der Straße will ich Vater genannt werden‹, sagt er, ›doch im Haus müssen sie mich Don Calì nennen‹. Na, wenn er meint! Doch er muss bei uns im Dorf bleiben!«

Das stimmte. Licudi war, weil es sich am äußersten Rand der menschlichen Gemeinschaft befand, diesem Schicksal von Fron und Leid entgangen, wie ein winziger Strohhalm am Rand des Feuers, das ihn verschonte. Auf Grund eben seiner Armut hatte es sich in einer ungeplanten Form zusammengeschlossen, die es aus unvordenklichen Zeiten ererbt hatte. Und wenn die Menschen von Licudi auf die andere Seite des Ozeans auswanderten, war es, um an eben solche urtümlichen Orte zu gelangen, an die sie lediglich die gleichen Bräuche der Heimat mitnehmen mussten, gleich den ersten Kolonisatoren der urantiken Chalkis, und damit keinerlei Verunreinigung mit sich brachten. Das Überleben von Licudi, das grundlegend anders war als das des nur ein paar Wegmeilen entfernten San Giovanni, entsprach ganz dem von Circeo, an der Grenze zu einer lehmbödigen Ebene: ein einsamer Berg aus Fels und Alabaster, Bruchstück eines verschwundenen Kontinents und einer untergegangenen Epoche.

Don Calì war somit die einzige Fremdmacht, die den Calitri überschritten hatte, um ein für alle Mal ins Dorf »hinabzusteigen«. Dazu war er mit Sicherheit durch die gleichen unauffindbaren Gründe gezwungen worden, deretwegen ihm bei der Aufteilung der

Familiengüter die unzugänglichsten entlang der verachteten Marina zugefallen waren. Denn seine Familie besaß ja eigentlich ein wenig außerhalb von San Giovanni sogar das in Ehren gehaltene Kastell, das einmal das Eigentum der Fürsten von Caldora war, sich jetzt aber in den Händen eines misanthropischen Bruders befand. Möglicherweise hatte Don Calì den Turm ausschließlich auf Grund eines Rachegedankens bezogen, doch mit seinen Interessen hatte er auch die erste Spannung (denn Belebung konnte man das nicht nennen) mit der Außenwelt gebracht. Er hatte sich teilweise an den Ort gewöhnt, welcher ihn im Lauf vieler Jahre mit seiner geheimnisvollen Macht verbraucht hatte. Doch das Fehlen staatlicher Autorität, die in voller Absicht seit annähernd einhundert Jahren im Mezzogiorno nicht vertreten war, bündelte in seinen Händen eine Macht, die der eines Medizinmannes im Kongo nicht unähnlich war. Ein negativer Ausgangspunkt für die Zukunft.

Als Missionar eines nicht näher bestimmten, aber glühenden Glaubens stellte ich mir stattdessen vor, an diesen Ort geführt, wenn nicht gar für ihn erwählt worden zu sein, um dort den ganz leicht schartig gewordenen antiken Geist zu schützen. Es war eine Liliputanergesellschaft, jedoch unverfälscht, der es lediglich an einem klareren Bewusstsein und an einer Stimme mangelte. Das Programm von Don Calì, der immer wieder eine befahrbare Straße forderte – was die Invasion der Sangiovanneser bedeutet hätte –, stimmte mit meiner Absicht in keiner Weise überein. Licudi war eine Perle, die bewahrt werden musste: ein

Modell für ein menschliches Miteinander, das dem Geist des Jahrhunderts, vor dem ich hatte fliehen müssen, entgegengesetzt werden sollte. Wenn der verlassene Mezzogiorno als »unterentwickelt« betrachtet wurde, konnte das am Ende auch einen gewaltigen Vorzug darstellen. Der Weg, auf den sich die moderne Welt begeben hatte, erwies sich als Irrtum. Dann war es hier aber möglich, eine unversehrte Wurzel wiederzufinden, die nach dem kollektiven Wahnsinn neu ausschlagen würde. Gleich den Mönchen des Jahres tausend, die in der Zurückgezogenheit ihrer Klöster das Samenkorn der Zivilisation während des Durchzugs der Horden gewährleistet hatten, war der Mezzogiorno möglicherweise dazu berufen, ihren Sinn im Zeitalter der Maschinen zu retten. Auf einem anderen Weg gelangte man zu Schlussfolgerungen, zu denen augenscheinlich und an einem weiter entfernten Ort viele Male auch die Kirche zu kommen schien.

In Gedanken versunken trat ich an die Kirchentüre. Sie stand immer offen und war der gewohnte Schauplatz für die Spiele der Kinder, die um den Altar herum Fangen spielten und eine unbändige Freude hatten, wenn sie sich in die roten Baumwollvorhänge einwickelten, die die Apsis abtrennten. Das Mobiliar aus bemaltem Holz, das Podest aus blanken Brettern, die wenigen Bänke und die rustikalen Sitzgelegenheiten deuteten auf unschuldige Not. Ein einziges Bild, so oft gesehen, und doch überraschte es mich jedes Mal aufs Neue: der reine, gekämmte Jesus mit dem sternenübersäten Mantel, der in der schattigen Höhlung der Brust auf das flammende, von einer gelblichen Aureole umgebene Herz deutet und intensiv blickend sagt: »Vide cor meum!« Ein Serienöldruck wie bei den Darstellungen des menschlichen Körpers für die Schulen, doch so gegenwartsnahe und autoritär wie diese. Die Kinder, die auf dem Podest herumsprangen, verursachten Staubwolken und dumpfe Geräusche, die von schrillen Schreien kontrapunktiert wurden. Alles war Kindheit, alles Beginn.

Wenn daher der Priester von San Giovanni gelegentlich den Versuch machte, sich bestimmten, mehr heidnisch geprägten Bezeigungen zu widersetzen und damit Gejammer und Tumult auslöste, bedeutete das eher Schlichtheit als Schisma. Und weil er indirekt teilhatte an der Situation von San Giovanni, zog er es vor, sich auch über Monate hin fernzuhalten, weshalb Licudi sich mit irgendwelchen, Mal um Mal aufgetriebenen Pfaffen zufrieden geben musste. Umgekehrt (und auch, weil die anderen in Amerika eine Geldspende gaben) schickten die Treuesten dann »nach einem guten Prediger« in den Sanktuarien von San Gerardo, Paola und vielleicht auch Pompeji, mit einem sonderbar vermischten Zeremoniell aus Äußerlichkeit und Observanz. Sicher, die Menschen von Licudi flogen nicht selten über das Sakrament der Ehe hinweg und erinnerten daran, wie beschwerlich es im Winter war, bei Nacht oder wenn der Calitri Hochwasser führte, diese für alle die zu erhalten, die im Sterben lagen. Doch auf keinen Fall hätten sie die Taufe der Neugeborenen vernachlässigt. Das waren Dinge, die den Behörden und kirchlichen Einrichtungen möglicherweise bewusst waren und entsprechend bewertet wurden. Daher auch hatte man den Bischof seit Menschengedenken in Licudi nicht gesehen, so als dürfe in dieser Gegend weder gesät noch geerntet, sondern die natürlichen Energien für eine ferne Zukunft unversehrt und latent belassen werden, ähnlich wie ich selbst es mit den Bäumen in Gian Luigis Wäldern oberhalb von Acerenza gemacht hatte.

Ich kehrte ins Dorf zurück. Von allen Seiten wurde ich begrüßt und eingeladen, doch einzutreten. Wem immer ich auch begegnete, immer fragte man mich:

»Wo geht Ihr hin?«

Das war eine Förmlichkeit, denn es genügte, wenn ich antwortete:

»In diese Richtung!«, und das alles in einer lachend geöffneten und geschlossenen Parenthese aus Lachen.

Ich traf Ruospo, einen kleinen Jungen mit roten Haaren. Ich wusste schon Bescheid. Seine Mutter schickte ihn, im Einvernehmen mit dem Straßenhändler, für eine halbe oder eine Stunde zum »Spazierengehen« hinaus, womit sie Ruospo zu verstehen gab, dass er eine halbe oder eine Stunde mit kahlem Kopf beim Verkaufsstand zubringen sollte, wie ein mit Kaktus bepflanzter Blumentopf, in der untätigen Erwartung, dass man sich endlich wieder um ihn kümmerte.

Ich kam am Fleischerladen vorbei.

»Wie geht es Scrupola?«, fragte ich, »hat er sich vom Fieber wieder erholt?«

»Und ob!«, antworteten die Frauen erheitert. »Heute Morgen ist er voller Tatendrang aufgewacht und hat gleich gerufen: ›Bringt mir die Messer und die Zicklein‹. Die wollte er doch wirklich auf dem Bett auseinandernehmen! Wir hatten unsere liebe Mühe, ihn wieder zum Einschlafen zu bringen.«

Alles, was ich sah oder was sie mir antworteten, war neu, frisch und anspornend. Es war möglich, wieder eine nützliche und tröstliche Beziehung aufzunehmen, indem ich nach meinen Möglichkeiten und Kenntnissen vorging und diese Münze gegen eine Antwort der Zuneigung und der Gesellschaft eintauschte. Mastro Janaro, zum Beispiel, war für sie »il Mastro« und damit ein Führer, den sie als ihren Vorgesetzten anerkannten. Er wiederum war damit beschäftigt, die Häuser instand zu halten, auch wenn man nicht in der Lage war, ihn zu bezahlen. So konnte ich für sie zu jemand werden, der sie leitete, wo es mir möglich war. Und umgekehrt wären sie für mich Meister und Richtungsweiser in dem Bewusstsein geworden, das sie aus dem jahrhundertealten Blut gewannen. In diesem wechselnden Komplex hoffte ich mich zu vervollkommnen, mich in ein innerliches Leben zurückzuziehen, das gleichbleibend und glänzend wäre: eine glückliche Verfassung, die es mir aufs Neue ermöglichen würde, Fragen an die Kunst zu stellen.

In der Nacht kehrte ich wieder in meine Wohnung zurück, im Dunkeln, wie die Spartaner nach dem gemeinsamen Mahl. Ich schloss die Türe, zündete die Lampe an, und augenblicklich erschienen mir die Gegenstände so, als würden sie sagen: »Wir haben auf dich gewartet. Worauf wartest du noch?« Ein weiteres Mal, wie damals auf Ischia, begleitete mich die Nacht, ich las und schrieb, während ich beinahe schon glaubte, das Atmen der einfachen Leute zu spüren, für die man wach bleiben und nachdenken musste. Ein weiteres Mal, wie in den Jahren der Kindheit in San Sebastiano, schloss ich die Augen und ich hoffte und sagte mir: »Morgen!« Und das Morgen begann wieder auf dem Strand und im Olivenhain: Und ich sah zu, wie das Haus langsam wuchs. Oder es war in aller Frühe mit Ferlocco und Geniacolo: in ihrem flaschengrünen Boot wie in dem Schifflein einer Zauberin, schwebend über den Wassern, auf der Oberfläche meiner Illusionen hintreibend.

Holz war selten in Licudi. Wegen des althergebrachten feudalen Missbrauchs, der von den Nachfolgern weiterbetrieben wurde, gab es kein Gebiet in der Gemeinde, wo man Holz hätte schlagen oder doch wenigstens ausputzen können. Das musste man an weit abgelegen Orten tun, auf dem Berg etwa, und die Bündel auf dem Kopf zurücktragen, oder man musste die zerstörerischen Hochwasser des Calitri abwarten, um ihm das zu entreißen, was er sich weiter oben geraubt hatte, oder auch das Meer im Auge behalten, ob nicht irgendein Treibgut darauf schwamm. Was das Papier im Dorf anging: nur eine einzige, mit der Post zugesandte Zeitung für Don Calì. Bücher und Kladden – nichts. Und für die Korrespondenz mit den Amerikanern die Blätter der linierten kleinen Schulschreibhefte. Das Feuer, sehr spärlich und schläfrig, wurde nur fürs Kochen gebraucht und nur ganz nebenbei auch zum Wärmen. Es ständig prasseln zu lassen, ohne es eigentlich zu verwenden, galt nicht nur als Verschwendung, sondern geradezu als Respektlosigkeit.

Der Olivenhain hatte von den zu Anfang prognostizierten sechzig oder fünfzig Doppelzentnern nur die Hälfte ergeben, doch es war einhellige Auffassung, dass dieses Ergebnis den Vernachlässigungen aus alter Zeit zuzuschreiben war.

»Die Bäume sind seit zehn Jahren nicht beschnitten worden, Don Giulì! Eure Bäume sind ja schlimmer als ein Wald, und sie sollen doch ein Garten werden. Sie sollen doch wie Nelken aussehen!«

Eilig machte man sich ans Beschneiden, und die Ergebnisse waren erstaunlich. Der Wald lag jetzt danieder, ein zurückgestutzter Schatz, den zwar alle brauchten, aber keiner in der Lage war zu bezahlen. Die fleißigen Ameisen von Licudi halfen mir mit vielen überzeugenden Gründen, ein paar naiven Ausflüchten und unendlichen Ausgleichserwägungen oder »Berichtigungen« von Krediten gegenüber dem Haus der Häuser für Steine, Zement oder Esel, den Berg von dem ganzen Blatt- und Astwerk abzuräumen. Das feste Holz blieb liegen, es war eine ausreichende Menge für einen achilleischen Brand. Die mächtige Lohe war also für vier Jahre gesichert, doch um mir dafür Vergebung gewähren zu lassen, war es sinnvoll, sie als etwas allen Gehörendes zu betrachten.

So lange also der Winter währte, währte auch die Gesellschaft: die kleinen Kinder saßen auf Stühlchen oder auf »Pescioli«: Das sind zwei Spannen hohe Baumstümpfe, die aufrecht auf die Erde gestellt werden. Die Großen saßen wie es eben ging oder sie hockten auf ihren Fersen wie die Somalier.

Diese Vertrautheit führte zu Vertraulichkeit. Sie kamen und flüsterten mir ihre Zweifel ins Ohr über die Art, wie ein Erbe aufgeteilt wurde, und in aller Regel handelte es sich um Fälle, die wegen der Komplexität der jeweiligen Angelegenheit eines Kassationisten würdig gewesen wären. In der Tat handelte es sich bei dem fraglichen Gut um drei Olivenbäume, die in ein Dutzend Teile aufgeteilt werden mussten, oder um eine kleine Loggia, auf die sich während eines halben Jahrhunderts Rechte angehäuft hatten. Für andere beantwortete ich Briefe, wenn ich sie nicht entziffern musste. Und viele baten mich heimlich, im Hinblick auf die für ihre Auswanderung notwendigen Papiere, detaillierte Berichte an den Präfekten in Cosenza vorzubereiten. Mit Staunen erfuhr ich, dass die Licuder häufige Kontakte mit dem Präfekten in Cosenza unterhielten, auch wenn diese nur brieflicher Art und ganz gewiss sowohl für sie als auch für ihn sinnlos waren. Wie der Kaiser von China in der berühmten Erzählung von Kafka antwortete der Präfekt natürlich nie, doch seine Anwesenheit wurde wahrgenommen.

Bei all dem war es dennoch nicht leicht, in die geheimen Gedanken der mir vertrauten Menschen einzudringen. Sie befragten mich zu einem bestimmten Gegenstand, den sie minuziös mit Worten unter allen Blickwinkeln betrachteten, als würden sie ihn zum ersten Mal diskutieren. Später erfuhr ich, dass sie mich nur auf die Probe stellen wollten, um sich weitere Bestätigungen zu verschaffen, und zwar sowohl hinsichtlich meiner Kompetenz als auch meines guten Glaubens, und ich erfuhr auch, dass diese Angelegenheit schon seit langem verhandelt wurde. Zuerst war sie durch das Schiedsgericht von Don Calì gegangen, danach durch das Amtsgericht von San Giovanni, danach durch die Vermittlungsversuche eines gewissen angesehenen Verwandten, auch wenn dieser jetzt in Amerika ansässig war. Ein außerordentlich dichtes Briefnetz band Licudi an die anderen, die wiederum miteinander verbunden waren. Im Dorf oder in Kansas oder auch am hintersten Amazonas ereignete sich nichts, was man nicht bis ins Kleinste erfahren hätte. Wer nach einem Ereignis von einiger Bedeutung wieder zurückkehrte, wurde einem zwar abgemilderten, aber dennoch ermüdenden Verhör dritten Grades unterzogen, damit er nicht nur offenbarte, was er wusste, sondern auch alles, was er gehört und gesehen hatte, auch wenn er es nicht verstehen konnte. Am Ende war es dann der anonyme Rat der Weisen des Dorfes, der mit seinem vielfachen Verstand die verborgenen Fäden der Erkenntnisse und der Erfahrungen, die weit zurückliegenden Erinnerungen, die begrabenen Gründe wieder zusammenfügte, um in einem letzten Akt der höheren Eingebung die Wahrheit herauszudestillieren.

»Tàccola, Ihr wisst schon, das ist der mit dem Leuchtfischerboot«, sagte Geniacolo zu mir, während er ein Knäuel verwickelter Angelschnüre auseinanderfieselte, »Tàccola hat jetzt, da seine Tochter Lauretta zurückgekommen ist, sie die ganze Nacht verhört.«

Um die Wahrheit zu sagen, umwaberten leichte Nebel Laurettas Missgeschicke. Ihr Mann war mitten in einem Wald gestorben, und die anderen Landsleute hatten von ihr bestimmte Rechte gekauft, die der andere vorher erworben hatte. Leicht zu durchschauende Machenschaften, so scheint es. Doch Tàccola hatte Lauretta zwischen sich und seine Frau ins Ehebett gelegt und quetschte sie ganze neun Stunden aus, völlig taub für Klagen und blind für Erschöpfungszustände.

»Hin und wieder«, fuhr Geniacolo fort, »hatte die Mutter versucht, ihm Einhalt zu gebieten und war dazwischen getreten. Doch er brachte sie gleich zum Schweigen, weil nur er Fragen stellen durfte!«

Fragen, die entsprechend einem Kalkül und einer Progression in seinem Verstand lagen, der sich auf einen mediumistischen Kraftakt eingelassen hatte, auf eine höhere Schachpartie, die oberhalb der Zeit, des Raumes und der Dinge lag, Fragen, die einer Durchdringung anvertraut waren, vielleicht einem besonderen Instinkt, vielleicht einem besonderen Genius, fähig, gleich der Erleuchtung eines Künstlers, das Meisterwerk dieser Wahrheit zu erschaffen.

»Was ist die Wahrheit?«, so hatte die Frage gelautet. Doch Er hatte darauf auch nicht geantwortet. Sie war etwas Universelles, wie die Zeit. Sie umfasste das gesamte Vorstellbare: dass alles in seiner eigenen Wahrheit lag. Sie war schließlich so etwas wie das Licht, in sich auch dann glänzend, wenn das, was es berührt oder enthüllt, korrupt ist. Auf diese Weise besaß jede Hässlichkeit zumindest das Strahlen ihrer Wahrheit.

In der Gesellschaft, die ich verlassen hatte, waren Ideen Formeln und Begriffe Schemata. Und die Trägheit, sie nicht jedes Mal und für jeden einzelnen Fall der notwendigen Prüfung zu unterziehen, führte dazu, dass man nichts über die anderen wusste und am Ende sogar unsere eigenen Impulse missdeutete, sofern man nicht sogar leugnete, sie erfahren zu haben.

In völligem Gegensatz dazu und auf Grund einer einzigartigen Neigung, welche die Kraft eines Kultes besaß, schämten sich die Menschen von Licudi, die unausgesetzt mit der Entdeckung der anderen beschäftigt waren, über nichts, das sie in sich selber vorfanden. Mit ihrem unverfälschten, klugen Verstand vertieften sie den Menschen, ohne irgendetwas im Hinblick auf das grenzenlose Theater seiner wechselnden Stimmungen, seiner Laster, Marotten oder Fähigkeiten zu vernachlässigen. Sie sezierten ihn von der Haut bis zu den tiefsitzenden Organen und berücksichtigten mit aller Gebühr Zustände der Ausgeglichenheit, Mangelerscheinungen, Aufwallungen und Absonderungen.

Das war ein Gefühl von Urgriechen: eines, das über das insgesamt Mögliche nachgesonnen hatte, allerdings auch nicht fürchtete, es jegliche Mauer überwinden zu sehen. Und das in den Mythen Umkehrungen, Vermischungen, Umwandlungen unter Tieren, Ungeheuern, Menschen, Pflanzen und Gottheiten geheiligt hatte. Umfassende Verschmelzung des Realen und Genius des Mediterranen. Die Wahrheit.

An den Festtagsabenden versammelte sich das einfache Volk auf dem Platz vor der Kirche, und einige Stunden lang gaben sie sich alle dem Vergnügen der gemeinsamen Gesellschaft hin. Damals stellte ich fest, wie die einfachere neapolitanische Krippenkunst auf gewisse Realitäten des Volkes zurückgegriffen hat. Die menschliche Gesellschaft hatte nach und nach die Persönlichkeit geglättet, die einmal, von der heroischen Epoche bis zum Beginn des neunzehnten Jahrhunderts, so kraftvoll war. Doch in Licudi war jeder von diesem besonderen Charakterzug deutlich gezeichnet, welche die Natur ihm aufgetragen hatte, unter den Menschen zu vertreten. Wie eben die unter den von den Schäfern des siebzehnten Jahrhunderts geschnitzten Gestalten erkannte man in diesem flüsternden Halbdunkel den Wirt, den Seefahrer, den Jäger, so wie man in der eigenen Umgebung auch den Schüchternen, den Gewalttätigen, den Verschlagenen oder den Scharfsinnigen kannte. Und das Dorf beließ jedem von ihnen seine Neigungen, dabei bediente es sich seiner Eigenschaften ohne jede überflüssige Eifersucht, dergestalt dass derjenige, der eine bestimmte Sache besser konnte als die anderen, sie für alle machte.

Wenn es also darum ging, einen Baum zu fällen, gab es dafür Peppone. Strohbesen blieben das Vorrecht von Matalena. Weidenkörbe das von Mariannina. Das Schlachten der Schweine kam Ncicco zu, der einen Monat lang herumzog und abstach und die übrigen elf Monate auf den Lorbeeren vor seinem Häuschen ausruhte. Von allem und für alles gab es jeweils nur einen: einen Klempner, einen Tischler, einen Schlachter, einen Karrenkutscher, die sich allerdings wieder einordneten, wenn sie ihren Beruf nicht ausübten, was für drei Viertel des Jahres der Fall war. Wenn bestimmte Tätigkeiten die Mitarbeit mehrerer Menschen erforderte, war der Sachverständige, an den man sich wenden musste, auch wieder nur einer: Ohne ihn hätte man auf die Mithilfe der anderen nicht zählen können. Die Fischer hatten einen »Capintesta«, einen Anführer; die Fischverkäuferinnen eine »Capessa«, eine Chefin; jedes »Drittel« eine Alte. Doch diese kleinsten Einheiten, die allesamt äußerst nützlich waren, äußerten allenfalls mal ein Wort, in keinem Fall aber lösten sie Spannungen aus. Sie waren eine lebendig und harmonisch verteilte Struktur, ähnlich wie an einem Baum die Zweige, Blätter und Blüten. Die weit verzweigten Verwandtschaftsbeziehungen, die Bindungen durch Taufe und Firmung, die Notwendigkeit zu gegenseitiger Hilfe und das außergewöhnliche Festhalten an der Familie und an der Scholle besorgten das Übrige.

Die Liebe der Menschen von Licudi zu ihrem Ort war eine übernatürliche Kraft. Es war, als würden sie daraus den einzigen Lebenssaft beziehen, der ihre Existenz sicherte. Die Auswanderung war folglich ein Albtraum und die Abreise ein Meer von Schmerzen und Leid, das allerdings dadurch überwunden wurde, dass man nur fortging, um wiederzukommen. Und damit brachte man der heimatlichen Erde gewissermaßen ein Opfer, das sich in einem weiteren Akt der Ergebenheit aufhob. Doch obwohl sie über den Ozean zu fahren vermochten, litten die Licuder an der seltsamen Erscheinung, dass sie es in irgendeiner Arbeit in Turin oder Genua nicht aushielten. Wenige Male versuchten sie es, doch acht Tage später wurden sie schon wieder auf der Rückreise nach San Giovanni gesehen. Einer von ihnen hatte einen Rekord aufgestellt, als er es innerhalb von vierundzwanzig Stunden schaffte, in die Hauptstadt Rom zu fahren und wieder zurückzukommen. Man nannte ihn daher »den Römer«.

Dieses dauernde Frotzeln des Dorfs hielt als erfrischende Strömung diesen See in Bewegung, der sonst ein Tümpel gewesen wäre. Und wenn man dem das übliche unverblümte Reden der Leute aus dem Dorf an die Seite stellte, welche die leidbestimmten Komplexe der oberen Schichten nicht kannten, behielt Licudi damit seine Moral als seinen Brauch unter ständiger Kontrolle.

Beide waren uralt, allerdings eher eine Orientierung als ein Gesetz. Im Übrigen reduzierten sich die Sünden der Licuder auf die Frauen und auf den Wein. Gestohlen wurden lediglich Feigen, Melonen, Brennholz und der eine oder andere Schinken. Doch der Dieb, der leicht ausgemacht werden konnte, empfing keine andere Strafe als die, dass sich seine Umgebung vor ihm in Acht nahm, was ihm einen weiteren Diebstahl in Zukunft schwieriger machte. Mit einer Haltung, die der in Sparta verwandt war, machte man sich über den Gauner lustig, der so wenig geschickt war, dass man ihn gleich hatte entdecken können.

»Agello«, erzählte mir Ramaddio, einer aus dem Hafen, während er völlig ausdruckslos den fernen Streifen des Meeres betrachtete, »hat fünf oder sechs Nächte damit verbracht, in allen Bergtälern der Umgebung Kürbisse zu stehlen. Und einen nach dem anderen hat er sie in seinem Schuppen versteckt. Gestern hat er ein Boot mit Kürbissen beladen und hier ausgeladen. ›Eine besondere Ernte‹, hat er gesagt, ›die ich in diesem Jahr auf dem neu rigolten Feld eingeholt habe.‹ – ›Wann hast du sie denn eingeholt?‹ – Und er: ›Heute Morgen!‹ Da hab ich mir die Kürbisstiele angeguckt. Sicher, das stand mir nicht zu. Aber diese Stiele waren vertrocknet, der eine mehr, der andere weniger, je nach der Anzahl der Tage, die die Kürbisse in Agellos Schuppen hatten warten müssen, bis er diese besondere Ernte eingebracht hatte!«

Ramaddio war unter allen Fischern von Licudi der scharfsinnigste. Sein Spitzname war dementsprechend auch »l'Ingegno«, »das Talent, der Kopf«. Er bestand aus Haut und Knochen, hatte ein funkelndes, scharfsichtiges Auge, auf dem Kopf trug er eine übertrieben große Mütze, die ihm auf den Ohren saß, und er ließ auch nicht eine Fliege ungestört vorüberfliegen. Wenn Geniacolo, der immer Angst vor dem Meer hatte, sein ungeheuer schweres Boot fast fünfzehn Meter weit aufs Trockene zog, dann half ihm Ramaddio zwar beim Schieben und Ziehen, doch am Ende blickte er auf den Strand des fünfzehn Meter entfernten Meeres und flüsterte:

»Bis hierher haben wir's geschafft und gar nicht gemerkt!«

Über die Beobachtung, wie das Haus sozusagen Stein um Stein im Olivenhain wuchs, darüber, wie ich mich über die tausend kleinen Geschehnisse der Gemeinschaft informierte, während ich auf dem Bimssand zwischen den Booten saß und Besuche empfing oder machte, flog der Tag im Nu dahin. Um neun machte die letzte Öllampe von Licudi ihren rauchigen Atemzug, und mir verblieben die beiden alten unzertrennlichen Gefährtinnen: Einsamkeit und Freiheit und das große Feuer aus starkem Olivenholz, das nie ausging und mir wie das glückverheißende Symbol meiner Projekte vorkam. Da trat ich mir selbst wie ein alter Ritter auf geschlossenem Turnierfeld gegenüber und stellte meine Gedanken der Tribüne der außergewöhnlichen, zu idealen Richtern erwählten Geister vor: dem Kardinal, Gian Luigi, Gian Michele, Giacomo Jacono, dem Marchese Lerici und Onkel Gedeone. Ich stellte mir vor, dass sie mir jetzt zustimmten. Ich kehrte zum Schreiben zurück, indem ich die Themen des Lebens in Licudi aufgriff (zum Beispiel Tàccolas Verhör mit Lauretta) und machte mir selbst zur Auflage, sie in knapper Form auf ein paar wesentliche Seiten zu bringen, die über die Literatur hinausgehen würden, und dafür, nach so vielen Jahrhunderten, die Formen erneuern, mit denen die *Hundert Alten Erzählungen* gestaltet worden waren. Das mehrfarbige Manuskript trug den üblichen Titel *Centonovelle*. Und wie sehr es mir gelungen war, die Schlichtheit der ursprünglichen Erzählungen zu erreichen, kann man an der Meinung ablesen, die ein gewisser Kritiker viele Jahre später formulierte, als er mich – und weil er ein Loblied erklingen lassen wollte – mit Jules Renard und seinen *Histoires Naturelles* verglich.

Die Korrespondenz war unterdessen wieder anspruchsvoll geworden und handelte in voller Absicht bis zur letzten Zeile über einzigartige Meisterwerke: Cervantes, Montaigne, Plutarch. Für jedes Kapitel, für jeden Abschnitt, mitunter auch für eine einzige Seite nahm ich eine bis in alle Einzelheiten ausgearbeitete Anmerkung auf mich, und die Summe dieser Anmerkungen sollte als Grundlage für noch zu koordinierende Gesamtwerke gelten. Eine benediktinische Haltung, die in gar keiner Weise die begrenzte Dauer eines Menschenlebens in Rechnung stellte. Zudem erkannte ich von Anfang an auf Grund der besonderen Lettern, die ich diesen Schriften aufdruckte, dass sie nicht veröffentlichbar waren. Doch das Empfinden, mich einer ganz und gar persönlichen Arbeit hinzugeben, die auch nicht das Geringste mit der täglichen Geschäftigkeit zu tun hatte, verschaffte mir berauschende Gefühle. Der alte Stolz, der nunmehr auf die menschliche Ebene beschränkt zu sein schien, schoss wild über den geistigen hinaus. Meine Orgien von Einsamkeit und heimlicher Begeisterung waren der Passiv-Seite im Kapitel der Todsünde zuzurechnen, die ich nicht unter Kontrolle bringen konnte. Wie viele Jahre mussten noch vergehen, bis ich so weit war.

Stattdessen ging der Winter dahin, ohne dass ich auch nur mit einer Geste den Fortgang des Hauses beschleunigt hätte, den ich vielmehr mit dem geduldigen Wohlwollen desjenigen betrachtete, der auf die Knospen einer Pflanze wartet. Bis Mastro Janaro Mammola mich eines Montags, als er die Arbeit wieder aufnahm, einen Augenblick lang ansah und dann, als ob er einen Entschluss fassen würde, sagte:

»Don Giulì, noch ein Samstag, und das Haus ist fertig!«

In der ersten Zeit dort, der Zeit des blauen Wachstuchs auf dem kleinen Tisch für die Abrechnungen und das Essen, hatte der Feuereifer für den Bau des

Hauses jedes andere Interesse, das ich sonst noch besaß, unscharf werden lassen. Und doch hätte ich mich an jenen langen Abenden damals umschauen können: Auch in diesen bescheidenen Zimmerchen blieb Licudi immer Licudi.

Unter anderem der Wirt: Popoldo. Hatte der von Cerenzia sich als Kenner der allergeheimsten Geheimnisse in Fragen des Wildbrets oder der Bergkräuter erwiesen, so erschien der hier – der ebenfalls dem Brauch folgte, seinen Hut auf dem Kopf zu lassen, wenn er Luft in seine Herdfeuer fächelte – unübertroffen in der Kunst, Gemüse zu dämpfen und vor allem Fischgerichte zuzubereiten.

Popoldo hatte nur einen Gast, und weil er im Grunde nichts weiter zu tun hatte, andererseits aber sehr auf seine Würde hielt, kochte er abends ausschließlich für mich sechs bis sieben Gerichte, die waren zwar klein, aber außerordentlich wohlschmeckend und kamen wie ein Wunder von seinen Händen und von ein paar bescheidenen Feuerstellen. Barschsud, Makrele in Tomatensoße, Krakencassoulet, in Öl eingelegte Drossel, Hasenfrikassee, Innereien vom Zicklein. Es nahm gar kein Ende. Der Wein von Licudi, eine starke Sorte von großer Blume, die es ohne weiteres mit jedem Burgunder aufnehmen konnte, weil er in keiner Weise verfeinert war, besorgte den Rest.

Während das alles vor sich ging, lag seine Frau Menicuccia, ein vergessendes und vergessenes Wesen, im Zustand einer sonderbaren Apathie da und hielt in ihren Händen ein paar Illustrierte, die schon Monate alt waren. Ihre beiden kleinen Töchter schliefen in ihren Bettchen und glichen antiken heidnischen Abbildern. Und hinter mir saß Vincenzina.

Von meinem geschwungenen Olivenstumpf aus, dem Kontemplationsthron vor dem Platz am Haus der Häuser, betrachtete ich sie jetzt, Vincenzina, während eine Vielzahl anderer Helfer das grandiose »Cuciniello«, das grandiose Essen zur Erinnerung an die Fertigstellung des Gebäudes auftrugen.

Für diese in Licudi herrschende Aufteilung der Zuständigkeiten war Popoldo zuständig und damit auch sie, die ich nicht mehr gesehen hatte, nachdem ich aus der Pension ausgezogen war. Doch erinnerte ich mich jetzt daran, dass sie sich damals mit stummer Hartnäckigkeit jedem Versuch der Beobachtung verweigert hatte, indem sie taktisch entweder hinter meinem Stuhl sitzen blieb oder mir ohne jedes Federlesen den Rücken zukehrte.

Vincenzina war ungefähr zweiundzwanzig Jahre alt, sehnig, wendig, von auffälliger Schönheit. Sie diente Popoldo wie einem Priester am Altar. Er sah sie nie an, ich wusste nicht, ob auf Grund seiner Autorität oder aus Stolz oder aus Verachtung, und er machte auch keine Anstalten, sie durch Zeichen zu lenken, denn immerhin sah er sich plötzlich mit irgendeinem Gegenstand, Werkzeug oder Nahrungsmittel in der Hand, die er brauchte. Es machte sogar den Anschein, dass Popoldos Verstand auch die motorischen Zentren von ihr befehligte, dergestalt dass er sich vierer Augen und vierer Hände sicher sein konnte. Das war möglicherweise die Erklärung für das Wunder dieser wohlschmeckenden Gerichte, die ununterbrochen von den beiden Feuerstellen geliefert wurden. Nach und nach hatte ich dann letzten Endes verstanden, dass Vincenzina die uneheliche Tochter dieser Frau mit den Augen der heiligen Anna von den Schmerzen war, die ganze zwei Stunden das Gewicht des großen Steins auf ihrem Kopf ertragen hatte, der nun die Schwelle meines Hauses geworden war.

Die Auswanderung erlegt harte Gesetze auf wie die Notwendigkeit, die dazu zwingt. Die Treue der Frauen zu ihren Männern jenseits des Meeres währte pflichtgemäß über Jahrzehnte (was mich beiläufig daran erinnerte, dass die Odyssee kein Märchen war!). Doch gegen den Bruch des Treueschwurs stellte der Licuder keine Rasereien, die in einem Brief auch keinen Sinn gemacht hätten, weil Briefe sechs Wochen lang unterwegs waren. Doch nachdem die gesamte Gemeinschaft, die transozeanische ebenso wie die lokale, über die Tatsachen und ihr gutes Recht informiert worden war, holte der enttäuschte Ehemann die ehelichen Kinder zu sich nach Amerika und verließ die Frau mit dem oder den außerhalb der Ehe geborenen Kindern. Eben das war die unglückliche Lage, in der sich Vincenzina und ihre Mutter befanden.

»Die Schuld«, so hatte mir Geniacolo geantwortet, »war die eines Händlers aus Reggio, der gekommen war, um bei Don Calì Öl zu kaufen. Wie schön Vincenzinas Mutter damals doch war! Genau wie heute! Aber sie war alleine!«

Auch Vincenzina war jetzt mehr als allein. Mir fiel ein, dass ich in den ersten Monaten, wenn ich schon bei Dunkelheit vom Olivenhain zurückkehrte, oftmals an Popoldos Türe den Weg von Tantillo kreuzte, dem einzigen von Don Calìs vielen natürlichen Söhnen, den er bei sich im Palazzo behielt. Er war ein kräftiger und gut genährter junger Mann, was man von seinen Halbgeschwistern keineswegs sagen konnte, und hatte etwas von Don Calìs Massigkeit im Gesicht und von dessen Glupschäugigkeit, auch von dessen Verschlagenheit, die sich hinter einem Anschein von Gutmütigkeit verbarg. Damals hatte ich mir nicht sehr viele Fragen gestellt, ich stellte sie mir jetzt. Es gab viele Rätsel, an denen sich die Scharfsinnigkeit der Licuder üben konnte. Wieso dann nicht auch meine?

Ich sah mir die dritte Decke an: der »Richtstrauch«, der stolz an der Westecke aufgerichtet war, Symbol für die abgeschlossene Arbeit. Janaros Interpretation war weit hergeholt. Denn eigentlich waren nur die Mauern hochgezogen worden, und wir brauchten noch ein weiteres Jahr außergewöhnlicher Mühen, bevor ich mein neues Domizil beziehen könnte. Doch die zwanzigtausend Steine waren bis zum letzten verbaut worden, und damit war das Haus im Wesentlichen fertig: geschlossen und überdacht. Würde aber eine so wichtige Tatsache nicht auch vielfältige und weitreichende Folgen nach sich gezogen haben?

Warum hatte ich in Mastro Janaros Blick diese Zögerlichkeit lesen müssen? Diesen Schatten in seinen Augen überrascht feststellen müssen? Der Aberglauben des Südens erblickt über dem, der sein Haus zu Ende baut, eine Gefahr des Todes. Dies ist ein allgemeiner Irrtum, der daraus entsteht, dass man zwei parallel verlaufende und dennoch unterschiedliche Beobachtungen miteinander vermischt. Unter den einfachen Leuten, und besonders in Licudi, bringt man ein Haus nach der Rückkehr von der langen Lebensreise zu Ende. Das Ende des Eigentümers hängt mithin, wenn es eintritt, von der Auszehrung des Lebens ab, ganz sicher aber nicht von der Fertigstellung des Hauses. Doch man sieht, dass sich beides oftmals zur gleichen Zeit ereignet, und so entsteht eine Legende, die auch im neapolitanischen Hinterland so tief verwurzelt ist, dass man die Mauern jahrelang unverputzt lässt, um das Unheil abzuwenden. Hatte Mastro Janaro jetzt also seine Zweifel und befürchtete Ungemach für mich? Oder empfand er sich dermaßen beteiligt und eingebunden in dieses ungewöhnliche Werk, dass er sich vorstellte, ebenfalls Teil des Verhängnisses oder des Unheils zu werden, das dieses nach sich ziehen würde? Oder war da noch mehr?

Nachdem ich für Tredici diesen Brief entziffert hatte, den sie wegwarf wie einen Fetzen, hatte ich sie nicht mehr gesehen. Sie war davongegangen und hatte ganz ohne Zweifel ihr zweites Kind auf dem Arm. Es hieß, sie würde in einer Köhlerhütte weit außerhalb von San Giovanni wohnen, in der menschenleeren Gegend des Palanuda. Darüber verlor man kein Wort. Ich habe auch nicht gehört, dass man sie bedauerte. Man hatte ihr die Schuld am Tod des anderen Kindes gegeben, doch ohne herauszufinden, ob und wie sie gelitten hatte. Doch von da an hatte Mastro Janaro aufgehört, verschmitzt zu lächeln. Seine trockenen und verschlossenen Lippen drückten ich weiß nicht welchen argwöhnischen Verzicht in seinem erschöpften Gesicht aus, auch unter der glühenden Sonne. Die bläulichen Ringe unter seinen Augen verrieten, wie er die Nacht verbracht hatte. Und obwohl Licudi alles mit seinem flinken Blick beobachtete, schien es nichts festzustellen. Doch so war es nicht.

Dieses Mal hatte das einfache Volk sich entschlossen, sich bis an die Grenze zu vergnügen und Freude zu haben. Es war nicht nötig, die Einladungen auf ein Landstück zu beschränken, das niemals eine Hecke gekannt hatte, und im Übrigen gab es keinen Menschen, der, sei es auch nur im kleinsten Maß, nicht am Bau des Hauses beteiligt gewesen wäre. Abgesehen von Don Calì und den von ihm Gezeugten, die nicht teilnahmen, fehlte weder ein Bewohner, noch ein Hund aus der weiten Umgebung. Kurz zuvor hatte ich auf Anraten derer im Palazzo die Ölernte an dieselben Händler verkauft, die auch deren Öl gekauft hatten, und es kam mir nur gerecht und angemessen vor, dem großzügigen Ort in irgendeiner Weise etwas von dem zukommen zu lassen, womit er mich beschenkt hatte. Popoldo mit seinem fest auf den Kopf gepflanzten Bauernhut orchestrierte zwischen Töpfen, Pfannen, Kesseln und Spießen bis tief in die Nacht hinein unermüdlich herum. Zum ersten Mal hörte ich Vincenzina lachen und durfte sogar ihren Blick kreuzen.

An einer Stelle des Vorplatzes befanden sich, immer noch als »die von der Krippe« charakterisiert, die »Töner«, die Musikanten, unter denen die Solisten mein Geniacolo und der Fischer Ramaddio, der »Kopf«, waren. Beide besaßen sie ein altes Akkordeon, und zu diesen wurde auf dem gestampften Schotterplatz getanzt, während der strahlende Mond in den friedlichen Himmel hinaufstieg. Auf der anderen Seite brachte eine hin- und herlaufende Gruppe von Frauen das riesige Arsenal des Festessens wieder in Ordnung. Alle waren sie zum Feiern gekommen, aber jeder hatte auch einen Tisch, Geschirr, Dreifüße und natürlich auch Esel ausgeliehen. Und jetzt nahm jeder wieder das Seine an sich und räumte es gründlich auf. Ich sah Vincenzina, die seit Tagesanbruch gearbeitet hatte. Sie lehnte abseits an einem Olivenbaum.

»Vincenzina, du bist müde!«

Sie sah mich an, ihre Augen gleich unruhig, wie bei Mari, vor vielen Jahren in Ferrara, wie bei Caterina Pratt später. Zum dritten Mal begegnete ich nun diesen verschatteten Augen, deren Weiß von unwahrnehmbaren rötlichen Fäden durchzogen waren.

»Tut mir leid, dass ich dich nur arbeiten sehe und dass du dich nicht bei dem Fest amüsieren kannst. Willst du tanzen?«

Ich versuchte, sie beim Arm kurz oberhalb des Ellbogens zu fassen, doch sie zuckte zusammen und wehrte sich. Ich sah, wie ihr Blick schnell hinter mich wanderte und irgendjemand oder irgendetwas ansah.

»Nein, nein«, sagte sie. »Das ist nichts für mich, ich danke Euch!«

Zum ersten Mal seit Monaten war ich traurig. Vielleicht wie Tàccola, als er Lauretta eine Nacht lang verhörte, war mein Gemüt mit einer Kraftanstrengung von Scharfsinn oder Vorahnung beschäftigt. In Mit-

telpunkt eines widrigen, abweisenden Kreises stand
Vincenzina: von Geburt an schuldlos, doch auf Grund
ihrer Armut Popoldo verpflichtet, was schwer auf ihr
lastete. Sie war still und stand unter Menicuccias Gefühllosigkeit, die sich der Nachlässigkeit der kleinen
Mädchen gewiss war, wenn sie erst einmal groß waren. Und Tantillo? Popoldo war mit Don Calì verbunden, denn er machte Geschäfte mit ihm oder für ihn
und er diente auch den Calìs in San Giovanni, wenn
er manchmal, während des Sommers, zur Marina hinunterging. Gab es also Reibungen zwischen ihnen,
und welcher Art waren sie dann, und hatte sie damit
zu tun?

Jetzt zog der Mond hoch über uns majestätisch
dahin. Der Ball war zu Ende. In unterschiedlichen
Gruppen scherzten und erzählten die Licuder miteinander in den tiefen Schatten des Olivenhains. Fast
erkannte ich die Stimmen eines jeden, die durch das
Dunkel noch deutlicher klangen.

Zuvor hatte ich mich für andere wenig interessiert,
nicht, weil ich nicht wollte, sondern weil es mir nicht
gelang. Doch seit der Fischer auf dem Meer verschollen war, dann wegen des kleinen Mädchens von Tredici und Mastro Janaro, wegen Don Calì und des
Dorfes, wegen Vincenzina jetzt, spürte ich, wie neue
Gefühle der Zuneigung in mir aufkeimten, die mich
nicht auf Grund meines Willens, sondern auf Grund
meiner Leidenschaft antrieben, und darüber war ich
selbst verwundert und bewegt. Vielleicht weil hinter
den kleinsten Realitäten dieses verlorenen Ortes und
wegen der schlichten Reinheit eben dieser Realitäten

ein Abglanz erhabener Regeln erkennbar war. Zudem war der unberührte Gesang der Natur, der im Bewusstsein der Menschen bereits aufgestiegen war, noch nicht gestört. In den kleinen Zimmern der Locanda erinnerte ich mich jetzt und wurde mir dessen bewusst: Diese Menschenleben waren da wie Pflanzen, die scheinbar umschlungen auf dem gleichen Boden wachsen, und möglicherweise erstickt eine die andere. Aber es waren menschliche Geschöpfe.

Ich setzte mich zu dem »Kopf«, der sich ausruhte und sein Akkordeon auf dem Schoß hielt.

»Ramaddio, was sagst du zu dem Festessen und zu Popoldo?«

»Ist das eine Frage? Nur Ihr habt sie stellen können. Popoldo? Der erste Koch dieser Küste. Man hatte ihn einmal für die Wahlen nach Cosenza gerufen. Der Präfekt hatte versucht, ihn gewissermaßen mit aller Gewalt dort zu halten. Doch Popoldo, der verlässt Licudi nicht!«

»Aber wieso nicht? Menicuccia liest nur Illustrierte, und er hat nur einen Gast in der Woche!«

»Das stimmt«, sagte Ramaddio. »Aber auch in Licudi kann er hervorragend kochen. Kennt Ihr diese alte Romanze?«

Und »der Kopf« nahm eben sein Akkordeon auf und begann mit tremolierenden Falsett zu singen:

Donna, perché ti mostri indifferente?
Non ti ricordi il bene che ti ho voluto!

Oh, Frau, warum zeigst du dich so gleichgültig?
Du denkst nicht mehr an die Liebe, die ich für dich
empfand!

Am folgenden Tag wurde Generalratsversammlung gehalten.

»Ich kann das Dach mit Olivenholz bauen«, sagte Mastro Janaro, »und mit den Mönchs- und Nonnenziegeln von San Giovanni decken, das ist richtig. Für die Fenster und Türen brauchen wir, wenn sie der Tischler von hier und ganz von Hand machen soll, zwei bis drei Jahre. Ihr braucht Fußböden, Waschtröge, Wasserrohre, alles, was Ihr gewohnt seid. Wandteppiche müssen beschafft, Stromleitungen eingerichtet, die Pumpe für die Zisterne besorgt werden, dazu Türgriffe, Fensterscheiben, Lampen. Denkt gründlich nach, denn wenn anschließend das Material fehlt, kommt alles für Monate zum Stillstand.«

Janaro wirkte müde und sprach, als würde er sich mit äußerster Kraft eine Warmherzigkeit aufladen, die nicht mehr die gleiche wie früher war. Vielleicht war das Haus für ihn jetzt sinnentleert. Wer weiß, wie oft er damals mit Tredici darüber geredet hatte! Und wer weiß, wie viel er ihr in diesen ersten Begeisterungsstürmen versprochen hatte! Für gelegentliche Abwesenheiten und gelegentliche Verspätungen hatte er sich vor kurzem entschuldigt und beklagte sich über Knochenschmerzen und unerträgliche Migränen. Wie alle Arbeiter, die zum Leben ausschließlich auf ihre gute Gesundheit angewiesen sind, war er tief innerlich entsetzt über diese Leiden, die er gerne abgestritten hätte.

Wir kamen zu dem Schluss, dass die einzige Art, aus dieser Situation herauszukommen, die war, noch einmal zwei große Kähne in Salerno oder besser noch in Neapel zu beladen und alles in einem Mal über das Meer hierher zu bringen. Daraus sollte dann ein großer Wirrwarr von falschen Maßen, von beschädigten Stücken, von überzähligen Sachen und von fehlenden Dingen hervorgehen. Ich versah mich jedenfalls mit einem Berg von Notizen und Aktendeckeln und entschloss mich, nach so vielen Monaten zu meinem Onkel zurückzukehren.

»Ich fahre und hör mich um«, sagte ich zu Janaro. »Danach lasse ich dich kommen, du ruhst dich bei mir aus und wirst dich von einem guten Arzt untersuchen lassen. Das wird dir guttun.«

Ich sah ihm in die Augen, und er wich meinem Blick aus. Doch zwischen ihm und mir strömte etwas Geheimnisvolles und machte verständlich, was unsere Lippen nicht aussprachen. Er hatte Angst, Leidenschaft und Gewissenspein. Und ich konnte ihn weder verurteilen noch ihn lossprechen.

Ich machte mich auf einem Maultier auf den Weg, dem von Popoldo, das von dem stummen Diener geführt wurde. Es war schon fast Abend, als ich den Höhenzug erreichte, von dem aus ich zum ersten Mal die Olivenhaine von Licudi gesehen hatte. Seine Häuschen im Schatten des Berges konnte man kaum erkennen. Der unendlich große glänzende Kessel vor dem stillen Spiegel des Meeres erhielt wieder seinen einmaligen Anblick, ohne dass eine Stimme oder eine Falte auf die bläuliche Reglosigkeit der Abenddämmerung deuteten. Aber in mir fügten sich das Gefühl und die Wärme dieser Menschenleben hinzu, die ich da unten spürte, und die schon mit meinem verbunden waren. Und als ich mich davon losreißen musste, war das ein stechender Kummer und fast schon ein brennendes Heimweh.

Onkel Gedeone nahm mich mit all seiner unendlichen Zuneigung auf. Zwei Tage lang tat ich nichts anderes, als ihm über Licudi und seine Herrlichkeiten zu erzählen. Ich las ihm ein paar Entwürfe aus den *Centonovelle* vor und beschrieb ihm das Haus der Häuser beinahe so, wie Don Quijote das mit der Grotte von Montesino getan hatte. Unterdessen steckte er seine Nase in meine Kladden und kostete die künftigen Projekte aus. Dann sagte er zu mir:

»Wenn du für den Bau einer Villa hier in Neapel hundert ausgibst, musst du, wenn du von dir aus deine Fähigkeit und deine Mühe da hineingesteckt hast, einhundertfünfzig ansetzen. Du hast ja mit Gian Luigi gearbeitet, also weißt du das. Doch wenn du dieses Haus auf dem Land baust, wo du alles hinschaffen lassen musst, dann fängst du mit der doppelten Summe an. Aber das Verrückteste ist, dass es am Ende, wenn du es verkaufen willst, nichts wert ist. Daraus besteht das wirtschaftliche Kalkül!«

Der Onkel hatte, wie man sieht, mit seinem außerordentlichen Sinn für das Synthetische und Genaue den Punkt auf eine weitere jener Wahrheiten gesetzt, die nicht einmal in den offiziellen Berichten über den Mezzogiorno Raum finden.

»Daher«, so fuhr er fort, »ist das Haus in Licudi

keine Investition, es ist schlicht und einfach eine Ausgabe, und als solche muss sie im Verhältnis zu deinen Mitteln stehen. Gerade wird der Palazzo der Coriglianos abgerissen, im Stadtzentrum, zwei Schritte vom Hafen entfernt. Kauf von dem alten Zeug alles, was du bekommen kannst: Auf diese Weise lässt dich das Haus der Häuser vielleicht nicht auf dem Trockenen sitzen.«

Ich eilte zu dem Palazzo, der im bescheidensten seiner Räume bequem Don Calìs Turm hätte aufnehmen können. Doch angesichts der majestätischen Herrlichkeit dieses Gebäudes aus dem achtzehnten Jahrhundert, das den Abreißern wie Granit widerstand, »warum«, so musste ich mich selbst fragen, »warum dann die Wunderlichkeiten des Barons Castro da oben in Cerenzia kritisieren? Er wird schließlich zu Einsichten gelangt sein, die mit denen des Onkels übereinstimmen, und überlässt ein unreparierbares Gebäude in einem unerreichbaren Dorf seinem Schicksal. Doch hier ist die gesamte staatliche Verwaltung in Waffen und Rüstung am Werk, die bei vollem Bewusstsein im topografischen Zentrum von Neapel ein bedeutendes und noch völlig intaktes Bauwerk niederreißt, um es durch ein anderes und verdammt mittelmäßiges zu ersetzen. Wo es doch nur zwei Schritte weiter die ›Quartieri‹ gibt, die alten ›Viertel‹, die eine einzige schwarze Karies sind. Die, ja die müssten abgerissen und saniert werden!«

Ein Selbstgespräch, das durch die Erinnerung an das »faschistisch erledigt« des Verbandsführers von Mailand unterbrochen wurde. Und hier war der nicht zu bremsende liktorische Eifer, der dieses fabelhafte Unternehmen vorschlug, von einer Art, dass sie ihm, sofern der Käufer den Palazzo nur unverzüglich fortgeschafft hätte, das gesamte Bauwerk schenkten. Nachdem ich in der Umgebung eine große Lagerhalle gemietet hatte, stand ich also während zweier Wochen morgens um fünf Uhr auf, nur um mich gleich der Abrisshacke entgegenzustemmen. Ich glaube, meine Anwesenheit war die letzte, welche die zerstörten Säle, die geheimen Gänge, die intimen Redouten dieser gescholtenen Bude liebevoll tröstete, und wo immer ich einen Rahmen, eine Kehlung, einen Schmuck bergen und vor diesem Untergang in den Schutt retten konnte, tat ich es. Und ich, der ich auf der einen Seite traurig war, auf der anderen aber so glücklich und zufrieden wie die Samische Sibylle, sagte mir immer wieder, dass, wenn San Marco in Venedig, um einfach nur ein Beispiel zu nennen, ein Beute-Mosaik war, ein Mosaik der Entdeckungen, der Überbleibsel aus klassischer Zeit, die in der ganzen Breite des Mittelmeers über zwei oder drei Jahrhunderte zusammengescharrt worden waren, so behauptete sich auch das Haus der Häuser als Erbe und Hüter jener hohen Gedanken, die sich zu unterschiedlichen Zeiten und an unterschiedlichen Orten in Bauwerke verwandelt hatten. Der Onkel lächelte dazu, wie es seine Gewohnheit war, und nickte mit dem Kopf. Angesichts der majestätischen Menge von Marmorteilen, Geländern, Fußböden, großen Fenstern und geschmiedeten Eisenarbeiten war Mastro Janaro geblendet.

Dieses Mal heuerte er die »Paranzoten« selber an

und fuhr mit ihnen, um zu verhindern, dass sie während der Passage einen Teil meiner Habe gegen Wein eintauschten, wie sie es gewöhnlich taten. Was mich betraf, kehrte ich eilig nach Licudi zurück und sah in meiner Fantasie bereits ein herrliches Schloss aus diesen vornehmen Trümmern erstehen. Nur machte es mich traurig, dass Mastro Janaro nichts von einem Arzt hatte hören wollen. Entweder wollte er nicht, dass ich etwas über seine Krankheit erführe, oder er wollte nichts über sie erfahren.

Das Einlaufen der beiden Paranzen, mit Mastro Janaro in würdevoller Reglosigkeit am Bug, sorgte für viel Leben. Das Meer war spiegelglatt, und dieses Mal wurde eine Brücke aus Brettern in Höhe unseres Olivenhains eingerichtet. Eine Reihe von Trägerinnen, begleitet von Jungen mit ihren Eseln, bewegte sich in dem geordneten, arbeitseifrigen Hin und Her von Ameisen. Kleine Mannschaften von Handlangern, die strategisch auf dem Hang verteilt waren, zogen die größeren Teile hinauf. Die Mammolas leiteten souverän den Rhythmus und die Übergänge. Vor Beginn der Vesper des zweiten Tages umschloss das Haus in seinen Armen bereits alles, was es großartig und einmalig machen sollte. Und die Paranzen mit ihren vollen Segeln entfernten sich in den Feuern des Sonnenuntergangs, still bejubelt vom wachsamen Geschlecht der Licuder.

Von da an war die Vervollständigung unserer Arbeit mit allen vorstellbaren Materialien und allen möglichen Maßnahmen ein Geduls- und Fantasiespiel, das ausgesprochen glückliche Tage ausfüllte. Es ging nicht mehr ums Bauen, sondern ums Ausgestalten, ums Einrichten gewissermaßen. Mit den zahllosen, aus dem Palazzo Corigliano geborgenen Fliesen konnte man Muster und Verflechtungen ohne Beschränkungen zusammensetzen. Die Geländer, die Marmorstücke, die kleinen Türen, unterschiedlich in Stil, Raffinement und Epoche, konnten den ihnen am besten entsprechenden Ort finden, ganz nach Überlegungen, die ebenso ideal wie praktisch und strukturell waren. Und wenn eine Notwendigkeit oder eine Idee eine Lösung empfahlen, war der Arm von Mastro Janaro bereit, etwas einzufügen, zu adaptieren oder umzuwandeln. Auf diese Weise begann das zuerst kahle und viereckige Gebäude sich wie ein Körper aus Muskeln herauszubilden, darauf folgte die Vervollständigung durch die Haut, durchzogen von Nervenfäden, belebt vom Blutkreislauf und bewegt von seinen Gedanken.

So wie ich es mir mehr erträumt als gewünscht habe, und als ob die Umstände sich dieser Begeisterung angepasst und diese interpretiert hätten und sich jetzt wie von ihr gelenkt und beherrscht ergeben würden, war das ganze Haus voller Leben. In seiner Gesamtheit gab es nichts, das nicht ein Gefühl oder eine Absicht reflektierte, und zwar so sehr, dass, wenn ich in der Nacht einen Wassertropfen fallen, eine Türe quietschen oder unter dem Schritt eine Diele knarren oder eine Fliese klingen hörte, ich den Grund dafür kannte. Ich wusste, dass ein Dachziegel in einer Ecke des Dachs ein wenig niedriger war als ein anderer und erinnerte mich an die Gründe, die uns veranlasst hatten, sie in dieser Weise dort hinzulegen; dass diese Türe dort quietschte, weil ihre Scharniere locker waren, es uns aber leidtat, ihre altehrwürdigen Eisenbeschläge zu ersetzen; dass dieser Fußboden da sich zwar auf einen schwächeren Balken stützte, er aber der letzte war, der von Cerenzia stammte, und wir ihn nicht durch einen fremden ersetzen wollten. So kannte ich das Haus wie meinen eigenen Körper. Ich bewunderte es wegen seiner Kraft, seines Fantasiereichtums, der Mühe und der Entschlossenheit, die es vollendet hatten. Es war sowohl mein als auch Mastro Janaros Meisterwerk. Doch eigentlich war es ein Ergebnis, das höher stand als wir alle. Wie zu den märchenhaften Zeiten, bevor die Niedertracht der Menschen sie von der Erde vertrieb, die guten Gottheiten beim Wachstum der Pflanzen, beim Bau der Befestigungsmauern, der Tempel, der Städte zugegen waren, war ein wohlgesonnener Gott bereit, uns zu helfen. So war diese Wohnstatt sowohl menschlich, weil sie unsere war, als auch göttlich, weil sie uns gewährt worden war. In ihr konnte der Gast wieder ein Heiliger werden und die Laren wieder Einzug halten, so wie das gewaltig lodernde Feuer im alten Kamin aus Cerenzia heilig war, dessen gemeißelte, auf ihr Ornament zurückgeführte Steine mit ihren hermetischen Symbolen diese spirituelle Einheit besiegelten.

Dies alles – versteht sich – ereignete sich im Lauf der Zeit. Während ich in Neapel war, hatten Janaros Brüder den Dachstuhl aufgesetzt und gedeckt. Gleich darauf wurden die Fenstertüren und Fenster festgelegt und ihre erhabene Tischlerkunst aus dem achtzehnten Jahrhundert des Palazzos Corigliano den Räumen angepasst, die Mastro Janaro mit unerklärlicher Intuition verhältnismäßig groß belassen hatte. Auf diese Weise wurde damals so viel von der ersten Etage hergerichtet, dass ich gegen Ende des Herbstes dort wohnen konnte. Und als der erste Regen fiel, kehrte man wieder zum Ritus der Olivenernte zurück, das Meer leerte sich, und die Brüder gingen fort, hin zu den Stimmen, die bis dahin überall an der Küste nicht aufgehört hatten, nach ihnen zu rufen, damit sie ihren Verpflichtungen nachkämen und ihre alten Versprechen einhielten.

Die letzten Tage der schönen Jahreszeit waren also vorüber, und obwohl Mastro Janaro eigentlich nicht dazu angehalten worden war, schien er es, seinem inneren Antrieb folgend, vorzuziehen zu bleiben und sich mit kniffeligen kleinen Arbeiten für die Fertigstellung des Hauses zu beschäftigen, oftmals allein oder mit Glù zusammen und dessen Esel und dem unabdingbaren Mädchen, die ihm alle Gesellschaft leisteten.

Die Vertrautheit zwischen uns hatte sich nach und nach zu einer Art Zuneigung gewandelt, auch wenn sie ausschließlich in diesem einzigen Bereich wurzelte, der unsere Gefühle und Absichten lenkte, denn über alles andere verlor man in stiller Übereinkunft kein Wort. Doch weil er in seiner Kunst keinem nachstand, konnte Mastro Janaro sich völlig zu Recht und eben deshalb mindestens als gleichwertig mit jedem anderen Menschen fühlen. Auf geheimnisvolle Weise mit vielen Generationen von Handwerkern und Künstlern verbunden, die ihm bei den Ornamenten des Palazzos Corigliano vorausgegangen waren, schien er die Zeugnisse ihrer Werke als Vermächtnis zu betrachten, dessen er in jeder Weise würdig war: eine Ehre, die er seinerseits ehrte. Und aus unterschiedlichen Gründen, doch mit gleicher Begeisterung machte ich mich mit ihm daran, in den Marmorstücken, den Eisenarbeiten, den bearbeiteten Hölzern das Talent, die Geduld und die Leidenschaft zu erkunden und zu erkennen, die darauf verwandt worden waren. Ich empfing sie auf ideale Weise in diesem Haus, um sie, so wie Mastro Janaro sie ganz konkret ins richtige Licht brachte, mit der notwendigen Sorgfalt und Achtung weiterzuführen, damit sie sich der Aufmerksamkeit und der Bewunderung, die ihnen gebührte, dauerhaft darstellen konnten.

Und doch nahm ich auch rings in unserer so ruhigen Einsamkeit gelegentlich eine einzigartige Stille wahr. Wenn Janaro auch die vielen Häuser der anderen vergessen zu haben schien, die er noch fertig bauen musste und die schon seit Monaten oder auch Jahren auf ihn warteten, so zeigte sich in Wahrheit doch niemand, um ihn zu diesen Arbeiten zu drängen. Keiner bat mich – wie es schon viele Male vorgekommen war –, ihm über Tage frei zu geben, wie es ununterbrochen für seine Brüder geschah. Fast war es so, als wäre die kollektive Seele der kleinen Leute in eine Nachdenklichkeit versunken gewesen und zu einer Schlussfolgerung gelangt, die Mastro Janaro, wenigstens eine Zeit lang, seiner Verpflichtungen enthob und damit auch den Ruf nach ihm oder die schlichte Anfrage unterbrach. Dinge, die, wie ich wohl wusste, nicht mehr das Haus der Häuser betrafen und noch viel weniger mich.

»Mastro Janaro Mammola«, sagte Geniacolo eines Abends leise zu mir, »hat heute zu Hause sonderbare Dinge getan und gesagt. Dann bekam er so starke Kopfschmerzen, dass er fast schrie. Sie sind nach Paola gefahren, um einen guten Arzt zu nehmen, denn zu dem in San Giovanni haben sie kein Vertrauen.«

Es war Sonntag. Ich hatte Janaro seit dem Nachmittag des vorhergehenden Tages nicht mehr gesehen, und weil ich mit meinen Papieren beschäftigt war, hatte ich das Haus kaum verlassen. Niemand hatte mir Bescheid gegeben. Jetzt schien Geniacolo, der auf der Treppe vor seiner Tür saß, weniger traurig als vielmehr entsetzt. Aus der Tiefe seiner Behausung kam das raue Atmen von Ferlocco, der auf einem Strohsack schlief. Alle seine Kleidungsstücke klebten an ihm, wie auf der Straße oder im Boot.

»Wann war das?«

»Heute Abend, spät. Aber es ist nicht das erste Mal, dass das vorkommt. Sie versuchen, es zu vertuschen, keiner soll es wissen, doch man hört ihn bis zu den anderen Häusern. Mastro Janaro, wisst Ihr! Die Leute sagen, Tredici hätte ihn mit einem Fluch belegt! Tredici ... Wer weiß!«

Es war spät, und die Lampen des Dorfes waren schon alle gelöscht. Es herrschte eine feuchte Wärme, durchzogen von schwachen Seufzern des Windes. Die Nacht war wie ein riesiges verschlossenes Tor, hinter dem sich flüsternd eine geheime Welt regte. Und ich fühlte, wie dieser dunkle Schoß unablässig Dinge gebar, schöne, schmerzliche, seltsame Dinge, dass es uns nicht gegeben war, sie vorherzusehen, dass wir ihnen nicht entfliehen konnten. Und dass niemand von uns, so an die Vielzahl dessen gefesselt, was er erkennen und durchleben würde, sich distanzieren könnte und niemand allein wäre.

Weil die Menschen von Licudi, wie wir gesehen haben, die Kirche im Lauf des Jahres nur wenig besuchten, bereiteten sie sich mit dem Septembermond allerdings darauf vor, sich einer außergewöhnlichen Kraftanstrengung zu unterziehen: der Wallfahrt. Sie wurden dabei nicht von einem Priester angeführt, sondern von einem von ihnen, der jeweils neu gewählt wurde und auch das aus nicht näher erklärbaren Gründen. Ein gutes Drittel der anwesenden Bevölkerung nahm daran teil, und unter den zahllosen und verehrungswürdigen Darstellungen der Maria wählten sie, um sie zu besuchen, eine aus, die ihnen fast nur allein bekannt war. So zog dieser Ritus an derart abgelegene Orte und zu einem für diesen Zweck fast unerklimmbaren Berg, dass dies alles wie eine ganz besondere Begegnung des einfachen Volkes mit dem Himmel aussah.

»Gut macht Ihr das, dass Ihr mit uns auf den Berg kommen wollt! Aber Ihr müsst dem Anführer der ›Kompanie‹ den Namen geben.«

Genuario Pizzo, der Karrenkutscher von Licudi, war der Gewählte in diesem Jahr. Er drückte mir freundschaftlich beide Hände und empfing im Beisein anderer meinen förmlichen Antrag. Er bat mich dann, die »Kompanie« mit Hilfe eines Maultiers zu unterstützen oder besser gesagt: des Maultiers, denn es gab ja nur das von Popoldo. Ich bekam es zugleich mit seinem Führer Baculo, dem schweigsamen Sklaven, beim ersten Zeichen. Auch Vincenzina sollte zu der Zahl gehören. Von Mastro Janaros Familie nahmen alle an der Wallfahrt teil, nur er selbst nicht. Von Calìs Stamm niemand. Bei schönstem Mondenschein machten wir uns singend auf den Weg.

Die Spitze des Berges der Potentissima, der Übermächtigen, zweitausend Meter hoch, oben mit scharfkantigen Graten bespickt, von jeder Seite her nahezu unzugänglich, erreicht man nur über unwegsame Pfade. Die Woge der Buchen bedeckt die Höhe und hört erst am Fuß all der eisernen Wachtürme auf, die sich in einer Reihe gegen den Himmel abheben, schon sichtbar von weit draußen auf dem Meer, hinter dem Palanuda, wie ein Streifen himmlischen Schattens.

Dort oben gibt es einen Eremiten, der sich um das kleine Heiligtum kümmert. Doch mit den düsteren Tagen des Oktobers muss er ins Tal hinuntersteigen. Dann bleibt die Jungfrau allein mit ihrem Kindchen in den Armen und wird nur vom Feuer der Blitze besucht, die die Schlucht der zyklopischen Risse kennzeichnen und in das Vlies des Buchenwaldes tiefe aschgraue Trichter schlagen. Und die Gegend spürt, wenn der Donner über die Marina hinwegrollt, die Einsamkeit der hohen Mutter. Der Besuch besteht nicht nur aus der Bitte um einen Gnadenbeweis oder dem Dank dafür. Er ist die Bestätigung eines Familienvertrags, er ist, vor den Winternächten, ein kindlicher Abschied. Mit zärtlichen Worten bei der Ankunft und bedauernden beim Abschied grüßen ihre Gläubigen sie aus tiefstem Herzen.

> Ce ne turnammo a chesta via!
> Statte bbona, Madonna mia!

> Auf diesem Weg kehrn wir zurück!
> Madonna mia, dir alles Glück!

Die Wallfahrt, so wie die Menschen von Licudi sie durchführten, ging wegen ihrer Härte fast an die Grenze eines Menschen. Außer dem Aufstieg auf den heiligen Berg, der an sich schon außerordentlich beschwerlich war, erforderte sie zwei Märsche von ungefähr jeweils zehn Stunden und drei Nächte im Freien. In der Gesellschaft befanden sich viele Frauen und alte Männer, auch kleine Mädchen, denen man eine solche Kraftanstrengung nicht zugetraut hätte. Der größte Teil von ihnen ging dann zwischen diesen Steinen, diesen Wassergräben und Dornen barfuß umher.

Ich war noch nie inmitten einer so großen, so im gleichen Denken verbundenen Menschenmenge, die auf Grund ihrer Stimmung und Bereitwilligkeit einer vollkommenen Brüderlichkeit so nahe war. Die Wallfahrt schließt im Stillen zähe Bindungen ein und festigt sie, und mehr wohl noch als der Zufall, verknüpft sie, wie es vorkommt, ein Instinkt besonders unter einigen: kleinen Gruppen innerhalb der Gruppe. Obwohl das Maultier Nahrungsmittel trug, die für jeden bereit standen, hielt sich Baculo in meiner Nähe und betrachtete mich als seinen zeitweiligen Herrn, und Vincenzina entfernte sich wie etwas Dazugehöriges nicht von dem Maultier. Doch jenseits dieser kleinen, schmächtigen Gedanken nahm ich wahr, dass ihre vom silbernen Schatten des Mondes, vom gemeinsamen Erleben und dessen aufrichtiger Reinheit beschützte Schüchternheit sich entspannte und verflog und sich auf beinahe kindliche Weise unter den Schutz meiner guten Absichten begab. Anfangs hatte ich erkennen lassen, dass ich gar nicht auf sie aufmerksam geworden war, weil ich befürchtete, sie könnte sich zurückziehen. Jetzt schien sie ihren Teil an sich genommen zu haben und sicher zu sein. Da ich in die »Kompanie« aufgenommen war, stand mir das Recht zu, ihr zuzuhören und zu helfen. Sie spürte das, nahm es wortlos hin und blieb in der Nähe.

Um uns verbreitete sich von einer Talmulde zur anderen, von einem Durchgang zum anderen das von Begeisterung getragene Rauschen, das Flüstern der Pilger. Jeder trug seine Frage und sein Gelübde und kannte die Frage und das Gelübde des anderen. Er bat ihn um Hilfe und gewährte sie ihm zugleich. Jeder blieb stehen, um auf die anderen zu warten oder sie aufzusuchen. Und er wurde wiederum von ihnen erwartet und aufgesucht. Und in dieser unwirklichen Landschaft, die sich nach und nach in der friedlichen Morgendämmerung entfaltete, in ihren finsteren Einbuchtungen, ihren grenzenlosen Perspektiven der Stille, dem Glitzern des Wassers und im Vorbeieilen über diese Menschenleben im dunklen, unendlich sanften Schoß der Nacht, kam es mir vor, als würde ich in einem hohen, glücklichen Traum dahingehen. Um die Begeisterung erneut zu entfachen und die Menschen wieder zu sammeln, welche die Länge und die Schwierigkeit des Weges über verschiedene Pfade auseinanderlaufen ließ, hoben die Frauen gelegentlich mit einem Gesang an. Und ich sang mit ihnen.

Unterdessen hielt der Anführer mal die Gemeinschaft an, um sie zu zählen, mal suchte er sie auf, wie der treue Hirte es bei seiner Herde macht. Dann ermutigte er die Unentschlossenen, erkannte die Wege und teilte die Pausen ein. Die Tatsache, dass er die Gemeinschaft ohne Hindernisse und Verspätungen geführt und ihr mit Liebe und Weisheit beigestanden hatte, denn darin bestand ja die Aufgabe des Erwählten, würde ihm während des ganzen Jahres Ehre verleihen. Genuario zeigte große Standfestigkeit. Er hatte sich zwar schon mehr als eine Last aufgebürdet, die er anderen abgenommen hatte, doch seine unermüdlichen Beine ruhten nicht aus. Oft war er auch zu mir gekommen, der es, wie ein Neugetaufter, verdient hatte, dass man ihm größere Aufmerksamkeit zukommen ließ. Doch versuchte ich, es ihm gleichzutun. Und indem ich die Anstrengung in meinen eigenen Gedanken vergaß, war ich dazu in der Lage.

Diese gespenstische Reise im Klima eines anderen Planeten währte die ganze Nacht und, mit wenigen Ruhepausen, noch einen Großteil des folgenden Tages. Bei Sonnenuntergang lagerte sich die »Kompanie« auf den ersten Hügeln des Berges. Feuer wurden entzündet, wie die Hirten es machen, der Proviant wurde verteilt, es wurde geschwiegen. In tiefem Schlaf ruhend, träumten die Licuder von der großen Begegnung. Mein Blick irrte von einer zur anderen der mir vertrauten, in ihre einfachen Tücher gehüllten Gestalten, die der kindlichen Haltung ihres Schlafs anvertraut waren, Ansichten einer uralten Wanderung. Die Zeit, die seit den Äonen vor der Sintflut vergangen war, hob sich auf. Die ferne Epoche kehrte zurück, als das Rad den Menschen noch unbekannt war, sie Gott aber kannten und sie sich, als sie sich nur Menschen nannten, Unterhaltungen ausschließlich mit der Menschheit vorstellen konnten, nicht in irgendeiner geschriebenen Sprache.

Genuario Pizzo streckte sich neben mir aus. Er dachte, es sei auch jetzt noch seine Pflicht, über den Schlaf der anderen wachen zu müssen.

»Ihr seid tüchtig gelaufen! Ihr seid kräftiger als wir! Wir sind's gewohnt. Doch jetzt schlaft, ruht Euch aus. Es gibt noch viel zu tun!«

»Genuario, wie geht's dir mit deinem Karren?«

»Wie soll's gehen? Seit vierzehn Jahren mache ich immer denselben Weg: von Licudi nach Castrovillari und von Castrovillari nach Licudi. Drei Tage Hinweg, drei Tage Rückweg, und sonntags zu Hause. Sonne, Schnee und Regen, immer dasselbe. Das ist die Arbeit, die ich mache.«

»Welcher Weg führt denn nach Castrovillari?«

»Zuerst steigt man nach San Giovanni rauf, das kennt Ihr ja. Danach nach Papasidero runter und von da aus zur Eisenbahn. Doch zuerst haltet Ihr. Am zweiten Tag kommt Ihr, je nachdem, wie der erste Tag gelaufen ist, nach Mormanno oder auch nur bis Morano. Am dritten seid Ihr in Castrovillari. Ihr ladet ab, verkauft, kauft, ladet auf und kehrt zurück.«

»Und wo schläfst du?«

»In der Karre und manchmal auch in einer Futterkrippe auf dem Heu, immer mit einem wachen Auge, weil das Ställe von Fremden sind, und da kann Euch eine dritte Sardelle leicht weggeschnappt werden, als wär's gar nichts.«

»Und legst du den Weg auf dem Karren zurück?«

»Und das Pferd? Ein Stückchen auf dem Karren, aber fast alles zu Fuß. Bei den Steigungen helf ich dem Pferd, es zieht und ich schiebe. Bei abschüssigen Wegen wickle ich das Seil um den Bremsstein und halte so weit zurück wie ich kann. Ihr sprecht von der Wallfahrt! Ich mache sie jede Woche seit vierzehn Jahren!«

Er drehte sich eine Zigarette in einem Maisblatt mit ein bisschen Tabak aus seinem Garten und auf gut Glück zusammengerollt. Sein Gesicht war hager und sehnig, seine Haare waren schwarz, sein Bart stoppelig. Seine Augen glänzten stark, und seine Pupillen waren so geweitet, dass sie fast den gesamten Augapfel einnahmen. Doch in diesem wenigen Weiß lag der gelbliche Schatten der Malaria. Der Ausdruck dieses Blicks war allerdings der einer einzigartigen Nachdenklichkeit und Geduld. Es hatte den Anschein, als habe er ein so hartes Leben hingenommen, weil er dessen Sinn erkannt hatte.

»Sobald diese vier Sterne das Meer berühren, beginnen wir mit dem Aufstieg. Wenn die Sonne uns zu früh trifft, leidet die ›Kompanie‹. Schlaft jetzt, Don Giulì. Es ist spät.«

Ich hüllte mich in die Decke, und durch den Schlitz der Falten sah ich, wie der Schein des Feuers langsam erlosch, vielleicht war es aber auch der Schlaf, der mich überkam. Und bevor ich mich ihm hingab, bemerkte ich, als wäre sie unversehens beschienen worden, Vincenzina inmitten einer dunklen Gruppe von Frauen. Mir kam es vor, als würde sie beten, ganz so, als würde sie eine Frage auf ihren Lippen haben. Ihr bloßes Gesicht voll nervöser Erwartung besiegelte unter dem letzten Glimmen des Feuers meinen Schlaf.

Vor Tagesanbruch, so wie Genuario es gesagt hatte, machte sich die Gemeinschaft für den Aufstieg bereit.

»Auf dem Berg«, sagte Vincenzina zu mir, als sie sorgfältig meine Decke zusammenrollte und ein unterbrochenes Gespräch fortzusetzen schien, »dürfen weder Männer noch Frauen böse Gedanken haben. Die Unbefleckte ist oberhalb der Buchen, und wer sie vor ihren Augen beleidigt, ist verdammt.«

Während des anstrengenden Aufstiegs gesellte sich Angiolina zu uns, die Wasserträgerin der Locanda. Diese Frau von geradezu fiebriger Blässe, jedoch wohlgeformt und kräftig, hatte seit drei oder vier Jahren ihren Mann in Südamerika. Ihr vertrauter Umgang mit Baculo, dem üblichen Gefährten ihrer Arbeit, schien offenkundig zu sein. Doch ich sah, dass viele andere Frauen herbeikamen und ihn begrüßten, ihm dabei wie einem mächtigen Hausochsen auf Schulter oder Nacken klopften. Er antwortete voller

Zufriedenheit nur mit wenigen unartikulierten Lauten. Es war, als könnte ihm die Mühe nichts anhaben, weil er mit Sicherheit übermenschlichen Prüfungen ausgesetzt war, und diese Leere in seinem Kopf auch eine Art natürliche Leere zurücklassen würde: ein menschengestaltiges, jedoch nicht definiertes Lebewesen, wie der Geisteskranke, der Zwerg, der Dickleibige, der in den Augen des Volkes von einem unerkennbaren Willen gezeichnet und vielleicht Teilnehmer an dieser Pilgerreise ist wie ein weniger bedeutender Fetisch oder ein heiliges Tier. Später wurde mir gesagt, dass Baculo gewisse Kräfte zugeschrieben würden. Wesentlich später erfuhr ich, welche.

Bevor die Sonne sie verletzte, erreichte die Kompanie den dichten Buchenwald, der unterhalb der Kuppe wuchs. Doch dann sah ich, wie sie sich unversehens über ferne Pfade verlor, getrennt nach Familien, nach kleinen Gruppen, zwei Freundinnen, einem einzigen Menschen. Der geweihte Berg verströmte seine Wunder wirkenden Tugenden über besondere Orte: ein bestimmter Felsblock heilte Magengeschwüre; jene Grotte dort Cephalitiserkrankungen; eine Wasserquelle bewahrte vor Wehen und den Gefahren der Niederkunft. Geheimnisse, die man nicht überraschen sollte, wenn sie von einem anderen besessen werden, die jedoch offenbart und als Gabe verliehen werden können. Und die Menschen von Licudi tauschten sie mit großer Herzlichkeit untereinander aus und begleiteten sich gegenseitig zu diesen wohltuenden Heilmitteln oder Balsamquellen, und indem sie das taten, gestanden sie sich öffentlich ihre jeweiligen Leiden,

Wunden, Ereignisse und Reuigkeiten. Ich sah die Brüder von Mastro Janaro mehrmals traurig im Kreis um einen finsteren, unter Venushaar versunkenen Felsblock gehen: Sie befürchteten und bannten Tredicis Rache. Ich sah, wie Angiolina von einem steilen Hügel das Kraut pflückte, das sie ihrer Treue zu ihrem Ehemann versichern sollte, der womöglich zu eben dieser Stunde in der Tiefe einer chilenischen Mine für sie schuftete und sie sich mit diesen Zauberkräutern in der Hand vorstellte. Doch unvermittelt wurde mir klar, dass ich, ich überhaupt nichts zu erbitten hatte, dass ich dieses Mal allein dastand, weil ich nichts zu erbitten und auch nichts zu erwünschen verstand, und dass ich lediglich zu hoffen vermochte, dass die Gelübde der anderen erhört werden würden: dass Mastro Janaro wieder gesund würde, dass Vincenzina glücklich sein würde.

Die Begegnung mit der Heiligen Jungfrau war ein so feierlicher Tumult, wie ich ihn mir nicht hätte vorstellen können. Der Eremit stand an der Türe, erkannte alle und umarmte alle. Und die Licuder schubsten ihn sich gewissermaßen zu, damit jeder seinen Teil abbekommen sollte. Als die Kompanie sich in der kleinen Kirche zeigte, einem vollkommenen Nest des Friedens, gestrichen mit Kalk, dem die Reinheit der hohen Luft eine helle Bläue verlieh, und die Madonna auf ihrem kleinen, mit Wildblumen geschmückten Altar erschien, zog ich mich zur Seite zurück, weil mich die Schatten quälten, die mir kurz zuvor durch den Kopf gegangen waren.

Doch unterhalb von uns flimmerte das endlose

Dorf in der Hitze der kahlen Berge und der in der Sonne glitzernden Meeresränder. Von den Alburni bis Sila lag der tiefe, unerforschte Süden, befrachtet mit Geduld und mit Zeit, durchtränkt von Gedanken und Mühen, eingetaucht in seine uralten Bräuche, erleuchtet von seinen Glaubensformen und der feierlichen Harmonie seines Lebens. Ich fühlte, wie ich mich in ihm verlor, dabei Kultur und Vernunft Lügen strafte und ihn um Vergessen und Verherrlichung bat. Ich bewahrte in meiner Brust die Last dessen, was mein Menschsein ausmachte, und legte mich selbst wieder dazu. Ein Anlegeplatz, den meine Reise nie berührt hatte, der aber durchaus das Ziel sein konnte.

Die Rückkehr war einigermaßen hart, allerdings heiter. Ich stieg nicht auf das Maultier, das nur einer Frau mit wundem Fuß dienlich war. Als die Kompanie sich erschöpft noch ein letztes Mal vor dem Eintritt ins Dorf zusammengefunden hatte, sah ich, dass selbst in tiefer Nacht die Lampen überall in den Häusern brannten. Die Pilger hielten die vom Berg mitgebrachten Buchenzweige hoch, die gesamte Bevölkerung kam uns ebenfalls singend entgegen. Sie umarmten ihre Angehörigen und kehrten mit ihnen zu den erneut geweihten heimischen Feuern zurück. Die Leute von der Marina empfingen uns, und wir verweilten noch in der lauen Dunkelheit und erzählten und schauten. Bis die vier Sterne, die Genuario mir vom Berg aus gezeigt hatte, das Meer berührten.

Genau zu dieser in sich gekehrten, intensiven Zeit begann Italien, das schon seit langem mit der äthiopischen Frage zugange war, den Krieg. Die hitzige Polemik zwischen den Briten und dem Grafen Grandi war der einfachen Wahrnehmung der Menschen von Licudi entgangen, die in ihrer Allgemeinheit auch nichts von der Existenz des Völkerbundes wusste. Und meinerseits hatte ich schon seit der letzten Zeit in Paris und dann wieder auf dem Strand der Marontis auf Ischia und erst recht danach Politik und Regime erneut vergessen.

Manchmal, bei Don Calì, fiel mein Blick auf das einzige Exemplar des *Giornale d'Italia*, wohl auch schon einen Monat alt, aber ich konnte mich nicht dazu entschließen, diese Zeitung in die Hand zu nehmen. Doch das Radio des heruntergekommenen kleinen Lokals, das der »Palazzo« aus formalen Gründen zur Verfügung gestellt und »Feierabendtreff« getauft hatte, auch wenn es nur von wenigen, ins Kartenspiel vertieften Feiglingen gehört wurde, musste immerhin die Herausforderung an die zweiundfünfzig, von England zusammengestellten Staaten bekannt geben. Doch abgesehen von dem ersten Schreck und der Verwirrung und für einige die Angst und die konkrete Gefahr, zu den Waffen gerufen zu werden, riefen die Olivenernte und dann das bevorstehende Weihnachtsfest gleich wieder jeden zu seinen eigentlichen Gedanken zurück. Gegen Ende Oktober, als die italienischen Armeen wieder nach Adua zurückkehrten und Axum eroberten, trat ich über die Schwelle des neuen Hauses und fühlte meine Distanz derart tief, dass mein Rückzug in dieses Geheimnis gerade an einem Tag, der von den anderen als Tag der Expansion und des äußeren Sieges bezeichnet wurde, mir in der Fantasie jene Symbole und Vorzeichen bestätigte, die ich für Hinweise des Schicksals gehalten hatte.

Natürlich konnte ich erst einen Teil des Hauses der Häuser benutzen: den oberhalb des Kellers und unterhalb des zweiten Stockwerks, der aber bereits alle Türen und Fenster hatte und vom Dach her gut geschützt war. Noch fehlten Bogengänge, Loggien, Plätze, Verzierungen und Gott weiß, wie viele Dinge noch und wie viele Steine. In meiner Fantasie brachte ich den ganzen Schutt des eingestürzten Hauses des Barons Castro in Licudi zusammen, aus dem wunderbare geschnitzte und behauene Stücke zum Vorschein kamen. Doch das Haus aufs Vollkommenste auszugestalten wäre, alles in allem, ein wunderbarer Zeitvertreib gewesen, das in kleinen Portionen über die Jahre vorgenommen werden sollte. Auch fehlte Mastro Janaro jetzt gelegentlich für mehrere aufeinanderfolgende Tage. In sehr viel größerem Maß passte sich meine so weitläufige Behausung langsam dem an, was in jedem anderen Haus im Ort vor sich ging. Doch ihre Gesamtlinie war festgelegt. Und jedes Mal, wenn ich sie betrachtete, überkam mich in meiner Brust ein Gefühl so verworrener Freude, wie man sie empfindet, wenn man einen teuren Menschen umarmt. Mit der archaischen Bauweise aus Stein, der Einrichtung, der Balkons, der Eisengitter, dem aus dem Palazzo Corigliano herausgelösten Marmor wurde eine ehrwürdige Wirkung erreicht und von der Patina verstärkt, die ein einziger südlicher Sommer hinreichend darüberbreiten kann. Das Haus stand zwar erst seit einem Jahr, wirkte aber schon alt und so, als wäre es durch einen Zauberstreich inmitten des Olivenhains aufgeknospt und von einem anderen Ort insgesamt hierher gebracht worden. Zu einer derartigen Magie konnte nur eine vollkommene Liebe befähigt sein, und ich hatte sie gegeben.

Im größten Saal, der die gesamte Länge des Hauses zum Meer hin einnahm, richtete ich also meine erste Wohnung ein. In ihm befand sich auch der Kamin aus den behauenen Steinen von Cerenzia. Von Paola trafen, Menschen ähnlich, viele von den Möbeln ein, mit denen der Onkel viele Jahre gelebt hatte: eigentlich schlichte Gegenstände, doch mit Leben erfüllt durch sein hohes Denken, die um so teurer und wertvoller wurden, je besser man die Gewohnheiten und die Regel kannte, die sie abgenutzt hatten. Ich benutzte Gian Micheles bescheidenes Bett, seinen Arbeitstisch und seine vielen Bücher. Doch bei diesem Leben im Abseits musste ich bald zu der Einsicht gelangen, dass mein wunderbares Feuer nichts gegen die beiden Holzscheite bei Geniacolo war und das ruhige Atmen seiner kleinen Mädchen, die hingesunken auf Ferloccos behaarter Brust lagen wie kindliche Gottheiten unter dem wachsamen Auge eines wohlmeinenden Drachens.

Doch die Menschen von Licudi verließen mich nicht. Zunächst einmal wegen der Pflege des Olivenhains. Mein »Drittel« war letzten Endes an die heilige Anna von den Schmerzen gegangen, der Mutter von Vincenzina. Die Pflückerinnen waren immer im Haus und »komplimentierten« mich mit jeder Art von

Dienstbereitschaft, und unter ihnen eine Soccorsa und eine Incoronata, die immer paarweise erschienen und überaus anmutig waren. Wenn die Frauen von Licudi jedoch wie ihre Männer ausgelassen und lustig waren, blieben sie in dem, was ihre innersten Gedanken berührte, unerforschlich.

Jetzt las ich auch besser in dem rauen, strengen Brauch gegenüber den Ehefrauen der Ausgewanderten. Es handelte sich im Grunde genommen eher um etwas Notwendiges als um etwas Moralisches. Die Pflege der Kinder wäre nicht mehr gegeben gewesen, wenn ein anderer Mann in den Kreis der ungeschützten Familie getreten wäre, der die Güter ganz gewiss und zusätzlich schlecht aufgeteilt hätte. Doch abgesehen von dieser Situation waren die einfachen Leute im Übrigen von offenem Verstand. Die Nachkommenschaft war ebenso zahlreich wie ungesichert, und die Toleranz der Einzelnen wurde von der öffentlichen Meinung unterstützt. In dieser Hinsicht wenigstens hatte Don Calì seine einem Scheich verwandten Systeme nicht von San Giovanni eingeführt, im Gegenteil, er wurde in das warme Umfeld integriert: genau das Gleiche eben, von dem mehr oder weniger alle erwarteten, dass es auch mir widerfahren würde.

Bei den Mädchen, versteht sich, wurde eine gewisse formale Strenge angewandt, und wenn eine von ihnen sich nicht daran hielt, war es schwierig, dass sie zwei oder drei Jahre lang einen Mann fand. Waren die jedoch vorbei, wurde sie allerdings wieder in das allgemeine Wohlwollen und Gedulden eingeschlossen, und irgendwer heiratete sie schließlich. Diese Frauen trugen, genau wie die Tiere oder die Pflanzen, ganz konkret die Zeichen ihrer persönlichen Lage im Gesicht geschrieben: als Mädchen waren sie durchwegs schön, welkten aber in ihren angstvollen Erwartungen, in ihrer verbotenen Liebe, in ihrer Verlassenheit dahin; sie waren innerlich gequält und verbraucht und schienen sozusagen am Ende. Doch dann plötzlich erwachten sie wieder, blühten auf und wurden wieder strahlend schön. Alles in Licudi hatte den Rhythmus des sich verdunkelnden Tages, der sich wieder in der Sonne öffnete, je nach dem, aus welcher Richtung der Wind blies: Und war der Schatten erst einmal vorübergezogen, hinterließ er keine Spur.

In einer dieser ungewissen Situationen befanden sich zu dieser Zeit die eben genannten Soccorsa und Incoronata, beachtlich abgemagert und verschlossen. Und weil die Regenfälle eines wütenden Novembers Anlass dazu gaben, fand ich sie ziemlich häufig und ganz grundlos am lodernden Kamin wieder: ein unerhörter Luxus, zu dem sich der zweite in Form eines verehrungswürdigen Grammophons gesellte.

»Bald ist Weihnachten, Don Giulì!«, sagte Soccorsa, nachdem sie sich mit Incoronatas Augen beratschlagt hatte. »Ihr müsst die Krippe herrichten.«

»Ihr baut eine schöne hier im Haus auf, und alle kommen sie sich anschauen, und wir helfen euch, sie vorzubereiten, während wir ein bisschen eure Oliven sammeln und ein bisschen darauf warten, dass es aufhört zu regnen.«

»Und nächstes Jahr schenkt Ihr die Hirten, die Ihr nicht mehr braucht, der Kirche, denn unsere sind in einem so schlechten Zustand, dass es unmöglich ist, sie aufrecht hinzustellen.«

»O weitsichtiger Geist des Vater Abts von der Heiligen Jungfrau! Der du uns dazu anhieltest, eine Fanfare einzurichten, um eigentlich das Jugendheim von Caserta Vecchia mit allen notwendigen Instrumenten auszustatten! Diese Mädchen hier setzen gar noch eins drauf. Und sie wollen nicht nur die Hirten.« Dieser Monolog, wie man versteht, ging einer Niederlageerklärung nach eigenem Gutdünken voraus, und mithin neue Tanzschallplatten, welche die Akkordeons von Geniacolo und Ramaddio begleiteten; Hirten des Wundergeschehens, bemooste Grotten, Könige, Schäflein, das Heilige Paar, der Göttliche Knabe (alles, was das Teuerste des Katalogs darstellte!), und der Kometenstern.

Und so war Weihnachten zwischen den Jungen und Mädchen, den Metten, den Klängen und diesen beiden Mädchen dahingegangen! Auf der Oberfläche einer augenscheinlichen Einfachheit der Dinge wie ein Blatt auf einem ruhigen Wasser. Dann waren alle Oliven heruntergefallen. Der eisige Nordwind zog vorüber und heulte in tiefer Nacht. Allein, aus der Dunkelheit befragte ich das letzte Glimmen, das inmitten der Asche aufglühte.

Schon waren sechzehn Monate vergangen. Die Schatten der vergangenen Jahre waren vielleicht nicht verschwunden, standen aber still abseits. Ich hatte mich angeschickt, Licudi zu lieben und ganz sicher liebte ich es. Doch ausreichend jetzt, um mich fragen zu können, ob es wirklich meiner in der Weise bedurfte, wie ich es mir vorgestellt hatte, oder ob es einfach nur so weiterleben wollte, wie es das seit jeher gewohnt war. Aber dann genügte es mir, wenn ich die beiden kleinen Zimmer von Geniacolo betrat, mich unter seine Familie mischte und meine wegschloss.

Doch so wie es vorher der ausgreifende Aufbau von Mastro Janaro gewollt hatte, so hatte mir dann auch der ganz andere Genius des Ortes geholfen und ist mir gefolgt. Wenn in dieser rechtschaffenen menschlichen Kolonie jeder eine Aufgabe und einen Platz hatte, durfte also vermutet werden, dass es auch für mich einen gab, wenn auch nicht den, an den ich gedacht oder den ich mir vorgestellt hatte. Sie würden ihn mir im Lauf der Zeit schon zuweisen. Doch zuvor erwarteten die einfachen Menschen vielleicht, dass ich mich im Grunde unterwarf. Da genügte nicht die Übereinkunft über das Holz oder über das Öl, und auch nicht, dass ich ihnen auf ihrer Wallfahrt folgte. Es war nötig, dass ich ihre Gedanken aufnahm und in ihnen meinen eigenen entsagte, eine Art Blutspakt, der sie mit mir vermischte … Ich war mit ihnen ja schon durch jeden Stein im Haus verbunden, war Teilnehmer an Janaros finsterem Geschick oder er hatte sich das meine aufgebürdet. Irgendetwas fehlte noch, es musste sich einfügen oder aber ereignen. Schon rief es mich, und unbewusst bereitete ich mich auf eine Antwort vor.

Es waren wirklich Stimmen, die mich an der Türe riefen. Als ich so plötzlich aus dem Schlaf gerissen wurde, sah ich völlig durcheinander Sciotto an und noch einen anderen von der Marina, die da in ihre Kasacks geschnürt vor mir standen, aufgebracht und dunkel im Gesicht.

Hinter ihnen und etwas entfernt der Jüngste der Mammolas, Glù.

»Don Giulì, Mastro Janaro liegt im Sterben!«

Es waren viele Tage, die Janaro sich nicht bei mir hatte blicken lassen, aber ich ließ jetzt nicht mehr nach ihm rufen und später habe ich dann so getan als glaubte ich, er wäre einer anderen Arbeit nachgegangen.

Aufgeregt fügten sie schmerzvolle Einzelheiten hinzu. Tags zuvor hatte Janaro gerast und mit den Fäusten gegen die Wand geschlagen, danach hatte er sich in den Steinbruch der Scocca geflüchtet und hielt sich dort stundenlang auf einem unzugänglichen steilen Felsblock auf, bis es ihnen endlich gelungen war, ihn, der immer noch völlig außer sich war, von dort wegzuschleppen. Seitdem hatte er niemand mehr wiedererkannt, und so bin ich nicht dort vorbeigegangen, um ihn zu besuchen. Drei Tage lang kam mal der eine, mal der andere, um mir wiederholt zu berichten, dass er sich nicht bewegte, mit weit aufgerissenen, starr blickenden Augen und dem Röcheln des Todeskampfes im Hals daliege, und dass der Amtsarzt von San Giovanni ihm schon von jenem Tag an nur noch wenige Stunden gegeben hatte. Und von denen waren sechzig vergangen.

Am vierten Tag ging ich ins Dorf hinunter. Dort flüsterten die Menschen in kleinen Hütten und über allem lag ein dunkler Schleier.

»Mastro Janaro ist verflucht«, sagte Geniacolo und

blickte zur Erde. »Und wenn Tredici diesen Fluch nicht von ihm nimmt, wird es ihm nicht gelingen, den letzten Atemzug zu tun.«

Ich ging zu Don Calì hinein. »Ganz fraglos ist das seltsam«, sagte er zu mir und sah mich zweifelnd an. Don Calì stellte zwar seine Ungläubigkeit zur Schau, doch seine vielen Sünden beunruhigten ihn unzweifelhaft. »Dass man an den bösen Blick glauben soll, geht doch nicht an. Warum stirbt Mastro Janaro denn nicht einfach?«

Am fünften Tag lebte Janaro immer noch. Der Priester von San Giovanni, der wusste, dass Mastro Janaro im Zustand der Todsünde war und niemals gebeichtet hatte, konnte ihn nicht segnen. Tief entsetzt verließ er das Haus, nachdem er nur einen knappen Blick hineingeworfen hatte.

Am sechsten Tag wich der Stolz der alten Eltern und der Brüder. Zwei Mitglieder der Familie ritten zum Palanuda hinauf, um Tredici anzuflehen, dass sie diese schreckliche Strafe löse und Mastro Janaro endlich sterben ließe.

Tredici traf bei Sonnenuntergang zu Fuß ein. Sie ging mit ihrem verdreckten weißlichen Kleid, das über den nackten Füßen zerlumpt war, durch das Dorf. Das wilde Haar verbarg einen Teil ihres Gesichts. Doch erst, als sie auf der Türschwelle zu dem Zimmer erschien, schüttelte sie es und starrte auf ihn mit ihren ungewöhnlichen Augen, die voll waren mit jenem unerträglichen Schatten.

In genau diesem Augenblick warf Mastro Janaro Mammola seinen Kopf nach hinten und mit einem nicht mehr menschlichen Stöhnen, das über das gesamte Dorf zu hallen schien, verschied er.

Tredici wandte sich um, sie blickte niemand an. Und ohne dass es auch nur einer wagte, zu ihr hinzutreten, machte sie sich wieder auf den Weg zum Berg hinauf und verschwand.

Am folgenden Tag begleitete Licudi Mastro Janaro tief verwirrt auf dem steilen Weg nach San Giovanni. Unten hörte man in den Straßen Klagen und Weinen. Frauen mit zerrauften Haaren schlugen sich an die Brust, verhüllten ihren Kopf in dunkle Schleier, die von zahllosen Trauergelegenheiten abgenutzt waren. Immer wieder riefen sie Janaros Namen.

Die Häuser, die er entworfen und hochgezogen hatte und den Stempel seiner Hand und seiner Einfälle trugen, beteiligten sich mit ihrem kompakten Aussehen an dieser Abschiedsnänie. Und das Haus der Häuser, im Chor mit den Familiengenien, die darin und auf Grund der Tüchtigkeit von Mastro Janaro wieder ein Asyl gefunden hatten, mit allen anderen, fast schon segelnden Schiffen, folgte der letzten Reise des Mannes, der versucht hatte, im Steinbruch zu sterben: diesem steinernen Bett, aus dem er so viele großzügige Werke herausgeholt hatte.

Ich sah Janaro wieder, wie ich, mich bekreuzigend, Abschied von ihm genommen hatte. Auf seinem weißen Hemd lagen grobe Blätter, Blumen und dazwischen das weiße Mandelkonfekt der Vermählung mit dem Tod.

Sein Gesicht war ruhig, ohne jede Spur von Leiden. Er lag ausgestreckt in diesem Ausdruck gutmütiger

Schlauheit da, der so typisch für ihn war. Die Rechte, die auf dem Tuch ausgestreckt lag wie auch der bis zum Ellbogen entblößte Arm, bewahrte in ihrer Höhlung die Gestalt des schweren Hammers, den sie ein Leben lang geschwungen hatte. Und sie glich der des abgenommenen Christus, in welchem Mantegna das Leiden des Menschen darstellte.

Ich dachte, dass Mastro Janaro mit meinem Haus seine eigene Existenz abgeschlossen und die gesamte Bürde und das Schicksal, es zu Ende gebracht zu haben, auf sich genommen hatte. Ich dachte, dass Tredici, eine barfüßige Zigeunerin vom Berg, nur als Medium herhielt, damit sich ein höherer Wille vollziehen konnte. Mit seinem untrüglichen Instinkt hatte Janaro – und alle anderen mit ihm – meine eigene Absicht übertroffen und meinen Irrtum mitverarbeitet, indem er einer Wurzel eine Heimstatt gab, die dem künftigen Licudi Früchte bringen sollte. Daher hatte sich, nachdem dieses Werk geschaffen war, das weitere tausend nach sich ziehen würde, das Leben von Mastro Janaro erschöpft, und zu dem Erbe Gian Micheles hatte sich auch dieses gefügt: die riesige Summe von Pflichten, die mir aus der Summe der in jede Fuge meiner Steine verbauten Mühsal und Gedanken entstanden ist.

Als ich zurückkehrte, betrachtete ich das Haus nachdenklich. Es war mächtig und atmete. Eigentlich war es ein Schiff. Und im reglosen Licht war es mir, als würde es beben.

3. Das Beil

Das Jahr 1936 war für Italien das Jahr des Äthiopischen Feldzugs, der praktisch bereits gegen Ende Februar, nach der Eroberung von Amba Aradam und den Schlachten in Tembien und im Schiré, beschlossen worden war. Zu dieser außergewöhnlichen Gelegenheit tauchte an der Marina von Licudi der faschistische Ortswart von San Giovanni auf.

Das Schwarzhemd bedeutete für die Menschen von Licudi nicht viel, denn sie kannten es in ihrer kleinen Welt als etwas, das typisch für Köhler war, und sie benutzten es selbst auch bei den harten Arbeiten an den Ölpressen. Doch Schaftstiefel aus Lackleder und Fes mit Totenkopf konnten umgekehrt im goldenen Staub des Dorfes zu Grausamkeit und Groteskem tendieren. Don Calì jedenfalls hatte, um ein schickliches Publikum für die »Versammlung« zusammenzubekommen, die Nachricht verbreiten lassen, dass die italienische Expansion auf dem schwarzen Kontinent als erste logische Konsequenz die Straße für Licudi nach sich ziehen würde. Doch nachdem die Dorfbewohner, die schon äußerst gallig dort erschienen waren, die ganze

Sache durchschaut hatten, entfernten sie sich einzeln von der Zusammenkunft, zumal sie den Ortswart bestens kannten: Er stand nämlich wegen gewisser Vorgeschichten in dem allgemeinen Verdacht, ein Viehdieb zu sein. Doch nicht nur das: Die Rede des Parteileiters und das Widerstreben der Bevölkerung hatten auch noch einen anderen Hintergrund.

Während der Feldzug weiter vorangetrieben wurde und die möglichen Aufschübe und Sicherungsmaßnahmen erschöpft waren, wurden zwei oder drei junge Männer, die zu den Wehrpflichtigen der Marine gehörten, ins Kriegsgebiet abkommandiert. Pivolo, der Sohn von Ncicco dem Schweineschlachter, hatte den schriftlichen Befehl bereits erhalten und war innerhalb von achtundvierzig Stunden in Gesellschaft einiger anderer aus Maratea von zu Hause zur Basis von Gaeta verfrachtet worden. Er war seit drei Wochen verheiratet, und sobald man ihn nicht mehr beobachtete, sprang er auf irgendein pfeilschnelles Boot und ruderte so, wie er war, seinem heimischen Nest entgegen, ohne sich weiter Gedanken über die einhundertvierzig Meilen Salzwasser zu machen, die vor seinem Bug lagen.

Dieses Ereignis hatte die Frauen von Licudi gerührt. Hatte ihr ständiges Kommen und Gehen an den Brunnen einerseits dem Bedürfnis nach Wasser Rechnung getragen, so sorgte es andererseits auch und vor allem wegen seines stetigen gleichförmigen Rhythmus für das Aufrechterhalten des Lebens im Ort durch den Austausch und die ständige Verbreitung neuer Nachrichten und Kommentare. Auf diese Weise hatten die Frauen – in unterschiedlicher Weise um ihre klassischen Amphoren geschart und darauf wartend, dass die Reihe an ihnen war, sie füllen zu können – mehrere Tage lang ausreichend hin und her überlegt und die Entscheidung getroffen, Duce und Viererrat (sofern diese die Gelegenheit ergriffen hätten, zu ihnen zu kommen und ihnen zuzuhören) zu langem Nachdenken anzuregen und auch dem Ortswart von San Giovanni mehr als nur einen Floh ins Ohr zu setzen.

Umgekehrt waren die Männer keineswegs stumm. Für sie war im milden Sonnenschein des Winters der Bimsstrand der Ort, an dem sich Netze und Erzählung miteinander verwoben, um den Honig der Nachrichten herauszudestillieren und sie entsprechend der konzentrierten »Wahrheit« von Licudi zu filtern. Pivolo war ohne jeden Proviant, ohne Wasser, ohne einen Fetzen Stoff, um sich vor der Sonne schützen oder sich ein Segel zusammenflicken zu können, dreißig Stunden später an der Marina von Capri angekommen, halbtot vor Erschöpfung und Hunger. Die Fischer dort versuchten, ihn von seinem Vorhaben abzubringen, ohne ihn aber verraten zu wollen. Und als der Junge wieder einigermaßen hergestellt war, hatte er sich erneut auf die Ruder gestürzt und sich wie ein Liebeskranker auf den Weg zu seiner Frau gemacht. Ein Boot der Hafenkommandantur von Agropoli entdeckte ihn schließlich, nachdem er bereits die Licosa umrudert hatte und auf den Scario zuhielt.

»Wie hat Ncicco das nur gemacht«, so die Erzählung Ingegnos, des ›Kopfes‹, »wie hat er nur erfahren, dass sie Pivolo auf dem Meer, fast vor der Ascea aufgegriffen hatten? Vielleicht durch die Semaphoren, die übermitteln ihr Gequatsche doch bis Genua. Sicher ist jedenfalls, dass mit Pivolo in den Händen der Carabinieri auch Ncicco in Gaeta eintraf, versehen mit einer fünf Kilo schweren Zahnbrasse in dem Geigenkasten, den Don Calì ihm geborgt hatte.«

»Das ist die Zahnbrasse, die Ciccio Abbotta gefangen hatte«, hatte Geniacolo gesagt, »aber fünf Kilo hat sie nicht gewogen!«

Die ganze Gesellschaft hatte sich bequem hingesetzt und hörte wahrscheinlich schon zum zehnten Mal dieselbe Geschichte, die immer wieder verfeinert und wie ein Wein gefiltert worden war, der von Fass zu Fass klar wie Rubin wird. Und sie sogen sie genüsslich ein, mit halbgeschlossenen Augen und Mündern, gleich Napfschnecken, wenn sie die Muschelschale ein wenig aufschließen, um die Meeresflut zu genießen.

»Und weil das Ganze doch militärisches Sperrgebiet war und Kriegszustand herrschte, gingen einerseits die Carabinieri und Pivolo an Bord des Zerstörers und nahm Ncicco ihn andererseits vor dem Kommandanten in Schutz.«

»Und was war mit dem Geigenkasten?«, hatte ihn jemand ganz ruhig gefragt. »Hatte er ihn noch bei sich?«

»Das soll einer wissen! Doch das Unglück wollte es, dass genau zu diesem Zeitpunkt ein Abgeordneter aus Rom irgendwelche Wimpel verteilte. Die gesamte Mannschaft aber drehte den Kopf zu ihnen, und einige sagten: ›Da ist ja der Deserteur Pivolo Perullo, der sich im Boot zu seiner Frau auf und davon gemacht hat!‹. Und da ging nun alles drunter und drüber.«

An dieser Stelle hatte Ferlocco aus voller Brust gelacht, und das war etwas derart Ungewohntes, dass die allgemeine gute Laune ihren Höhepunkt erreichte.

»Wie konnten sie sich denn vor dem Abgeordneten aus Rom eine solche Blöße geben? Man hatte sie allesamt unter Deck verschwinden lassen. Am selben Abend noch hatte der Zerstörer die Anker gelichtet, und Ncicco ist zurückgekehrt, ohne irgendwem irgendetwas zu sagen. Der Geigenkasten steht wieder an seinem Platz. Und Pivolo ließ von Massaua aus wissen, dass man ihn der Kombüse zugeteilt habe. Es ist, als wäre er seit uralten Zeiten hier geblieben!«

Die Geschichte mit Pivolo, der unter den Augen der Parteibonzen wieder dem Kommando übergeben worden war – wie in der Komödie von Courteline die Dragoner des Hauptmanns Tourleret just im Augenblick der Inspektion durch den General! –, verursachte einiges Gelächter und lieferte viel Stoff zum Nachdenken. Alles einfach, ehrlich und menschlich. Und gerade deshalb vertrug sie sich in keiner Weise mit den offiziellen Maßnahmen und trieb den Ortswart von San Giovanni zur Weißglut. Doch warum war ihm nicht die Frage in den Sinn gekommen, ob es unter denen, die ihm da barfüßig zuhörten, Heimkehrer aus dem Ersten Weltkrieg gab? Oder wusste er es, und es war ihm klüger vorgekommen, die Sache auf sich beruhen zu lassen?

»Die hier«, hatte mir Paulillo einmal geradezu geheimnisvoll gesagt, »die hier haben sie mir 1918 gegeben!«

In der Höhle dieses Paulillo, eines armen Schluckers, der allein durch die Gesellschaft einer Ziege getröstet wurde, wirkte die oxidierte Bronzemedaille in ihrer durch Feuchtigkeit zerfledderten Schachtel wie ein Erinnerungsstück aus der Zeit vor dem Risorgimento.

»Die gesamte Mannschaft«, erklärte Paulillo in seiner Gutmütigkeit, »bekam diese Medaille. Alle, die sich mit mir ›auf einem gewissen Schiffe namens *Puglia*‹ befanden.«

»Das Schiff namens *Puglia*! Aber D'Annunzio hat dessen Bug doch aufs Vittoriale gestellt, seiner Villa am Gardasee!«

Davon wusste Paulillo allerdings nichts, und niemand wusste etwas über ihn, doch diese völlige Unwissenheit schien in einer totalen Erkenntnis zu ruhen. So als hätte Licudi ohne Straße, ohne Aquädukt und ohne dem Gesellschaftsvertrag zu misstrauen vielleicht durch Verdienst von Tàccola und der anderen Weisen am Ort das Soll und Haben im Hinblick auf das gesamte nationale Gebiet von der Linie des Calitri-Bachs an aufwärts abgewogen. In diesem Bereich herrschte eine Anmaßung, die vom Mittelalter die Unnachsichtigkeit ererbt hatte, ohne dessen mildernde Umstände zu haben. Auch die Beobachtung nutzte nichts, dass Mussolinis Beweggründe überhaupt keine Grundlage hatten; dass die Schweiz, mit der wir seit siebenhundert Jahren benachbart waren und die über nichts anderes verfügte als über ein Sammelsurium an schroffen Bergen, die ohne alle Bodenschätze und ohne jeden Zugang zum Meer ist, eine steinreiche und vorbildliche Nation blieb. Für die Menschen von Licudi, die ihren »Lebensraum« aus eigenem Antrieb heraus schon drei Generationen zuvor in der anderen Hemisphäre gesucht und gefunden hatten, kamen die vom Duce vorgeschlagenen Traumvisionen, gelinde gesagt, zu spät. Aber es war ein ebenso großer Irrtum anzunehmen, dass ihr Schweigen, ähnlich der oxidierten Medaille von Paulillo, nichts wert war im Vergleich zum Lärm der mehr oder weniger fleißigen Jugend, die in jenen Tagen auf die Straßen ging, Patriotismus und Kultur verschmolz, indem sie rief: »Teneo te Africa!«

Der Krieg! Er glich dem Feuer, das mir abends in den tiefen Schatten des Hauses der Häuser Gesellschaft leistete und dem die Fantasie sich die tausend wechselhaften Formen ausborgte. Die angefachten brennenden Holzscheite waren wie Menschendinge und Menschenleben, denn im Augenblick ihres Zerfalls prasselten sie und ein Schein fiel auf sie: so auch der Krieg, der aus einer dunklen Ansammlung von Behausungen auf dem Land gelegentlich den glühenden, weithin leuchtenden Mittelpunkt der Schlacht machte und ihn heraushob, während er ihn zerstörte. Jedes Teilchen, das sich verzehrte und zusammenrollte, um dann noch einmal inmitten der Flammen schmerzlich aufzulodern, war ein Ort, ein Ereignis, ein Leben, das am Ende auf der schweren Asche abgelegt wurde. Worin liegt also die Schuld, wenn die hartnäckigen Arme von Pivolos Frau versucht hatten, ihn nicht loszulassen?

»Der Krieg!«, und das Wort hallt mir mit der spöttischen Stimme des Marchese Lerici im Kopf nach. »Der Krieg! Und diese fünfhunderttausend Toten! Ich bin ungeheuer gespannt auf eine genaue Endzahl, allerdings proportional zu den Regionen, die sie hergegeben haben! Was für ein Geschrei damals über das Verbrechen der Vaterlandsbeleidigung! Was für eine Empörung über den Angriff auf die ›heilige Union‹, wenn wir diese ›Aufteilung‹ fordern würden, wie Ihr, mein allerehrenwertester Signor Avvocato, es ausdrücken würdet. Und der Grund? Den liefere ich Ihnen sofort. Der Grund ist, dass Ettore Fieramosca in Capua geboren wurde, wie es aussieht. Der Grund ist, dass die neapolitanische Kavallerie den hochberühmten napoleonischen Adlern durch ganz Europa nachjagte. Der Grund ist, dass Francesco Caracciolo, Moliterno, Roccaromana, Andrea Carafa d'Andria, und ich weiß nicht, wie viele andere noch, die tüchtigsten Soldaten waren. Doch, o Wunder, da taucht der Schnauzbart von Vittorio Emanuele dem Zweiten auf, und die neapolitanische Tapferkeit ... addò stà cchiù, verschwindet wer weiß wohin!«

Lerici! Ich hörte wieder seinen höfischen Dialekt, wie er von den späten Bourbonen gesprochen wurde, mit diesem kehligen »err«. Und diese vornehme Dachgeschosswohnung, die von der untergehenden Sonne erwärmt wurde! Gewiss, ihre Fenster wurden von den glühenden Pfeilen des Sonnenuntergangs bevorzugt, und sie funkelten, damit die Passagiere umhergeisternder Schiffe die magischen Lichter einer fernen Stadt in ihrer Erinnerung mit sich trugen.

»Franceschiellos Armee!«, so fuhr diese Stimme fort. »Sie bestand gerade mal so lange, wie sie gebraucht wurde, denn nachher, von Crispi bis Salandra, in bestimmten Augenblicken und nachdem man die höher entwickelte, begüterte Nation befragt hatte, da sah man sie alle wieder hier unten bei uns, wie sie die ›heroischen Brigaden‹ ausplünderten, wie zu Zeiten der Vizekönige: ›Der Süden, unerschöpfliche Schatzkammer für Geld und Schwerter.‹ So lautete der Bericht eines ihrer Männer am Hof von Madrid. Und was für ein Glück, dass zu meiner Zeit Cialdinis gerillte Kanonen in Gaeta vereint auf uns geschossen haben, wohingegen sie für die veraltete Artillerie der Festung außerhalb der Schussweite lag! Das allerdings werden wir im Namen des heute üblichen ›Embrassons nous‹, ›Kinderchen liebt euch‹, nicht wiederholen!«

Was für eine Philippika von Marchese Lerici! Ich schürte das Feuer und lachte vor mich hin, als ich es mir von der Schallplatte der Erinnerung wiederholen ließ. (Und was ist mit Diaz? »Dem Urheber des Sieges«: Auch er war immerhin Neapolitaner!) Aber es war keineswegs aus Mangel an Mut, dass die Menschen von Licudi sich zurückzogen, sie, die schließlich ohne jede Prahlerei sich selbst und ihre armselige Habe aufs Spiel setzten, um sich gerade einmal ihr täglich Brot zu verschaffen, wie die Fischer in dem Sturm vom Oktober. Und Pivolo, der offiziell als Feigling angesehen wurde, hatte nicht einmal gemerkt, dass er ein Held war, indem er eine Überfahrt dieser Art auf diese Weise wagte! Es war diese ständige Arabeske von Missverständnissen, in die sich das italienische Leben auf vielerlei Art einhüllte. Meine Überzeugungen verfestigten sich.

Damals, als die Posaunen der Liktoren schmetterten, breitete sich ein ganz konkreter und dieses Mal wohltuender Abglanz der Sanktionen bis nach Licudi aus: Das war der sprunghafte Anstieg des Preises für Olivenöl, das in der Stadt selten geworden war, und das die Schmuggler von den Paranzen mit allen Mitteln in den »unteren Dörfern«, den Dörfern des Südens, auftrieben. Bei diesen Gelegenheiten machte sich der eine oder andere der licudischen Männer in die Ferne auf, man hörte sonderbare Geschichten von vielen Betrügereien, deren Opfer die Naivsten geworden waren, und einige dunkle Flecken fielen auf das bis dahin antike und strenge Gewissen des einfachen Volks. Indessen jedoch gab es einige, die das eigene Haus ausbessern oder auch zu Ende bauen, und einige, die endlich die Last der Schulden abschutteln konnten.

Was Don Calì angeht, so sah er sich, der Öl im Überfluss besaß, zumal er dieses Mal auch meines unmittelbar aufgekauft hatte, mit so viel Geld in der Hand, wie es vorher unvorstellbar war. Und er entschloss sich, einige Balkone, die seit undenklichen Zeiten nackt und gefährlich an der dunklen Fassade seines »Palazzos« hingen, mit Eisengittern einzufassen. Doch jedes Mal, wenn er dann zufällig etwas über die majestätischen Vorhaben der Liktoren las, denen zufolge das Neo-Imperium in eine Art Garten verwandelt werden sollte, mit Wasserleitungen, Eisenbahnen und zweitausend Kilometern asphaltierten

Straßen, wurde er bei dem Gedanken an den einen Weg von nur wenigen Schritten Länge verrückt, den Licudi so sehnlich seit einem halben Jahrhundert erhoffte und für den es sich sogar damit abgefunden hätte, kein neues Schulhaus, keine Apotheke und keinen Friedhof zu bekommen. Und wenn er sich so umschaute, zog die Wut einen blutroten Faden um seine Augen.

»Und wir?«, schrie er. »Und wir? Sind wir etwa weniger als die Beduinen da unten?«

Und er verfluchte in einem Atemzug das Regime, den Duce, die faschistischen Führer und die Bevölkerung von San Giovanni. Und er wünschte abschließend noch dem Präfekten von Cosenza einen sofortigen Tod, der an seiner Magensäure ersticken sollte.

Was Anthony Eden anging, so hatte dieser Mann mit dem Namen und dem Aussehen eines Schönheitsprodukts, dieser Albtraum der Italiener, die Oberhand über das politische Genie von Sir Samuel Hoare gewonnen. Die Zukunft sollte zeigen, ob es wirklich ein tödliches Risiko für England selbst wert war, Hitler und Mussolini für eine Sache wie die afrikanische zusammengedrängt zu haben. Für die Zeit damals konnte niemand vorhersehen, dass der Duce in Äthiopien mit einer Verspätung nicht von vier, sondern von vierhundert Jahren eintraf, seit den Tagen Don Pizarros, und dass die Geschichte sich der völligen Auflösung des weltweiten Kolonialismus zuneigte. Jedenfalls, als Addis Abeba fiel, wurde der Parteisekretär Starace gebührend im Gegenlicht fotografiert, als er eben im Begriff war, zum Tana-See zu gelangen, nach dem Marsch auf Gondar – der dem auf Rom nicht unähnlich war. Pivolo und zwei weitere tauchten einzeln und zu Fuß auf dem Maultierweg von San Giovanni auf. Man hatte sie schon von weitem erkannt und empfing sie wie Gefangene, die die Sonne wieder erblicken. Und während ganz Italien jubelte und sich auf die großen Dinge vorbereitete, die es eher flüchtig erfasst denn als etwas Zukünftiges erkannt hatte, schlief Licudi sanft in den Armen seines Meeres ein und vergaß dem Anschein nach alles.

Das Dorf widmete sich ausschließlich dem Kult seiner Oliven und folgte der rätselhaften Anomalie dieses Baums, der seine Früchte mitten im Winter hervorbringt. Daher schlummerte es dann in der schönen Jahreszeit, und sein Gegengesang zog für mein Empfinden erneut aufs Meer hinaus: Er öffnete sich wieder auf das grüne Boot, das in dem lichtdurchfluteten Golf schwebte, diesem schon für neue, aus dem Grund der Zeit aufkeimende Ereignisse hergerichteten magischen Amphitheater.

Vielleicht kamen sie ja auch schon zum Vorschein, wurden mit Bestimmtheit und daher ohne jede Ungeduld erwartet. Ich gab mich unterdessen diesen ungetrübten Stunden hin und war dem Augenschein nach nur damit beschäftigt, in den grenzenlosen menschlichen Antrieb einzudringen und ihn für mich zu erobern, der dem Beruf des Fischers zugrunde liegt, der so widrig und arm ist, und dem gleichwohl Millionen von Menschen ein ganzes Leben lang treu folgen. Doch vom Fisch zu leben, den das Meer hergibt, bedeutet, voller Hoffnung in dieser Welt zu leben.

Das Meer umgibt uns mit grenzenlosen Weiten, glanzlos, anonym, auch in den Tiefen. Sein unergründlicher Busen ist durchfurcht von der Unzahl lebendiger Kreaturen, die, zusammengenommen, den märchenhaftesten aller Schätze darstellen. Das Netz, das so viele Male mit seiner armseligen Ausbeute zurück nach oben kehrt, vermag in nur einer Stunde die Not von Jahren auszugleichen. Der Fischer, der sich jeden Abend in seiner Hütte zum Schlafen legt, könnte morgen den großen Fang machen, der ihm als Nahrung, als Erinnerung, als Traum für viele weitere Jahre dienen wird. Eine heimliche, verborgene und doch schon andere Male wahrgenommene Regel, die für uns die hellen Augenblicke in den breiten Übergängen der Zeit verausgabte, um uns dazu zu bringen, sie, die Zeit, hinzunehmen – eine sich immer wiederholende Bestätigung dafür, dass die Menschen, wie immer auch ihre Lage und ihre Gedanken aussahen, keinen Sinn brauchten, sondern Hoffnung: eine Wahrheit, die der Urgrund aller Glaubensgewissheiten war und die jede große Dichtung durchtränkt hatte.

Von seinem grünen Boot aus zeigte mir Geniacolo die Erhebungen entlang der Küste und lehrte mich dabei die Namen bestimmter Wellenbewegungen, jedes Häuschens und jeder Furche zwischen den Schatten der Landschaft. Diese alle waren »die Hinweiszeichen«.

»Wenn das rote Häuschen sich genau unter dem

Kreuz befindet und Ihr von der anderen Seite den Felsen von Muccio sich gerade eben an dieser Landspitze abzeichnen seht, befinden wir uns über der Untiefe der Muränen. Wenn der Felsen von Muccio verschwindet und das Kreuz sich vom roten Haus über das Grün des Weinhangs verlagert, können wir die Netze für die ›Drachenweiber‹ auswerfen.«

Wenn mein langweiliger Lehrer Colica, Gott hab ihn selig, damals in der Lage gewesen wäre, mich mitten hinein in den Golf von Neapel zu rudern und mir statt imaginärer geometrischer Punkte oder unendlicher abstrakter Linien beigebracht hätte, was für einen herrlichen Tanz von Projektionen, Überschneidungen und Konvergenzen sich nach wenigen Ruderschlägen unseres Kahns eröffnen würde, indem man sich einfach in eine Beziehung zum Schatten eines Felsblocks in der Ferne oder zu einer Strandzunge setzt, hätte ich am Ende die hohe, vortreffliche Mathematik nicht so verabscheut. Und während hinter Geniacolos Worten die Kulissen der Küste, die Abhänge und die Schluchten wie aufeinander folgende wunderbare Schauplätze hervortraten, deren Drehpunkt Ferloccos rauer Atem war, drangen senkrecht unter uns unsere Angelhaken wie angelockt und geradezu sichtbar in die durchlöcherten Verstecke der Brassen, in die von der Meeräsche aufgesuchten frischen Grotten, in die unterseeischen Wasseradern, um die herum die Seezunge verweilt, und in die von der Languste bewohnten Gräben.

»Ostwind kommt auf«, sagte Geniacolo und wurde immer von Ferloccos dumpfem Röcheln kontrapunktiert. »Gutes Wetter, feines Wetter! Heute Nacht können wir die Tiefnetze unten lassen, hier am Saum!«

Vor uns erhob sich Licudi, das wie ein Nest anmutig zwischen der Linie des Sandes und dem Grün der hinter den Häuschen ansteigenden Oliven lag und in seinen feinen Abstufungen von Blau, Weiß und Rosa beinahe wie ein Bild von Kindern aussah und eine große Sorgfalt dieser zarten Händchen erkennen ließ.

Hoch oben, auf der anderen Seite des eisernen Massivs des Palanuda, segelten die schneeweißen Wolken in einer Prozession dahin und senkten sich ins Meer hinab!

In meinem Olivenhain zeichnete das Haus der Häuser jetzt eine schöne Kehlung aus Schatten: Das wirkte schlicht und würdevoll. Im Gegensatz dazu sah der nahezu schwarze Turm von Don Calì in dieser lieblichen Krippe wie ein Felsbrocken aus inmitten von Blumen. Auf halbem Weg zwischen Licudi und San Giovanni erhob sich auf einem abseits gelegenen Felsensporn, von dem aus man vorzeiten einmal auf eine berauschend schöne Landschaft herabgesehen haben musste, die Cerza: die mittelalterliche Burg der Caldoras, die jetzt von einem gewissen Don Michele bewohnt wurde, dem älteren Bruder Don Calìs, den alle aber nur unter dem Namen Michele Persico kannten, einem Menschenfeind, so hieß es, mit zweifelhafter Vergangenheit.

»Die Cerza«, sagte Geniacolo fast wie zu sich selbst mit über seine Schnüre gesenktem Kopf. »Eigentümliche Dinge, große Dinge! Don Michele Persico, der an wer weiß was erkrankt ist, gibt man schon seit fünf

Jahren jeden Monat auf. Und doch! ... Kennt Ihr ihn? Und kennt Ihr Carruozzo, den Arzt, der ihn behandelt?«

Über Don Michele hatte ich nur ungenaue Nachrichten. Was aber den Arzt angeht, Carruozzo, so kam er manchmal auch nach Licudi herunter, und wenn er dann nachts zurückkehrte, benutzte er eine Abkürzung durch den Olivenhain. Gelegentlich hörte ich den Schritt seines Tieres in der Dunkelheit und hatte dabei das unerklärliche Gefühl, als würde es von irgendetwas Bösem kommen oder dort hinführen.

Von den »eigentümlichen Dingen, großen Dingen«, über die Geniacolo vor sich hinbrummelte, war das ganze Dorf erfüllt, und ich hatte von ihnen zahllose Versionen aufgeschnappt, jede von ihnen nach licudischem Muster, reich an Andeutungen und neuen Vermutungen. Im Kern ging es immer um die Erbschaft der vielen Güter von Don Michele Persico, auf die Don Calì natürlich ganz versessen war, der sie ja seit vielen Jahren schon verwaltet und dabei ganz sicher auch einiges veruntreut hatte. Allerdings, immer wieder gab es dieses Allerdings.

»Don Michele«, fuhr Geniacolo fort, »hatte vor vielen Jahren ein armes Mädchen aus Orsomarso zu sich geholt. Sie hieß Geraldina, eine ausgesprochene Schönheit, so erzählte man sich. Mit ihr hatte er eine Tochter, die er aber nicht anerkennen wollte, und so ließ er sie verschwinden. Jetzt, nachdem auch Geraldina vor vielen Jahren das Zeitliche gesegnet hat und er krank geworden ist, hat sich sein Gewissen gemeldet, und er hat das Mädchen zu sich rufen lassen. Habt Ihr sie gesehen? Sie heißt Amalia!«

Und während Geniacolo zusammengekauert im Boot saß und das alles erzählte, richtete er die Reusen her, braun und schwer in ihren aufgewickelten Seilen. Ein Satz und ein zweimal an den Angelhaken angebrachtes Fischlein. Ein Wort und eine Hoffnung: dass genau an diesem Angelhaken ein sieben oder acht Kilo schwerer Fisch anbeißen möge. Ferlocco war still, doch ich spürte, wie er abwartete.

Oh, ja! Auch Amalia war ich begegnet, ein erstes Mal bei Don Calì, kurz nach meiner Ankunft in Licudi. Sie war ungefähr achtzehn Jahre alt und durchaus nicht außergewöhnlich schön, schien aber geheime Kräfte der Verführung zu besitzen. »Die da«, sagten die Menschen in Licudi, »die hat magische Anziehungskraft. Deshalb hat auch Carruozzo den Kopf für sie verloren.« Sie war viele Jahre in einem Konvent in Lecce aufgewachsen, wo sie von einer Schülerin schließlich zu einer Hilfskraft aufgestiegen war: Amalia hatte so adrette und gepflegte Kleider, die in der rustikalen Küche von Don Calì völlig fehl am Platz wirkten. Und ich – jetzt entsann ich mich wieder – hatte mir, ohne es ihr zu sagen, heimlich Sorgen gemacht, dass sie sie mit Asche und Fett schmutzig machen könnte.

»Jetzt«, so schloss Geniacolo seine Rede ab und stand dabei auf, um Hand an die eigentliche Arbeit zu legen, »jetzt eilt Amalia, wann immer sie kann, nach Lecce. Wer weiß, was Carruozzos Absichten sind. Und Don Calì wird fast verrückt vor Angst, dass Don

Michele Persico das Mädchen auf dem Sterbebett noch als seine Tochter anerkennen und alles ihr hinterlassen könnte. Ihr versteht schon, dass, wenn Amalia erbt und Carruozzo sie heiratet, er es ist, dem Don Calì Rechenschaft über die Verwaltung ablegen muss. Dann geht's ihm ganz sicher an den Kragen!«

Der Fischer machte sich zum Heck auf und begann seine Fangseile ins Wasser zu lassen: ein »vrazzullo«, eine Armlänge, und ein Angelhaken auf der einen Seite und einer auf der anderen, und das mit der schönen Bewegung eines Sämanns. Ganz eigentlich säte er Hoffnung ins Meer.

Das kalabrische Fangseil ist – für den, der es nicht weiß – ein starker Strick von zwei- bis dreihundert Metern Länge und trägt mit Hilfe kurzer, armlanger Kordeln einen Angelhaken alle vier bis fünf Meter. Ferlocco ruderte langsam zurück, den Bug landwärts gerichtet, bis Geniacolo zwei seiner Fangseile hintergelassen hatte. Danach richtete er den Bug wieder aufs offene Meer, um dann noch einmal umzukehren. Die Fangseile sanken mit ihrem heimtückischen Zickzack in die Tiefe: grausam und versteckt, wie alles in der augenscheinlichen Gleichmütigkeit des Meeres.

Unterdessen verschwand – bezogen auf die abstrakte Eigenschaft der Punkte, der Linien und der Winkel –, jedes Mal, wenn das Boot sich wieder dem Ufer näherte, der am höchsten gelegene Teil der Landschaft: die Cerza, die fernen Windungen des Maultierpfades, San Giovanni, der Palanuda. Und danach sah ich sie einen nach dem anderen wieder auftauchen, so als würde sich die Küste in einem freundlichen Spiel wieder öffnen und aufblühen. Der Palanuda, San Giovanni, die Windungen ... und mir wurde bewusst, dass ich jetzt mit den Augen (allein?) auf sie wartete, auf die Cerza!

»Aber sag, Geniacolo, stimmt es denn, dass Don Calì, um alles in seinem Sinne zu wenden, dem Carruozzo Knüppel zwischen die Beine wirft und Tantillo, seinen Sohn, der bei ihm im Palazzo wohnt, drängt, sich mit Amalia zu verloben?«

»Jedenfalls sagt man das. Doch der Dottore ist klug. Er ist ein böser Diener Gottes.«

Abgesehen von Mastro Janaro, von Tredici und Don Calì hatte kein anderes Ding, kein anderer Mensch, mit denen ich in der allerersten Zeit in Licudi zu tun hatte, das dichte Netz meiner Gedanken durchdrungen. Sie waren sozusagen schmückendes Beiwerk, aufgehoben in der gewaltigen Landschaft, die von den Augen und noch viel stärker vom Verstand gemeinsam gestaltet wurde. Doch weil sie nur auf der Netzhaut oder im Gehör haften geblieben waren, ohne dass ein Urteil oder eine Gefühlsbewegung sie herausgefiltert hätte, zogen sie jetzt wieder an mir vorüber, wie es bereits auf der Wallfahrt bei Vincenzina geschehen war.

Ich sah Amalia wieder, die mich an jenem ersten Abend nur gegrüßt hatte, mit einer Stimme, die ich jetzt als harmonisch und einnehmend wahrnahm. Ihre glänzenden Mandelaugen unterstrichen den leicht orientalischen Typus ihres ovalen Gesichts, das zur Stirn hin ein wenig schmaler wurde. Ihre gesunde, feste Haut leuchtete vor intensiven, durchscheinenden Rosatönen der Epidermis, wie bei den warmen

Farbmischungen der alten Meister. Was konnte ein Mädchen, das an die Ordnung und die Tätigkeit ihres Instituts in Lecce gewöhnt war, in dieser so abgelegenen Ruine erwarten, in der Don Michele starb? Und wo ganz sicher auch der melancholische Schatten der aufgeopferten Geraldina herumgeisterte!

Dottor Carruozzo hatte ich ein- oder zweimal getroffen. Einmal ganz sicher, als Tredicis kleines Mädchen verbrannt war. Er war ein hochgewachsener, knochiger Mann um die vierzig, mit einem Gesicht, als wäre es in einer ausdruckslosen Maske erstarrt, in welchem nur die Augen und der Mund beweglich waren, aber auf unangenehme Weise. Carruozzos Mund war groß, hart und mit einem vollständig künstlichen Gebiss von dunkler Färbung ausgestattet, das wie Eisen wirkte. Er spannte ihn des Öfteren, wobei er diese dunklen Zähne offen zeigte, obwohl er nicht lachte und auch nicht lächelte, wie eine antike Theatermaske. Seine kleinen, funkelnd stechenden Augen suchten, sprachen aber nicht. Mir Carruozzos Gestalt neben der Amalias vorzustellen, war ganz unmöglich.

Das also waren die Teilnehmer, nicht zu greifende oder durch Vorwissen geprägte Gestalten, die in dieser frühlingshaften Klarheit nur eben angedeutet waren: Don Michele als gesichtsloser Schatten an der Seite von Geraldinas schmerzhaftem Schatten aus alten Tagen, und um ihn günstig zu stimmen, wollte er, viel zu spät, die Gewissenspein mit dem Geld lindern, das ihm nun nichts mehr nützte; Carruozzo, der sich ausgedacht hatte, zusammen mit der Blüte Amalia die Güter von Don Michele an sich zu ziehen; Don Calì, der nicht ohne etwas dastehen wollte und sich deshalb vorgenommen hatte, Amalia mit Tantillo zu verbinden, dem Einzigen seiner natürlichen Söhne, mit dem er einen derartigen Pakt eingehen konnte. Doch wenn er einen Gegner wie Carruozzo nicht unterschätzte, der jetzt der Hüter des Lebens von Don Michele war und in jedem Fall der sorgsame Wächter dieses Todes sein würde, so sah ich durchaus klar eine weitere Person, die als Teilnehmerin in dieses niederträchtige Schlangenspiel verwickelt wurde. Nicht nur Amalia war bedroht und einer Gefahr ausgesetzt, sondern wahrscheinlich mehr noch Vincenzina. Wenn sie Tantillo wirklich nachgegeben hatte und sich als die Seine betrachtete, würde sie genauso mit Füßen getreten und entfernt werden, wie es mit Amalias Mutter geschehen war: eine Schöne, eine Bedauernswerte, vor vielen Jahren in Orsomarso, so wie sie jetzt in Licudi. Und ich sah ihr entblößtes Gesicht im Feuerschein auf dem Berg wieder und ihre Lippen, die beteten.

Wieder waren wir weit draußen, in der prallen Sonne. Und wie eine thronende Gottheit betrachtete der Palanuda die unendliche Weite der sanften Landschaft, ebenso wie unseren winzigen Schatten: das einzige Boot im ganzen Umkreis auf dem Meer. Dieser Blick war es wohl, der mich beherrschte: In diesem Umkreis war ich eingeschlossen. Während meiner frühen Jugendzeit in Neapel hatte sich vor meinen Augen und in meinem Leben ein Drama vollzogen, in das ich nicht einzugreifen vermocht hatte. Jetzt wurde mir bewusst, dass der Impuls, der mich dazu drängte, mich in eine Angelegenheit einzumischen, die mich eigentlich nichts anging, doch keine Reaktion auf meine Vergangenheit war. Vielmehr schien der geschlossene Schoß der Berge rings um dieses Meer Gefühle und Gedanken wieder einem einzigen Strom zuzuführen. Wie eine Stimme, die, vom Strand aufsteigend, von Tal zu Tal bis zur fernen Stirn des Berges widerhallt, so schien es, dass jede andere wahrgenommene und durchlittene Sache von Bedeutung noch im kleinsten Winkel des Ortes erbebt und ihn bereichert, in ihm nachhallt, ihn erleuchtet, wie es beim Tod von Mastro Janaro und bei Tredicis Rache der Fall gewesen war. Es war ein Zauber, bei dem alle genauso Zeugen waren wie ich. Ich wusste, dass Don Calì von seinem dunklen Fenster aus das grüne Wappen von Geniacolos Boot betrachtete, wohl wissend, dass ich bei ihm war und meine Gedanken in Zweifel zog. Doch ich war mir sicher, dass auch Vincenzinas Blick über das Meer streifte und dorthin die Hoffnung richtete. Und gleichwohl unterstellte ich mir keinerlei Leidenschaft, die ganz allein von mir ausging, denn weder Amalia noch Vincenzina waren mir vorbehalten. Doch wenn mich beim Gedanken, Carruozzo sich in den Besitz der einen bringen und die Calìs über das Leben der anderen hinweggehen zu sehen, Abscheu erfasste, war dies nur, weil diese Verzerrung und dieser groteske Missklang gemeinsam gegen die Schönheit und gegen die Güte anschrien, die, würden sie vergewaltigt und vernachlässigt, in diesen beiden Geschöpfen den Zauber von Licudi beleidigt hätten, und in deren Menschlichkeit auch meine eigene.

»Geniacolo! Was können wir eigentlich fangen, so wie es heute aussieht?«

»Mit diesen Fangseilen können wir alles fangen! Wir haben sieben Fänger für Großbarsche angebracht und fünf kleinere. Wir können Doraden, Schweinshaie oder auch Zahnbrassen fangen.«

Jetzt gab er sich der Aufzählung all der ungewöhnlichen Fische hin, die er mit den Fangseilen während dreißig Jahren in Licudi gefangen hatte – seltsame Träume, die er mit Hilfe der Erinnerung noch einmal träumte.

»Und was machen wir, während wir darauf warten, dass die Fangseile für uns fischen?«

»Machen wir doch einen ›Aufzug‹ vor dem Strand. Gestern haben die mit der *Jaccio* vom Land aus eine Menge Marmorbrassen gefangen.«

Wir legten dann ein leichtes Netz in wenige Spannen tiefes Wasser aus, ganz dicht am Ufer. Danach stampften wir mit unseren Holzschuhen gemeinsam auf den Boden des Bootes, damit die aufgeschreckten Marmorbrassen sich kopfüber ins Netz flüchteten. Und unser Getrommle, das sich über die Hügel ausbreitete, gelangte mit Sicherheit, wenn auch abgeschwächt, bis hinauf zur Cerza. Für Don Michele war das ein Echo des Lebens, das ihn verließ. Für Carruozzo eine unverständliche Warnung. Für Amalia ein Zeichen der Übereinkunft, ausgesandt von diesem kleinen Schatten auf dem Meer.

»Rudere, Ferlocco, rudere!«, stachelte Geniacolo ihn an, und bewegte die beiden Holzschuhe so, als würde er, ähnlich wie die Wilden, über einen Baumstamm laufen. Und ich machte es genau wie er, ganz glücklich über diesen Lausbubenlärm, über diesen Pennälerstreich, der die Marmorbrassen wahrscheinlich zentnerweise auf die Flucht ins Netz unserer Hoffnung in dem schönen türkisfarbenen Meer von Licudi trieb. Und wie eine menschliche Gestalt an eine vertraute Terrasse gelehnt, schaute uns der Ort von da oben aus zu.

Immer sah Licudi zu, und ich fühlte, dass gerade deshalb meine Einsamkeit nicht länger andauern würde. Wenn es für mich auch nicht wirklich Eltern und Familie gab, die sich darum sorgten, mir ein Heim zu schaffen, gab es so etwas wie einen innewohnenden Druck des gesamten örtlichen Willens, der so unumgänglich war wie das biologische Gesetz, das einen jeden auffordert, seine Rolle innerhalb der Spezies wahrzunehmen. Don Calì hatte völlig Recht mit der Annahme, dass auch ich im Lauf der Zeit dem Verschleiß durch dieses jahrhundertealte Klima zum Opfer fallen würde, bei dem nicht nur die unterschiedlichen Vorsätze oder der persönliche Stolz aufgezehrt würden, sondern auch alles andere, was es an Genauem und Strengem in den Urteilen und im Denken gab. Die Angelegenheiten von Licudi zeigten, drängten und ereigneten sich auf derart natürliche und unerwartete Weise, dass jedes intellektualistische Aufbegehren geradezu lächerlich war. Und in jedem Fall wäre es im Nachhinein wie eine Flause und ein Missklang im Rahmen der breitgefächerten Übereinstimmung erschienen. Wollte man zum Beispiel einen ungesetzlich eingerichteten (aber durchaus logischen) Übergang an jedwedem Punkt auf dem Gebiet des oberen Calitri schließen, stieß man auf keinerlei Opposition. Doch wenn dieser Übergang dann über Jahre hinweg nicht jede Minute bewacht worden wäre und Wind, Wasser und Zeit diesen Schutz gelockert hätten, hätte man gleich darauf im benachbarten Sand die Fußspur dessen gefunden, der wieder versucht hatte, darüber zu klettern. Es war ein unmöglicher Kampf: wie der gegen das Gewicht, das die erste Grundlage des physischen Lebens ist, oder gegen das Wasser, ewige Dinge, die von dem allzu ephemeren Leben und von humanen Absichten nicht in Frage gestellt werden dürfen.

Da nun also, nachdem ich mit dem Haus begonnen hatte, die jungen Frauen von Licudi als Erstes gefragt hatten: »Wen bringt Ihr denn hierher?«, war es deutlich, dass sie nicht nur eine Antwort erwarteten, sondern sie, unter Gewährung eines angemessenen Zeitraums, wie es zivilisierter Höflichkeit entsprach, eigentlich forderten, weil sie sich ohne diese Antwort wohl ungerechterweise vernachlässigt oder beleidigt empfunden hätten. Doch weil es im Dorf eigentlich keine gab, die sich für fähig hielt, eine offizielle Rolle zu übernehmen, dachten sie in aller Bescheidenheit, dass ich, wie es hier auf dem Land üblich war, am Ende eine als »Dienerin« auswählen würde. Denn beides wurde als reine Verschwendung betrachtet, sowohl mein Feuer als auch das gesamte Haus, das doch das Ergebnis der Mühen, der Steine und der Esel aller darstellte und, so außerhalb aller Proportion und Gerechtigkeit wie es war, praktisch leer blieb.

Und so empfing ich – mitunter zu verhältnismäßig später Stunde – Besuche von Mädchen, sogar von Bräuten, die dem Augenschein nach unzugänglich waren. Sie brachten mir kleine Geschenke mit und kamen, um mich um den einen oder anderen Gefallen zu bitten. Das hatte schon damals angefangen, als ich noch in den beiden »Häusern« von Geniacolo wohnte, die jetzt mit allen Ehren an ihn zurückgegeben worden waren und wo man sich voller Glück an den klugen Arbeiten des verstorbenen Mastro Janaro erfreute. Doch konnte mir bei den Frauen eine gewisse, auf eine Absicht hindeutende Intensität nicht entgehen. Die verschatteten und gleichzeitig lachenden Augen dieser Naturkinder, ihre leicht violett glänzenden Haare, der sorgfältige Umgang mit dem neuen Kleid, die kaum gebrauchten Pantoffeln, die eine oder andere Halskette, eine Blume, ein Augenblick des Pausierens, der länger war als notwendig, waren die flüchtigen, aber entscheidenden Worte einer in Wahrheit unmissverständlichen Rede. Und ich, der ich auf diesem Gebiet so viele Male irritiert und enttäuscht worden war, erkannte an mir eine offene und mühelose Bereitwilligkeit, weil ihre Wesensart alles Starre und Launische überwand. Zudem waren die Frauen und Mädchen von Licudi bei jeder ihrer Handlungen überaus freundlich und so unterwürfig und bescheiden, dass sie die bösartigen Instinkte besiegten und vor allem jede Art von Hochmut von meiner Seite, der ich mich ihnen gegenüber doch wie ein dauerhafter Schuldner fühlte, wohingegen sie bereit waren, so viel zu geben und dafür, meiner Ansicht nach, völlig lächerlich entlohnt wurden.

Bei diesem Spiel, das sich nach und nach immer mehr reduziert hatte, vor allem in der diskreten Einsamkeit des neuen Hauses, hatte es am Ende, nach der Zeit der Krippe und dann des Dreikönigsfestes, Incoronata geschafft, die, die immer mit Soccorsa unzertrennlich zusammen war, allerdings nur bis zum richtigen Augenblick. Sie hatte sich – nach dem, was man so hörte – einem versprochen, der dann nach Amerika verschwunden war. Danach hatte sie keine Heiratspläne mehr.

Nachdem die Arbeitsgelegenheiten wie zu Weihnachten oder zur Olivenernte nicht mehr gegeben waren, hatte Incoronata keinen Grund mehr, zu mir zu kommen, doch sie benutzte die Abkürzung durch den Olivenhain, wenn sie unter gigantischen Lasten nach San Giovanni hinaufstieg. Sie war zwar von kleiner Statur, besaß aber unglaubliche Kraft und Durchhaltevermögen und weigerte sich durchaus nicht, den steilen Weg auch ein zweites Mal am selben Tag zu machen. Sie hielt dann an, um sich auszuruhen. Ich selbst half ihr, den Korb voller Früchte, Sardinen oder getrockneten Feigen abzustellen: die reinen Düfte einer bukolischen Idylle.

Incoronata war von klein auf eine Waise und lebte von nichts bei entfernten Verwandten, die sie zum Teil ausnutzten, zum Teil aber gewähren ließen. Sie hatte ein schönes Gesichtchen von gesunder Färbung, das unter einer schwarzen Haarfülle hervorschaute. Ihre Gestalt war gebräunt und glatt und so vollkommen wie die eines wilden Tieres. Die Augen, wie fast immer bei den Frauen von Licudi, waren prächtig und voller Geheimnis. Sie war ein Gefühlsmensch und ganz sicher leidenschaftlich, gab sich aber nach außen hin ruhig und redete wenig, hielt die Hände vor dem Schoß, auch wenn sie stand. In der ersten Zeit versuchte ich, um ihr diese Mühsal zu ersparen, ihr einen kleinen Betrag zu zahlen, der ihr ungeheuer groß vorkam. Dennoch kam sie gelegentlich wieder, um auch schwere Arbeiten zu verrichten, und wenn ich versuchte, sie davon abzuhalten, hörte sie mir mit gesenktem Kopf zu. Wenn ich mich ihr dann immer mehr näherte, begegnete mir nicht der geringste Widerstand. Für mich war es unmöglich zu beurteilen, ob sie irgendein Gefühl empfand oder ausschließlich eine entschlossene Unterwürfigkeit. Als ich sie, ohne sie hereinzurufen, bat, sich um mein Haus zu kümmern und ihre anderen Verpflichtungen außer Acht zu lassen, gehorchte sie mir ohne zu antworten und stellte sich pünktlich ein.

Sobald das Bewusstsein der Bevölkerung der Ansicht war, mich aufgenommen und sich mir bei der gemeinsamen Erfahrung angenähert zu haben, schien es befriedigt zu sein. Und ich sah, wie sich die Gesichter meiner Freunde mit einem hellen, gutmütigen Lachen bedeckten und maliziöse Schatten inmitten fröhlichen Gefunkels durch ihre Augen zogen. Und wiewohl von meinem imaginierten Tribunal breit gefasste Worte von gepfefferter Ironie auf mich niederprasselten, nahm ich von dieser Seite her niemals offene Empörung wahr. Jedenfalls war Incoronata vor dem steinigen Weg und vor den Dornen des Maultierpfades nach San Giovanni sicher. Das wenigstens war gewiss. Und außerdem, war denn nicht auch die alte Bedienerin, die seit über dreißig Jahren bei Don Michele Persico oben auf der Cerza ihren Dienst tat, eine Tante von ihr, eine Schwester ihrer Mutter? Warnhinweise für mich, und immer die gleichen, im Augenblick bestimmter Entscheidungen. Und damit möglicherweise auch Zeichen der Vergebung.

Die Folge war, dass niemand so gut über die geheimen Ereignisse auf der Cerza informiert war wie Incoronata, die, sofern sie gewollt hätte, bei ihrer einzigen Tante im Geflügelhof von Don Michele Persico hätte wohnen können. Doch es war für sie unerträglich, sich in dieser düsteren Ritterburg eingeschlossen zu sehen, und auch im Haus der Häuser hielt sie ständig alle Türen und Fenster weit geöffnet, was auch mir guttat. So war es auch Incoronata, die mich ohne jede Absicht darauf hinwies, wie ich Amalia wiedersehen konnte, der ich dann zu Anfang des Sommers begegnete, auf dem einzigen Abendzug zwischen Sapri und Paola. Sie hatte nun die Arbeit mit ihrem Pensionat in Lecce für dieses Jahr beendet und richtete sich darauf ein, bis zum Herbst auf der Cerza zu bleiben.

»Ich hoffe«, sagte sie zu mir, »dass Ihr mich manchmal besuchen kommt. Das Leben da oben ist überaus melancholisch.«

Ich sah sie aufmerksam an, wie wenn ich versuchen wollte, irgendetwas wiederzuerkennen, was die Erinnerung nicht wiederfand. Als ich sie so sah, in diesem Halbdunkel, war Amalia wirklich schön, doch ihre nachdenklichen Augen leuchteten nur selten auf. Gewiss musste die Dunkelheit ihrer Herkunft tiefe Schmerzen in ihr hervorgerufen und ihren freundlichen Charakter gedemütigt haben, der voller Wärme den Dingen zugewandt war. Ja, jetzt sah ich es: In ihr war der von mir imaginierte Schatten ihrer Mutter, ganz sicher von der gleichen Schönheit, jedoch – auch wenn sie sich ihrer bewusst war – von den alten, vernachlässigten Schmerzen der anderen verhüllt, und ich weiß nicht zu welcher Zurückhaltung und Demut geführt. Sie war wie eine schöne Blume, die aufgrund der Kraft ihrer unversehrten Vollkommenheit nicht berührt werden durfte. Und sie wird keinen Schutz haben, wenn die Vorsehung sie nicht schützt.

Amalia saß in einer anmutigen Haltung dort, die sie über lange Zeit beibehielt, und mit ihrer wohlklingenden Stimme erzählte sie langsam:

»Armer Don Michele, wenn er nicht klagt, schlummert er viele Stunden, und man muss Tag und Nacht bei ihm wachen. Es gibt zwei alte Bedienerinnen, das ist alles. Don Michele verdanke ich immerhin viel. Aber dann gibt es da noch so viel anderes. Manchmal würde ich gerne jemanden um Rat fragen.«

Jetzt fragte ich mich, ob nicht irgendein Vögelchen von Licudi Amalia die Möglichkeit zugezwitschert hatte, mich zu treffen, so wie ich in die Lage versetzt worden war, sie treffen zu können. Sie verstand genau wie ich den Wert eines Gesprächs, das sich nur schwer unter den gleichen Bedingungen hätte wiederholen lassen. Vielleicht war ihr geraten worden, Vertrauen zu haben; oder sie hatte keinen anderen Vorwand in dieser trostlosen Lage gesehen; oder möglicherweise wurde sie, wie ja schon damals bei Nene, von ihrer Intuition einer jungen Frau geführt, und die war sicherer als die hundert Listigkeiten von Don Calì.

»Habt Ihr denn niemanden in Lecce?«, fragte ich sie, nachdem ich mir die Dinge überlegt hatte. »Ihr solltet aufrichtig mit mir sein.«

»Wieso denn nicht?«, antwortete sie ohne jedes Zögern. »Es gibt da eine Person, die mich interessiert, doch sie hat nur wenige Mittel und kann hier noch nichts bewirken. Dies ist das Haus von Don Michele Persico, in dem ich unter diesen Umständen niemand bin. So verhält es sich.«

»Wisst Ihr, dass Don Calì das Erbe für sich will oder doch wenigstens für Tantillo?«

»Sicher. Es sind sehr viele, die mit mir rechnen!«

»Und Carruozzo?«

Sie nickte leicht mit dem Kopf, wie wenn sie diese Frage zulassen wollte.

»Carruozzo ist der dunkle Punkt in der ganzen Geschichte. Don Michele lebt keinen Augenblick länger, wenn Carruozzo nicht kommt. Carruozzo setzt sich ein, damit Don Michele dieses Testament macht und alles andere. Ich glaube, auch Ihr kennt den Grund. Indessen, wenn Don Michele in der Nacht diese schrecklichen Anfälle hat, ist der Arzt nie da. Ich bin es und ich muss kämpfen, ich muss ihm die Beruhigungsmedizin geben, die gefährlich ist und nach der er verlangt, während er leidet und in der Erinnerung an meine Mutter um Vergebung bittet. Danach schläft er ein, und manchmal habe ich Angst, dass er nicht mehr aufwacht. Auf diese Weise stehe ich zwischen Don Michele, den ich nicht verlassen kann, weil es so aussehen würde, als wollte ich ihm nicht verzeihen, und Carruozzo, der mir lästig ist. Doch er«, und hier schloss Amalia die Augen, »kann alles mit ihm anstellen. Mit mir allerdings nicht. So ist die Lage.«

Als wir an der kleinen Bahnstation von San Giovanni angekommen waren, warteten dort einige Menschen auf Amalia, und es war uns nicht möglich zu vertuschen, dass wir zusammen gereist waren. Ich kam in Licudi an, als es schon spät war. Trotzdem ging ich noch zu Geniacolo, um ihn anzutreiben, sich zu schaffen zu machen, weil ich diesmal einen dieser majestätischen Fische für ein Geschenk brauchte. Er hob die Hand zum Zeichen des Versprechens, und während er in seinem Kopf den heiligen Antonius anrief, machte er sich an die Arbeit. Den ganzen folgenden Morgen verbrachte er damit, Polypen zu fangen, die er in schmackhafteste Köder verwandelte, während ich, auf dem Sand in der Sonne liegend und mit den Augen seinem Boot bald hierhin, bald dorthin durch die Schluchten der Felsen folgend, ganz allein war und vor mich hingrübelte.

Wenn Don Michele mit dem Tod vor Augen Amalia schon seit nahezu einem Jahr an seine Seite gerufen hatte, warum zögerte dann der Arzt, der ihn doch völlig in der Gewalt hatte, ihm das Testament zu diktieren? Carruozzo, der mit Sicherheit über Amalias kleinen Galan in Lecce informiert war, zeigte sich als völlig furchtlos sowohl gegenüber dem, was von dort kommen konnte, als auch gegenüber der von Don

Calì unterstützten Kandidatur Tantillos. Auch Amalias Abneigung gegen ihn konnte ihm nicht verborgen geblieben sein. Und so schien es, dass er auf irgendein anderes Ereignis wartete, das in der Lage wäre, alles zu seinen Gunsten zu wenden. Er überwachte den Todeskampf von Don Michele. Vielleicht war er imstande, dessen Dauer zu berechnen. Das ganze Spiel blieb in seiner Hand verborgen. Diesem Spiel ein neues und nicht vorhersehbares Element hinzuzufügen, konnte, wenn es Amalia auch nicht unmittelbar half, Carruozzo zumindest verstören. Für den Augenblick konnte mir das genügen. Vor allem war meine Animosität ihm gegenüber von einer wilden Ungeduld gelenkt. Ich kannte ihn zwar nicht, und auch er kannte mich nicht, und dennoch glaubte ich, meine Energie geradezu körperlich zu spüren, die sich, wie zu Zeiten von Paolo Grilli in Rom, gegen ihn wandte.

Da waren wir also, so früh am Morgen, auf der anderen Seite der kleinen Landspitze des Hafens, und wir waren wirklich allein, vor der unbelebten Küste, die in diesem Teil ins Meer hinabstürzte und an einigen Stellen bis zu dreihundert Metern aufragte. Unter diesem wilden Felshang im kristallklaren Wasser verlor sich das Auge in der Tiefe, die raue Welle blies in furchterregende Grotten, die Seeschwalben kreischten in der widerhallenden Stille, und die Falken warteten dort oben auf ihre von der Überquerung des Meeres erschöpfte Beute.

Unter den vielen Floskeln gibt es eine weit verbreitete auch über das Meer, wonach dieses nur so lange herrlich glänze, wie es ein Reflex des Himmels mit seiner Farbe oder des Landes mit seinen Hügeln ist. Doch sobald die blinde, dumpfe Masse des Wassers in die Tiefe geht, sich entfernt, sich verdunkelt, Wüste der Stille und des trägen Sandes, dann zeigt es sein wahres Gesicht: eine von Ungeheuern bewohnte Ungeheuerlichkeit oder eine vom Nichts bewohnte Blindheit. Das war das Meer, unerkennbare, furchterregende Gottheit, vor der die Menschen von Licudi sich ängstigten. Daher gingen sie nie oder nur selten ins Meer zum Schwimmen und zogen sich schnell vom Strand zurück, sie zeigten für das Salzwasser den gleichen physischen Abscheu, den auch die Katzen, die Esel und die Ziegen vor ihm hatten: Tiere, die sich beharrlich von einem Element zurückzogen, das nicht das ihre war, wohingegen sie mit allen Gliedern das Land mögen, das sie als ihr Element betrachten.

Die Fischer allerdings schwammen nie im Meer, und die meisten konnten auch nicht schwimmen. Ich erkannte, dass ihre Angst vor dem Meer wegen der Zerbrechlichkeit der Boote, über die sie verfügten, durchaus gerechtfertigt war, denn es konnte in einer offenen Bucht schnell aufbrodeln. Mir war aber ebenso klar, dass sie unverständlich bleiben musste, wenn man nicht tiefer in die seelische Verfassung dieser Männer drang. Für sie bewahrte das Meer den religiösen und mysteriösen Charakter, den es für die Menschen der ältesten Zeit hatte, die in den uneinnehmbaren Bergfesten wie denen der sizilianischen Pantalika verschanzt waren. Wenn sie sich also auch den Wellen anvertrauen mussten, so flehten sie doch immer mit ihren Augen die Gestade an, die sich ihrerseits immer weiter auszubreiten schienen, um sie zu beschützen. Und es ist durchaus möglich, dass sie aus diesem Grund nicht ins Wasser gingen. Ihre Fischerei war ein an den Herrn des Abgrunds gerichtetes stilles Flehen, dass er ihnen ihr täglich Brot zuteilen sollte. Sie bedrängten ihn aus Not. Doch sie waren weniger ergebene Diener als vielmehr Sklaven des Meeres. Und ganz sicher konnte es zwischen ihnen und »ihm da« alles geben, nur kein Lächeln.

Geniacolo »besuchte« nacheinander seine Stricke: robuste Seile von über dreißig Metern Länge mit jeweils nur einem starken Haken, die man in die Tiefe hängt und das andere Ende am Berg befestigt. Wenn die Welle stark wird, kommt das Anbringen des Stricks an einer Stelle des Felsens, wobei man im Gleichgewicht an einem Ende des Bootes stehen muss, dem Unterfangen eines Zauberkünstlers gleich. Das Wetter war leicht unbeständig, und Geniacolo hatte über vierzig Stricke ausgeworfen: ein schöner Beweis von Freundschaft für mich.

»Der Wrackbarsch kommt hervor zum Fressen, schnappt zu und zieht sich mit dem Haken in seine Höhle zurück. Wenn er in der Lage ist, bläht er die Flügel und die Dornen auf seinem Rücken und dann wird es schwierig, ihn herauszuziehen. Er kann ganze Tage durchhalten, und wenn dann noch das Meer umschlägt und Ihr nicht mehr hier unten sein könnt, na, dann addio! Wir haben Wrackbarsche gefangen, die alte Haken seit wer weiß wann in ihrem Körper hatten! Barsche gewonnen, Barsche zerronnen!«

»Wie schwer kann ein Wrackbarsch eigentlich werden, Geniacolo?«

»Der größte, den ich jemals gefangen habe, wog sechsunddreißig Kilo. Stimmt's, Ferlocco? Doch unter diesen Höhlen gibt es Viecher von einem Zentner. Einmal haben wir Männer vom Hafen es alle gemeinsam mit Bootstauen statt der Stricke versucht und schweren Haken statt der Angelhaken. Als wir ihn dann hochziehen wollten, hat der Riesenbarsch alles abgerissen. Einmal haben sie eine Krake so groß wie ein Boot gefangen, doch als sie sie vom Grund aufsteigen sahen, bekamen sie es so mit der Angst zu tun, dass sie alles zurückließen und eilig abgehauen sind. Manchmal gibt dir das Meer nichts her, und andere Male zeigt es dir, wer es ist!«

Ferlocco sagte etwas in einem raueren Ton als gewöhnlich. Geniacolo ließ den Strick los, den er gerade erst in die Hand genommen hatte, um zu sehen, ob er locker war und nicht etwa gespannt und schaute etwas seitlich, wo einer seiner Schnüre sich im Halbschatten des Felsblocks wie ein kleiner Lichtstreifen zeigte.

»Der Wrackbarsch, Don Giulì, der Wrackbarsch! Seht doch nur, wie er zappelt!«

Mit wenigen Ruderschlägen waren wir über ihm. Geniacolo packte die Schnur mit der gekrümmten, feinfühligen Hand, bewegte sie ruckweise, wobei er tastend den geheimnisvollen Meeresgrund absuchte.

»Das ist ein großer, Ferlocco! Das ist ein schwerer Barsch! Ich wusste es ja, dass wir ihn fangen würden! Der hier zieht zwar, aber der ist nicht in seiner Höhle! Sobald der müde ist, kommt er!«

Geniacolo fing an, seinen Strick vorsichtig hochzuziehen, und gelegentlich hielt er inne, um ihn wieder ein Stück ins Meer hinabgleiten zu lassen, während Ferlocco sich Meter um Meter von der Befestigungsstelle entfernte.

»Der Wrackbarsch ist zwar außerhalb seiner Höhle, aber wenn er, während wir ziehen, weiter oben ein anderes Loch findet, schießt er da hinein und erholt sich. Rudere, Ferlocco, und immer weiter raus. Langsam jetzt, langsam! Da kommt er! Halte den Haken bereit, Ferlocco!«

Aus der blauen Tiefe tauchte jetzt ein dunkler Schatten auf, er bewegte sich spiralförmig, unentwegt. Ein gelblicher Schein glänzte auf, verschwand wieder, wurde deutlicher. Der Wrackbarsch zeigte schon seine wundervoll gesprenkelte Haut, die roten Knospen seiner korallenen Kiemen, die dunklen, mächtigen Flossen, den ungestümen Flügel seines Schwanzes, der ein letztes Zucken von sich gab und damit das Wasser an der Oberfläche zum Schäumen brachte. Geniacolo zog ihn mit einer akrobatischen, sehr genauen Bewegung am Haken nach oben. Das Tier zappelte lebhaft auf dem Boden des Bootes und versetzte ihm zwei oder drei gewaltige Schläge. Dann blieb es still, glänzend, schimmernd, vollkommen: ein kunstvolles Stück Intarsienarbeit mit bunten Marmorstücken, eine Kreatur aus der anderen Welt.

Am Abend wusste ganz Licudi von diesem herrlichen Fang, und dass ein Wrackbarsch von achtzehn Kilo als Geschenk zur Cerza ging, an deren Tisch in Wahrheit nur eine einzige Person saß: nämlich die, die ich zwei Abende zuvor im Zug von Sapri getroffen hatte. Ich war gewissermaßen physisch von den Kommentaren angezogen und machte mich in den Ort auf, wo Don Calì auf mich zukam, mir beide Hände drückte und mich zu dieser »hohen Vornehmheit« (das waren seine Worte) beglückwünschte. Als größter Schürzenjäger in vergangenen Zeiten begriff Don Calì die Beziehung zwischen den Geschlechtern nur in dieser Form, und so hatte er schnell das Für und Wider einer neuen Situation abwägen müssen. Sofern Carruozzo angesichts eines neuen gefährlichen Prätendenten Don Michele aus Verachtung daran gehindert hätte, Amalia anzuerkennen und sie als Erbin zu bestimmen, war es für Don Calì das Beste, ohne Blutvergießen an ihre Stelle zu treten. Doch wenn ich im schlimmsten Fall das Mädchen und das Geld erobert hätte, glaubte er nicht, mich sonderlich fürchten zu müssen. Schon zu Zeiten der Schiebereien hatte ich ihm mühelos meine Ölvorräte abgetreten, wodurch er sehr viel Geld verdient hatte. Es war klar, dass er keine Einmischungen wünschte und dass ich ihm wahrscheinlich auch die Sorge um die Ländereien überlassen würde, die er bereits verwaltete. Ich aber war mir sicher, dass der Arzt irgendeinen anderen Schwindel ausbrütete und zu dieser Stunde, in der ich so intensiv an ihn dachte, ganz gewiss mit ebenso großer Konzentration an mich denken musste.

Don Calì war an diesem Abend in ausgelassener Stimmung. Im Sommer kamen die Cousins von San Giovanni für einen halben Tag als Gäste zu ihm in den »Palazzo«, und in diesem Augenblick befand sich dort der Podestà, ein hagerer, umsichtiger Mann und dem Umstand entsprechend von Kopf bis Fuß schwarz gekleidet. Gegenstand ihrer Unterhaltung, die ich unterbrochen hatte, war dieses Mal Nduccio, der Bettler von Licudi, den Don Calì tags zuvor in einer Spelunke an dem Platz, wo die Schiffe ihre Ladung löschen, überrascht hatte, als er sich eine beachtliche Portion Huhn servieren ließ: ein Ereignis, das ihm wie eine Herausforderung des Himmels vorkam. Der Cousin hörte ihm zu, ohne irgendetwas dazu zu sagen. Und ich erinnerte mich an das, was die Zwillinge erzählt hatten, und stellte mir vor, wie er die alten Kleider zur Verteidigung der »Ehre« verbrannte.

Eigentlich hatte die Gemeinde zwei Bettler, und beide wären des Velasquez würdig gewesen. Der Inhaber der Pfründe in San Giovanni hieß Uosso, der von Geburt an blind war und von einem Köter geführt wurde, welcher so abgerichtet war, dass er vor jeder Türe hielt. Doch man erzählte sich, dass er einmal unendlich lange vor einer angemalten Haustüre herumkläffte: Vergeblich bettelte der Herr des Hundes diese um eine milde Gabe an. Eine weitere Einzigartigkeit Uossos war, dass er in seinem Zustand ständig Frauen suchte, und es scheint, dass er sie auch fand, und zwar zusätzlich zu der, mit der er seine Hütte aus Laubwerk teilte.

Der Bettler, der aus Licudi stammte und auf Kosten des Dorfs lebte, war eben dieser Nduccio, der nie Geld erbat, sondern das eine oder andere, auf das er gerade Lust hatte. Er war außerdem der größte Sammler von Heiligenmedaillen und Anhängern jeder

Art, die er zu Dutzenden an seine Lumpen geheftet hatte. Nduccio betrat irgendein Haus und legte sich auf den Boden, bat unverzüglich um einen Espresso oder eine Scheibe Brot mit Olivenöl. Man gab es ihm ohne viel Aufhebens, weil man an ihn so gewöhnt war wie der Hindu an das Rind, das sich auf dem Markt umhertreibt. Doch dass Nduccio Huhn, und zwar vom Besten aß, das kam Don Calì unerträglich vor. Er wusste, dass, wenn das Prinzip erst einmal seinen Wert verloren hatte, nichts mehr die Rebellion aufhalten würde. Ich erinnerte daran, dass, wenn man einem Lanzer erlauben würde, die Kaserne von Ferrara mit einem nur ganz leicht schief sitzenden Kolpak auf dem Kopf zu verlassen, man in kurzer Zeit die Soldaten in gelben hohen Schuhen spazieren gehen sehen würde.

Tantillo schaute mich aus seiner Ecke still an. Vielleicht würde Vincenzina an diesem Abend ja unbeschwert schlafen. Ehrlich gesagt, wünschte ich ihr so zu helfen wie ich Amalia helfen wollte. Allerdings fragte ich mich jetzt, was wohl Incoronata dachte, auch wenn sie sich hinter ihrer verschlossenen Haltung verschanzt hatte. Ich spürte, wie die Fülle der Empfindungen und Pflichten wogte und woanders hintrieb und gefährlich ins Schleudern kam. Ohne es ausdrücklich von mir zu weisen, bemühte ich mich, der Möglichkeit einer konkreten Absicht von meiner Seite gegenüber Amalia keine Bedeutung beizumessen. Ich wollte mich um meiner Wahrheitsliebe willen nicht vom rechten Weg abbringen lassen.

Fast so, als sollte eine Verzögerung erreicht oder ich zum Nachdenken über diese Art von bürgerlichem Priestertum angehalten werden, zu dem ich mich mit so viel Vehemenz bekannt hatte, senkte sich fast zur gleichen Zeit über Licudi einer jener glühendheißen Sommer herab, die es fertig bringen, abgesehen von den Menschen, die Natur selbst in eine nicht zu überwindende Schlappheit zu stürzen.

Um zehn Uhr morgens bereits vermehrte die Kraft der Sonne, die dann bis zum späten Nachmittag unverändert anhielt, die magischen Reize des Olivenhains, des schattigen Schoßes in der absoluten Stille des Gestirns, die so viel vollkommener war als die des Monds.

Obwohl ich fühlte, dass mein Verstand müde wurde, wagte ich mich gelegentlich bei vollem Sonnenglast auf den Strand, während Himmel und Meer, der einzige Stoff, der zu einem blendenden Weiß verschmolzen war, wie ein glühender Rand flimmerten. Einsam kreisten die Falken in der hohen Luft über den sonnentrunkenen Schlangen. Inmitten der Stoppeln, die die Begrenzung zum Meer hin säumten, erkannte ich schlafende Vipern, und ich musste kräftig mit einem Stock schlagen, um sie aufzuwecken und zu vertreiben.

An jenen Tagen bat mich Incoronata, die in der Überschwänglichkeit des Sommers die Räume nicht ertrug, wie offen und luftig sie auch immer waren, um freie Stunden, und sie verbrachte den Tag an den verborgenen Schleifen des Calitri und ging dort auf Aalfang und schnitt Schilfrohr. Ich schlief zu der Zeit fast den ganzen Tag lang. Ich verließ das Haus erst bei Dunkelheit, wenn das fast tropische Klima von Licudi die Kühle einer intensiven Feuchtigkeit bot: Die Nacht verbrachte ich mit Lesen, Schreiben und Nachdenken, während die schwarzen Bergrücken in der Ferne sich gegen den roten Feuerschein der Brände abhoben, die die Ziegenhirten dort gelegt hatten, um frisches Gras nachwachsen zu lassen.

Damals schienen vom Meer her ausgedehnte Lichterstädte auf und rückten näher. Sie leuchteten dermaßen, dass sie sogar noch meine Räume erhellten. Es waren die Leuchtfischerboote an der Küste von Maratea bis Diamante, die sich zum Fang von Sardellen in den stillen Spiegelflächen der Gewässer von Licudi aufmachten. Und dunkle Konzilien von Hunden, die auf den Erdhügeln des Strandes Wache hielten, bellten ohne Unterlass gegen diese unerhörte Helligkeit an, wohl unbewusst Ereignissen eingedenk, die so alt waren wie Don Calìs Turm. Oder spürten sie vielleicht, dass dies ihr letzter Sommer sein würde?

Auch in einem Ort, in dem die Tiere ebenso viel wert waren wie die Menschen und wie diese jedes einzelne von ihnen besonders unterschieden und erkannt wurde, verdienten die Hunde jedoch eine besondere Erwähnung. Es war ja schon überraschend, dass, wenn die Menschen von Licudi ein Ferkel in zweihundert Metern Entfernung vorbeigaloppieren sahen, das noch den am Fuß festgebundenen Strick und den Befestigungshaken hinter sich herschleifte, sie es auf der Stelle so erkannten, als wäre es der Besitzer selbst. Und das Gleiche galt für die Esel, denen zu jeder Zeit die gebührende Achtung zukam. Doch mehr als die Verteilung der Hunde von Licudi war die Miteigentümerschaft an ihnen etwas Besonderes, denn auch wenn jeder Hund gewohnheitsmäßig bei einem festen Herrn lebte, so begleitete jeder von ihnen jeden Menschen unterschiedslos auf die Jagd, auf die Märkte oder auf den Spaziergang, so wie sie auch jeden um Aufnahme und Nahrung für eine Stunde oder einen Monat baten und immer bekamen, genau so wie Nduccio, wenn er Wein, einen kleinen Heiligenanhänger und einen Platz neben dem Feuer verlangte.

Der Hund, wie schon sein Vorfahr, der Wolf, war ursprünglich dazu angelegt, in Rudeln zu leben. Dass man ihn von seinesgleichen getrennt und zur Vereinzelung gezwungen hat, ist eines der vielen Verbrechen gegen das Leben, das der Mensch begeht, zu dem sich noch das gesellt, dass er seinem Tier den Schwanz und die Ohren kupiert. Die maßlose Liebe des Tiers zu seinem Herrn ist nichts anderes als ein behelfsmäßiger Ersatz: Da der Hund all dessen beraubt wurde, was die Natur ihm innerhalb seiner Art verschafft hatte, und er jetzt Ersatz suchen muss, wie er nur kann, verehrt er seinen Herrn so, wie ein Hungriger auch noch die schlechteste Nahrung verehren würde, nur um nicht unterzugehen. Unsere verrückte Eitelkeit hat über diese einfache Tatsache einen Mythos geschaffen, der allerdings nicht die Gewalt und die Ungerechtigkeit zu verbergen vermag. Doch wenn der Hund seinen Artgenossen trifft! ... Und sei dieser auch nur halb so groß oder doppelt so stark wie er, ziehen sie beide so stark an der Leine, dass sie beinahe ersticken, nur um sich zu erkennen und sich zu verbrüdern. Und wenn sie frei sind, dann sieht man sie zu dritt, zu fünft oder zu zehnt, ganze Mannschaften von Hunden, Regimenter von Hunden beim Durchstöbern von Abfällen, beim Faulenzen, in der Freiheit. Und wie glücklich sie sofort sind!

Auch in diesem Punkt bewies sich die höhere Kultur von Licudi, wo die vielen Mischlingshunde fast alle zusammenlebten. Sie kannten weder ein Halsband noch die einfachste Kordel, sie nahmen regen Anteil und wichen nur dann vorsichtig zurück, wenn man etwas von der Erde aufhob. Das bezog sich auf die ungewöhnliche Fähigkeit der Bevölkerung, mit einem Stein auch einen weit entfernten Vogel zu treffen. Doch weil die neapolitanischen Schurken sich jahrhundertelang darin geübt hatten, einen Nagel immer auf die gleiche Weise in die Wand zu schlagen, wundert mich das nicht, doch den Hunden war das verhasst. Sie erschienen in allem umfassende Kenner der menschlichen Natur zu sein und von allem, was sich im Guten wie im Bösen aus ihr ableiten ließ. Und so lebten sie viel weniger zänkisch, Platz raubend und störend im Freien als ihre Mitbrüder in den Städten. Doch leider brach unter der unbarmherzig sengenden Sonne in jenem Jahr in Licudi die Tollwut aus.

Aber wie soll es anders gewesen sein: Natürlich war es ein Köter aus San Giovanni, der sich nach der Überquerung des gekalkten Bachbetts des ausgetrockneten Calitri in einen unserer Hunde verbiss, welcher ihn in aller Freundschaft begrüßen wollte. Die Tollwut breitete sich dann so schnell aus wie eine Feuersbrunst in trockenem Laub. Und vom Calitri selbst drang durch Selbstentzündung der Stoppeln gleichzeitig ein Brand direkt auf Don Calìs Olivenhain vor, auch wenn es der Teil war, der am weitesten von meinem entfernt war. Die Menschen von Licudi waren in dieser Gegend völlig auf sich allein gestellt, von denen die, die an den Ortsgrenzen wohnten, statt herbeizulaufen und zu helfen, sich auf der Stelle davonmachten. Sie mussten an zwei Fronten kämpfen: nämlich da, wo die Tollwut und da, wo die Flammen tobten. Sie verloren auch nicht eine Minute, griffen zu Gewehren, Spaten und Beilen, schlossen die Kinder in die Häuser, ließen die Alten auf diese aufpassen und zogen in die Schlacht.

Schon seit Wochen war einer der beiden Brunnen des Ortes ausgetrocknet, und der andere reichte gerade eben für den Durst der Bevölkerung. Das Feuer konnte man nur bekämpfen, indem man Bäume fällte und Gräben schaufelte, was bei den granitharten Oliven ein anstrengendes Unternehmen war und sich auf weitläufigen Flächen abspielte. Allerdings war es möglich, brennende Äste herunterzuschlagen, sie mit Erde zu bedecken und so zu ersticken. Das Werk von Wagemutigen und Akrobaten, unter denen viele außergewöhnliche Fähigkeiten offenbarten. Unter Anführung eines gewissen Corazzone, der zu den beiden gehörte, die kürzlich mit Pivolo aus Äthiopien wieder heimgekehrt waren, arbeitete sich die unermüdliche Mannschaft der mit Äxten Bewaffneten unter Gefahren zwischen den brennenden Baumkronen vor, schlug herunter und schüttete zu; Corazzone stand balancierend auf den Astgabelungen, riss die brennenden

Zweige herunter und sprang im letzten Augenblick aus den Scheiterhaufen hervor, welche die Schaufler rasch zuschütteten. Corazzone, der Kürass, der diesen Namen bekommen hatte, weil er flink mit der Hand und immer für ein Unternehmen bereit war, erzählte ganz sicher Märchen über seine Durchquerung der Dankalischen Wüste von Assab nach Sardò. Doch wie schon Pivolo in seinem Boot, hatte er wirklich Mut im Übermaß, was ihm aber überhaupt nicht bewusst war. Und doch zeigte er – wie alle anderen auch – nicht das geringste Interesse für die Rettung der Olivenbäume von Don Calì, und auch später konnte man in dieser Hinsicht nichts weiter erwarten. Doch bei dieser Gelegenheit wurde deutlich, wie die Gruppe von Licudi geradezu biologisch auf Aggressionen reagierte: nämlich wie ein einheitliches Ganzes ohne jede Führung, für die einfache Gesundheit und Gültigkeit der perfekten Struktur einer jeden dieser durchorganisierten Parzellen.

Unterdessen machten sich die mit den schnelleren Augen und den schnelleren Beinen auf der anderen Seite an die Ausrottung der Hunde: Und diese, ausnahmslos verurteilt, wurden mit spartanischer Unerbittlichkeit vom ersten bis zum letzten ausgetilgt, vom kleinsten Welpen bis zum altersschwachen Setter von Don Calì. Als letzte Opfer fielen ein Kalb, zwei Schweine und eine Ziege, die mehr oder weniger im Verdacht standen und das gleiche Hundeschicksal erfuhren, während die letzten abgehauenen Äste des unter Kontrolle gebrachten Feuers rauchend erloschen.

Das Verhalten der Menschen von Licudi in der Zeit

nach diesen hitzigen Ereignissen, die zudem bei Mindesttemperaturen von achtunddreißig Grad im Schatten stattgefunden hatten, war außerordentlich zugeknöpft. Die Beziehung zueinander ließ, wie üblich, auch nicht das geringste Detail außer Acht, war aber keineswegs mit Prahlerei oder Lob ausgeschmückt. Doch Don Calì wollte mich unbedingt darauf hinweisen, dass er an die zwanzig größere Olivenbäume und viele kleinere verloren habe, und dass das allen ganz allgemein und Corazzone im Besonderen zu verdanken sei, wodurch er nicht nur keinen Vorteil gewonnen, sondern einen Schaden erlitten habe. Und beträfe denn der Schutz seines Olivenhains nicht etwa auch meinen, der sich doch gleich an seinen anschloss und auf so glückliche Weise unversehrt geblieben war? Nach dieser deutlichen Betonung hatte Don Calì nichts weiter hinzugefügt. Doch dann wurde dieser Gedanke überall und ständig hinter den unterschiedlichsten Vorwänden wieder aufgenommen. Hatte ich mir nicht das eine oder andere Wort der Anerkennung über die zu Unrecht vergessene Medaille Paullinos entschlüpfen lassen? Lobenswerte Hochachtung für die Kategorie der Heimkehrer geäußert, zu der eben auch Corazzone gehörte? Ein anderer kam und fragte mich, wie das denn eigentlich mit einem bestimmten Lagerhaus wäre, das seinerzeit gebaut wurde, um das Baumaterial für mein Haus aufzunehmen und seitdem keine Verwendung mehr fand. Und Incoronata vertraute mir schließlich mit niedergeschlagenem Blick an, dass dieser Corazzone frisch verheiratet sei und keine Unterkunft habe.

»Wenn sie bei Euch wohnen könnten«, sagte sie, »könnte auch ich hier im Haus schlafen, wohingegen so etwas unmöglich ist, solange Ihr allein lebt. Und dann könnte auch Soccorsa kommen. Wenn wir zu zweit wären, kann man doch nichts dagegen haben!«

Es war also nicht nur Don Calì, der sich entlasten wollte, sondern auch Incoronata, ja, das ganze Dorf, das, wiederum aufgrund dieser biologischen Reaktionen, die Absicht hatte, mir neue Pflichten zuzuweisen, mit Freundlichkeit allerdings, wenn nicht gar mit Koketterie: Sie kamen zu mir, um mir deutlich zu machen, wie unvorsichtig es sei, allein in einem Wald zu leben, auch wenn dieser aus Olivenbäumen bestehe. Jederzeit könne ein Feuer ausbrechen wie in jedem anderen Wald – von der Gefahr der Hunde ganz zu schweigen. Wenn dagegen ein Corazzone von diesem Schlag gleich zur Hand sei, könne ich unbesorgt meinen Siebenschlaf halten. Was Soccorsa anging, hatte die Sache mit einem dieser jungen Priester zu tun, die gelegentlich in Licudi als Stellvertreter auftauchten. In ihrer naiven Unbesonnenheit hatte Soccorsa nicht auf das schwarze Gewand des schönen jungen Mannes geachtet; und alles hatte damit geendet, dass eifersüchtige Menschen ihn ebenso wie sie mit Knüppeln verdroschen hatten. Auf diese Weise fand ich mich von einer Woche zur anderen mit einer fünfköpfigen Familie wieder, die durch das Zutun der beiden jungen Eheleute dann schnell anwuchs.

Diese Aufgaben fielen mir so plötzlich zu, weil ich sie mit einem gewissen Humor nahm und in der in Licudi üblichen Weise meine witzigen Bemerkungen darüber machte, aber in Wirklichkeit schien es mir, dass ich auf diese Art alle meine Pflichten einlöste. Ich arbeitete zwar nicht, das ist wahr. Ich war nur durch das Erbe des Onkels reich. Doch indem ich den Platz einnahm, den er mir zugewiesen hatte, versuchte ich zumindest, dort als Motor und fürsorglicher Hüter zu wirken. Ich ließ meine Pächter in Paola in Ruhe und gestand ihnen alles zu, worum sie mich für die Eindämmung des Sturzbachs und die weitere Landgewinnung baten. Ich fällte keinen Baum in den Wäldern oberhalb von Cerenzia, weshalb sie nur dem Namen nach mir gehörten und auf diese Weise ein unberührtes Gut der Natur blieben, und das hieß ja: aller. Ich versorgte eine größere Familie als jede, die ich selbst hätte bilden können, und sie schien unbeschwerter, jetzt, wo sie einen festeren Halt gefunden hatte als ihr Herr.

Dieser Sinn für Verpflichtung hinderte mich daran, Soccorsa die gleichen Rechte einzuräumen wie Incoronata, obwohl ich daran zweifelte, ob beide es von mir überhaupt erwarteten. Und gerade, weil ich mein Gleichgewicht zu bewahren suchte, musste ich Corazzone oftmals widersprechen, der als der alte Wilderer, der er war, völlig unsensibel gegenüber jeder Rarität und jeder Pracht in Flora und Fauna vorging und wie der Hagelschlag wütete. Wenn Corazzone den Ellbogen ein wenig anhob, markierte er den billigen Helden, und wenn er mit dem Absatz ein Ameisennest zertrat, rief er stolz:

»Wo Corazzone ist, kann's nichts anderes mehr geben!«

Dann wiederholte er seine Geschichten, als er in der Dankalischen Wüste auf die Jagd nach einer Schlange ging und machte dabei das Tier auf vollkommene Weise nach.

»Sie war so groß wie ein Baumstamm und hatte eine verzauberte Haut, die sogar meinem Maschinengewehr widerstand. Sie blickte uns mit Augen an, die die einer Frau waren, und fing an zu pfeifen wie ein Eisenbahnzug und dann schoss sie so hinter uns her!«

Und im Staub liegend, wälzte er sich und robbte, blies die Backen auf und zischte, während seine Frau ihn mitleidig ansah und sagte:

»Singe, sing nur! Armer Mann!«

Außer all diesen Menschen war da noch ein großer Hof von Tieren: neue Welpen, Katzen, ein paar Schafe, zwei oder drei Schweine, ein Esel, der nach dem Bau des Hauses bei mir geblieben war, und auch eine abgerichtete Krähe. Nach einiger Zeit dachte ich daran, ein sardisches Pferd zu kaufen, die ein struppiges Fell haben und einen sicheren Tritt. Eine siebenköpfige Gruppe ausgehungerter, verirrter Tiere kam und durchwühlte die Krumen: Was den Menschen nicht mehr diente, kam den Herumstreunern zugute; was diese nicht auffressen konnten, ging an die Vögel, und der letzte Überrest gehörte den Insekten. Dieses Verteilen zu erleichtern, es zu verbessern, ihm so zu folgen, bis auch der letzte Überrest verbraucht war, beschäftigte mich und manchmal machte es mir auch Sorgen, trieb mich aus dem Bett oder ins Freie, um sicherzugehen, dass nichts vergeudet wurde und niemand das an sich nahm, was anderen zustand. Doch das alles waren kostbare Vorlieben und subtile Freuden.

Viele kamen auch, um sich geheime Briefe vorlesen zu lassen, so wie Tredici seinerzeit, oder um sich im Wirrwarr komplizierter Dokumente zurechtzufinden; um sich alles Mögliche zu leihen, von Medikamenten bis zum Brennmaterial. Abends war die Gesellschaft so zahlreich, dass sie sich gewissermaßen als spontane Folge in Theater und Vorstellung verwandelte. Jeder zeigte sein Talent, sang, trug vor, tanzte oder erzählte. Ich selber wurde von dieser Begeisterung erfasst, griff, angesteckt von dieser Einfachheit, zu einem Buch, das mir während dieses Tages Gesellschaft geleistet hatte, und zwang dieser Gesellschaft unerhörte Leseproben auf. Das ging so weit, dass ich ihr eines Abends Teile aus Shakespeares »König Johann« vorlas. Doch im dritten Akt, wenn Königin Constanze sich zu Boden wirft und ruft: »Denn so gewaltig ist mein Schmerz, dass niemand sonst ihn halten kann als diese feste Erde. Hier werf ich mich mit meinen Leiden nieder. Hier ist mein Thron!«, nahm ich in dem Schweigen um mich herum nicht mehr nur Wohlwollen und Geduld wahr, sondern Gefühl und Anteilnahme. Wie die Fischer vom Strand der Maronti, die meinem *Antiken Drama* zuhörten, waren sie erregt und berührt. Und ich dachte, es wäre mir durch die größere Spannung der Fantasie und des guten Willens gelungen, den Kreis zu schließen und, wie schon der hohe Dichter vor seinen Zuhörern aus Kalfaterern und Seeräubern, im Einfältigen das Sublime hervorzubringen.

Als dann mit der Ankunft des Herbstes der Südwestwind das Meer wieder anschwellen ließ und die aufziehenden Gewitter die Echos von den Bergen herunterschüttelten und das Feuer im Kamin mit den behauenen Steinen prasselte, konnte ich mich endlich, nachdem ich das ganze Haus versammelt hatte, alle Tiere, alle Kinder, und mich ebenso geliebt wie unverzichtbar für sie fühlte, so wie ich sie liebte und für unverzichtbar hielt, zum ersten Mal in der Gemeinschaft mit Menschen entspannen. Dies war mir vorher unmöglich gewesen, selbst während einer so langen und an viele Orte getragenen Suche: Mühe und Enttäuschung hatten am Ende dazu geführt, dass ich mit ihr nichts anfangen konnte, ja sie sogar hasste. Jetzt dagegen führte sie mich wieder in ihr Innerstes zurück und erfüllte mein Gemüt mit sanften, festen Stimmen, sie machte mich meinen Artgenossen wieder ähnlich, ich fühlte mich ihnen gegenüber aufgeschlossen und wurde von ihnen verstanden, ich fühlte mich geehrt und als Teil von ihnen. Und Incoronatas verborgene Augen, die Augen von Soccorsa, die ich nicht ansah, das Schnurren der Katzen, das Zischen der Holzscheite, das Heulen des Winds, der Schlaf des Kindes ließen eine Harmonie in mir aufkommen, bei der alle Elemente den gleichen Wert besaßen und in einem einzigen Gesang zusammenfanden. Das also war das große Gut, dies das mögliche Glück. Und auch die Kunst wirkte wie eine flüchtige Erscheinung angesichts der menschlichen Fülle, in die ich aufgenommen war und von der ich glaubte, dass sie mir genügen würde.

Der kurze, aber ausdauernde Schritt des sardischen

Pferdchens begleitete diese Gedanken. An diesem Morgen hatte sich Corazzone, der von einem Streifzug jenseits des Calitri zurückgekommen war, wo er Jagd auf Frösche gemacht hatte, an der Türe gezeigt, einerseits fürsorglich, andererseits aber unverschämt. Er hielt mir einen kleinen Stoffbeutel hin, in dem ich etwas Zusammengerolltes und Schweres fühlte.

»Ist ein Igel!«, sagte er. »Was ganz Feines.«

Als er auf dem Boden lag, blieb der Igel zusammengerollt, richtete die Stacheln auf und stellte sich tot.

»Ihr werft ihn in kochendes Wasser«, erklärte Corazzone mit der Grausamkeit eines Cafro, »die Haut löst sich dann ab, und Ihr esst etwas, das besser ist als ein Spanferkelchen!«

Für ein paar Stunden hatte der Igel in der Kühle gehangen und ständig an der Innenseite seines Beutels gekratzt, und jetzt lag er in meinem Quersack, nicht ahnend, dass ich ihn wieder seinen Laren übergeben wollte.

Sicher, jede meiner neuen Zuneigungen hatte ich mit einer anderen bezahlt. Gegenüber Incoronata das stille Warten von Onkel Gedeone; gegenüber der Familie in Licudi Checchina, meine Mutter, mein Bruder und seine nahezu vergessenen Verwandten; gegenüber Vincenzina und Amalia der schmerzende Schatten Cristinas da drüben. Meine Zeit, die hier herrlich und ausgefüllt war, war anderswo vergeudet. Und das Herz zweifelte wohl und wandte sich einer unmöglichen Duplizität zu, im Größten wie im Kleinsten. Corazzone hatte sich abgemüht, mir den Igel zu beschaffen. Ich hatte ihn genauestens befragt, wo er ihn gefangen habe – um noch mehr zu fangen, so erklärte ich ihm! Und das Schicksal des kleinen Tiers, wie ganz sicher auch unser eigenes, war der Unterschiedlichkeit der Denkweisen anvertraut, die im Grunde nur unberührbare Schatten waren.

Die Sonne stand schon tief, als ich den Igel an der angegebenen Stelle wieder aussetzte, mich dann versteckte und ihn im Schilf belauerte. Lange Zeit bewegte er sich nicht. Doch sobald er sich lockerte, schienen seine Stacheln zu beben, er erkannte seine ursprüngliche Umgebung wieder und gleich darauf entkrampfte er sich. Ich sah sein freundliches Gesichtchen und seine glänzenden Augen, während er sich schnell im Dickicht davonmachte.

In den langen Schatten und dem tiefroten Schein des Sonnenuntergangs hörte man jetzt die Glocken der Herden. In dem zerstörten Bachbett des Calitri standen drei Rinder unbeweglich da, die aus den Lachen tranken. Da sah ich zum ersten Mal Arrichetta.

Vom Rand aus behielt sie alles im Auge, in ihrer Hand hatte sie den langen Stab, mit dem sie das Vieh lenkte. Und sie war so luftig und leicht, dass es aussah, als würde sie nur eben auf dem Licht ruhend sitzen, wenn auch nur in meiner Fantasie. Und in meiner Vorstellung erschien mir ihre Schönheit, die in einem barfüßigen kleinen Mädchen hervortrat, das sich allein in dieser geschichtenumwobenen Wüste befand, wie etwas Unfassbares.

Auf dem Weg nach Hause schwelgte ich in Fantasievorstellungen: Wenn der menschliche Verstand das Bewusstsein der Natur ist, dann hörte ich an jener Stelle das ganze verborgene Paradies rufen und singen. Und sein innerstes Wesen war diese kindhafte Form: der Gleichklang seiner Stimmen, sein Lieblingsgeschöpf.

»Arrichetta?«, fragte Incoronata dagegen ohne sonderliche Begeisterung. »Sie ist eine Tochter des Ziegenhüters. Tommaso der Ziegenhüter, wisst Ihr? Das ist der, der uns die Lämmer zu Ostern gibt und die Zicklein zu Weihnachten. Er hat neun Kinder, und Arrichetta muss das sechste sein. Sie haben keinen Bissen Brot, um ihren Hunger zu stillen, und vergangenen Monat hat Pasqualina, seine Frau, das neunte Kind bekommen, mitten im Raum, in dem die ganze Familie lebt.«

Ich versuchte, in meinem Kopf diese rauen Bilder mit der höchsten Anmut, die mir erschienen war, zusammenzufügen, ähnlich wie die Natur eine Orchidee von unglaublicher Schönheit aus dem verrotteten Boden des Tropenwalds hervortreibt.

»Wenn Ihr dem Mädchen helft, ist das ein Glück für sie alle. Der älteste Bruder befindet sich seit einem Jahr im Sanatorium von Reggio. Doch eigentlich müssten noch mindestens zwei weitere aus diesem Haus dahin.«

Die Tuberkulose raffte gelegentlich ein Menschenleben in Licudi hin. Das war in diesem Klima schwer zu verstehen. Und doch hieß es, dass die Kinder, die fast ausschließlich von Gemüse und Obst ernährt wurden und gewöhnlich keine Kopfbedeckung trugen, im Nacken von der Sonne zernagt wurden. Dieses Gestirn brachte die Kinder mit ihrem Gluthauch um, ohne dass sie es merkten.

»Um Himmels willen, Incoronata, was können wir nur tun?«

In dieser Nacht konnte ich nur schwer Schlaf finden. Wieder sah ich diese wunderschönen Augen, diese ganze Armut. Und doch fühlte ich mich unwohl, ja, verspürte beinahe Wut, als ich mir vornahm, auf irgendeine Weise Schutz zu geben und zu helfen. Ich war einer Göttin begegnet und hätte sie anbeten sollen, wohingegen sie mich mit ihrem menschlichen Antlitz furchtvoll anschaute und mich um Brot bat.

So wurde auch Arrichetta in unser Haus gerufen. Aber ich wollte mich fürs Erste meinen eigenen unerklärlichen Antrieben nicht stellen, obwohl ich in meinem Innersten wusste, dass dieser Umstand schwer wog und ich durch diese, von anderen Malen her bekannte feinste Regung gewarnt war, dass das Rad der Dinge sich in Bewegung gesetzt hatte. Ich verwandte mich jedenfalls dafür, dass sie nicht dirckt ins Haus kam. Sie kam zu Corazzone und seiner Familie, und ich kümmerte mich um ein paar Erleichterungen für den Ziegenhüter. Er aber, der es auf diese Weise erreicht hatte, dass ein weiteres seiner Kinder ins Sanatorium von Reggio gehen konnte, erschien selbst.

Tommaso, der am Aspromonte geboren worden war, war einer der seltenen Zuwanderer in Licudi und hatte das verschlossene und verhärmte Aussehen der Bergbevölkerung des hintersten Kalabrien. Er war zwar gekommen, um sich zu bedanken, doch ich beobachtete an ihm, dass ihn noch andere Gedanken bewegten, die möglicherweise sehr weit von meinen entfernt waren und allesamt möglicherweise viel wahrer. In seinem undurchschaubaren, groben Gesicht, das dem von Menschen ähnelte, die der mühevollen Arbeit einer ungebändigten Natur ausgesetzt waren, lag jedoch eine mir unbekannte einzigartige Macht, Anschauungen, wenn nicht gar Götzenanbetung, die nicht überwunden werden konnten. Kraftvoll und düster, die glänzende Axt über der Schulter, mit dunklen, festen Augen sprach er mir seine Erbötigkeit aus, weil ich an seine Kinder gedacht hätte. Ich verabschiedete mich von ihm und konnte eine gewisse Verlegenheit kaum verbergen. Mit diesen Gedanken, so schien mir, stellte ich auch die anderen zurück. Und genau in diesem Augenblick war es, dass Don Michele Persico starb.

Seit einiger Zeit hatte sich Geniacolo, der sich wegen der an sich schon schwierigen Lage seiner Familie nicht wiederverheiraten konnte, mit der Witwe zusammengetan, die ihren Mann zur Zeit des Schwertfischfangs auf dem Meer verloren hatte. Bei ihr, die ein kleines abgelegenes Häuschen hoch über dem Hafen bewohnte, verbrachte er seine Abende und lud mich gelegentlich ein. Er brachte seine Harmonika mit, ich einen großen Tonkrug Muskateller, der auf Schiffen direkt aus Pantelleria in Licudi eintraf und den man im Tausch gegen zwei Hühner oder ein Körbchen Eier bekam. Und während wir miteinander sprachen und Musik machten, sahen wir, wie die Sonne ins Meer sank.

Bewegend war gleich schon beim ersten Mal die Art, wie die Frau mich vor ihrem doch sehr ärmlichen

Haus empfing: Sie faltete die Hände ungefähr in Höhe ihres Gesichts und verneigte sich voller Anmut wie eine Nonne. Sie hatte das Feuer entzündet, Kaffee gekocht, ein kleines Tablett mit zwei neuen Tassen und einer frisch gewaschenen Serviette bereitgestellt, alles immer freundlich und würdevoll, und sie brachte jedes einzelne Ding letzten Endes mit der ausgesuchten Liebenswürdigkeit einer edlen Dame herbei. Ich dachte an Griechenland, an Arrichetta, an Aspasia. Und während die Küste sich hinter den Schleiern des Abends entfernte, war der Mond am stillen Himmel aufgegangen, und es war, als würde das weiße Licht in großer Fülle an seiner Seite wandern und sich über die in dunklem Dunst liegenden Bergrücken und über die aneinandergrenzenden Wasserflächen ergießen, die auf einen nicht genauer bestimmbaren und doch festgelegten Punkt mitten auf dem Meer zuströmten, wo das Gestirn sein ekstatisches Antlitz spiegelte.

Und Geniacolos kleine Harmonika ahmte in diesem Mondschein eindringlich das feine Zirpen der Grillen nach. Rauf und runter auf seiner kleinen Tonleiter, die so vielseitig, so ausdrucksstark, so sicher und vollendet in der schlichten Beharrlichkeit der Gefühle und Gedanken war, und diese sprachen sich in den einfachen Themen aus, waren in ihnen aufgehoben, so dass es auch mir vorkam, als könnte ich mich sicher fühlen, als müsste ich nicht mehr suchen, als wäre ich angekommen.

Und später war es an einem dieser Abende, nachdem ich die Dämmerung fast im Dunkeln zugebracht hatte, neben dem kleinen Kaminfeuer der Witwe, und von ihrem Fensterchen aus das schlafende Licudi gesehen hatte, mit dem hellen Gesicht seiner Häuser wie geschlossenen Augen, dass ich in einem dunklen Winkel des Berges, oben, einen einzigen rötlichen Schein in einem verschwommenen Umriss gesehen habe: die Cerza. Ich hatte Amalia nicht wiedergesehen, ich war nicht mehr hinaufgegangen, um sie zu besuchen, noch hatte sie mir zu verstehen gegeben, mich sehen zu wollen. Doch damals, in jenem Augenblick konzentrierten sich meine Gedanken wieder auf sie. Und in genau jener Nacht war es, dass Don Michele Persico gestorben war.

Am Tag darauf war Licudi voller Geflüster: Und nach und nach wurde hinter der Zurückhaltung, den unterschwelligen Bemerkungen, den Blicken, einem bezeichnenden Wort, einer enthüllenden Einzelheit die Geschichte dieser Nacht deutlich: die Geschichten der Seelen, die in dem rötlichen Schein jener Lampe gezittert hatten. Als es mit Don Michele zu Ende ging, waren Dottor Carruozzo, Amalia, der Podestà von San Giovanni und die beiden alten Bedienerinnen zugegen. Doch das Testament war bereits vom Notar zwei Tage zuvor in der Küche geschrieben worden: die Klauseln, die zwischen Carruozzo und dem Podestà besprochenen Vereinbarungen, welcher für sich den Erlass bestimmter alter Erbrechte gegenüber den Cousins Calì erreicht hatte. Amalia war zur Universalerbin eingesetzt worden, ohne dass Don Michele sie allerdings, was alle erwartet hatten, anerkannt hätte. Für den Augenblick hatte Don Calì jedenfalls seine Partie verloren, wohingegen der Arzt den ersten Punkt für sich verbuchen konnte. Er ließ sich eine Zeit lang nicht in Licudi blicken, doch man hörte, er würde in diesem Eulennest von San Giovanni hocken, würde nachdenken und Pläne schmieden, wie eine Spinne am Rand ihres Netzes, die nur auf die kleinste Bewegung wartet, die ihr sagt, dass die Beute ihr gehöre.

»Amalia«, berichtete mir Incoronata, die durch ihre Tante, die alte Bedienerin, ja immer noch den direkten Draht zur Cerza hatte, »ist fürs Erste nach Lecce gefahren, weil sie sich, wie sie sagte, von den Nonnen trennen wolle. Das aber, weil Don Calì einerseits alle Augenblicke Tantillo auf Besuch hinschickte, andererseits aber überall herumerzählte, dass er das Testament anfechten würde. Dafür hat er sogar versucht, meine Tante einzuschüchtern, damit sie schwören sollte, dass Don Michele an dem Tag, an dem das Testament geschrieben wurde, bereits bewusstlos gewesen wäre und es unterschrieben hätte, weil man ihm die Hand über das Papier führte. Aber meine Tante hat in ihrem ganzen Leben noch nicht geschworen und will von Schwüren und von Richtern nichts wissen. Und mit der anderen Alten, die halb erblindet und stocktaub ist, können sie nichts anfangen!«

Dass Zeugenaussagen etwas Ungehöriges seien, ist auch eine in der einfachen Bevölkerung von Neapel verbreitete alte Überzeugung. Sie war seit Jahrhunderten daran gewöhnt, Rechtsinstanzen und den Missbrauch der Mächtigen für dasselbe zu halten und die Steuerlast als eine verschleierte Erpressung zu begreifen. Das Volk traut den Gedankengängen der Geistlichkeit und der Richterschaft nicht, die seiner

Meinung nach schuldig waren, es in seiner ständigen Armut zu halten. Der Zeuge kann sich in der Unterschicht durch eine offene Aussage nur Feinde machen. Und wenn er ein Viehhirte ist oder ein Steinhauer, ist die Berufung auf seinen Bürgersinn bei uns zumindest ein Witz.

Ich dachte daran, Amalia ein paar Zeilen zukommen zu lassen, um sie meiner Bereitschaft zu versichern, doch eine gewisse Zurückhaltung gegenüber Incoronata ließ mich davon Abstand nehmen, mich ihrer zu bedienen, und was die Post angeht, hatten mir die Weisen vom kleinen Bimsstrand zu verstehen gegeben, dass man ihr nicht trauen konnte. Die Leute von Licudi nahmen die Umständlichkeit auf sich, sich der Postämter in Maratea oder in Sapri statt der Poststelle im Ort zu bedienen, wenn es um schwierige, wichtige Angelegenheiten ging. Eine der politischen Regeln von San Giovanni lautete, so scheint es, als einen der allerersten Schlüsselbereiche die Posthalterstelle zu erobern. Der Betreiber (noch so einer aus dem Stamm der Calìs) kontrollierte die Briefe, die Telegramme, die Telefonate, die Geldanweisungen, die gesamten Geldbewegungen auf den Sparbüchern und berichtete darüber in allen Einzelheiten dem Podestà, der daraufhin die notwendigen Schlüsse ziehen konnte. Mein Brief wäre also untersucht worden.

Amalia kehrte zum Weihnachtsfest nach San Giovanni zurück, für mich das dritte in Licudi, und es war in unserer mittlerweile großen Familie voller Leben und sehr festlich, während sie, wie ich wusste, allein in der Düsternis der Cerza lebte. Zudem sah ich auch

Vincenzina, deren Schüchternheit ich ja kannte, unter unseren Besuchern, und ich hatte überrascht beobachtet, wie sich ihr Blick zwei- oder dreimal auf mich legte, dann aber gleich wieder floh. Die berechnende Fürsorglichkeit Tantillos gegenüber Amalia musste sie zerreißen. Dennoch fiel es mir nicht leicht, eine Entscheidung zu treffen. Eigentlich kannte ich Amalias Gefühle und Gedanken ja kaum und hätte es vorgezogen, um Hilfe gebeten zu werden, statt selber meine Hilfe anzubieten, zumal ich auch nicht absehen konnte, auf welchem Weg. Doch kurz vor dem Dreikönigsfest, während wir mit dem Abbau der Krippe beschäftigt waren, die in jenem Jahr wirklich schon monumentale Ausmaße angenommen hatte, sagte Incoronata in einem Augenblick, in dem wir allein waren, plötzlich zu mir:

»Warum heiratet Ihr Donna Amalia eigentlich nicht?«

Ich blickte sie überrascht an. Vielleicht jagten ja verworrene Empfindungen durch ihr Gemüt. In all ihrer Bescheidenheit hielt sie es für unvorstellbar, dass ich sie heiraten könnte. Und als sie das erste Mal, nach dem Geschenk des Wrackbarsches, über mich und Amalia gesprochen hatte, war ihr das ganz natürlich vorgekommen, auch wenn sie irgendwelche Empfindungen vor sich selbst verleugnen musste. Oder vielleicht zog sie es vor, dass, wenn ich mir denn eine andere Frau auswählen sollte, diese ihr bekannt und vertraut wäre, nämlich Amalia, die aufgrund vieler verborgener Lebensumstände ihr nicht unähnlich war, die an ihrer alten Tante hing und jetzt Herrin über

Besitztümer war, von denen die Tante gewissermaßen einen Teil darstellte. Und immerhin war Amalia, zur Beschämung der Calìs, auch wieder die Rolle zugefallen, deren sie sie beraubt hatten, und damit für alle Frauen von Licudi geradezu das Recht der Ausgenutzten und Verlassenen bekräftigte.

Ich streichelte ihr über ihr freundliches glattes Kinn, und sie schlug die Augen nieder, während ihr das Blut in die Wangen schoss. Incoronata konnte sich nicht verstellen. Auf diese Art durfte man sie nicht berühren.

»Glaubst du denn nicht, dass sie am Ende Tantillo heiraten wird?«

Incoronata schüttelte den Kopf.

»Amalia und Tantillo können einander nicht heiraten«, antwortete sie mir vorsichtig, doch mit der für sie bezeichnenden Intensität. »Sie sind Bruder und Schwester.«

»Was sagst du denn da!«, rief ich und schaute sie erschrocken an. Incoronata zog mich ein bisschen beiseite und erzählte mir leise, dass Carruozzo eine seiner geheimen Karten ausgespielt habe. In jenen fernen Tagen hatten Don Michele Persico, Gott sei ihm gnädig, und dieser Gauner von Don Calì sich fröhlich die arme Geraldina geteilt. Don Michele hatte Amalia als Tochter niemals anerkennen wollen, weil er genau wusste, dass sie Don Calìs Tochter war, doch das hatten sie wegen der Frauen und der Kinder verborgen gehalten, die der andere damals schon hatte, oder wer weiß warum sonst.

»Und wie hat man diese Geschichte erfahren?«

»Niemand kennt sie, abgesehen von ihnen selbst, meiner Tante und Euch jetzt. Don Michele Persico hatte ein geheimes Dokument geschrieben und es dem Notar übergeben, der es nun Carruozzo ausgehändigt hat.«

»Wusste denn aber Don Calì, dass Tantillo und Amalia beide seine Kinder waren?«

»Das wusste er sehr genau, aber er wusste nicht, dass Don Michele das geheime Dokument verfasst hatte. Daher bleibt Amalia nur, entweder nach Lecce zu gehen und alles in den Händen der anderen zurückzulassen, oder sie kann es da oben nicht aushalten, eingekeilt zwischen dem Podestà und Carruozzo, und wird so leiden wie ihre Mutter.«

Ich versank in ein Meer von Überlegungen. Carruozzo war ein Dämon, und er bewegte sich in diesem gefährlichen Durcheinander immer mit der erschreckenden Geduld einer Spinne. Er war durchaus imstande, in Absprache mit dem Notar ein gefälschtes Dokument verfasst zu haben. Oder aber das Dokument war authentisch, er hatte es schon seit langem gekannt und jetzt gehandelt, damit Amalia zwar erbte, jedoch erst, wenn er sich seiner Sache sicher sein konnte. Was Don Calì anging, so hatte er sich selbst in Carruozzos Fangeisen begeben, indem er Tantillo offen und unverblümt vorschob, und jetzt konnte ihn der Arzt in der gesamten Provinz mit Schmach bedecken, indem er herumerzählte, dass Don Calì, nur um das Erbe an sich zu reißen und keine Rechenschaft ablegen zu müssen, versucht hatte, zwei Menschen miteinander zu verheiraten, von denen er genau wusste, dass sie seine Kinder waren. Das war ein Sumpf, aus dem er sich jetzt unmöglich mehr herausziehen konnte, und das deshalb, weil mit einer Beschuldigung dieser Art sein Kampf um die Anfechtung des Testaments von vornherein entkräftet und verloren war. Und in der Tat hieß es wenige Tage später im Dorf nur, ohne dass irgendetwas Weiteres durchgesickert wäre, dass eine Hochzeit zwischen Tantillo und Amalia nicht mehr stattfinden würde, weil sie eine solche Möglichkeit abgelehnt habe, was nach allem völlig logisch und ehrlich war und zur Zufriedenheit aller auf Don Calìs Passiva verbucht wurde, der nicht in der Lage war, sein Geschäft zum Abschluss zu bringen. Ich schloss für mich daraus, dass »das geheime Dokument« echt war, dass es den Knebel in Don Calìs Mund gestopft hatte und dass wir im letzten Akt angelangt waren. Ganz sicher befand Amalia sich in Gefahr, und der Arzt würde nicht auf sich warten lassen.

Obwohl es im Januar 1937 sehr kalt war, gab es in Licudi klare Sonnentage. Nachmittags ging ich hinunter, um gemeinsam mit den Fischern die Sciabica, das Schleppnetz, an die Stellen zu ziehen, wo das gleichmäßige, sanft abfallende Ufergelände es erlaubte. Das war eine lange, methodische Arbeit, die einem genauen Takt folgte. Das Netz der Sciabica, das ausgebreitet wurde, um einen großen Abschnitt des Wassers einzuschließen, wird auf beiden Seiten vom Land ins Meer gezogen, bis es sich zu einem einzigen Sack zusammenzieht, der die Beute am Uferrand fängt. Es wird vor Sonnenuntergang hergerichtet und kommt bei Nacht an. Dann zeigt es seinen funkelnden

Schatz, die Gesellschaft der mitunter einige Dutzend zählenden Seeigel, noch bevor er vor den rauchgeschwärzten Lampen sichtbar wird, durch das wogende, lärmende Schlagen seiner eingeschlossenen Masse. Gelegentlich ist die Sciabica auch leer, nur von Schlamm durchtränkt. Und die Männer finden sich da und dort in Gruppen zusammen und richten es wortlos wieder her, oder sie sitzen im Dunkeln auf dem nassen Sand und ruhen sich aus.

»Ingegno! Hast *du* Don Michele Persico gekannt?«

»Wie denn nicht, wie denn nicht! Ein großartiger, tüchtiger Mann! Ein in jeder Hinsicht würdevoller Mensch, was nicht heißt, dass Ihr weniger wärt. Einer der dem Armen immer etwas Gutes erwiesen hat. Von ihm träumen sie noch immer.«

»Wer träumt von ihm?«

»Die, denen er geholfen hat. Mir hat das La Ronca erzählt, die alte Hebamme von San Giovanni. Sie sagt, Don Michele wäre ihr ganz von einem Feuermantel umhüllt erschienen und hätte zu ihr gesagt: ›Ronca, du siehst, dass ich in den Flammen des Fegefeuers bin, weil ich natürlich gestohlen habe. Doch weil ich den Armen Gutes erwiesen habe, bin ich der Hölle entronnen. Betet für mich!‹.«

Die Nacht, welche die Gesichter verhüllt, enthüllt dagegen die verborgenen Absichten in der Stimme. Doch Ingegnos Stimme war fest, leicht und natürlich geblieben. Nie hatte es den Anschein, als würde durch diese Geschichte der Schatten von Michele Persico mit dem Siegel eines Diebes versehen werden.

Durch Incoronatas Vermittlung ließ ich Amalia wissen, dass ich sie heimlich zu sehen wünschte, sofern dies auch ihr Wunsch sei. Sie hatte mir ja seinerzeit auf dem Zug anvertraut, dass sie eine Beziehung oder eine Verbindung zu einem jungen Mann in Lecce habe. Daher konnte meine Bitte für sie keine andere Bedeutung haben als die, ihr helfen zu wollen. Andererseits war es auch nicht angebracht, Incoronata allzu viel zu erklären, und so nahm sie meine Botschaft mit einem »Ihr wollt sie sehen?« auf, und in ihrer Stimme konnte ich nur einen spontanen, völlig natürlichen Ton feststellen. In Licudi war es ganz allgemein sinnlos, sich der Täuschung hinzugeben, dass man auch in einer noch so einsamen Gegend unbeobachtet wäre. Immer gab es irgendwen auf einer Erhebung, in einem Tal oder inmitten der Macchia, der auch noch die kleinste Bewegung irgendeines Lebewesens verfolgte. Doch damals war es uns gelungen. Incoronata brauchte drei Tage, um die Orte und die Zeit zu bestimmen, und führte mich dann mit größter Umsicht und der Schlauheit einer Wilden über Pfade zur Cerza hinauf. Ihre alte Tante begleitete mich durch eine kaum benutzte kleine Türe in einen verlassenen Raum, wo Amalia schon auf mich wartete. Dort blieben wir allein.

Wir sprachen wenige und entscheidende Worte. Ich hatte Recht damit, dass der Arzt sich am Ende zu erkennen geben würde. Er hatte zwar doppeldeutig geredet, aber zugleich auch klar. Für ihn war Don Michele an der Wirkung einer Überdosis Kampfer und Opium gestorben, genau zwei Tage, nachdem er das Testament abgefasst hatte. Und als er an jenem Abend herbeigeeilt war, hatte er mit undeutlichen Gesten und Worten das Feld für Vermutungen bereitet, die sich in Ermittlungen verwandeln konnten. Amalia sprach mit ihrer wohlklingenden Stimme so, als wäre sie erneut einem schrecklichen Schicksal ausgeliefert, das dem ihrer Mutter Geraldina in diesen verlassenen Mauern glich. Ich blickte in den Abgrund der absurden, zugleich aber auch drohenden Niederträchtigkeit des Arztes. Amalia war die in Frage kommende Erbin. Eine Ermittlung würde sie zum Spielball der Rechtsprechung machen, durch eine Verurteilung würde Don Micheles Testament gegenstandslos. Dass Carruozzo selbst es war, der diese Beruhigungsmittel verordnet hatte, war eindeutig, doch wie sie verabreicht wurden und wieso, das konnte nur ein Prozess herausfinden, der zwar töricht, aber durchaus möglich war. Und in diesem Prozess hätte der Arzt, der ihn in Gang gebracht hätte, ohne in Erscheinung zu treten, jedenfalls nichts zu verlieren.

Sie stand still vor mir und sah mich mit ihren leiderfüllten, sanften Augen an. Von ihrer gefassten, sinnlichen Gestalt und ihrer schicksalsergebenen Passivität erreichten mich unterschiedlichste Gefühle, denn ich spürte, dass sie an dieser Stelle alles hinnehmen oder ertragen würde, von anderen ebenso wie von mir. Und doch erinnerten mich ein paar nicht einmal genau zu bestimmende Einzelheiten ihrer Kleidung, die so unmodisch, aber auch so rein war, an Cristinas Freundinnen von vor vielen Jahren oder auch an sie selbst. Ich kannte Amalia eigentlich gar nicht, weder was ihre Beziehungen zu dem jungen Mann in Lecce waren, noch wie ihr früheres Leben von Jugend an ausgesehen hatte. Mavì und Caterina Pratt schwirrten mir mit ihrer doppeldeutigen Zärtlichkeit durch den Kopf. Ich habe sie freilich nicht gekannt, und ich kannte auch diese hier nicht, die mich möglicherweise ansah und dabei an so ganz andere Dinge dachte als ich. Doch dieses Knäuel verworrener Gedanken löste sich ebenso schnell wieder auf, wie es sich gebildet hatte. Von diesem fensterlosen Raum aus sah ich den Hafen, der wie unzählige zerbrochene Kristalle in einem Widerschein blendend glitzerte. Die Berge von Kalabrien schwammen auf dem Licht und dehnten sich bis zu den rötlichen Räumen, die sich um die Äolischen Inseln legten. Die Stille war vollkommen.

Ich schloss die Augen und mir war, als läge die gesamte Kraft und Schönheit des Landes verschlossen und lebendig hinter meinen Augen.

»Denkt Ihr immer noch an den jungen Mann?«, fragte ich. Amalia nickte mit dem Kopf.

»Dann fürchtet auch nichts.« Doch als ich ihr meine Hand auf die Schulter legte, spürte ich, dass sie ganz leicht zusammenzuckte. »Du wirst nicht Geraldinas Schicksal erleiden!«

Ohne auch nur ein Wort mit Incoronata zu wechseln, kehrten wir mit der gleichen Umsichtigkeit auf unserem Weg nach Hause zurück. Und tags darauf fuhr ich nach Neapel.

Ich wusste nicht, dass Onkel Gedeone die Altersgrenze erreicht und sich bereits seit einigen Monaten aus seiner Kanzlei in den Ruhestand zurückgezogen hatte. Er blühte richtig auf, als er mich sah, und sagte, dass mir diese ganze Luft am Meer und auf dem Land gutgetan habe, wenigstens dem Äußeren nach zu urteilen. Mehr sagte er nicht, doch verstand ich seine Gedanken: Ich brächte die Blüte meiner Jahre an einem unzugänglichen Ort zu, fernab von der Familie und ohne selbst eine neue zu gründen. Ich habe ihn nicht einmal nach Ferrante oder nach meiner Mutter gefragt, die ebenfalls schon vor langer Zeit das Haus in Neapel aufgegeben hatten, um sich in Rom niederzulassen. Doch nachdem er meinen detaillierten Bericht über Amalias Geschichte angehört hatte, verharrte er lange Zeit still und dachte nach. Wir saßen auf einer dieser unbequemen Bänke der Villa Comunale, genau neben dem Brunnen meiner so weit zurückliegenden Kindheit. Schließlich hob er den versunkenen Blick.

»Das sind Dinge«, sagte er, »an die wir nicht rühren sollten. Genauer gesagt: Du, der du ein Sansevero bist, wärst zu anderen Zeiten berufen gewesen, diese Angelegenheit zu beurteilen. Doch Teil von ihr zu werden, niemals!«

Ich sagte nichts, und der Onkel fuhr fort:

»Du verstehst von selbst, dass das gefährliche Menschen sind. Gegen sie zu kämpfen, bedeutet, sich nicht nur schwierigen, sondern auch widerwärtigen Gegnern zu stellen. Mit deinen Waffen würdest du sie nicht besiegen, und ihre Waffen kannst du nicht anwenden. Du könntest es zwar versuchen, aber durchaus keinen Erfolg haben, und damit würdest du die

Dinge nur verschlimmern. Außerdem kennst du mit aller Wahrscheinlichkeit nicht die ganze Wahrheit. Mein Rat lautet: Halte dich da raus.«

Onkel Gedeone hatte absolut Recht, doch das brachte mir keine Ruhe. Mein Verstand erkundete in einem schnellen Flug die unerhörte Landschaft, in welcher Vincenzina, Arrichetta und Amalia wie kostbare Blumen aufblühten, und der Podestà von San Giovanni, Don Calì, der Notar und Carruozzo sich wie Schlangen bewegten.

»Ich habe Amalia versprochen, sie nicht im Stich zu lassen!«

»Hast du sie dir etwa ausgeguckt?«, fragte der Onkel mit einer gewissen Besorgnis.

»Ganz sicher nicht.«

»Dann«, so setzte er seine Gedanken fort, »wird man auf keinen Fall sagen können, du würdest deine eigenen Interessen verfolgen. Aber dennoch ist es ein Fehler, sich damit zu beschäftigen. Einer von denen«, und diesmal sah er mich an ohne zu lächeln, »die dir unmöglich sind, nicht zu machen. Jedenfalls habe ich dir gesagt, wie ich über die Sache denke. Morgen werde ich dich mit Don Ferdinando Genoino zusammenbringen. Er gehört zu jenen Strafverteidigern des alten Schlags, welche die Dinge verstehen. Er wird dir etwas sagen können.«

In seinem von alten Mauern verdunkelten Arbeitszimmer im Zentrum von Pendino und im qualvollen Durcheinander seiner Papiere hörte Don Ferdinando Genoino mich noch aufmerksamer an als Onkel Gedeone, und der war schon äußerst aufmerksam.

»Euer Carruozzo«, urteilte er am Ende, »ist ein berühmter Schurke, doch in seiner Umgebung gilt er als jemand, der reich ist an Widerstandskraft und an Mitteln. Außerdem hat er es nicht nötig, sich zu erkennen zu geben. Er lässt ein Wort in der Umgebung des den Carabinieri unterstehenden Gebiets fallen, und die müssen ihren Bericht weiterleiten. Hat sich die schwerfällige Maschine der Justiz erst einmal in Bewegung gesetzt, werden ihre Mühlsteine nicht mehr stillstehen, bis Amalia zermalmt ist. Nicht, dass man ihre Sache nicht verteidigen und möglicherweise sogar gewinnen kann, aber es wird immer eine erdrückende Prüfung für eine so junge unerfahrene Frau sein, und Carruozzo weiß, dass Amalia dem nicht gewachsen ist. Ihr versteht, dass er keinerlei Interesse hat, die Frau zu beschuldigen, die er zu ehelichen beabsichtigt, und noch viel weniger, dass sie die Erbschaft verliert, die er ihr doch zukommen lassen will. Doch wenn man ihm Amalia entrisse, könnte er aus Rachsucht handeln. Darin liegt im Wesentlichen seine Bedrohung. Und hier liegt das Risiko.«

Don Ferdinando wurde durch das Geschrei der Kinder unterbrochen, die im Nebenzimmer herumzankten. Wie Gian Battista Vico lebte und arbeitete er eng in einer zahlenmäßig großen Familie. Ich hörte, wie er den kleinen Tumult zur Ruhe brachte, danach kam er wieder herein, und nachdem er mich einige Augenblicke lang gemustert hatte, fuhr er fort:

»Sicher, Signorina Amalia könnte sich zu den Nonnen in Lecce zurückziehen und weiterhin weder Ja noch Nein sagen. Doch das würde Carruozzo auf lange Sicht wütend machen, der schließlich doch auch wissen muss, dass er einen Rivalen in Apulien hat. Er könnte den Prozess provozieren, um Amalia zu bestrafen, um sie zu zwingen zurückzukehren, um sich zu beweisen, dass er der Hauptzeuge und der Schiedsrichter über ihr Schicksal ist. Er ist ja schon gefährlich. Doch wenn dieses Mädchen auf dieser isolierten Villa sitzenbleibt, ohne den Schutz von irgendjemandem, wird sie auch der Nötigung dieser feinen Herren nicht standhalten können – und das nur im besten aller Fälle.«

Don Ferdinando wollte sich nicht nur nicht auf dieses »ohne den Schutz von irgendjemandem« stützen, sondern war darüber hinweggeglitten. Und ich sah, dass er noch eine Klärung hinzufügen wollte, um zum Abschluss zu kommen.

»Das ist für mich eine abstrakte Immoralität, Don Ferdinando, und ich möchte nicht, dass diese aus einem abstrakten Grund Anwendung findet!«

»Ja«, antwortete der Rechtsanwalt mit einem fast nicht wahrnehmbaren Lächeln, und sein Ohr war schon wieder bei den Stimmen der Kinder, deren Ton stärker wurde. »Ihr Herr Onkel hat mir das erklärt. Also, um dieser drohenden Verbindung zu entgehen, muss Amalia, indem sie das Wirken des Arztes anficht, die Erbschaft insgesamt ablehnen. Carruozzo war es, der dieses Testament manipuliert hat, ohne welches das junge Fräulein nicht geerbt hätte. Sie ist nicht einmal Michele Persicos Tochter. So fordern Logik und Moral, dass sie einen Knoten zerreißt, der zu schwer zu lösen ist. Das heißt, sie sollte auf das Erbe verzichten und anderswo hinziehen. Auf diese Weise wird Carruozzo das Geld ganz fraglos verlieren. Will er denn etwa die Frau ohne das Geld? Natürlich nicht! Die Anzeige gegen Amalia, die keine in Betracht kommende Erbin mehr ist, würde neun Zehntel ihres Nachdrucks und ihrer Glaubwürdigkeit verlieren. Auf diese Weise würde ihm nicht einmal mehr die Gewissheit seiner Rache bleiben. In dem allen sehe ich die Zwangsläufigkeit der Dinge.«

»Dieser Plan ist möglich«, antwortete ich, »sofern Carruozzo nicht irgendeine andere Teufelei im Schilde führt. Vor allen Dingen müsste irgendetwas die Waagschale auf unserer Seite sinken lassen.«

»Dieses Irgendetwas«, erwiderte der Rechtsanwalt, »ist die Hand Gottes. In allen menschlichen Dingen gibt es einen Teil, den man der Vorsehung überlassen muss oder dem Zufall, wenn Sie so wollen. Tut man es nicht, mangelt es einem an Demut und vor allem an Glauben. Buona notte, Signor Sansevero!«

Ich erzählte alles Onkel Gedeone, der aufgeheitert wirkte.

»Wenn die ganze Geschichte wirklich die ist, die du kennst«, sagte er, »dann muss es Amalia unbedingt klar sein, dass das Testament, das sie zur Erbin einsetzt, Teil jenes Betrugs ist, der dann auf sie zurückfällt. Genoino hat Recht. Sie kann sich von der ganzen Sache nur freimachen, wenn sie verzichtet und sich von diesen Machenschaften distanziert.«

Nachdem Onkel Gedeone also zu diesem Urteil gekommen war, trat er trotz der späten Stunde in Aktion. Er schaltete eine starke Lampe ein, zog sein

Jackett aus, legte den Kragen ab und stand in seiner Barchentweste da, mit nur zwei kleinen, aber aus feinem Gold geschlagenen Knöpfen an der Hemdpaspel. Er streifte die Gummibänder über den Unterarm, wie die Angestellten eines Kontors bei der Inventur, und steckte eine neue Schreibfeder in Form einer Hand mit ausgestrecktem Zeigefinger in den Federhalter. Dann öffnete er ein paar Folianten und Seiten und beschäftigte sich mit der Aufstellung und Niederschrift der Dokumente, die Amalia benötigte, um die Erbschaft abzulehnen. Sein Gesicht war konzentriert und doch auch tief innerlich glücklich. Vielleicht war es das erste Mal, dass dieser Mann, in dem ich die personifizierte Redlichkeit sah, sein umfangreiches juristisches Wissen in eine Angelegenheit einbrachte, die er zu seiner eigenen machte, weil sie meine war, um Ordnung und Recht wieder dahin zu bringen, wo sie beschädigt und mit Füßen getreten worden waren. In der Stille der Nacht, die wir größtenteils mit dieser Arbeit verbrachten, fühlte ich die Macht des Gewissens, das dafür sorgt und darüber wacht, dass die Welt weitergeht. Zwei Tage später war alles bis ins Kleinste vorbereitet, damit es in die Hände eines Notars in Lecce gelangen konnte, der eine Vertrauensperson von Genoino war. Mir oblag das Übrige. Meine Mentoren hatten mich nach Gebühr unterwiesen.

Als ich im Begriff stand abzureisen, sagte Onkel Gedeone zu mir: »Fahr schon, du Beschützer der Waisen, der Witwen und Unterdrückten! Und wenn es dir möglich ist, dann erinnere dich, dass es auch noch die anderen gibt!«

So wie ich ihn nicht nach meiner Mutter gefragt hatte, erwähnte ich aus völlig anderen Gründen ihm gegenüber nicht Cristina. Doch der Schmerz um sie trat in diesem letzten Augenblick zwischen uns, und ich antwortete ihm mit meiner Stille. Er schüttelte auch dieses Mal leicht den Kopf, ohne mir zuzulächeln, und wir nahmen Abschied.

Mit den ersten Einladungen des Frühlings auf ein perlmuttglänzendes dalbuonianisches Meer belebte der Fischer Geniacolo wieder einen alten Groll zwischen ihm und Ingegno über den ersten »Einzug« der Meerbarben. Denn Ingegno, der sich für diese Art des Fischfangs besonders einsetzte, war der Meinung, dass jedes mit einem Bärtchen versehene Fischlein, das seine Rivalen fingen, ihm sozusagen gestohlen worden wäre.

Hinter der gebogenen Mole des Hafens und dem kleinen Bimsstrand hatte Licudi noch einen weiteren, ganz kleinen, gleich unterhalb des Ortes. Und auch in diesem Fall betrachtete Ingegno ihn als seinen privaten Besitz und betrachtete mit unaussprechlicher Missgunst jeden, der seinen Fuß dort hinsetzte. Im oberen Teil hatte er, der ja nicht umsonst von allen Ingegno, der Erfindungsreiche, getauft worden war, eine kleine Hütte mit so unterschiedlichen und so unerwarteten Materialien gebaut, dass jeder nur mit offenem Mund dastand. Und da oben konnte er sein Boot auch im Winter aufbewahren, indem er es mit unverhältnismäßigen Ketten befestigte, damit die Wellen es nicht wegreißen konnten. Wenn sich dann die Zeit der Meerbarben näherte, blieb Ingegno dort und beobachtete das Meer. Dabei stellte er genaueste und klügste Berechnungen an, um festzulegen, wo er es in der einen oder anderen Nacht »platzieren« würde. Und wenn er dann sah, dass man ihm zuvorgekommen war, dauerte es gute zwei Wochen, bis sein Ärger abgeklungen war.

Damals rief mich Geniacolo um zwei Uhr nachts heraus, und wir ruderten klammheimlich auf einen Punkt draußen zu, der vom Zusammentreffen von Lampen oder von für mich unsichtbaren Formen in der dunklen Masse der Küste bezeichnet worden war. Und nachdem die Netze hinuntergelassen waren, verharrten wir dort und warteten in dem schaukelnden Boot unter dem Sternengewölbe.

Dann kam ein Schatten aus der Dunkelheit des Meeres auf uns zu, und wir hörten Ingegnos verschleimte Stimme, die uns anfauchte:

»Hier hast du sie also runtergelassen?«

Keiner sagte ein Wort.

»Ganz schönen Salat haben wir angerichtet!«, seufzte Ingegno wehmütig, ruderte ohne einen Laut davon und verschwand in der Dunkelheit.

»Warum hast du denn seinen Platz besetzt, Geniacolo?«

»Seinen Platz! Seinen Platz! Das hier ist das Meer. Hier gibt es keinen Platz von irgendwem!«

Als die Sonne aufging, zogen wir das Netz ein, das voll mit herrlich duftenden Meerbarben in ihren lebhaften Farben von Gelb und Korallenrot war, mit ihren feinen weißen Bärtchen und klaren, glänzenden

Augen und dem goldenen Schwanz: Die Meerbarben kamen eine nach der anderen unversehrt hoch.

»Die sind alle von heute Morgen! Sie sind erst seit kurzem da drin! Die hier sind überhaupt nicht angerührt worden!«

Doch im letzten Teil des Netzes waren sie von Krabben und von Seeläusen angegriffen worden: ausgesogen, abgezehrt, blass, angefangen bei den Innereien und den Augen. Allesamt leer!

Und ich dachte ständig an Amalias Geschichte, die damals gerade ihr Ende fand. An Incoronatas aufrichtige Güte, an Vincenzinas unbesiegbare Liebe, an Arrichettas strahlende Schönheit, die mein Herz immer wieder zum Stillstehen brachte und beinahe von Stunde zu Stunde größer wurde, jetzt, wo dieses Mädchen zu essen bekam, umsorgt und geliebt wurde, und der jeder Tag Kraft, Lebendigkeit und Macht hinzufügte, das sich wie eine tropische Blüte von einem kleinen barfüßigen Mädchen, das auf einem steinernen Absturz vor mir aufgetaucht war, zu einer Frau verwandelte. Und was für einer! Und um sie herum befanden sich Carruozzo und die anderen wie Kröten, wie Gewürm, wie Schlangen, doch auch sie in dem feierlichen, vollkommenen Rahmen der Natur. Ähnlich den Tieren, die, auf dem Grund herumschlängelnd, herbeikamen und die anderen gefangenen Kleinode verschlangen, vielleicht gar nicht einmal bösartig, doch in ihrer Blindheit so unausweichlich wie das Fatum und einem unerforschlichen Plan folgend.

»Geniacolo, diese Meerbarben zeigen wir Ingegno aber nicht!«

»Ganz wie Ihr wollt. Ich schicke sie Euch in einem mit Blättern bedeckten Korb nach Hause für das Mädchen. Doch Ingegno ist furchtbar neidisch. Würde es mir etwa leidtun, sie mir anzusehen, wenn er sie gefangen hätte?«

Ich kehrte vom Meer zurück. Incoronata hatte mir eine Schüssel mit warmem Wasser bereitet und kniete sich hin, um mir die Füße zu waschen. Die ersten Male hatte ich mich geweigert, doch sie hatte es immer wieder gemacht, und dieses sanfte Vergnügen hatte mich schließlich besiegt. Sie übte diesen Dienst mit einer mütterlichen Zartheit aus, und ich dachte, dass sie ihrerseits darin ein heimliches Glück finden müsse, obwohl sie keine Miene verzog und nicht aufschaute. Doch einige Zeit früher, als sie genau so gebeugt vor mir kniete, hatte sie mir gesagt:

»Donna Amalia hat den Brief bekommen, den Ihr ihr geschickt habt. Sie hat ihn gelesen und dann sofort verbrannt. Niemand weiß etwas darüber.«

Vier Tage später war Amalia verschwunden. Unter Don Calì und den anderen herrschte große Aufregung. Carruozzo ließ sich wie eine dunkle Waldeule auf der Cerza nieder, er brüllte und drohte den beiden alten Frauen, die ihm genaue Rechenschaft ablegen sollten. Doch die waren wie versteinert. Bei ihnen war nichts zu machen.

Fast unmittelbar darauf trafen über den Notar in Lecce die Dokumente ein, mit denen Amalia auf die Erbschaft verzichtete. Sie wurden ohne die geringste Geheimhaltung durch den Gemeindediener von San Giovanni verbreitet. Zwei Wochen lang sprach man über nichts anderes. Einige sagten, Don Calì habe sie dazu gezwungen; andere vermuteten, dass sie sich mit ihrem Geliebten aus Lecce auf und davon gemacht habe; wieder andere gaben Carruozzo die Schuld an allem. Doch nicht einmal Incoronata wusste, dass Amalia im Haus von Onkel Gian Michele in Paola versteckt und der Obhut meines alten Pächters für den Anbau von Zedren, den Zitronatzitronen, anvertraut war, und dieser hielt sie wie in einem Serail, so dass niemand auch nur die geringste Ahnung von ihrer Anwesenheit dort hatte.

Ich aber sagte mir, dass, wenn Carruozzo auch keinen Gewinn daraus zöge, Don Calì das Vermögen zu vergällen, indem er ihn diffamierte, er doch immerhin in der Gemeinde und in der Pfarrei Amalias Aufgebot mit dem jungen Mann aus Lecce lesen würde, ganz zu schweigen von den Dokumenten, die sie gemeinsam für die Auswanderung nach Amerika beantragen würden. Der Hass dieses Mannes, der vier Jahre lang seine Intrigen geknüpft hatte und in dem Augenblick seine Niederlage eingestehen musste, in welchem er sich schon als Sieger sah, musste so giftig sein, dass er ihn zum Äußersten trieb.

»Du«, hatte Onkel Gedeone gesagt, »bist ein Sansevero. Zu anderen Zeiten wärst du berufen gewesen, diese Angelegenheit zu beurteilen. Doch Teil von ihr zu werden, niemals!«

Ich sagte mir allerdings, dass mein Onkel sich auf eine verhältnismäßig kurz zurückliegende und durchaus nicht feudale Epoche beziehen musste, eine Zeit, in welcher an die Stelle der Schwerter die Roben getreten waren. Doch als ein Sansevero, wenn ich denn noch einer war, fühlte ich mich wesentlich älter.

Ich ließ Arrichettas Vater zu mir rufen, Tommaso den Ziegenhüter.

Er hörte mit der Haltung des unterwürfigsten Gehorsams zu. Es kam mir nicht ungewöhnlich vor – und doch hätte ich es wissen müssen –, dass er alles, was ich ihm sagte, als etwas Klares, Normales und ganz mit seinen Vorstellungen Übereinstimmendes hinnahm. Sicher, Carruozzo, der die Leute auf den hintersten Landstücken ohne jede medizinische Versorgung ließ, wenn sie seinen Kumpanen bei Wahlen nicht den Vorrang gaben, genoss diesseits des Calitri kein hohes Ansehen, und Tommaso musste darin einige Erfahrung haben, wenn man an einige seiner Kinder dachte, die von der Tuberkulose aufgezehrt wurden. Aber ihn mit einem tüchtigen Beilschlag zwischen den Schultern zu bedrohen – wenn er in einer dieser Nächte auf einem abgelegenen Weg aufgetaucht wäre –, war durchaus nicht einem allgemeinen Hass zuzuschreiben. Doch damit? Welchen Wert konnte ein weiterer Zweifel in einer derartigen Sache schon haben?

»Macht Euch keine Sorgen, hoher Herr«, sagte der Ziegenhüter. »Carruozzo wird nichts weiter tun.«

Und tatsächlich tat der Arzt nicht nur nichts, sondern er verzichtete auch auf die Amtsarztstelle von San Giovanni und ließ sich in das Vallo del Diano versetzen. Und nachdem ich mich an den Satz von Onkel Gedeone erinnert hatte, erwog ich auch den anderen, von Genoino ausgesprochenen. »Die Vorsehung.«

Das berührte keine neue Saite in mir. Ich selbst hatte ja viele Jahre zuvor zu Paolo Grilli gesagt: »An das Gute glauben, heißt an Gott glauben!« Jetzt aber hatte sich mir die Notwendigkeit gezeigt, die Rhythmen der Natur eingehender zu befragen: Ich verfolgte den Flug der Falken, die auf die vom Flug über das Meer erschöpften Wachteln warteten, um sie, die schon völlig entkräftet waren, zu schlagen, bevor sie das Ufer erreichten; ich hatte die noch bei lebendigem Leib gefressenen Fische im Netz nach oben treiben gesehen, und das nur, weil das Schicksal sie zu Gefangenen gemacht hatte. Und ich war in die antike Welt der Heiden hinabgestiegen, die so viel stärker und undurchdringlicher war als unsere, denn ich sah, wie unser Mastro Janaro gestorben war, als hätten allein Tredicis Blicke ihn wie Pfeile durchbohrt; und Don Michele Persico vielleicht allein durch die Erinnerung an Geraldina. Mein Gleichgewicht hatte sich nach hinten verlagert, um viele Jahrhunderte zurück, als ein Sansevero lediglich ein Zeichen hatte geben müssen, um einen Menschen aus dem Weg zu räumen.

Er, Don Calì, der der Eigentümer vieler jener Tiere war, um die sich Tommaso kümmerte, der der Hauptinteressierte an der Erbschaft war und der demzufolge Amalia hätte drängen und schließlich helfen müssen zu verschwinden, Don Calì, der sich im dauerhaften Besitz der Cerza und allem Übrigen bestätigt sah – abgesehen vom Risiko eines Skandals und der bösartigen Nachrede –, konnte in Carruozzos Augen durchaus als Auftraggeber jenes Ratschlags gelten, der mit einer Beilklinge erteilt worden war.

Selbstverständlich war Don Calì ahnungslos. Doch zwischen ihnen allen bestand keine Notwendigkeit von Worten mehr, jetzt, da die Fakten erschöpft waren. Und ich, der nicht zu einem derartigen Mittel gegriffen hätte, um Amalias Erbschaft zu festigen, hatte überhaupt keine Gewissensbisse, dass ich es angewandt hatte – nicht zugunsten, sondern gegen diese Art von Geld.

Danach verwandelte Incoronata ihre Ergebenheit in Religion. Wahrscheinlich machten auch im Dorf Gerüchte ihre Runde. Don Calì brachte mir die höchste Wertschätzung entgegen. Ich fühlte, dass ich, wenngleich auch mit der Opferung eines Teils meiner selbst, meinen Beitrag geleistet hatte und wieder in die herrliche Stille meiner Einsamkeit zurückkehren konnte. Und als ich die wunderbare Blüte betrachtete, die in Arrichetta aufgegangen war, hatte ich das deutliche Empfinden, dass ich die Zeit der Götter wiedergefunden hatte und sie mit Händen greifen konnte.

4. Die Blüte

In meiner Freiheit, die ich jetzt wirklich verdient zu haben meinte, war ich wieder glücklich und wenigstens dieses eine Mal verspürte ich keine besondere Lust auf Bücher. Die Zeit verbrachte ich lieber mit der eingehenden Pflege meines winzigen Hofstaats, oft hinter der Schule meiner Tagelöhner oder meiner Familienmitglieder, wo ich mich mit kleinen manuellen Arbeiten beschäftigte: ein angenehmes Beruhigungsmittel bei allen Arten von Geschäftigkeiten oder Gedanken nicht nur seitens der anderen, sondern auch von mir selbst. Weil ich nun ganz ausgeglichen war und die Sonne ihre Hand wohlwollend auf meine Schultern gelegt zu haben schien, konnte ich mich dem Binden eines Schilfbündels hingeben oder dem Flechten eines Binsenkorbs, ohne dass mir bewusst wurde, wie die Zeit verrann.

Diesen zweiten Beruf hatte mir ein armer Teufel von San Giovanni in die Hand gegeben, der gelegentlich nach Licudi herunterkam und vollbepackt war mit einer gigantischen Anzahl von Körben, dem Ergebnis monatelanger Arbeit. Von ihm hatte ich anfangs drei- oder viermal alles gekauft, was mir dienlich sein konnte. Doch die Körbe und Körbchen, die Gitter zum Trocknen von Feigen, das alles verschwand in Licudi auf geheimnisvolle Weise, wie übrigens auch Stricke, Eimer und unzählige andere Gegenstände des alltäglichen Bedarfs, insbesondere Messer. Sämtliche landwirtschaftlichen Geräte, Spaten, Spitzhacken, Beile, Mistgabeln und so weiter, mussten wenigstens einmal im Jahr vollständig ersetzt werden. Doch das machte mir nicht viel aus, denn unter allen möglichen Arten, die den Glücklichen zur Verfügung stehen und den weniger Begüterten zugute kommen, ist eine ganz sicher die, ihnen Arbeitsutensilien zu beschaffen, auch wenn sie diese stehlen müssen. Und umso schlimmer für den protestantischen Puritanismus, sagte ich mir.

Abgesehen von diesen einfachen handwerklichen Tätigkeiten konnten die Männer von Licudi mir wirklich zahllose Dinge aus dem Schatz ihres unbegrenzten Wissens beibringen, das ihnen selbst verborgen und zum großen Teil überhaupt nicht gegenwärtig war. Die Alten, die über die Hälfte ihres Lebens an den märchenhaften Flüssen Südamerikas zugebracht hatten, am Essequibo, am Esmeraldo und am Orinoco, und das Erdreich am Rand der Ländereien der Missionsstationen urbar gemacht hatten; die Alten, die auf der peruvianischen Sierra den Erstickungstod herausgefordert hatten, für den die einzige Abhilfe in einem Aderlass der Schläfenarterie besteht; die Alten, die, wie der Schwertfisch, den Ozean überquert hatten, solange die Jahreszeiten ihrer Liebe blühten, diese Männer kannten Pflanzen, Tiere, Bräuche, Riten, Eigentümlichkeiten, die den vorschnellen und schlecht informierten Korrespondenten vieler großer Tageszeitungen so viel Stoff geliefert haben würden, dass es für ein ganzes Berufsleben gereicht hätte.

Doch wie viel die jahrhundertealte Forschung, die sie betrieben und, zusammen mit dem Leben, von einer Generation an die nächste weitergegeben hatten, mit dem Heimatort zu tun hatte, war für mich eine unerschöpfliche Quelle des Staunens. Aber es war nicht möglich, nach eigener Lust und eigenem Gutdünken das Wasser aus dem Fluss der Erfahrungen und der Liebe zu trinken, und auch sinnlos, danach zu fragen. Es kam vor, dass natürlich wegen der unterschiedlichen Tagesumstände oder angesichts irgendeiner Notwendigkeit oder Gelegenheit das Gedächtnis der Menschen von Licudi erwachte und etwas herschenken wollte. Genau so, wie es unmöglich ist, von einer Katze, die von Natur aus ja träge und schläfrig ist, das Schauspiel ihres Losschnellens dargeboten zu bekommen; wenn die Katze allerdings irgendein Ziel erreichen will, ziehen sich ihre herrlichen Gliedmaßen zusammen oder strecken sich, und zwar in einer Weise, die wir nie für möglich gehalten hätten.

Die Menschen von Licudi kannten in ihrer Gesamtheit also das Wechselspiel der Jahreszeiten, die Ablagerung von Mineralien, den Rhythmus des Hochwassers, das Vorbeiziehen der Winde, den Grund des Meeres und alle Lebewesen, die sich nach ihrer Art und Weise, nach Reaktionen und einzigartigen Charakteranlagen in Raum und Tiefe bewegten. Von jeder

Pflanze kannten sie die Zeit des Wachstums, der Blüte und des Verwelkens, den Gewinn und die medizinischen Extrakte. Sie besaßen gründliche Kenntnisse in der Kunst des Kulinarischen und waren geschickt in allen Kochdingen der ländlichen Bereiche. Sie waren immer dann erfahrene Handwerker, wenn es darum ging, ein Werkzeug zu erfinden, eine Schutzvorrichtung oder ein Instrument. Eine Weisheit allerdings, die in keiner Weise die Einfachheit dessen verformte, der sie besaß, und noch viel weniger erfüllte sie ihn mit Stolz. Und weil sie eben nicht aus einem Lehrbuch stammte, sich nicht nach Kapiteln und Schemata richtete, sondern dem Leben selbst eingepfropft und aus ihm hervorgekeimt war und ausschließlich ihm dienen sollte, war sie in der Lage, das stets in allem vorhandene Besondere zu erkennen und die äußere Welt mit den inneren Sinnen in Einklang zu bringen. Der Mann von Licudi ging also auf die Jagd, fällte Bäume, brannte die Macchia ab, erforschte die Grotten, veredelte Pflanzen, liebte und stahl vielleicht auch meine Hacken und Körbe, doch jedes Mal mit jener Vernünftigkeit oder natürlichen Unwiderlegbarkeit, die auch in dem noch so kleinsten Verhalten der Tiere liegt. Ich entging wahrscheinlich ihrem Urteil nur deshalb, weil meine Handlungen, wenn sie zudem noch nützlich und einmalig waren, wie etwas Selbstverständliches erschienen, wie etwa das Kaminfeuer, das brannte, ohne dass man darüber irgendwelche Mahlzeiten zubereitete. Doch ich fühlte, dass nicht ich, sondern sie Recht hatten; denn von allem, was ich vorher erlernt und studiert hatte, schien nichts brauchbar zu sein, wohingegen mir das tätige Wirken mit ihnen als etwas Kostbares vorkam, abgesehen vom sanften Atmen in diesem Garten der Menschen, der doch so heiter und friedvoll war wie ein Gewächsgarten.

So kam es, dass wir kurz vor dem Sommer, als wir Drainagen auf einem landwirtschaftlich genutzten Stück Land legten und Gräben zogen, mit den Spaten auf viele Tonscherben stießen. Schon einige Zeit vorher, als die Grenzen meines Olivenhains kenntlich gemacht werden mussten, wo er an Don Calìs Grundstück stieß – der die Gewohnheit beibehalten hatte, sich jedes Jahr ein paar Meter von allen Grundstücken seiner Nachbarn einzuverleiben –, hatte ich im Erdboden eine rötliche Scherbe entdeckt. In Licudi, wo Amphoren aus Ton üblicherweise Verwendung fanden, konnte es sich um irgendein beliebiges Überbleibsel handeln. Doch dieses Bruchstück war ziemlich dünn, und als ich es mit den Fingern abrieb, wirkte es glatt und zart, fast wie ein Blütenblatt. Ich hatte es dann zwar aufbewahrt, aber in der Folge völlig vergessen.

Jetzt waren die Bruchstücke zahlreich geworden, einige von ihnen ähnelten dem damals gefundenen, andere waren wesentlich dickwandiger und schwerer oder zeigten sogar schon den Embryonalzustand einer Form, den Ausgangspunkt einer Volute oder eines Griffs. Auch die Farben waren unterschiedlich: von Graubraun und Schimmelfärbung zu einem leuchtenden Ocker und einem warmen einheitlichen Rot. Als ich die Leute von Licudi darüber befragte, war ihnen das keineswegs neu, und sie fanden es als Tatsache auch nicht interessant, Tonscherben hatte man immer schon hier und da gefunden, auch in größerer Zahl, auch in Gestalt von Vasen oder Figuren, wie sie sagten. Sie hatten ihnen nie irgendeinen Wert beigemessen und sie weggeworfen oder hergeschenkt oder den Kindern als Spielzeug überlassen. Die Archäologie war so weit von ihrer Vorstellung entfernt wie die Schaffung des Imperiums. Doch eines Morgens, als es noch kühl war, obwohl der Mai sich schon seinem Ende zuneigte, ging ich mit dem Tagelöhner Biasino, den ich mir vorher ausgesucht hatte, weil er der stillste und nachdenklichste Mann des Ortes war, in Richtung des Hügels, der hinter Licudi aufragte, um der Vergangenheit zu begegnen.

Von da oben schimmerte das smaragdfarbene Meer in der unberührten Luft mit seinen unzähligen Lichtreflexen, die wie kleine Lanzen das ausladende Blätterdach der Oliven zu durchdringen schienen. In der vollkommenen Stille lockerte Biasinos Hacke die weiche Erde. Ich hatte ihm ans Herz gelegt, sein Werkzeug mit äußerster Vorsicht zu führen, und er ging dann auch mit so viel Feinfühligkeit und Sanftheit vor, dass es war, als würde er die Erdschollen streicheln, wenn er sie Zentimeter um Zentimeter zwischen seinen Füßen häufelte. Irgendwann einmal hielt er inne.

»Hier ist eine *conzolella*«, sagte er.

Die Hacke hatte gerade die Seite eines kleinen Objekts berührt, das rund zu sein schien und die frische Schramme von leuchtendem Rot aufwies. Vorsichtig befreiten wir ein ganz schlichtes, aber unversehrtes birnenförmiges Gefäß. Das war mit Sicherheit etwas Antikes und glich den Gefäßen, die man immer wieder in Museen findet, sei es in Syrakus oder in der Valle Giulia in Rom. In meinen Händen lag es wie ein kostbarer Rohling, die Konzentration einer Zeit, die wahrscheinlich dreitausend Jahre währte.

Biasino machte den Eindruck, als würde er sich in seine Erinnerung versenken.

»Hier ist schon einmal gegraben worden«, sagte er. »Dabei hab ich auch mitgearbeitet, als einer von San Giovanni hier einen Weinhang anlegen wollte, was er dann aber doch nicht tat. Das hier ist eine *conzolella*, die damals übriggeblieben war. Doch wenn Ihr sie genau so finden wollt, wie sie damals waren, müssen wir die Steine aufsuchen. Ich meine, dass wir weiter oben graben sollten, wo wir seinerzeit aufgehört haben, und wo das Gelände nicht vom Pflug berührt worden ist ...«

Die Steine befanden sich in der Tat, wie er gesagt hatte, etwas weiter oberhalb. Sicher befanden sich die Gräber einmal in der Tiefe, doch im Lauf der Jahrhunderte hatten die Regenfälle den oberen Teil des Grabhügels weggewaschen und die Steine freigelegt. Die Hacke stieß gleich auf sie und schlug gegen einen großen Flussstein, den wir ließen wie er war, und suchten uns den zweiten aus, der sich gleich neben dem ersten fand. In kurzer Zeit hatten wir einen ovalen Graben ausgehoben, in dem ein Steinbett eingezwängt lag, das wenig größer war als die menschliche Figur, die seit dreißig Jahrhunderten darunter schlief.

Nachdem wir die Erde mit den Händen abgetragen und die Steine beseitigt hatten, wurden kleine braune

Kreise sichtbar, wie Schatten im Sand. Es waren die oberen Ränder der Vasen, die mehr oder weniger breit oder abgebrochen oder abgeschrägt waren. Langsam zeichnete sich die gesamte Grabnische ab, übersät mit verflochtenen Formen, in einer einzigen Masse in der Erde, die an jenem weit zurückliegenden Tag auf den Toten geschüttet und gedrückt worden war. Darunter befanden sich welche von Wurzeln durchbohrt, bis sie zersprungen waren; andere waren in eine Art konzentrischen Block gepresst oder unkenntlich, verstreut in diesem Sammelsurium, das im Lauf der Jahrhunderte Erdbeben, Überschwemmungen und Hangabgänge kennengelernt haben musste. Doch der Kern war das hier geblieben: verdichtet oberhalb einer jetzt völlig verschwunden Form. Wo der Kopf des Bestatteten gewesen war, eine kleine verwitterte Münze, die sie ihm vielleicht zwischen die Lippen gesteckt hatten, damit er den Obolus für seine Überfahrt in den Hades bezahlen konnte. Winzige Bruchstücke von Knochen und Spangen lagen da herum, ein paar Kupferkrümel, vielleicht eine Waffe. Auf einigen antiken Vasen geometrische Figuren, auf anderen eine helle oder glänzende oder schwarze Patina. Nur eine war mit einem hermetischen Graffito verziert. Biasino berührte sie sacht, doch mit kaum verhülltem Abscheu.

»Totenkram!«, sagte er. »Eigentlich dürfte man das gar nicht rausholen!«

In der Nacht, allein vor dem Kamin mit den behauenen Steinen, verbrachte ich viele Stunden damit, diese Teile von ihren Verkrustungen zu säubern und die Bruchstücke, da wo ich es konnte, wieder zusammenzusetzen, sie mit einem feuchten Lappen wenigstens für einen Augenblick wieder zum Glänzen und ihre Farben zum Leuchten zu bringen. Da gab es eine kleine Statue, die so archaisch war, dass sie wiederum wie eine Karikatur aussah: eine sitzende Frauengestalt, die einen Arm hob, um sich an den Kopf zu schlagen, während sie mit dem anderen gegen ihre Brust klopfte. Ein gesichtsloses Klageweib, eingefangen in dieser schmerzvollen Handlung wie in einem unwandelbaren Schema. Das Feuer knisterte und fraß die Scheite, die ich ständig nachlegte, weil ich meinte, Kälte würde mich umgeben. Draußen war die in den bleiernen Schatten über dem Meer getauchte Stille so intensiv, dass sie ein undeutliches Gefühl der Bestürzung hervorrief, wie wenn es auf eine Gefahr hindeuten würde: im Keim vielleicht in diesem schlichten Lehm, dem Lehm, aus dem der Mensch erschaffen worden war.

Eine Zeit lang waren meine Gedanken auf dieses einzige Objekt konzentriert. In der frühesten Zeit hatten die Griechen bei dieser wunderbaren Reise durch alle Bereiche des Mittelmeers die beispielhaften Orte gefunden und geweiht, die ihrem Geist in allem entsprachen. Licudi war die Perle dieser strahlenden Krone, die von der geglückten Suche der ersten Seefahrer auf dem Meer errichtet worden war. Jetzt erkannte ich in jeder Bewegung dieser Natur die ersten Abbilder, in denen sich die Mythen und die Götter jener Zeit herausgebildet hatten. Ich erinnerte mich, dass, wenn ich von dem Grabhügel aus das Meer betrachtete, es aufgrund eines Spiels von Buchten und Anhöhen in einem kontinuierlichen Kreis von Landgebieten eingeschlossen zu sein schien wie ein türkisgrüner See, der, einer Eingebung folgend, ganz sicher als Stätte für einen Kult ausgewählt worden war. Doch für welchen? Aus den verblassten Erinnerungen der Bauern erfuhr ich, dass andere Bruchstücke auch an weit entfernt gelegenen Orten gefunden worden waren. Sie sprachen von Bronzegegenständen, von entdeckten und verlorengegangenen Kleinstatuen, von Münzen, die ganz leicht von dem Ersten, der sie gefunden hatte, bei der erstbesten Gelegenheit an den Erstbesten als Geschenk weitergegeben worden waren. Gleichwohl war in den antiken geografischen Hinweisen jeder Name, der auf Licudi deuten würde, unbekannt. Bei keinem der antiken Geschichtsschreiber findet sich eine Erwähnung, und ich fragte mich, was denn nur eine so große Zahl von Überresten habe sammeln können, wo niemals eine Stadt gestanden hatte. Am Ende wurde mir bewusst, dass Licudi auf genau demselben Breitengrad lag wie Ilion.

Nach vielen Untersuchungen bereiteten wir eine vernünftigere Ausgrabung von ansehnlichen Ausmaßen vor. Die Erdarbeiter waren zwei Tage lang mit dem Aushub eines quadratischen Grabens beschäftigt, der wesentlich länger und breiter als die üblichen war und mit sorgfältig ausgewählten Steinen bedeckt. Für weitere zwei Tage arbeiteten Biasino und ich, jetzt, wo wir allein waren, uns Zentimeter um Zentimeter in die Tiefe vor, wobei wir eine große Zahl von annähernd unversehrten Vasen fanden, die so aufgereiht waren, dass wir vermuteten, es handele sich hier um eine Grablege von wenigstens vier Menschen, möglicherweise von Kriegern, denn es fanden sich bei ihnen offenkundige Reste von Waffen. Alle diese Gegenstände waren schwarz emailliert, einmalig schön nach ihrer Form, die weit in die Vergangenheit wies. Zudem war eine der Leichen nahezu unversehrt, von großer Statur, und hielt zwischen den gefalteten Knochengliedern noch den Knauf eines Schwertes. Oberhalb des Ausgrabungsbereichs hatte eine Eiche einen mächtigen Wurzelbogen geschlagen, und der Krieger lag da im Halbschatten unter diesem majestätischen Gewölbe. Seine Knochen glänzten wie Perlmutt auf dem Meeresgrund.

Nachdem wir die Gegenstände herausgenommen hatten, deckten wir die Knochen wieder zu, ohne sie zu berühren. Nachts saß ich dann wieder vor meinem Feuer, umgeben von diesen zahllosen Zeugnissen, ihrer mysteriösen Kryptographie, die der Geist sich zu entziffern bemüht. Und unversehens brach vom Meer ein jäher Sturm los, dem auf der Stelle blendende Blitze folgten. Meine Lampe erlosch möglicherweise unter der Gewalt des Luftstroms, der im Kamin heulte und das Feuer zum Flackern brachte. Es blieb sein rötlicher Schein, und ich glaubte, diese Gräberzeugnisse würden erzittern und Stimmen aus der Nacht aufsteigen, die diese zurückforderten.

Seit undenklichen Zeiten war Licudi von den Stürmen eingehüllt worden, deren Wildheit ich selbst an diesem Oktobertag zu spüren bekommen hatte. Und wenn sein Name von den antiken Geografen nicht aufgeschrieben worden war, so erregte es doch mit Sicherheit Angst bei den alten Küstenschiffern. Die Route, die Neapel mit Palermo verbindet, schließt die großen Schiffe über den gesamten Bogen der kalabrischen Küste von dieser Strecke aus, und die kleineren Dramen des Meeres hinterlassen kein Echo. Doch in ferner Vergangenheit mussten unzählige Schiffe das Sturmwetter in diesem schutzlosen Abschnitt zwischen Nicastro und Scalea kennengelernt haben. Unter dem Meer, unterhalb der furchteinflößenden Felsen, wo Geniacolo seine Brassen gefischt hatte, befanden sich Gott weiß wie viele untergegangene Schiffe seit den Tagen der Phönizier und unseren Tagen. Hin und wieder eine Entdeckung, die gleich wieder unten im Rumpf einer Paranza versteckt wurde; ein griechischer Anker, ein schwerer Tonkrug von einem römischen Frachtschiff. Die Ausrüstung mit Planken und Korallenketten brachten Stücke von verfaultem Holz, Kupferbruchstücke, Nägel und Marmor an die Oberfläche. Doch die Wutausbrüche des Meeres waren lediglich ein Spiegelbild der Wutausbrüche des Himmels. Und weil am Himmel von Licudi auf geheimnisvolle Weise Luftströmungen und Energien zusammenflossen, entstanden Gewitter, die dann, ganz nach einem erschreckenden Rhythmus von Tiefdruckgebieten, die gesamte Küste entlangliefen. Hier also befruchtete sich die Matrix dieser Wirbel, das zur Beherrschung dieses Ortes auserwählte geheime Geflecht: zum Ausgleich der Meinungsverschiedenheiten und zur Wiederherstellung des Friedens, damit auf das Wirbeln der Winde und auf die

Schläge der Blitze noch ein letzter Sonnenglanz folgte, oder der Mond als Freund inmitten der friedlichen Sterne aufzog, während das inzwischen zu den Horizonten abgezogene Gewittergetöse weit hinten seine letzten Donner zum Schweigen brachte.

In jener Nacht schimmerten die schwarzen Amphoren viele Male auf und verschwanden auch gleich wieder, während meine Fantasie, zeitweilig von der Notwendigkeit des Handelns eingeengt, zu der Amalias Angelegenheit herausgefordert hatte, in der Finsternis und ohne jede Einschränkung, gleich »dem ungezügelten Rosse«, das bei Monsieur de Montaigne »Chimären und fantastische Ungeheuer hervorrief«, sich einer nicht aufzuhaltenden Orgie hingab.

Die antiken Italiker und nach ihnen die Griechen hatten an dem vom Blitz bezeichneten und mithin heiligen Ort mit Sicherheit eine Stadt gegründet, wenngleich auch eine Gräberstadt, eine Nekropole. Wenn Licudi vor undenklichen Zeiten lediglich eine Kultstätte war, so war es dies für Schiffbrüchige, Sühneort für ein Wagnis, das eine Herausforderung an den von der Gottheit dem Menschen gesetzten Grenzen war; dort wurden mit Sicherheit die sterblichen Überreste wagemutiger Ertrunkener, die das Meer wieder freigegeben hatte, auch von weit entfernten Orten hergebracht und geheiligt. Zu diesen gehörte auch ich.

Eine verborgene Strömung hatte vom Anbeginn meines Lebens mein geistiges Ich zum Erkunden geführt und immer auch zum Zerschellen an einer unbesiegbaren Charybdis. Meine ganze Jugend war im

Namen Nerinas begraben worden. In Mailand, in Rom, in Ferrara, in Paris und zuletzt dann in Neapel, als mit Ginevra der letzte Aufschub für mein Leben verloren war, hatte ich mich vor der Mauer einer feindlich gesonnenen, unbegreiflichen Wirklichkeit wiedergefunden. Licudi hatte wirklich meine sterbliche Hülle aufgenommen, als es mich in den liebevollen Kreis seiner Oliven und seiner stillen Erde einschloss, auf dass ich außerhalb von Zeit und Erinnerung ausruhen sollte, gleich den Toten, die seit Jahrtausenden in ihrem Schoß von den Asphodelen des Hades träumten. Ich hatte kein Paradies gefunden, sondern eine wundervolle Grabstätte zu Lebzeiten, vielleicht um zu verstehen, dass das Leben schön sein konnte, wenn es bereits in sich selbst das Vergessen des Lebens vorwegnahm.

Jetzt hatte ich mich in die Reichweite dieser ehrwürdigen Gräber vorgewagt, und das belegte mich ganz fraglos mit einem Anathema. Die Arbeiter, die die Erde aushoben und nach der Freilegung der Steine nicht den Wunsch geäußert hatten, weiter vorzudringen und glücklich schienen, dass ich sie davon entband, hatten Recht. Jener Fluch, den Tredici an jenem Abend von mir abgewendet hatte, der ich sie, wie der antike Dichter, »um der Reinheit meines Herzens willen« darum gebeten hatte – und sie hatte mir geglaubt! –, würde sich jetzt möglicherweise erneut zusammenballen und das mit dem Bösen einhergehende Unheil verbreiten. Ich war zutiefst verängstigt und litt wirklich, ohne auf mich Acht zu haben. Ich betrachtete den Abdruck der Hand von Mastro Janaro an der

Wand, die er einmal beim Anstreichen dort hinterlassen hatte, und es kam mir vor, als wollte er mich auf etwas hinweisen oder mich aufhalten. Und auch die erste Sonne reichte nicht aus, dass diese bedrohlichen Schatten sich mit dem Gesang der Vögel verflüchtigten.

Natürlich erfuhr man viel von all dem, doch Don Calì war dermaßen weit von jeder Neugier und jedem Interesse an diesen Dingen entfernt, dass meine Nachforschungen als weitere Fantasievorstellungen eines allein lebenden Herrn hingenommen wurden, der sonst nichts anderes zu tun hatte. Die Menschen von Licudi erinnerten sich lediglich, dass sie hier und da aus ihren Gärten oder auf ihren Dachböden diese unbeachteten Väschen oder Figuren hatten, und sie brachten sie mir aus keinem anderen Grund als dem, mich zufrieden zu sehen. Mit größter Treue und Gutgläubigkeit versuchte ich, ihnen die Schönheit zu erläutern und ebenso den Handelswert dieser Reliquien. Sie hörten mir aus reiner Gefälligkeit zu, so als wollten sie teilhaben an meiner harmlosen Besessenheit. Eine alte Frau, die zu den ärmsten gehörte, brachte mir einen Korb authentischer Tanagrafiguren, die allerdings zweihundert Jahre älter waren als die in der böotischen Stadt, nach der sie benannt worden waren. Unser Kampf der Komplimente und Liebenswürdigkeiten ging unentschieden aus, und ich musste ihr am Ende nur gewähren, worum sie mich bat, nämlich fünf Reisigbündel, die ich sie selbst zusammenzubinden und mitzunehmen bat. Sie bündelte sie so übereinander, dass sie unter der Last dann beinahe zusammensank. Aber es war sinnlos, ihr zu sagen, dass sie so viele Bündel nehmen konnte wie sie wollte, wenn sie nur keine solche Last tragen musste. Sie hatte fünf erbeten und erhalten. Und sie war über alle Maßen glücklich, dass sie die Gegenstände loswurde, die den Hingeschiedenen gehört hatten und immer noch gehörten. Sie wollte keinen Vorteil aus meinen Flausen ziehen, die ja zudem auch Bringerinnen von Unheil sein konnten. Ihre Weigerungen, vorgetragen in einem klagenden, schrillen Ton, verwirrten mich auf seltsame Weise, als wäre ich ein von seiner Großmutter zurechtgewiesener Knabe.

Meine Entdeckung war also nur sozusagen eine Entdeckung. Sie alle wussten, genau wie Biasino, seit undenklichen Zeiten, dass sich oberhalb der Olivenhaine eine Nekropole befand, die sie einfach nur »die alten Gräber« nannten und abends einen großen Bogen um sie herum machten, diesen Gräbern aber, ob sie nun einige tausende Jahre alt waren oder nicht, die gleiche Ehrerbietung (oder die gleiche Furcht) bezeugten wie denen, die erst im Jahr oder im Monat zuvor in der Heiligen Erde von San Giovanni ausgehoben worden waren. Über diese Dinge übte für sie die Zeit keine Herrschaft aus. Wie konnte sie sie dann über den Tod ausüben? Statt zu sehen, dass ich mich für diese Vorgänge interessierte, trennte es mich aufs Neue vom Geist des Ortes, und das spürte ich. Und es zeigte diesen gewitzten Köpfen in der Folge eine unbegrenzte Möglichkeit von Anpassungen und Tauschgeschäften auf der Mine dieser neuen Flause von mir auf: ganz nach dem Muster einer polynesischen Schlauheit, die darauf aus war, Perlen, die von ihren Meeresgründen leicht zu bergen waren, gegen Likör oder Glasperlenketten zu tauschen.

Ich wiederum verfolgte mit Neugier meine eigenen Gedanken, die sonderbarerweise zu diesem Gegenstand den gesamten Bogen des Möglichen zu durchlaufen schienen, um dann wieder an ihren Ausgangspunkt zurückzukehren. Indem ich die lächerliche Geschichte vom Tausch der Amphoren, Knochengelenke, Öllampen und Mischkrüge gegen Schmalzgläser oder Genehmigungen für Kaktusfeigen fortsetzte, brachte ich mich in den Besitz der Schätze der Menschen von Licudi, und zwar aus Liebhaberei, aus Überwindung und aus Trägheit – Gründe, die bereits ebenso viele Deutungsmöglichkeiten der Realität darstellten. Ich täuschte wissenschaftliche Interessen vor – wie zur Zeit des Terrassengartens, als ich das Fernrohr für anatomische Studien an meiner Umgebung einsetzte. Tief in meinem Inneren konnte ich nicht vor mir verbergen, dass ich in der Nacht der Blitze nur vor den schwarzen Amphoren Angst empfunden hatte. Jedenfalls besiegten mich eine unklare Faszination oder Leidenschaft und das nicht genau zu bestimmende Gefühl einer zwar noch verborgenen, aber doch vorhandenen Beziehung zwischen diesen Objekten. Licudi und ich. Und zwei oder drei Monate später hatte ich eine gigantische Sammlung in meinem Haus aufgehäuft.

Das Meer blieb weiterhin meine übliche Abwechslung. Während des Winters hatten wir einen weiblichen Tintenfisch gefangen; wir umwickelten ihn lebendig mit einer Schnur, und als wir mit dem Boot fortruderten, zogen wir mit dem Kescher die Männchen nach oben, die in großer Zahl herbeikamen. Mit dem Monat April waren die großen Brassenschwärme vom weiten Meer zu ihren Gründen an der Küste zurückgekehrt, um dort wieder ihre Höhlen zu bauen und die Eier abzulegen. Die in diesem Monat von den licudischen Fischern immer an denselben Stellen ausgelegten Netze fingen sie zu Hunderten, glänzend und klar wie Silberteller. Von ihnen gab es viele Arten: einige mit langgezogenem Maul oder mit gestreiftem Rücken oder mit rosigen, runden Lippen; und auf dem Kopf von goldenen oder rötlichen Bereichen gefleckt. Ihre spiegelnden reglosen Augen, die Vollkommenheit und Deutlichkeit ihrer Form, der Schimmer ihrer strahlenden Haut, ihr massiges, kompaktes Gewicht verwandelte den Vorgang jedes Mal wieder in ein staunenerregendes Schauspiel. Incoronata verstand es zwar, sie auf einzigartige Weise herzurichten, doch hinterher wollte sie nichts davon mit mir gemeinsam essen, noch sich zu mir an den Tisch setzen. Sie aß mit Soccorsa in der Küche, und beide hielten sie den Teller auf ihrem Schoß. Ich hatte bemerkt, dass sie von vielen hervorragenden Dingen, von denen ich glaubte, sie seien in Licudi etwas Allgemeines und Gewöhnliches, noch nie etwas probiert hatten. Oft wiesen sie es zurück und sagten, das sei nichts für sie. Ich erklärte mir Don Calìs Entrüstung besser, nachdem er damals entdeckt hatte, dass Nduccio sich »eine Portion Huhn« hatte servieren lassen. Es gab Grenzen, die das kollektive Bewusstsein für sein eigenes Gleichgewicht nicht überschreiten wollte, weder nach oben noch nach unten. Regeln eines Bienenstaates oder einer Bibergemeinschaft, die diesen verborgenen Winkel der Welt regierten.

Inzwischen waren die Maitage gekommen. Wenn ich dann bei Tagesanbruch aufstand und vom oberen Teil des Hauses der Häuser aus das milchige Meer überblickte, beobachtete ich die Wanderung der Fische, die zu Millionen und Abermillionen den Wasserspiegel durchfurchten, wobei jeder Schwarm die reglose Oberfläche mit einem dunklen Dreieck bezeichnete, dessen Spitze in die Schwimmrichtung deutete. So weit das Auge sah, bewegte sich diese Prozession, gefolgt von den hoch schäumenden Spritzern der springenden Delphine, die sich voller Freude an diesen Schwärmen labten, ohne sie zu versprengen. Und wie um diese märchenhafte Szene zu schließen, glänzten die Flossen der Haifische einen Augenblick lang auf, die dunkel durch die Gewässer zogen und in die tiefe Stille hinabtauchten.

»Geniacolo! Die Fische, die Fische!«, rief ich, als ich an die Türe des Fischers klopfte. Er empfing mich, ohne sonderlich erregt zu sein.

»Das da sind Sardinen! Das da Hornhechte. Die können nur die anderen Fischer heute Nacht fangen, die auf den Leuchtbooten!«

»Und was ist mit uns? Sollen wir bei diesen Mengen von Fisch denn nichts fangen?«

»Während Ihr geschlafen habt, hab ich die Fangseile mit Ködern versehen. Ich hab sie bei Sonnenaufgang hinuntergelassen, mit einer ganzen Kiste Sardinen dran. Jetzt haben sie für uns gefischt, und wir gehen nachsehen.«

Und Geniacolo, der sich am Heck bewegte, während Ferlocco ruderte, zog seine Seile aus dem Meeresblau in die Sonne herauf: sie waren großartig.

Ich schaute fasziniert zu und war weder der Welt noch meiner selbst gewahr. Das gesamte schreckliche Gedächtnis war eingeschlummert, aufgelöst in dieser magnetischen Tiefe, und glänzte nur gelegentlich unter den Lichtnadeln auf. Die, die angebissen hatten, kamen einer nach dem anderen nach oben, in regelmäßigen Abständen, weiß und durch den Wasserspiegel so vergrößert, dass mein unerfahrenes Auge sich gelegentlich täuschte. Und Geniacolo zog den Angelhaken in gleichmäßigem Rhythmus heraus und ließ die gewaltigen Seilstränge sich in dem Korb aufhäufen.

»Wenn die Stricke sich verfangen, dauert das Stunden, das wisst Ihr ja!«

»Geniacolo! Fangen wir denn nichts?«

»Wir haben doch schon gefangen. Das spür ich hier, wo's zieht, aber es ist noch weit entfernt. Muss ein Glatthai sein.«

Und der Glatthai tauchte vom Grund des Meeres auf, lang, schimmernd und sich windend.

»Der ist schön!«, brummelte Geniacolo. »Der ist gut!« Ich begriff immer deutlicher, dass diese beiden Worte das Gleiche bedeuteten. »Lassen wir den Haken weg. Ich pack ihn mit der Schlinge. Jetzt werd ich's euch zeigen!«

Mit der Geschicklichkeit eines Zauberkünstlers warf Geniacolo, ohne den Angelhaken loszulassen, im letzten Augenblick einen Strick mit Blei und Henkersschlinge ins Wasser und fing den Hai am Schwanz. Dann zog er ihn unter den Bootskörper, gespannt zwischen Angelhaken und Schlinge. Wenig später schwamm der Glatthai mit dem Bauch nach oben leblos hinter dem Boot her und bewegte sich leicht wellenartig.

Wie viele Fische hatte Geniacolo damals gefangen! Drei Zahnbrassen, zwei Umber, zwei Meeresforellen, einen weiteren Glatthai, drei Schweinshaie, einen Adlerrochen, wer weiß, wie viele andere Rochen und einen beachtlichen Haufen Seesterne.

»Die hier«, sagte er, als er die Seesterne in Stücke riss und auf den Boden des Bootes warf, »sind unser Untergang. Jedes Mal, wenn sie anbeißen, ist das ein vertaner Köder für die anderen Fische, die gut sind. Wenn Ihr sie ins Meer zurückschmeißt, wächst aus jedem Stück ein neuer Seestern. Ich weiß nicht, warum der Ewige all diese Seesterne hier unten versammelt hat!«

Ich betrachtete die Fische in dem blutverschmierten Boot, in dem jetzt die Werkzeuge unordentlich herumlagen, der Kescher, der Haken, die Messer, die Stricke, die Holzschuhe, das Ölfass, der Eimer. Das war der kleine Kriegsschauplatz der täglichen Schlacht. Und da oben spürte Geniacolo, ohne zu schauen, seine Töchter, die Witwe, die vom Hafen, die aus seinen kleinen Bewegungen mit ihren durch Erfahrung und Wunsch geschärften Adleraugen bereits seinen

Sieg erkannt hatten und ihn zum Triumph zurückerwarteten. Und für mich stand Incoronata mit dem angewärmten Wasser und ihren dienstbereiten Knien schon bereit. Und ich würde zum Ende des Sommers hin Arrichetta mit ihren zwölf Jahren dort haben, die auf mich wartete.

Unser kurzes Dasein erlebt mitunter einen perfekten Augenblick, selten einen ganzen Tag. Es ist das, was die Alten als »albus lapillus« bezeichnet haben. Doch die Vollkommenheit über viele Monate, vielleicht gar über einige Jahre hinweg, ist ausgeschlossen. Und doch bildete Licudi etwas heraus, das ihr in meinen Augen damals gleichkam. Das war der höchste Sonnenpunkt, der Zenit meines Lebens, zwar ganz anders als das unerreichbare Paradies, das ich an Nerinas Seite auf dem Strand von Miseno kennengelernt hatte, aber gleichwohl ein Paradies. Und weil ich es das erste Mal verloren hatte, ohne es überhaupt verstanden zu haben, wusste ich dieses Mal rechtzeitig die herzzerreißende Melodie zu erkennen, auch wenn mir bewusst war, dass ich hinterher ein weiteres Mal darauf verzichten und umkehren musste.

Viele Male hatte ich mich bereits dem nachdenklichen Betrachten der jungen Mädchen von Licudi hingegeben, seit der Zeit, als Geniacolos kleine Töchter neben dem Feuer schliefen und ich darauf wartete, dass Mastro Janaro sein Werk zu Ende brächte. Diese beiden Geschöpfe hatten überhaupt nichts Ländliches an sich, noch auch die frischen Farben und das Aussehen kleiner, gut genährter Tiere, die den gewöhnlichen Mann zwar erfreuen, nicht aber die reizbaren Geister. Sie waren, insbesondere zwischen fünf und acht Jahren, feingliedrig, mit Gesichtern, die gewissermaßen ins weiche Wachs modelliert waren, mit Lippen und Ohren von kleinen Statuen. Und ihre Augen leuchteten unaufhörlich und waren von pharaonischen Wimpern umrändert. Die Eleganz ihrer zarten Körper verbarg sich nicht, und halbnackt tauchten sie manchmal ohne jedes Geräusch auf, als wären sie dem Sand entstiegen, und waren gleich darauf mit der Schnelligkeit geflügelter Wesen entschwunden. Es war fast unmöglich, sie zum Reden oder zum Lachen zu bringen. Die weibliche Kindheit in Licudi war schweigsam und voller Geheimnis, wie es dann auch das hohe Alter war. Doch berührte man sie, strömte sie eine intensive, unerwartete Wärme aus. Wenn ich Geniacolos jüngstes Töchterchen in meine Arme nahm, habe ich es manchmal so erhitzt geglaubt, weil es seit Stunden neben der Glut gesessen oder weil es in tiefem Schlaf gelegen hatte. Doch in ihm wie auch in den anderen kleinen Mädchen sammelte die Natur vielmehr die Energien für ihre Gattung und verdichtete in der Macht des Blutes ihr Feuer. Die Kraft, zu der sie fähig waren, hatte mich während der Wallfahrt auf den Berg erstaunt. Doch sie mussten eine lange und auch lastende Existenz überwinden, auf den Knien bei der Olivenernte unter den unbarmherzigen Schlägen des Südwestwinds kämpfen, mit dem Schicksal ihrer Männer auf dem Meer oder weit jenseits des Meeres umgehen, viele Male und immer allein die Frucht ihres Leibes gebären und nähren, und bei all dem arbeiten, sorgen und aufbewahren. Daher war ihre Substanz konzentriert und kräftig wie der Stempel einer Blüte.

Als Arrichetta zu uns kam – und es war Incoronata, die sie dahin brachte, wo sie niemals gewagt hätte einzutreten –, war sie von einer so verhaltenen Freundlichkeit, dass ich sie für kaum älter als acht Jahre hielt. In Wirklichkeit war sie damals fast elf. Bei ihrer Ankunft sagten Incoronata und Soccorsa kein Wort, während ich ihnen ans Herz legte, sie auch nicht die geringste Arbeit verrichten zu lassen. Und ich verfügte, dass sie von Corazzones Frau nur ernährt und mit größter Sorgfalt gepflegt werden sollte. Arrichetta redete in den ersten Tagen fast nichts. Seit ihrer Geburt hatte sie in einer Strohhütte gelebt, ihre Tage hatte sie damit verbracht, Ziegen zu hüten oder die Kuh. Alles, was sie sah, war ihr vollkommen unbekannt. Wenn ich sie aus der Nähe beobachten konnte, sah ich, dass ihr Hals mit kleinen Schwellungen übersät war, und fürchtete, sie könnte krank sein. Doch die Frauen lachten und sagten, das seien Insektenstiche. Mehrere Tage lang hielt Arrichetta das Mullkissen mit der Desinfektionsflüssigkeit auf dem Kopf, sie wurde ich weiß nicht, wie viele Male geschniegelt und gestriegelt. Sie musste dann so gut es eben ging neu eingekleidet werden, denn sie hatte nichts anderes am Leib als zwei oder drei graue Fetzen. Ihre wunderschönen Füßchen, braungebrannt und kräftig, ertrugen nicht einmal Holzschuhe, die sie bei der ersten Gelegenheit hier und da auf dem Vorplatz oder im Haus leer zurückließ. Sie schämte sich zu essen, obwohl sie großen Hunger hatte, und es war nicht einmal leicht, sie zu nähren, denn sie war nur an ganz wenige Dinge gewöhnt. Sie kannte weder die Namen der Fische noch hatte sie die meisten je gesehen. Für sie war das Haus der Häuser ein Schloss aus dem Märchen.

Meine Gefühle hatten sich schon damals gleich in einer einzigartigen Komplexität nach innen gekehrt. Ich erkannte diese Vorahnung wieder, die ich schon viele andere Male erlebt hatte, als das Rad der Dinge sich wieder zu drehen begonnen hatte. Ich spürte, dass die ruhige Ausgeglichenheit, die mich in diesen drei wunderbaren Jahren gestützt hatte, sich zu verändern begann, dass ich es aufgeben musste, mich zu wiegen, auszuruhen, grundlos glücklich zu sein, wie es jede Pflanze unter der gütigen Sonne ist, dass ich wieder zum Mann wurde und dass meine Leidenschaften sich erneut entfachen würden, dass ich ein weiteres Mal leiden würde, auch wenn ich mich an diesem Gedanken begeisterte, und dass ich wieder nach Worten suchen müsste, die, die ich beinahe vergessen hatte, um den Versuch zu machen, mich mittels ihrer zu befreien, und wie es eben und nur dann geschieht, wenn sie zu nichts sonst mehr taugen.

Nach nur zwei Wochen wirkte Arrichetta bereits größer und stärker. Eine leichte Färbung erschien auf ihren Wangen, die vorher nahezu unlebendig aussahen. Doch noch das Geringste an ihrem Aussehen trug das Siegel einer Vollkommenheit, die ich in nichts Menschlichem je kennengelernt, sondern nur in den Träumen der Kunst wahrgenommen hatte, und vor der auch das vornehme Aussehen Ginevras, das mich so in seinen Bann geschlagen hatte, zurücktrat. Gleichwohl war in ihr auch nicht der Anflug von Intellektuellem noch auch die Andeutung einer zugänglichen, menschlichen Sanftheit und Zärtlichkeit. Sie war lediglich ein aus der Hand Gottes auf die Erde gefallener Stern. Ich suchte begierig bei ihr, in ihrem Blick, in ihren Bewegungen, in ihrem Atem einen Augenblick, ein Nichts, das sie mir annähern würde, das sie zu etwas für die Welt der Menschen Geschaffenes und Bereites machte. Sie war es nicht. Ich erinnerte mich an Onkel Gedeones Lächeln, als ich ihm gestand, ich hätte mit den Bäumen des Waldes von Cerenzia geredet. Er liebte mich wie der zärtlichste Vater und stellte sich vor, dass meine Begeisterung allein der Ausdruck einer glühenden Fantasie war. Doch ich wusste, dass ich damals nicht lange suchen und leiden, sondern nur träumen würde. Ich hatte es getan, um das zu erobern und zu sehen, was den Menschen nur dann gewährt wird, wenn sie es verdient haben. Dante hatte nicht geträumt, er hatte das Paradies beschrieben, weil er es wirklich erkannt hatte. Ich hatte in Arrichetta das erkannt, was sie wirklich war, und dass sie kein Bewusstsein ihrer selbst hatte, machte meine verborgene Gewissheit nur umso kostbarer.

Um dieser einzigartigen Verwirrung zu entfliehen, hielt ich sie, nachdem ich die sorgfältigste Pflege durch die Frauen für sie erreicht hatte, etwas abseits, obwohl ich ihre Stellung in unserer Familie deutlich gemacht und bekräftigt hatte. Wenn sie nicht in der Lage war, irgendeinen meiner Gedanken zu verstehen, indem sie sich meinen Blicken mit einer grimmigen Widerborstigkeit entzog, was auch eine achtungsvolle Furcht sein konnte, wusste ich nicht einmal, wie ich mit ihr reden sollte, befangen und linkisch angesichts dieses Wesens, wie ich es nicht einmal vor einem König gewesen wäre. Um sie zu sehen, musste ich alle zusammenrufen, und wenn alle da waren, sah ich nur sie. Arrichettas Augen blickten mich nur selten an und dann immer nur flüchtig. Incoronatas Blick war, wie immer, gesenkt.

Sicher war das der Grund – doch das wollte ich gar nicht wissen –, der mich trieb, Amalia Carruozzo zu entreißen, und mich zwang, vorher nie gekannte Gefühle und Gedanken in mir zu verbergen und mir selbst eine Person vorzuspielen, die, wie begreiflich und auf ihre Weise richtig sie auch war, ich dennoch als äußerlich und mir fern stehend empfand. Als alles vorüber war, als Amalia frei und die beruhigte Vincenzina mir in ihren stillen Augen die schöne Blume der Dankbarkeit darbot, begriff ich, dass ich mich wieder meinem ganz ureigenen Problem gegenüberfand. Und ich sah, dass ich aus beinahe unerforschlichen Gründen Tommaso den Ziegenhüter in mein verborgenes Spiel einbezogen hatte. So wie er aus unerforschlichen Gründen bereit war, Teil dieses Spiels zu werden. Da waren es die vergrabenen Amphoren, die meine Gedanken ablenkten, die mir ein anderes Muster und einen anderen Unterschlupf boten. Doch ich musste mir klar darüber werden, warum ich ein Sakrileg befürchtete und eine Gefahr, auch wenn ich es nur in meiner Vorstellung und in meinem Innersten begangen hätte, weil ich – und dessen war ich mir sicher – vom unentrinnbaren Schicksal dazu getrieben wurde, von dem schon die Alten wussten, dass es auch über den Göttern waltet.

Gegen Ende September erfuhr ich, dass einer von Arrichettas Brüdern im Sanatorium von Reggio Calabria verstorben war. Ich sagte mir, dass ich nicht ihrem äußeren Anschein vertrauen dürfe, sondern es nötig sei, ihren Gesundheitszustand von innen untersuchen zu lassen. Ich teilte den Frauen mit, dass ich Arrichetta nach Neapel bringen würde, um sie von einem geeigneten Arzt untersuchen zu lassen. Incoronata, der ich niemals angeboten hatte, sie nach Neapel zu bringen, was sie so sehnlichst gewollt hätte, richtete Arrichetta für die Reise her. Dabei flüsterte sie ihr Dinge ins Ohr, die ich nicht hören konnte. Wir fuhren alleine ab.

Arrichetta hatte noch nie einen Zug gesehen, und alles, was sich von da an vor ihren Augen abspielte, war für sie außergewöhnlich und unbegreifbar. Ihre natürliche Intelligenz war schnell und offen, und sie bemühte sich, ihr Staunen in den Griff zu bekommen, stellte mir jedoch keine Fragen. Ich sah, wie ihr lichterfüllter Blick diese ganze neue Welt in sich aufnahm, sie rasch ergründete, sichtete und dann vorläufig im Gedächtnis ablegte, das sie später noch genauer bearbeiten würde. Das alles wirkte so, als wäre sie der Meinung, alles verstehen und sich vor allem in Acht nehmen zu müssen, und zwar allein. Was mich betraf, hielt sich mein Spannungsverhältnis zu ihr ununterbrochen aufrecht, und es gelang mir nur schwer, es auszuhalten. Wenn es das war, was die antiken Götter, die am hohen Himmel über Licudi thronten, mir bestimmt hatten, konnte ich mich für auserwählt und heimgesucht halten. Auf diese geheimnisvoll erschaudernde Weise von ihnen verhört, musste ich meine Kräfte sammeln, um ihnen zu antworten.

Diese achtstündige Reise von Licudi nach Neapel war für mich ein nie gekanntes Glück und eine nie gekannte Tortur. Mir kam es vor, als würde ich in der Frische der Augen dieses Mädchens meine eigene verlorene Kindheit wieder erleben, als ich die Dinge zum ersten Mal betrachtet hatte und sie mir als etwas Gutes und Schönes vorstellte und ihnen mit dem rückhaltlosesten Vertrauen gegenüberstand. Doch Arrichetta, die Not, wenn nicht gar Schmerz kennengelernt hatte, verharrte nachdenklicher und wachsamer, und warf mir nur ganz gelegentlich jenen verstohlenen, demütigen Blick zu, der mir das Herz zuschnürte.

Unterdessen wusste ich, dass ich sie nicht mit zu Onkel Gedeone nehmen konnte, und daraus entstanden andere, jedoch geringfügigere Probleme. Es war offenbar, dass ich sie auch nicht einen Augenblick lang allein lassen konnte, was ich auch nicht gewollt hätte. Ich wollte nicht, dass, sofern wir alten Bekannten von mir begegnen sollten, ich erklären müsste, wer sie und warum sie bei mir wäre. Es war schwierig, ein geeignetes Hotel für uns zu finden. Denn schließlich hatte Arrichetta nur ein paar Holzgaloschen an ihren nackten Füßen und war wirklich nur aufs Geratewohl angezogen. Ich entschloss mich daher, noch einmal vom Anfang zu beginnen.

Als wir in den lärmenden, menschenüberfüllten Bahnhof von Neapel einfuhren und Arrichetta dieses unüberschaubare Meer von Häusern sah, das Stimmengewirr all der Menschen hörte, das Getöse der Autos, und sich vor ihren Augen der von Menschen und Gegenständen überfüllte Rettifilo öffnete, fasste sie mich erschrocken am Arm, und ich fühlte, wie mir das Blut ins Gesicht schoss. Zunächst besorgte ich ihr im ersten Geschäft einen Koffer, und dann begleitete ich sie, nicht ohne Scheu, in eines jener Warenhäuser, wo die Provinz alles Mögliche kauft, und bat eine alte Direktrice eindringlich, sie möge Arrichetta von Kopf bis Fuß neu einkleiden. Sicher mussten ihr und den ihr untergebenen Verkäuferinnen, die sich gleich um uns scharten, ein Mann meiner Art, der nicht mehr jung, aber auch noch nicht alt war und diese Form der Wohltätigkeit übte, seltsam vorkommen. Jedenfalls konnten sie nicht umhin, Arrichettas außergewöhnliche Schönheit wahrzunehmen, und das erkannte ich an der Art, wie sie sie, ohne ein Wort zu sagen, betrachteten. Schließlich nahmen sie sie mit, und für annähernd zwei Stunden wartete ich ruhelos und besorgt zwischen den Regalen, wo es nach neuen Stoffen roch, während alle zehn Minuten eine der Verkäuferinnen kam, um mich zu fragen, ob ich einen bestimmten Betrag ausgeben wolle oder nicht. Ihnen kam es unglaublich vor, dass mir der Betrag gleichgültig war. Mit ihrem methodischen Verstand guter Hausfrauen wollten sie aber auch keinen Vorteil daraus schlagen. Ich befürchtete allerdings, dass sie Arrichetta wie ein Kollegiatsmädchen vom Land einpacken würden und bat darum, dass sie das vermeiden sollten, doch wusste ich nicht, wie ich ein Kleid für sie aussuchen sollte, ohne dabei zu erröten. Ich bat daher eindringlich, man möge sie nicht enttäuschen und ihr das geben, was ihr am meisten gefiele. Am Ende erschien Arrichetta in einem recht hübschen Kleidchen, das allerdings ein bisschen zu groß war, und sie trug kurze weiße Socken, hatte aber immer noch die Holzschuhe an den Füßen, weil man keine Schuhe finden konnte, die ihr nicht weh taten. Ihr Koffer war voll und schwer. Ich musste mich der Direktrice erwehren, die unbedingt wollte, dass ich mir jedes gekaufte Teil genau ansah. Telefonisch bestellte ich das Hotel an einem mir vor Jahren bekannten Ort in der Nähe der Treppe der Santa Teresa der Barfüßer. Die Verkäuferinnen hörten der Unterhaltung zu, während in mir unüberwindlich ein Gefühl von Schuld hervorbrach. Doch ich war in den Fängen von Reizen und Trieben, die mir fremd waren, wie ein Mensch, der sich auf eine unbekannte Strömung hinausgewagt hat, deren Macht er nun zu spüren bekommt. Und ich war auch benommen und durcheinander, wie wenn ich gerade aufgewacht wäre: denn der Calitri war mein Lethe gewesen.

Drei Tage lang lebte ich nur von ihr, in einer Mischung aus Dunkelheit und Helle. Wenn der Mensch, wie ihn die Bildhauer zur Zeit des Phidias sahen, die Synthese aller Formen der Welt ist, und wenn seine Schönheit deren höchster harmonischer Ausdruck darstellt, so erlebte ich bei Arrichetta, die, ihrer selbst unbewusst, wie ein Diamant im Wirrgang einer Mine strahlte, deren Wesen, deren Kern und Sinn sie ist, meine vollkommene Stunde an der Seite des Inbegriffs aller Vollkommenheit. Dies war nur ein Punkt, gleich dem Gipfel einer Gebirgskette, der, beinahe unauffindbar, dennoch deren Lage und Höhe bezeichnet. Doch in ihr flossen alle Lebensausblicke zusammen, die ich erkundet und ersehnt hatte. Dort lag der unantastbare, flüchtige Augenblick, der mich so quälte und zugleich erhob, unter widersprüchlichen und ungewöhnlichen Stimmen, bis mir am Ende schwindlig wurde.

Diese absurden Vorstellungen hielten mich an der Oberfläche des Flusses der Gemeinsamkeiten, die ich alle als etwas mir dermaßen Fremdes ansah, dass mir die Wüste vertrauter gewesen wäre. Ich musste Arrichetta zum Arzt bringen. Er sollte mir die Bestätigung geben können, dass sie nicht krank war. Um ihre Verwunderung noch einmal zu erleben, musste ich ihr die Stadt zeigen, mich unter die Menschen begeben, in der monotonen Vorhalle des Hotels verweilen, wie irgendeine Person, die irgendein Kind begleitet. Doch spürte ich unausgesetzt die verborgene Welt, die mich mit ihr umschlungen hielt. Ich konnte mir Arrichettas Gedanken nicht vorstellen, die, was immer sie auch sah, es mit dem verglich, was sie bereits kannte: mit ihren vielen Geschwistern, mit ihrem Hirtenvater, mit dem Hunger, der sie noch im Griff hatte, mit ihrer Strohhütte. Und niemand konnte meine verstehen: dass ich mich auf einer Erde aus Kot und Last mit göttlicher Speise nährte und dabei jenen zarten Duft einatmete, der, so lind und freundlich, als einziger den

Sieg über mein gesamtes Vaterland davongetragen hatte.

Zum ersten Mal vergaß ich Neapel tatsächlich, diese triste Stadt meiner leidvollen Jugend. Ich sah sie so, als würde eine andere Sonne über ihr scheinen. Zum ersten Mal wachte mein Gedächtnis nicht auf, und die Gegenwart besaß mich ganz, auch in ihrer kummervollen Unbeständigkeit.

Abends brachte ich Arrichetta auf ihr Zimmer. Es lag zwar neben meinem, hatte aber keine Verbindungstüre. Ich beruhigte sie, indem ich ihr sagte, sie brauche nur an die Wand zu klopfen und auf der Stelle würde ich sie hören. Gesättigt von Gefühlen und Neuigkeiten, sterbensmüde, schlief sie fast noch in meinen Armen ein, mit jenen freundlichen Bewegungen, die mich an Geniacolos kleine Tochter erinnerten. Danach zog ich mich zurück, und die Nacht verging voller Angst für mich, der ich, wie der antike Dichter, die Göttin hätte anflehen müssen, dass sie mich verschone.

Bevor wir wieder nach Licudi zurückkehrten, wagte Arrichetta es zum ersten Mal, mich um etwas zu bitten. Da verstand ich, wie ein Mann, auch wenn er aufmerksam und feinfühlig ist, blind sein kann, wenn er, statt des schlichtesten Wahrhaftigen, seine eigenen Leidenschaften im Auge hat. Bei all den vielen für sie eingekauften Dingen hatte Arrichetta nur an jene gedacht, die sie gerne ihrer Familie mitgebracht hätte. Ich war von Scham erfüllt, doch sobald ich ihr die freie Auswahl gelassen hatte, leuchtete sie auf. Sie vergaß Schüchternheit und Unerfahrenheit, und mit ihrem einfachen Tonfall vom Land verhandelte sie, diskutierte sie wild besessen Gegenstände und Preise und wandte sich nur dann an mich, wenn ihr etwas ungewöhnlich oder zu teuer vorkam. Sie hatte es abgelehnt, sich eines geschlossenen Geschäfts zu bedienen, doch war sie inmitten des Treibens am Ponte della Maddalena. Als sie sah, dass sie Herrin eines Haufens alter Kleider, Schuhe, Hemden, Hüte und Westen geworden war, warf sie mir einen Blick zu, in dem ich das Geschenk ihrer selbst sah, und leicht wie ein Vogel schwebte sie zu mir herüber.

Wir kamen in Licudi an, als es schon Nacht war. Gleich nachdem wir den Calitri überquert hatten, verließ sie mich, um zu ihrer Familie zu eilen, die sich versammelt hatte und auf dem dunklen Weg herbeigekommen war, um sie abzuholen. Sie hielten sich aber fern. Ich kehrte allein ins Haus der Häuser zurück, wo man mich nicht erwartet hatte und wo das Feuer nicht brannte. Incoronata stellte keine Frage. Soccorsa zeigte sich gar nicht erst. Und während der Nacht betrachtete ich, diesmal bei Mondschein, die schwarzen Amphoren. Ich dachte an sie, Arrichetta, wie sie die Geschenke in der Strohhütte verteilte. Ich sah, wie langsam die Sterne am Himmel rätselhaft hinzogen. Ich befragte den geheimnisvollen, vielgestaltigen Namen der Liebe.

In diesen wenigen Tagen, die Arrichetta bei ihrer Familie zubrachte, unterbreitete Incoronata mir im geeigneten Augenblick den verständlichen Wunsch von Corazzones Frau, doch etwas freier zu sein, zumal jetzt, da sie ihr zweites Kind erwartete.

Corazzone, der bei mir eigentlich eher in Pension war als in Diensten stand, fuhr mit Táccolas Leuchtboot jede Nacht allein aufs Meer. Er war für seine Schlaffestigkeit bekannt, und manchmal, wenn er ein Werkzeug in der Hand hielt, einen Pflock oder eine Schaufel, war er in der Lage, im Stehen zu schlafen, wenn er sich auf sie stützte. Vor kurzem hatte er am Steuerrad das Boot direkt auf die Felsen gesteuert und war erst beim zweiten Aufprall aufgewacht. Er musste daher offensichtlich seinen Schlaf zu Hause nachholen. Ich hörte Incoronata still zu, so wie ich auch still von ihr hörte, wie und wo sie den Platz für Arrichetta im großen Haus bei uns hergerichtet hatten. Sie war barfuß, und als ich mich nach einer Weile umdrehte, sah ich, dass sie lautlos hinausgegangen war.

Als Arrichetta zurückkehrte, verstand ich, dass vieles lange zwischen ihr und ihrer Familie bedacht und besprochen worden war. Sie hatte eine Botschaft für mich, und die betraf natürlich Schafe und Ziegen. Nach dem bewussten Auftrag in Sachen Carruozzo, hatte ich den Ziegenhüter nicht mehr gesehen, und als ich nach ihm geschickt und ihn hatte rufen lassen, blieb er vor mir stehen wie beim ersten Mal, in einer Haltung regungsloser Erbötigkeit.

Da er nicht einmal ein Lamm sein Eigen nennen konnte, kümmerte sich Tommaso um die Tiere von Don Calì, und das waren die, die einmal Don Michele Persico gehört hatten, auch um einige des Podestà von San Giovanni, weil die drei, und jetzt die zwei aus Gründen der Weideflächen verwandtschaftlich verbunden geblieben waren. Der Ziegenhüter erklärte mir den etwas komplizierten Mechanismus seiner Arbeitsrechte, der allerdings erst beim Verkauf der Tiere wirksam wurde und proportional zu dem Gewinn war, den er erzielen konnte. Doch weil andere Käufer chronisch ausblieben, kauften seine Herren am Ende alles zusammen zu dem Preis auf, den sie bestimmten, und Tommaso verblieb mehr oder weniger nichts.

»Jetzt«, sagte er, »sollen viele Schafe verkauft werden. Wir haben sie über zwei Jahre versorgt. Bei dem Schätzwert, den sie nennen, werden meine Mühen und die der Kinder gar nicht berücksichtigt. Und so ist es immer gewesen.«

»Wenn du das Geld in der Hand hättest und bei ihnen auftauchen und diese Schafe zu dem Preis kaufen würdest, den sie bereits festgelegt haben, wenn sie sie selbst kaufen würden, könnten sie sich dann weigern?«, fragte ich.

»Ich glaube nicht, dass sie das täten«, sagte der Ziegenhüter, ohne dass auch nur das geringste Zucken in seinem Gesicht zu erkennen war.

»Kannst du es so anstellen, dass sie nicht merken, woher das Geld kommt?«

Er dachte nach.

»Das«, sagte er, »ist meine Sache. Don Calì weiß, dass Verwandte von mir in Caracas ich weiß nicht, wie oft versprochen haben, mir zu helfen. Die beiden müssen denken, dass ich mit dem Geld kaufe, das sie mir geschickt haben. Ihr, Signore, braucht da keine Sorge zu haben.«

Über Arrichetta wurde kein einziges Wort gesprochen. Ich hätte so viel bezahlen können, um Tommaso für das zu entlohnen, was er auf meine Anweisung hin getan hatte, als schlichte Hilfe, wie schon bei vielen anderen und ohne dem irgendeine Bedeutung beizumessen. Doch ich fühlte, dass ich verworrene, nicht zu bezähmende Gedanken hegte.

»Ich habe eine Nymphe für den Preis einer Schafherde gekauft«, sagte ich mir und versuchte, die Sache von der heiteren Seite zu nehmen, um meine düsteren Gedanken zu vertreiben.

Viele Tage lang sah ich Arrichetta kaum an. Niemand im Haus der Häuser sagte etwas. Niemand in Licudi ließ auch nur andeutungsweise erkennen, dass er etwas wusste oder dachte. Und wieder verschob ich innerlich alles auf einen späteren Zeitpunkt. Wir waren die Herren der Zeit, oder vielleicht erwartete ich ja auch dunkel, dass mich ihr Fluss dahin führte, wohin ich mich nicht vorzuwagen vermochte. Und es auch nicht einmal hoffte.

Die Italiener hatten kaum Zeit gehabt, sich über die neue Vorstellung des Imperiums zu freuen und es zu bejubeln, das auf den über Kontinente verstreuten Gräbern des Ruhmes errichtet worden war, als zunächst kleine, dann aber immer dichtere Wolken, wie es am Himmel über Licudi oft vorkam, am Horizont aufzogen. Mussolini hatte seinen Protest gegen die »unangemessenen Sanktionen« in allen fünftausend Gemeinden Italiens (einschließlich San Giovanni) in Stein meißeln lassen, was als Warnung an die Feinde, das heißt die Engländer, dienen sollte. Diese hatten, ohne irgendetwas in ein edles Material meißeln zu lassen, in ihrem Elefantengedächtnis eine immer noch offene Rechnung mit uns eingetragen. Der Duce hatte sich den Deutschen angenähert, und das sollte von nun an sein Weg sein. Entweder glaubte er wirklich, er könne ein entscheidendes Gewicht darstellen, indem er eine subtile Politik der Gefälligkeit im empfindlichen europäischen Gleichgewicht spielte, oder aber er setzte, indem er eine vermeintliche Stärke volltönend propagierte, auf den Bluff, über den zu dieser Zeit viel geredet wurde. Doch die anderen Spieler an diesem Tisch waren ziemlich alte Füchse.

Und während der Spanische Bürgerkrieg andauerte und von den Rufen von Guadalajara und dem Alcazar durchzogen wurde und unser Eingreifen in diese komplizierte Angelegenheit die Landschaft der Zukunft Italiens in noch dichtere Nebel hüllte und die Gründe bestimmter Verhaltensweisen des Regimes noch unverständlicher machte, brach in Licudi, das den Krieg der anderen nicht zur Kenntnis genommen hatte, ein ganz eigener Krieg aus, und der Ort erlebte ihn mit außergewöhnlicher Intensität, wenn nicht gar mit besonderem Toben. So wie der Duce sich Äthiopiens bemächtigt hatte, was das Schicksal Italiens über einige Generationen hinweg gezeichnet hatte, beförderte Licudi, das sich an die Eroberung der Straße nach San Giovanni und zur Eisenbahnstation machte, sein neues Schicksal.

Ein fast animalischer Instinkt sagte mir, dass die Straße das Ende dieses Paradieses sein würde, das sich über die Jahrtausende hinweg erhalten hatte, so wie die Tempel von Paestum ihr Überleben dem undurchdringlichen Gestrüpp verdankten, das sie unter sich begraben und damit dem Vergessen ausgeliefert hatte. Doch die Macht der Umstände war unendlich viel stärker als meine Gedanken, und zwar dermaßen, dass ich ganz allein der Urheber dieses Ereignisses wurde, das ich fürchtete und hasste; und dass ich ganz allein den Samen für diese Pflanze aussäte, die dann wachsen und sich nach ihren eigenen Gesetzen ausbilden sollte, was sich am Ende für mich wie ein Fluch, wie etwas Feindliches herausstellte.

Aus einer ganz anderen Richtung riet mir Onkel Gedeone in Neapel, ich solle mich »da heraushalten«. Doch zwischen Carruozzo, Amalia, Vincenzina und Incoronata war es mir nicht gelungen, mich der Herrschaft meiner komplizierten mentalen Struktur zu entziehen. Don Calì hatte mit Sicherheit viele Dinge in seinem Gedächtnis katalogisiert, die mich betrafen: als Letztes den Kauf der Schafe durch Tommaso den Ziegenhüter, was ihn in Ungewissheit beließ. Obwohl sie die Dinge mit der Verschlagenheit von Bauern durchgezogen hatten, obwohl das Geld ganz offensichtlich aus Amerika durch die streng überwachte Post von San Giovanni eingetroffen war – wofür ausgerechnet dem Gefolgsmann Mazzinis, Mario, das Verdienst zukam, der, Gott weiß wie, ausfindig gemacht worden war und jetzt dem Beruf eines Devisenmaklers in Mailand nachging –, und obwohl die reichen Verwandten aus Caracas kein Interesse hatten zu leugnen, dass sie geholfen hatten – als sie es hätten tun sollen, jedoch nicht getan hatten! –, war Don Calìs Verstand gleichwohl subtil genug und er selbst viel zu vorsichtig, als dass er nicht gezweifelt hätte. Arrichetta schließlich war schon an und für sich ein belastendes Beweisstück gegen mich, vor allem für einen Mann seiner Mentalität. Doch dieses Mal hatte sich Don Calì, ganz gegen seine Gewohnheit, von vielen Skrupeln mir gegenüber leiten lassen.

Auch was Don Micheles Erbe betraf, war alles vage und vieldeutig geblieben. Don Calì konnte keinen meiner Gründe vermuten. Er hatte gemeint, sie erkennen zu können, als ich mich Amalia genähert hatte, doch jetzt, da sie verschwunden war und ich ganz offenkundig auf nichts aus war, vermochte er nicht zu verstehen, wo und wieso ich einen Handlungsbedarf festgestellt hatte. Er wusste nicht, dass Carruozzo Todesdrohungen erhalten hatte, daher verstand er auch nicht, wie es kam, dass Carruozzo, der vorher besiegt worden war, dann auch noch wortlos das Schlachtfeld geräumt hatte. Er spürte mit seinem Instinkt eines Urmenschen, dass ich irgendwie eingegriffen haben musste. Er beobachtete mich mit einer gewissen Furcht und sprach mir nun geheimnisvolle Fähigkeiten und Mittel zu. Doch am Ende war die Tatsache allesentscheidend, dass ich ihm keinen Schaden zugefügt hatte, dass das Erbe ganz problemlos bei ihm verblieben war. Wegen all dieser Gedanken und ganz sicher wegen vieler anderer, entschied er in seinem Inneren, dass es auch gefährlich sein könnte, sich gegen mich zu stellen, mit mir in Konkurrenz zu treten, unangebracht und sinnlos teuer wäre, und es daher geschickt und dienlich sein könnte, mit ganz Licudi einzuräumen, dass dieser Sansevero ein anständiger Mensch sei und es unvernünftig erscheinen würde, seine Mitarbeit, wenn nicht gar seine Vertraulichkeit nicht zu suchen. Kurz, er entschloss sich, mich um Hilfe in der *vexata quaestio* der bewussten Straße zu bitten. Wenn ich wirklich derjenige war, der Carruozzo aus dem Weg geräumt hatte, würde ich auch in der Lage sein, den Podestà von San Giovanni und seine ganze Ratsverwaltung von Kröten zur Raison zu bringen und mir möglicherweise auch beim Präfekten von Cosenza Gehör zu verschaffen.

Zu anderer Zeit und ohne all diese unterschwelligen Ereignisse hätte Don Calì mich niemals um eine Unterstützung dieser Art gebeten. Sein Beweggrund war offensichtlich, denn er träumte von Licudi als einer eigenständigen Gemeinde, deren Podestà er schließlich gerne gewesen wäre. Im Grunde war es das gleiche oberflächliche Konzept wie das von Corrazzone, der, als ihm die Formulierung »Mein Dorf ...« entfuhr, sich gleich verbesserte und hinzufügte: »Meines? Wenn es wirklich meines wäre, würde ich es auf der Stelle verkaufen!« Denn Don Calìs Programm war knapp und spärlich: »die Straße«. Das leuchtete ein, das war klar und durfte von niemandem außer ihm erreicht werden. Wenn der Befürworter und Erfolgreiche dagegen jemand anderer gewesen wäre, hätte das Dorf in diesem anderen selbstverständlich den künftigen Kandidaten erblickt. Doch jetzt hatte Don Calì gewissermaßen die Überzeugung gewonnen, dass ich mich nicht mit der Dorfpolitik hätte beschäftigen wollen. Es war nicht so, dass sein bäuerlicher Argwohn nicht gleich wieder bereit gewesen wäre sich zu melden und er sich nicht vorgenommen hätte, sich an die umsichtigsten Verteidigungsmaßnahmen zu halten, doch für den Augenblick damals entschloss er sich (was später geradezu eine Mode wurde), mich »als Werkzeug zu gebrauchen«. Und mit den ausgesuchtesten Höflichkeiten kam er feierlich zu mir, um mir einen Besuch abzustatten, was er in drei Jahren nicht fertiggebracht hatte.

Auf der einen Seite blendete ihn das Haus der Häuser, auf der anderen erfüllte es ihn bis zum Überdruss mit Neid und Missgunst; doch letzten Endes überzeugte ihn auch, dass ich zwischen Büchern, Frauen und griechischen Kleinamphoren niemals gegen ihn als Konkurrent für öffentliche Ämter auftreten würde. Und so redete er, und ich hörte ihm zu, während der kalte Dezemberwind aus dem Norden nun zum vierten Mal schon die vielen Millionen und Abermillionen Oliven für mich von den Bäumen schüttelte, die die dunklen Reihen der licudischen Frauen auf ihren Knien vom feuchten Boden eine um die andere auflasen. Vielleicht war es das Gefühl dieser seit Jahrhunderten andauernden übermenschlichen Mühsal unter den regennassen Baumwipfeln bei jedem Zischeln des Windes, dass ich mich zu dieser Zustimmung entschloss, die ich unter anderen Umständen wohl nicht gewährt hätte. Bei jeder Bö sausten die Oliven wie kleine schwarze Pfeile herab und bohrten sich in die Erde, wo der geringste Druck sie gleich begraben hätte. Die wie eine Wurzel deformierte, mit rheumatischen Knoten übersäte Hand der Pflückerin suchte sie alle, und sie nutzte dabei ihre Fingernägel so weit ab, bis eine Wunde entstand. Mein Blick auf einen derartigen Schmerz konnte nicht der hohe Blick eines Gottes sein. Obwohl ich entschlossen war, in meiner einzigen Wahrheit zu leben, fürchtete ich gleichwohl den Schleier meines eigenen Stolzes. Wenn diese freundlichen Menschen, die ich liebte, mich um eine derartige Hilfe baten, auch wenn ich dachte, dass sie am Ende in dem erhofften Fortschritt stattdessen eine ganz andere Realität als die kennenlernen würde, die man jetzt bereits voraussehen konnte, musste ich jedenfalls wie bei einem Menschen, der mir lieb ist, dem nachkommen, was er so lebhaft begehrte, statt mich dem entgegenzustellen, und zwar im Namen unserer Gründe und weniger der ihren.

Daher gab ich nach. Doch aus einem dieser unerklärlichen Antriebe heraus, die mich, das wusste ich, schon immer geleitet hatten, wurde die Art und Weise, den Menschen von Licudi dabei zu helfen, ihre Straße zu erobern, nicht durch mein Nachdenken gefunden, sondern entwickelte sich genau in dem Augenblick in meinem Kopf, als ich im Begriff stand zu antworten. Vielleicht hörte ich selbst es ja von meiner eigenen Stimme.

»Es gibt nur einen Weg. Die Ausgrabungen!«

Don Calì sah mich an, ohne zu verstehen.

»Die Ausgrabungen, Don Calì! Die Ausgrabungen. Das ist eine Nekropole, die vom siebten Jahrhundert an wer weiß bis wohin zurückgeht! Wenn wir die Leute vom Museum hierher bringen, wenn wir ihnen die gefundenen Objekte zeigen, wenn wir sie die anderen selbst finden lassen, von denen wir ja bereits wissen, dass sie da liegen, verbreitet sich die Nachricht. Dann werden Journalisten auftauchen, das Ministerium wird tätig, Touristen kommen zu uns, alles erwacht. Die Straße, San Giovanni hin oder her, die Straße müssen sie bauen.«

Don Calì starrte mich an, wie die Ratgeber der Isabella der Katholischen und des Königs Ferdinand Columbus angestarrt haben mussten, als er über den Seeweg nach Indien auf einer Route nach Westen zu ihnen redete. Doch alle seine vorausgegangenen Gedanken und das Engagement, das er bereits durch seinen Besuch bei mir eingegangen war, machten es ihm unmöglich sich zurückzuziehen. Er zuckte mit den Schultern, verzog sein brutales Gesicht zu einer geheuchelten Fügsamkeit, lächelte mit seinen gelben Zähnen, die mich so sehr an die des Präfekten Cirillo vor siebenundzwanzig Jahren im Collegio del Giglio erinnerten, und antwortete:

»Macht, was Ihr für richtig haltet, Signor Sansevero! Wir sind in Euren Händen!«

Das stimmte. Sie waren in meinen Händen, und zugleich behielt ich mein eigenes Leben in Händen und wusste, warum. Ich wusste, dass hinter all den Gründen und all den Anlässen, derentwegen ich Don Calì und allen anderen bereit war zu helfen, das zu zerstören, was sie waren und was ich an ihnen liebte, sich immer dieselbe Ursache verbarg, nämlich Arrichetta.

War mir Arrichettas Schönheit gleich vom ersten Augenblick an als etwas Einzigartiges und Wunderbares vorgekommen, löste sie in mir jetzt ganz konkret Schwindel aus. In jenen Monaten hatte sie ihr zwölftes

Lebensjahr vollendet. Ihre wohlgeformte, schlanke Figur war die einer Frau und erreichte bereits die gleiche Ausgestaltung wie bei Incoronata, die immer klein geblieben war. Arrichetta war im Wäldchen geboren und von Armut gequält worden, wie jene Wildpflanzen, die in einem kahlen umschlossenen Bereich oder in der Trockenheit einer Düne ganz auf sich gestellt sind. Jetzt aber, nachdem sie umsorgt worden war, zu essen bekommen hatte und ihr geholfen worden war, hatte sie wie jene Pflanzen eine Stärke und eine Blüte erreicht, die jeden blenden mussten. Und die Vollkommenheit jedes noch so kleinen Belangs, und sei es auch nur die Vertiefungen ihrer kleinen Ohren, die über ihrem Nacken zu einem Knoten gebundenen Haare, die Linie der Wimpern um ihre Augenränder, die kleine weiße Sichel ihrer Fingernägel, wo sie ins Knochenglied übergeht, machten aus ihr eine Substanz, die einen bisweilen daran denken ließ, dass sie mit etwas Pflanzlichem verwandt sein könnte, das, in seiner Zerbrechlichkeit unversehrt, das Außergewöhnlichste darstellt.

Ich versuchte, die dunkle Woge meiner Gefühle, die mich so quälten, in eine andere Richtung zu lenken und sie in einem ästhetischen Grundmuster aufgehen zu lassen, das völlig absurd war, weil es sich auf die Figur einer der Frauen aus dem Volk stützte, denen die Natur vor allem anderen zuerst die verborgene Macht verleiht, den Mann zum Mittelpunkt des Lebens zu erheben. So wie ich es in ganz geringem Maß – und das war bereits sehr stark – bei Amalia wahrgenommen hatte und womöglich auch bei Vincenzina; so wie ich schon andere Male bei Nene eine Verführung durchgestanden hatte, die man unmöglich anders benennen konnte und mich sowohl gedemütigt als auch zum Gott erhoben hatte, so wusste ich jetzt, dass Arrichetta von einem dermaßen feurigen, hochroten Blut durchströmt wurde, dass ich meines vergießen musste. Eine aufblitzende Intuition italienischer Liebe; Doppelsinn von Leben und Tod, wie sie von den antiken Dichtern begriffen und besungen wurde, denn beide gründeten auf dem Vergießen von Blut, das sowohl aus der klaffenden Wunde wie im Stöhnen der Lust hervorschoss.

Incoronata und Soccorsa schwiegen. Ihre Hingabe wandelte sich jetzt zu der einzigartigen Bereitwilligkeit, Arrichetta noch schöner herzurichten, gleich den Dienerinnen des Pharaos, die eine neue Gefährtin für ihn heranbildeten, und das mit einer Geduld, die auch Jahre währen konnte, damit der Gott auf Erden ein Wesen empfangen konnte, das man beinahe schon als Göttin ausgestattet hatte. Als hätten diese beiden jungen Frauen, von denen mir die eine mit ihren Gliedern gehörte und die andere möglicherweise mit ihren Gedanken, so tief in mein Herz hinabsteigen können; als hätten sie auch noch die kleinsten Vibrationen meines Kopfes wahrnehmen und den Widerhall eines jeden Wortes oder Wertes von Arrichetta bei mir vorausahnen können; als würden sie in dieser Art verborgenen Melodie, die ich da entwickelte, nach Wegen suchen, jede Dissonanz zu vermeiden und den spannungsreichen singenden Rhythmus durchzuhalten – das war eines der Mysterien, von denen ich wusste, dass die Erde von Licudi sie hervorbrachte. Diese gewissermaßen barbarischen Geschöpfe schienen aus diesem Grund in der Lage zu sein, zu Ursachen, Wahrheit und Sinn einer derartigen Sache vorzudringen, wie es nicht einmal die Prinzessin Siri vermocht hätte, der man so vieles erklären musste, ohne aber zu erreichen, dass sie sich ein wenig aufrichtete und über ihre eigene Welt hinausragte, wozu hingegen eine barfüßige Trägerin sich imstande erwies, die bereit war, über die züngelnde Flamme meines exklusiven und doch auch geschäftigen Lebens ihre ganze mitleidvolle Liebe auszugießen.

Doch empfing ich nicht nur durch die Hände dieser beiden Frauen, die Blütengirlanden in Arrichettas Zöpfe flochten, Zustimmung dafür, dass ich mich außerhalb des Allgemeinen und Zulässigen bewegen sollte, so wie es auch nicht nur Don Calì und Incoronata waren, die mir Corazzones Familie aufbürdeten. Sie spürten wohl auch, dass derjenige, der seine Rechte bewusst vernachlässigt, sich gelegentlich von seinen Pflichten entbunden fühlt. Doch ein Impuls hatte das Dorf instinktiv dazu gebracht, auf den schon sterbenden Mastro Janaro zu verzichten, damit er mein Haus fertigstellen konnte. Eine geheimnisvolle Vorahnung hatte es veranlasst, auch noch auf die letzte griechische Terrakottafigur zu verzichten, wenn es dafür meine Kaktusfeigen haben konnte. Und jetzt, einer verborgenen Regel folgend, stimmte das gesamte Dorf mit schweigendem Nicken dem Geschenk Arrichetta zu. Gleich Bienen im Verein mit ihrer Königin ordnete Licudi sich ganz nach meinen durchaus nicht erkennbaren Gedanken, damit ich es in seiner dunklen Entwicklung dahin führte, wo seine Zukunft lag. Wenn Arrichettas außerordentliche Jugend und Unreife sich jenseits des Calitri ausbreiten durfte, dann durfte Licudi das auch. Wie hätte ich den anderen denn versagen können, was ich mir selbst zubilligte?

Ich blickte aufs Meer, auf die Olivenbäume, auf die Häuser am Hafen. Alles lag so fest gefügt da, lachend und heiter. Die antiken Götter schwebten ganz sicher hoch oben und betrachteten aus der unversehrten Lasursteinbläue des Himmels den letzten, noch gesegneten Winkel der Welt. Ein Grieche hätte aus meinen Gedanken nur den Schönheitssinn herausgesondert; das römische Heidentum hätte sie in die sardonische Laszivität des Petronius gepresst; und das Schicksal des kleinen Mädchens als Modell für den Beliò-Brunnen sprach für Cellini und die Renaissance. Doch etwas Heuchlerisches lastete auf dem »jüngeren Alter«, das ja an sich schon so grundlegend verschieden bei den Frauen in Norditalien im Vergleich zu denen des glühenden Südens war. Wenn das Gesetz, das hierin wesentlich strenger war als das Brauchtum, die jugendlichen Mädchen allein deshalb schützte, weil sie für die Empfängnis noch unreif waren, war dann die Vorstellung einer ehelichen Vereinigung mit der alten und schon unfruchtbaren Frau, die aber dem Ehemann als Pflicht vorgeschrieben war, nicht ebenso abstoßend? Das Gesetzbuch sprach bei »unter sechzehn Jahren« von Lust und Geilheit und verschwieg die Liebe. Ich konnte mir immer wieder vorsagen, »nur vierzehn Lenze hatten Julia sacht gestreift«. Und Verona kannte nicht die glühende Sonne von Licudi.

Aber war es denn nur das Alter, das mich von Arrichetta trennte? Oder nicht eher – und ganz sicher entscheidend – ihre Lebensbedingungen und vor allem ihr Kopf? Um diese unüberwindlichen Hindernisse zu beseitigen, um mich der Verantwortung für eine derartige Entscheidung zu stellen, brauchte es stärkere Gründe als bloße, wenngleich auch leidenschaftliche Begeisterung. Liebe, so wie die Antiken sie in ihrer Tiefe verstanden hatten, war der Urstoff, der alle Elemente bewegte und vermischte, damit aus ihnen neue und noch nicht erahnte Substanzen entstehen konnten. Die Mythen waren von stechenden Strahlen der Metamorphosen durchdrungen, die Götter, Menschen und Monster in sich bargen. Sie verwandelten die Materie in weinende oder erinnernde Essenzen oder diese in jene, wenn sie aus einer Nymphe einen Baumstumpf, aus einem Selbstbetrachten eine Blume, aus einer Königin ein Sternbild oder ein Ungeheuer machten.

Doch eine derartige Liebe, die unbarmherzig über einem von ihr selbst herbeigeführten Chaos waltete und sich von ihm nährte, sieh doch nur, Sansevero, wie sie durch die Jahrtausende vom großen Dichter in »jene Liebe, die hier entzückt« übertragen wurde: das Begehren, das inmitten von Regeln und Zwängen entsteht, die in ihrer eigenen Komplexität Werten und Sinn eine neue Kraft verliehen. Sie zu entheiligen hieß, das Herz völlig zu verwirren. Hier musste vor meinem idealen Hohen Rat Rede und Antwort gegeben werden, vor Gian Luigi, vor Lerici, vor den in letzter Zeit nicht mehr von einem Lächeln erfüllten Augen Onkel Gedeones. Ich hatte eine Botschaft von Gian Michele entgegengenommen, ich hatte mich bemüht, sie zu deuten. Und weil sie mich vielleicht dahin führte, in dieser urständigen Welt aus den Händen ihrer eigenen Eltern eine Unschuldige zu empfangen, mit dem Wissen, dass, wenn sie nichts gesagt hatten, mich dennoch verurteilen würden? Ihnen war es unter dem harten Gesetz der Notwendigkeit wie in einer chinesischen Familie verhängnisvoll vorgekommen, dieses Geschöpf herzugeben, denn das rettete sie als Erste vor dem Hunger und möglicherweise vor dem Tod. Doch sie hatten das Gewicht meiner Handlungen ihr gegenüber wieder meinem Gewissen aufgebürdet: Und das regungslose Gesicht von Tommaso dem Ziegenhüter, das weder den Ausdruck eines Kupplers noch das eines Nichtwissenden zeigte, verhängte ein Urteil über mich und über alles andere. Konnte ich ihm antworten, konnte ich ihm gegenüber meine Unschuld beteuern noch bevor ich es den anderen oder mir selbst gegenüber tat, indem ich einfach gestand, dass ich liebte? Und dass das, was ich in diese Liebe legte, nicht korrumpiert werden konnte?

Der Fluss dieser Gedanken war es, der mich weckte. Ich konnte sie nur zu Ende bringen, indem ich für mich hinnahm, dass ich liebte. Das Haus der Häuser war nur zu diesem Zweck gebaut worden. »Wen bringt Ihr wohl hierher, Don Giulì?«, hatten die Mädchen damals gefragt und dabei gelacht. Ja, ich wollte das von der Natur bevorzugte Wesen herbringen, das ich in der Natur gefunden und aus ihren Händen im

Gestrüpp des Calitri empfangen hatte. Ich würde die Kraft haben, mein Werk zu Ende zu bringen, meine Seele zu vervollkommnen, den Augenblick zu erlangen, wo sie wie ein dauerhafter, sonnendurchglühter Blitz über meinen Tagen steht. Dann hätte ich gesiegt und nicht umsonst gelitten. Ich hätte noch einmal geliebt, wie ich bereits geliebt hatte.

Krankhafte Fantasien dieser Art, wie sie mir heute erscheinen, konnten für sich eine unverstellte Aufrichtigkeit in Anspruch nehmen. Es ist durchaus möglich, dass ich unter dem Trieb des Begehrens, das sich immer deutlicher herausbildete, versuchte, eine Schwärmerei, wenn nicht gar eine Halluzination aufrecht zu erhalten und vielleicht noch zu steigern versuchte, die mir die Kraft verleihen sollte, über dieses dunkle Meer zu fahren, wie ein Krieger, der sich vor der Schlacht berauscht. Doch es wäre schwer zu sagen, ob es ein fernes Bewusstsein war, das sich selbst etwas vormachte und sich in diesen komplizierten Gründen zur Ruhe bettete, oder ob nicht eher die innerste Wurzel meines Lebens, die sich ihrer Beweggründe sicher war, in einer übermenschlichen Anstrengung die ganze Welt erschuf, die sie brauchte. Das Wechselspiel von Wahrheit und Traum, das in Cervantes seinen größten Dichter gefunden hat, verschaffte sich mit nahezu fieberhafter Unmittelbarkeit wieder Geltung. Ich dachte nach und litt. Ich war mir sicher und ich war innerhalb einer Stunde zehnmal erschrocken. Und ohne den Blick zu heben, nahm Incoronata meine Gedanken auf, als würde sie sie mit großer Sorgfalt in die Hochzeitstruhe zurücklegen, die sie brauchte, um die Aussteuer herzurichten, und wahrscheinlich nicht wusste, warum. Wohingegen Arrichetta, die wie der Tag leuchtete, ihre Stunde erwartete.

Die Vorweihnachtszeit war bereits angebrochen, als ich nach Tarent kam, das ganz vom Meer durchnässt war, voll salziger Schatten und windiger Flügel. Seine kleinen Läden quollen über mit Gipsfiguren: Büßer der heiligen Prozession mit mehligen Kapuzen, aus denen die kohlschwarzen Augen herausschauten; heidnische Soldaten mit goldenen Rüstungen; Engel von karamellfarbener Haut unter dem glänzenden Anstrich; und die versammelte Mannschaft der Schutzheiligen, Domenikus, Theresa, Franziskus, Philippus, Ignatius, der Erzengel und mittendrin er, San Cataldo, der allerheiligste Bischof von Irland, der herbeigeeilt war, um Tarent zu schützen, und hier auf halbem Wege die Heiligen Cosmas und Damian traf, die aus dem gleichen Grund von Arabien heraufgezogen waren.

Demgegenüber die vollgestaubten, oben in den Regalen gestapelten und jetzt unzeitgemäßen griechischen Nachbildungen von Grottaglie mit diesem unpersönlichen, in Formen gepressten Glanz. Jedes Mal gaben sie mir einen kleinen Stich ins Herz, denn sie erinnerten mich an die anderen, die echten, die jetzt im Haus zwischen den Oliven lagen und warteten und ganz sicher nachdachten. Die, für die ich hergekommen war, um sie vorzustellen, um sie begeistert zu beschreiben, wie es schien. Und jedes Mal fühlte ich in meinem Inneren, dass ich im Begriff war, sie zu verraten. Und wenn ich die Heiligenfigürchen ansah, die sich um das Opfer am Kreuz scharten, erweckten sie in mir Gedanken und Gefühle, die Judas Ischarioth wohl empfunden haben musste, als er in der nächtlichen Kälte inmitten der anderen immer wieder über seinen Verrat nachsann und ich weiß nicht von welcher Art übermächtiger Eifersucht und Liebe schäumte.

In meiner Unentschlossenheit konnte ich zu keiner Entscheidung gelangen. Das kleine Hotel befand sich ganz in der Nähe des Museums von Tarent, und ich hatte es vorgezogen, den Museumsdirektor dieser Stadt anstelle des von Reggio Calabria um einen ersten Schritt zu Licudis Gunsten zu bitten. Im Geheimen wollte ich es und wollte es doch nicht und machte mir wahrscheinlich vor, dass die irrtümliche Zuständigkeit den Lauf der Dinge in eine andere Richtung lenken würde; und ich wusste, dass es nicht so war und es sich gleichwohl ereignete und möglicherweise sogar noch schneller. Zwei- bis dreimal am Tag kam ich am Tor des Museums vorbei, doch hinein ging ich nicht.

Diese feuchte Schattenhaftigkeit von Tarent! Diese bis zum Wasser reichende verschwommene Weite und die ferne Dunkelheit, die an bestimmte Übergänge bei Träumen erinnerte, und dieses traumartige Herumirren ohne jede Richtung noch Zeit. Nur auf die Nacht gestützte, zerfaserte Theorien über schwärzliche Paranzen schützten Märkte aus dem sechzehnten Jahrhundert, wo die weißen und dunklen Fischmassen unter dem Schein der Karbidlampen schimmerten oder in den Finsternissen von Körben versanken, die wannengroß waren, Wannen so groß und so düster wie Schächte. Hinter ihnen auf den Kais lagen, nur ganz wenig besser beleuchtet, die wunderbaren handwerklichen Nachbildungen der Meeresfrüchte, die in Mandelpaste alle an der Felsenküste und auf dem Meeresgrund vorkommenden Arten darstellten: Schnecken, Herzmuscheln, Tritonshörner, Mondschnecken und Archenmuscheln, mit der Vollkommenheit ihres gedämpften Lichts, ihrer Feuchtigkeit und ihrer Klebrigkeit. Girlanden, Rosetten, Gräser, Aufschichtungen falscher, verzaubernder Meeresfrüchte, glitschig, schwitzend, beschwörend: magische Übersetzung innerhalb dieser geheimnisvollen Welt aus Strudeln und aus dem Bittergeschmack des Jods, aus dem wogenden Treiben der Mandeln im sizilianischen März.

Ich ging durch die dunklen Gassen, während Flügel von Fledermäusen, von kleinen Winden, von besonderen Bewohnern des Ortes, die dort ganz sicher ihre von Spinnennetzen eingewobenen Nester hatten, mir mit einem kurzen, hohlklingenden Seufzer über das Gesicht streiften. Wer zur Weihnachtszeit allein ist, ist noch einsamer. Und ich verzehrte mich beim Gedanken an das mächtige Feuer zu Hause, an die, die auf mich warteten und Überlegungen anstellten, während ich mich durch diesen kalten Hauch der Einsamkeit kämpfen musste und die absurde Pflicht auf mich nahm, für sie eine Straße durchzusetzen, die sie zerstören würde. Ich fühlte, dass mein Schritt in dieser Finsternis vorsichtiger und lautloser wurde, fast wie der eines Menschen, der sich vorbereitet, eine perverse Tat zu begehen.

Die Nacht zwischen den klammen Betttüchern des unglückseligen kleinen Hotels war noch schlimmer. Mein Körper wärmte zwar nach und nach das Schlaflager, brachte aber auch das Klebrige hervor, das man kennt, wenn ein Kranker an einer zwar nur erhöhten, aber doch lästigen Temperatur leidet. Und während ich regungslos, mit offenen Augen da in der Dunkelheit lag, war es mir, als würden zahllose Fäden von mir ausgehen, die sich verbreiteten und alle Dinge berührten, die waren und einmal meine waren und jetzt in der Zeit verstreut herumlagen.

Wie Hände, die etwas suchten, fühlte ich, wie meine Gedanken sich zu dem alten Haus am Monte di Dio bewegten, und sie gingen zu eben jener Pforte, zu jener Mauer, zu jener Kassette. Das alles glaubte ich vergessen, nun aber brachte es sich wieder in aller Genauigkeit in die Erinnerung, wie sie zu der Zeit aussahen, als ich gewohnt war, sie zu sehen und mit ihnen umzugehen. Und ein weiterer unsichtbarer Faden verband mich mit der Klosterküche im Giglio: Wieder schmeckte ich wie etwas Besonderes – und wohl eher mit der Nase als mit dem Mund – die schwimmenden Sternchen in der Brühe mit den Fettaugen und den Tomatenstücken. Und ein anderer brachte mich auf den dunklen Dachboden im Haus des Onkels und der Tante meiner Mutter, der Larèmes, dahin, wo der ungezogene Affe lebte; und noch ein anderer auf die luftige Loggia im Viertel des Palazzos, damit ich noch einmal den rauen Duft von Onkel Gedeones Dahlien riechen konnte, der meine Zähne stumpf machte; oder zu dem Landgut, das noch Onkel Gian Michele gehörte, für mich, oberhalb der Küste von Cetraro, jener bitterherbe des Feigenbaums in der Sonne; oder auch zu der kurvenreichen Gestalt Elviras, die ich spürte: Ich spürte sie sogar noch jenseits des Ozeans, mit dem Schatten des Fenstervorhangs des Zuges, um die Einladung zu verhüllen. Und noch einer ... und noch einer ...

Ich wälzte mich qualvoll in der klammen Wärme von einer Seite zur anderen. Jetzt gingen von mir alle geheimen Verzweigungen gleichzeitig aus, in Böen, in Bündeln, in einer unüberschaubaren Vervielfachung von Begegnungen, Verwicklungen, Verflechtungen. Ein großer Teil meiner Seele breitete sich über Europa aus, um einen müßiggängerischen persischen Parfumier an der Puerta del Sol wiederzufinden; oder Caterina Pratt mit ihrer Perücke aus roter Wolle im Theater; oder sie flog im Nu über das Meer, um den Denkweisen der Fünf zu begegnen, die sich in der Weihnachtszeit ebenfalls an mich erinnerten und auf Bergen von Silber in den kristallinen, auf den Gipfeln von Peru errichteten Minen saßen. Ein anderer Teil dagegen flog insgesamt nach Licudi, zu den zwanzigtausend Steinen des Hauses der Häuser, von denen ich jeden einzelnen wahrnahm; mit den wasserführenden Rohren, den Fenstern und Türen des Palazzos Corigliano, den Balken des Barons Castro und den schicksalbefrachteten Stämmen aus dem Wald von Cerenzia, wo die anderen vieltausenden Pflanzen, die der Pflege meines Herzens anvertraut waren, in klirrender Stille, von Sternen behütet schliefen. Und ich spürte Corazzones neues Haus und hörte seinen Pfiff, während er die Schlange in der Dankalischen Wüste nachmachte. Ich spürte Incoronatas Hände, die meine Füße wuschen; die Rauheit des Stricks, mit dem Geniacolo den Glatthai unter dem Boot festgezurrt hatte; und sogar meine Ziegen, den Esel, das sardische Pferdchen, jeden noch so kleinen Gegenstand, der dort in der Finsternis lag und mir gehörte, nicht, weil ich ihn berührt oder erworben hätte oder über ihn verfügen konnte, sondern weil sie Teil meiner Erinnerung und daher der Schoß der Welt waren, in den mein Leben sich eingebettet hatte, ob es das wollte oder nicht: Angelhaken, in die Tiefe gesenkt, damit ich sie zugleich spüren und begreifen konnte, auf welches Risiko, auf welche Veränderung ich mich einließ, um zu verstehen, dass die bunte Chimäre, die meine Fantasie – und sie allein – in den letzten vier Jahren ausgebildet hatte, sich ein weiteres Mal auflösen sollte. Dann hätte ich mich wieder im vollkommenen Dunkel befunden: das, welches meine Augen jetzt nur mit schmerzlichen Vibrationen belebten, Dolchstiche unter den Lidern wie Nadeln elektrischer Lichter.

Doch gleichzeitig wusste ich, dass ich es nicht vermocht hätte, mich von dem Rad der Dinge zu befreien, doch nicht wie früher, weil ich den Weg nicht erkennen konnte, weil ich die Umstände nicht kannte und auch nicht, weil ich die Kräfte dafür nicht gehabt hätte, sondern weil mein eigener Wille sich verdoppelte und keine Harmonie mehr besaß, zwanghaft und zögerlich, gierig und enttäuscht war. So würde ich also zu diesen fremden und in ihrer Trägheit sicherlich abweisenden Männern gehen, und ohne dieses banale Alibi auch nur auszuspielen, würde ich sie drängen, antreiben, überzeugen und am Ende mit mir nach Licudi führen, damit sie an ihren eigenen Schienensträngen entlangspazierten, die zu jener Zeit so unausweichlich waren wie das Wasser, das in die Ebene fließt, und damit das Rad sämtlicher anderer Dinge, die unüberwindlich sind, sich bewegte: die Presse, die Stellen der Macht, die Menschenmenge, die Straße. Und Licudi würde sterben.

Doch davor würde ich in dieser Zeit, die sich noch erfüllen sollte, die verbotene Grenze überwinden, die mich von Arrichetta trennte, würde ich vor ihr erscheinen, bis ich mich wie ein Gott fühlte, wie der ekstatische Liebhaber der Sappho und dann des Catull. Und ich würde, von meinem eigenen Dämon getrieben, in der Gewalt und im Laster von Licudi das äußerliche, einhellige Erscheinungsbild meines einsamen Wahnsinns suchen, indem ich sowohl für das eine wie für das andere mit eigenen Händen meine Sünden und die mir danach zuteilwerdende Sühne vorbereitete. Auch das brennende Vorwissen, das mich umtrieb, war nicht anders als das eines Menschen, der die Zukunft zwar sieht, aber sie deshalb noch nicht diktiert: Ich hätte sie deswegen auch nicht um eine Linie verändern können, selbst wenn ich wusste, dass dies die Zeit war, die noch bevorstand und die ich durchaus nicht Schicksal nennen konnte.

Wieso kehrte ich in den Tagen dieses Weihnachtsfestes nicht zurück? Nach dem ersten Besuch war es klar, dass niemand vom Museum in Tarent sich bis zum Dreikönigsfest bewegen würde. Und ich wusste, dass meine liebe Familie in Licudi sich insgesamt und zur gleichen Zeit auf die menschliche Seite der Geburt des Herrn vorbereitete. Sie konnte in ihrer Armut besser als jeder andere die unvergleichliche Botschaft eines Gottes verstehen, der sich eine Krippe als Wiege auswählt. Ganz sicher musste Genuario Pizzo, der seit vierzehn Jahren seinen Karren Woche für Woche bis nach Castrovillari führte und an der Straße schlief, sofern es möglich war, und zwar genau in dieser Krippe, die Geschichte von der göttlichen Geburt völlig anders verstehen als die, die Krippen nur vom Hörensagen kannten. Und auch Tommaso der Ziegenhüter, der mit seiner zehnköpfigen Familie im eiskalten Winter in der Hütte wohnte, wusste nicht durch Worte, sondern durch eigene Erfahrung, was die Dezembernacht mit ihren kalten diamantenen Sternen bedeutete, während der klirrende Nordwind über die unendliche Stille des Eises fegte und keine Stimme zu hören war.

Sie alle begingen also das Weihnachtsfest nicht wegen ihrer Kenntnis dieser wunderbaren, dieser rauen Geschichte, sondern aufgrund ihrer Kenntnis der Dinge, aus denen sie gewirkt ist. Sie sahen die bange Sorge des Vaters in fremdem Land mit der armen Frau, die jeden Augenblick ein Kind zur Welt bringen konnte, inmitten von Steinen, wie ein wildes Tier, das immerhin wenigstens eine Höhle hatte. Und sie wussten, was es in diesen unaussprechlichen Augenblicken heißt, in denen die deutlich wahrnehmbare Scham sich in dem durcheinandergebrachten Menschen bis in die tiefsten Tiefen auflöst, sie wussten, wie wichtig es war, den Flügel eines Daches über dem Kopf zu haben – und ich dachte wieder an das Haus der Häuser, das mich an jenem Abend zum ersten Mal in seine Geschlossenheit aufgenommen hatte! Und was sonntags die Annehmlichkeiten der Streu bedeuteten, der Schatten, auch wenn er für diesen schaudernden Augenblick die unschuldsvolle Stille einhüllt, aus der der erste Schrei des neugeborenen Kindes aufsteigt, und über diesem zitternden Kind, in der Wärme der mütterlichen Brust, der kräftige Atem des Ochsen.

Ich dachte an Arrichetta, die ja ebenfalls, wie auch ihr jüngstes Schwesterchen, unter den Augen aller »mitten im Raum« geboren worden war. Und dieser Gedanke, vor dem ich auf der Stelle zurückscheute wie vor einer Schändlichkeit, deren Urheber ich selbst war, schloss sich meinen anderen, wie auch immer eigentümlichen Gedanken an, der in ihr die göttliche Schönheit erkennen und aus ihr etwas Göttliches machen wollte. Und gleichzeitig fragte ich mich, wie ich mit derartigen Vorstellungen, mit einer derart absurden Liebe, mit einem derart absurden Begehren, die in meinem Kopf steckten, wie der Anführer und Patriarch an meinem Tisch sitzen und in der Festlichkeit des Hohen Tages das Brot mit denen teilen konnte, die mir als Diener, Kinder und Ergebene unterstellt waren, wenn ich fühlte, dass ich auf die unter ihnen, die die Schutzloseste war und mir die Liebste hätte sein sollen, den Blick legen wollte, wie es die antiken unfrommen Satrapen gemacht hatten, die in der Liebe zu ihren eigenen Töchtern verkommen waren.

In jener Nacht, als ich mich von allem erfasst und

hingerissen fühlte, was mir gehörte, hatte ich im Eichwald am Rand des am weitesten von Licudi entfernten Punktes jene Herde wiedergefunden, die ich für Tommaso den Ziegenhüter ausgelöst hatte. Ich spürte, dass diese Präsenz (es handelte sich dabei um ganz gewöhnliche Tiere) sich nicht von mir gelöst hatte. Sie waren der Preis eines Lebens, das in meine Hände gelegt worden war, auch wenn Tommaso es nicht einmal mit einem Zittern seines reglosen Gesichts zu verstehen gegeben hatte. Doch ich dachte an Romeo, in dem Augenblick, als er das Gift bei dem Juden kauft und sagt: »Deine Armut kaufte ich, nicht deine Seele.« So war's auch hier. Die Herde gehörte nur mir, denn Tommasos Anteil bestand in allem, was er brauchte. Er besaß nur ihre ausschließlich körperliche Form, und das, was er bezeugte, wiewohl er ganz friedlich das Gras abweidete und durch die Macchia zog, verblieb bei mir.

Daher wollte ich nicht mit Gedanken dieser Art ins Haus der Häuser zurückkehren. Und ihnen gegenüber, die auf mich warteten, ihnen gegenüber, die sich nicht vorstellen konnten, dass ich nicht zurückkam, und die bis zur letzten Minute warten würden, die das schöne Essen um Stunden verschieben, das Feuer schüren und die Lichter erneuern würden, ihnen gegenüber, die sich ins Unabänderliche erst schicken würden, wenn es schon zu spät war, inmitten weinender und eingeschlafener Kinder, von angetrocknetem, kaltem Essen, ihnen, die es nicht mehr schaffen würden, rechtzeitig in die Mitternachtsmette zu kommen, die nicht mehr essen würden, weder vergnügt noch gemeinsam, noch ordentlich an dem nutzlosen Tisch, ihnen gegenüber würde ich später auch lügen können, ich würde sie glauben lassen, dass ich auf das Fest mit meiner Familie verzichtet hätte, nur damit Licudi eine Straße bekommt, und dafür – so hätten sie sich in ihrer Unschuld vorgestellt – hätte ich möglicherweise die ganze Nacht an der Türe des Museums gestanden oder vielleicht auch mit dem Präfekten von Cosenza gesprochen – um so schlimmer dann für mich, wenn ich in Tarent war –, mit meiner Opferwilligkeit und zum Besten von ihnen allen.

Ja, sicher, Incoronata würde mit gesenktem Kopf dagestanden haben. Doch sie konnte nicht einmal derart schwierige und gewundene Gedanken vermuten, was in mir ein absolut verzweifeltes Gefühl von Verlassenheit hervorrief. Mit absurder Empfindlichkeit beschuldigte ich sie alle, sie würden nicht verstehen, warum ich sie in jenen Tagen im Stich gelassen hatte; warum ich, von Stadt zu Stadt ziehend, bis zum Heiligen Abend immer wieder einen anderen, noch weiter entfernten Ort suchte. War es denn möglich, dass ich, bedrängt von einer bangen Sorge dieser Art, bei der ich mir Freuden versagte, die mir gehörten und mich erwarteten, die fieberhafte Sehnsucht meiner frühen Jahre wiederfinden würde? Als ich mein Herz mit Sehnen verzehrt hatte und es mir schien, dass dies mehr wert war als jeder Besitz: umso mehr, als ich Nerina wahrscheinlich nur deshalb verloren hatte, weil ich sie so vollkommen geliebt hatte.

Am Heiligen Abend befand ich mich auf Sizilien, in dem einzigen kleinen, noch dazu miserablen Hotel in

Noto: dieses außergewöhnliche Überleben einer architektonischen Städteeinheit, die Zeuge für Epochen, Absichten und Kräfte zu sein schien, die so weit von uns entfernt sind wie es die längst vergangener Hauptstädte sein können, die der Dschungel verschlungen hat und deren Könige schon vor Tausenden von Jahren gestorben sind.

Über dieser feierlichen Dekadenz schien der menschliche Schleier, armselig und desorientiert, sich so zu bewegen, wie Ameisen, die, nachdem ein Feuer ihr Nest zerstörte, überlebt haben. Doch die gesamte Nacht über dem Land und über den Bergen, noch viel weiter oben und viel weiter entfernt als die Stadt selbst, war allerdings vom Klang ihrer mächtigen Glocken in den Höhlungen ihrer Türme bewohnt: ein geweiteter, volltönender Klang. Die Glocken brachen über meinem Kopf los und brachten die altersschwachen Mauern meines kleinen Hotels zum Erzittern. Sie füllten seine kariösen Hohlräume so, wie die große Woge jeden noch so kleinen Durchbruch im Felsenriff aufsucht und bläht und ihm sowohl ihren Atem als auch ihre Stärke zu geben scheint.

Ich lag unter diesem Klang, der mich durchschüttelte, als läge ich auf dem Rücken unter einem Licht, und die Dunkelheit unter den Lidern schimmerte unter jeder Dünung der Bronze auf und blendete mich wie ein unerwarteter nächtlicher Blitz. Doch schon überließ ich mich dem Abdriften in ein schmerzerfülltes Staunen – vielleicht aber auch in den Schlaf!

Zu Beginn des neuen Jahres, kurz nach dem Dreikönigsfest, überschritt die offizielle staatliche Archäologie den Calitri. Schon vorher, lange bevor ich nach Tarent gefahren war, hatte ich, nachdem ich ein Grab ausgemacht hatte, das wegen seiner einzigartigen Qualität und der Anordnung der Steine, die es bedeckten, bedeutend zu sein schien, seinen Umfang mit einem Flechtwerk aus Schilfrohr abstecken lassen, machte mich aber nicht an seine Ausgrabung.

Nicht ich war es, der die Museumsbeamten begleitete, sondern Don Calì. Ich erfand eine entsprechende Entschuldigung und ging ins Haus zurück. Trotz der kalten Wintersonne war es ein leuchtender Tag. Das Haus der Häuser schwieg, es lag reglos im flimmernden Staub wie etwas, das nicht wirklich war. Jedes noch so kleine Blatt der Oliven atmete sein Wesen in der geschlossenen Atmosphäre, wie eine durchsichtige, von keinem Kratzer und von keiner Stimme beschädigte Kugel. Die Frauen glaubten, ich würde den Vormittag bei den Ausgrabungen verbringen und waren deshalb auf den Feldern. Und die leuchtende, menschenverlassene Vollkommenheit des Ortes tauchte mit der gleichen zauberischen Intensität vor mir auf wie in der allerersten Nacht, als das Dach endlich aufgesetzt und mir, der sich allein dort befand, Tredici erschienen war, mit ihrem zerknüllten Brief und ihrem schon wie ein Schwert gezückten Fluch über den Ort.

Damals hatte ich schlimme Befürchtungen, und diese hatte ich auch jetzt. Doch während ich mich damals von einem Risiko bedroht wähnte, das aber, auch wenn es todbringend hätte sein können, niemals den Kreis meiner dichterischen Welt verließ, war die Gefahr, die sich nun da oben mit jeder Schaufel Erde zusammenbraute, die Biasino von dem bezeichneten Grab schaufelte, dieses Mal gegen die Poesie. Die Zeit erschien mir auf der Stelle schwindelnd und nicht mehr herstellbar. Ich hatte nur noch ganz wenige Stunden vor mir, und danach würde alles anders werden. Mein Herz würde in den Zustand völliger Nacktheit versetzt werden, so wie der freigelegte Graben da oben.

Ich ging nicht ins Haus, sondern machte mich gedankenverloren auf den Weg in Richtung Küste. An dieser Stelle waren zwei Rosmarinbüsche gepflanzt worden, die jetzt schon eine beachtliche Größe erreicht hatten. Dazwischen war die Erde von schöner Ockerfärbung, und weit hinten erkannte man zwischen dem heiteren Grün der Allee das intensive Blau des Meeres. Da sah ich Arrichetta, die mir entgegenkam und eine blühende Blume in ihren Händen hielt. Wo hatte Arrichetta mitten im Winter diese Blume gefunden? Eine Blume, wie ich sie vorher noch nie gesehen hatte, so groß, dass sie sie in der Höhlung ihrer beiden Handflächen hielt, fleischig und schwer, von einem von aschgrauen Streifen durchzogenen Gelb.

Als sie mich sah, beschleunigte sie ihren Schritt zwar nicht, doch nachdem sie ihren Blick auf mich geheftet hatte, wandte sie ihn nicht mehr von mir ab. Und als wir uns gegenüberstanden, konnte ich ihren Blick nicht mehr aushalten und spürte, wie ich rot anlief. Sie hob die Hände mit der Blume.

»Die ist für Euch«, sagte sie. »Ich bin sie für Euch holen gegangen.«

Ich nahm die Blume zugleich mit ihren Händen, und ich spürte das Leben in beiden. Da drückte ich sie an mich, und ihre Hände blieben hoch und geschlossen. Die Blume verströmte einen eindringlichen Duft, den ich nicht kannte. Es war das erste Mal, dass ich Arrichetta zu umarmen versuchte, und ich war zufrieden, dass diese Blume den Abstand zwischen uns hielt. Doch ich spürte auch den zarten Duft ihrer Haut, ein kaum wahrnehmbares Strömen, das mir aber so intensiv wie das der Blume vorkam.

Sie gab meiner Umarmung nach und stand so reglos und so in sich ruhend da, dass es fast einer rituellen Geste gleichkam. Ihre klaren, leuchtenden Augen wandten sich nicht von meinen ab, und in mir lärmte und wogte es so stark, dass ich ganz benommen wurde.

Da strich ein Schauer über meinen Nacken. Ich fühlte, dass der Gipfel meines Lebens erreicht und vollendet war und ich mich nun an den Abstieg machen musste. Und möglicherweise hatte ich auch sterben wollen.

5. Die Verfinsterung

Am Abend des ersten März 1938 war im gefeierten Vittoriale der Italiener das Leben Gabriele D'Annunzios zu Ende gegangen, und viele Tage lang gedachte das gesamte Land des »Sehers«, gemeinsam mit dem herbeigeeilten Mussolini, der auch die Trauerfeierlichkeiten leitete.

Zur Zeit der hängenden Gärten war der Mensch D'Annunzio für mich ein gefährlicher Einpeitscher, wenn auch in der Art eines Windes, der die Wolken vertreibt. Doch schätzte ich die Integrität und Kohärenz seines Wesens, in welchem ich Leere, Tugend, Naivität und Verfälschung beobachten konnte, die allesamt auf so vollkommene Weise miteinander verbunden und empfunden waren, dass man jede noch so geringe Schattierung wahrnahm. Wenn er mit offenen Augen träumte, war es, als ob er, je mehr ihm bewusst war, wie sehr seine Vorstellungen Chimären glichen, umso hartnäckiger glaubte, sie wären wirklich. Er war noch vor allen anderen, die ihm das Hosianna zuriefen, ohne aus ihm klug zu werden, sein eigener Hypnotiseur. Und doch empfand ich mich ihm aufgrund einiger dieser Eigenschaften verwandt – hatte mich Pompeo Pompei viele Jahre zuvor in Mailand denn nicht »Fakir« genannt? Und geschmerzt hatte mich seine zuletzt völlige Ablehnung der vielfach aufgemischten Futterkrippe, die das Regime ihm hergerichtet hatte, und die Dekadenz dieses Mannes wie auch der äußerst schlechte Geschmack des Architekten Maroni wirkten hierbei als Komplizen mit.

Dunkles Ende: All dieser Ruhm, dieser wirklich große Ruhm, dessen der »Comandante« sich erfreuen konnte, wurde in der aufgedonnerten Masse der Symbole immer kleiner. Und alle Worte konnten nicht verhindern, dass diese Symbole in Blech und Gips erstarrten. Die Bugspitzen, die Siege, die Abgüsse der »Gefangenen«, die jetzt als Wächter des Katafalks aufgestellt waren, stellten bereits deutliche Übertreibungen dar, die die innere Leere offenbarten. Doch die »Segnung des Leichnams in der Halle des Leprösen« (»wohin«, wie die dienstbeflissenen Zeitungsartikel des Journalisten Piovene es beschrieben, »der Dichter sich bisweilen aus Betrübnis zurückzog und in der er, wie er verfügt hatte, sterben wollte«) und die gestiefelte Schar der Hierarchen in Uniform ergaben ein Bild von kollektiver Heuchelei mit gelegentlichem Gerassel, das hart an der Grenze des Erträglichen war.

Der König hielt sich abseits. Möglicherweise verzieh er demjenigen nicht, der ihn offen gefragt hatte: »Weißt du überhaupt, wie schön dein Königreich ist?«, als er es nicht wusste und ihn obendrein auch noch duzte. Doch dieses von Rhetorik, Unlauterkeit und Propaganda getragene Schauspiel erregte Zorn und Verdruss. D'Annunzio hatte sein persönliches Drama erlitten: er war sich bewusst gewesen, dass von den vielen Worten, die von der Zeit an den Rand getrieben werden, lediglich ein leichtes Rauschen übrigbleiben würde, wie von einem in der Ferne vernommenen nächtlichen Meer. Er hatte länger gelebt als sein Wille, eigene Kunstwerke zu schaffen, die sich zunächst auf die Kraft und Stärke der Jugend gestützt hatten und dann auf die einer körperlichen Glut und eines übersteigerten Lebensgefühls am Rand der Gefahr. Die Gefährten, die Jünger, die Menschenmengen waren für ihn ein Mittel, in einem von Förmlichkeiten geprägten Lärm das aufrecht zu halten, was, nachdem die anderen hingeschieden waren, ein billiger, sich selbst genügender Kraftakt war. Doch Mussolini, der den Sinn dieses Scheiterns mit feinem Empfinden erfasst hatte, war es gelungen, dies in etwas politisch Nützliches umzuwandeln, indem er dem großen Dichter gerade in dem Augenblick die Totenehre erwies, als er ihn eigentlich schon lebendig begraben hatte und sich rühmte, einen Leichnam zu verehren, den er dem Messer des Balsamierers anvertraute. Über den klaffenden Wunden, die ich bereits wegen der bevorstehenden Pervertierung Licudis verspürte, erkannte ich in all dem sozusagen das abstrakte Symbol der Pervertierung und des Todes der durch die Wirklichkeit entehrten Dichtung: Diese nährte sich von ihr, indem sie sie zerstörte. So sollte es mit den heiligen Zeugnissen geschehen, die ich der tausendjährigen Obhut des Calitri entrissen hatte.

Seit damals, als ich über die Schwelle des Museums in Tarent getreten war, hatten sich die Dinge, eben weil sie nichts mehr mit einer Fantasiewelt zu tun hatten, entsprechend der Kraft der Last entwickelt, der nichts entgegengesetzt werden konnte. Doch auch die Banalität kann zu etwas Herzzerreißendem werden, wenn man gezwungen ist, über sie zu reflektieren, sie zu teilen, wenn nicht gar sie zu befördern, damit sie sich vollkommen in ihrer hoffnungslosen Kleingeistigkeit bewahrheite.

Der Direktor hatte mich so empfangen, wie ein Beamter das jedes Mal muss, wenn jemand vorstellig wird, der ohne besonderes Interesse, außer vielleicht dem eines allgemein kulturellen und dem der Entwicklung eines gottverlassenen Nestes, zu ihm kommt und eine von der offiziellen topografischen Archäologie nicht ins Auge gefasste Expedition vorschlägt. Er erblickt in der Aufforderung nur eine weitere Belästigung – es ist ja noch viel zu früh, als dass er darin eine sich bietende Möglichkeit für seine Karriere erkennen könnte –, gleichwohl erwidert er, dass er den Besuch schätze und die Sache erwägen werde. Und was würde in der Weihnachtszeit schon die Notwendigkeit eines Besuchs rechtfertigen, bei dieser Wolfskälte in einer unwirtlichen Gegend, für irgendwelchen Plunder, der seit dreitausend Jahren unberührt geblieben ist? Nach der Mitteilung, dass Polonius ermordet wurde, antwortet Hamlet den Höflingen, die sinnlos herumschreien: »Lasst uns ihn suchen!« »Habt keine Eile! Er wird euch erwarten!« Indessen führte mich der Direktor durch sein Museum. Die wunderbare

Fülle von Schätzen, die dort versammelt waren, ließ die Scherben von Licudi ganz und gar lächerlich aussehen. In den Kellern – flüsterte er mir zu – lagerten große Mengen sogar äußerst wichtiger Objekte, doch verzweifle er wegen des Mangels an Fachwissenschaftlern und Geldern, diese Schätze ans Licht zu holen. Jeder weiß, dass, wenn ein Hirte in verlorenen Tälern auch nur ein Väschen mit Goldstücken findet, er dies auf schnellstem Weg abgeben muss. Daher verwundert es nicht, wenn das Museum die unerschöpfliche Masse aufgefundener Dinge dann, nachdem die entsprechenden Hände sie untersucht haben, wieder für ein halbes Jahrhundert zudecken muss.

Mein Direktor, Professor Mollo, war ein Mann von großartiger Statur, eher ein Philosoph als ein Archäologe, mit pechschwarzen Haaren und kurzgeschnittenem, struppigem Bart, feierlicher Stimme und leuchtendem Blick in Steinweiß. Die anthropologische Gattung des Beamten der Kunstsektion des Kulturministeriums, ist, wiewohl mit einigen offenkundigen Abweichungen, von nahezu unwandelbarer Substanz; diese ist an bestimmte Kettenreaktionen sowohl in der Umwelt als auch beim Individuum gebunden. Mollo zeigte mir mit honigsüßer Unbeugsamkeit die neuen Perspektiven auf. Ich, der ich meine Hand in dieses Räderwerk gesteckt hatte, dachte, ich würde durch eine zwölfjährige Leere ins »Klima« der Ereignisse von Mailand zurückfallen.

Das Dreikönigsfest von 1938 war schon lange vorbei, als der Direktor aufgrund mehrerer Briefe, in denen ich mich sogar dazu verstiegen hatte, ihm die unausprechliche Schönheit Licudis vor Augen zu führen, schließlich einem Besuch zustimmte. So sehr es mir als Mensch auch leidtat, konnte ich mich doch nicht der Aufgabe entziehen, ihn bei mir gastlich aufzunehmen, und es war das erste Mal, dass ein Fremder in die Geborgenheit unserer Welt eindrang. Verglichen mit den freundlichen Gestalten, die darin lebten, war Mollo von einem tadellos mechanischen Charakter: das getreue Abbild eines Dozenten, der zusätzliche Fachlehrgänge in klassischer Paläographie in Athen selbst abgeschlossen hatte und das Altgriechische ebenso beherrschte wie das Neugriechische. Wie alle seine Kollegen duldete er keinerlei Einmischung in die Gebiete, die er als seine Domänen betrachtete, und seine Blicke zeigten deutlichen Verdruss und Argwohn, wenn man über andere sprach. Er wollte nicht gleich mit den Ausgrabungen beginnen, sondern noch nachdenken.

Incoronatas und Soccorsas kaum wahrnehmbares Lächeln und die schnellen Blicke, die sie mir zuwarfen, machten mir deutlich, dass sie ihn nach unseren gemeinsamen Denkweisen beurteilten, und diese mischten sich auch in meine Ansichten. Was Arrichetta angeht, schickte ich sie wieder ins Haus von Corazzone. Und glücklicherweise enthob mich Don Calì eines Großteils jener devoten Förmlichkeiten, die er ebenso gerne erwies wie der andere sie gerne empfing. Nach der ersten Ungewissheit gab er sich der Hoffnung hin, dass der Weg über die Ausgrabungen wirklich der richtige war. Und auf der Stelle entschloss er sich, Professor Mollo in sein Haus zu bringen, was immer sich auch später ereignen mochte. Und da die beiden Charaktere, der eine lackiert und der andere ungeschliffen, sich durchaus miteinander maßen, verstanden sie sich auf der Stelle. Don Calì zeigte Hingabe und Achtung für Mollo, und dieser kehrte seine beschützende, wohlwollende Seite heraus. Er war mit den ländlichen Gebieten des Südens vertraut, wo ein Wachtmeister eine bedeutende Persönlichkeit ist, und fand bei ihm jene Bewunderung, Wertschätzung und Erbötigkeit, die ihm bei mir abgingen. Dass er dann auch noch mein Gast war, ohne dass dies eine Würdigung für ihn darstellte – wie es dann im Haus von Don Calì der Fall war –, zwang ihn zu Umsichtigkeiten, die eine Last für ihn darstellten. Und dass ich mich vor ihm mit den Ausgrabungen beschäftigt hatte – da zählte es wenig, dass ich sie ihm in der Folge bekanntgemacht und angeboten hatte –, rief bei ihm letzten Endes unangenehme Gefühle hervor. Alles abgemachte, selbstverständliche Dinge für das Tier Mensch, das nicht – anders als es von sich selbst glaubt – nach der Vernunft lebt, sondern, sozusagen universell, nach gewissen Vernünfteleien.

Daher war es klar, dass wir von dieser Anfangssituation zu einer weiteren, angespannteren übergehen würden. Er würde sich dafür verwenden, mich aus der Sache hinauszudrängen. Er konnte es sich auch nicht versagen, auf die Gesetze hinzuweisen – war das denn aber nicht auch seine Pflicht? –, gegen die ich verstoßen hatte, indem ich das ganze Zeug in meinem Haus angesammelt hatte. Doch als ich entgegnete, dass ich diese Gesetze für nicht anwendbar oder gar für eine Schikane hielte, wechselte er nicht nur das Thema, sondern verzog auch sein Gesicht. Don Calì, der die kleinsten Veränderungen dieser Begegnungen aufmerksam beobachtete, nahm mit seiner fruchtbaren hellseherischen Gabe wahr, dass Professor Mollo ebenso viel Vergnügen empfand, mich auszuschalten, sofern die Ausgrabungen sich als lohnend erweisen würden, wie er für den Fall, dass von diesem Ergebnis die Öffnung der Straße abhinge. Ich betrachtete die vom Feuer erfassten Holzscheite. In der herrlichen Schönheit Licudis verbreitete sich so etwas wie ein zäher Schleim. Und es war auch nicht der fauchende Atem des Bösen, das immerhin seine dramatische Gewalt in der finsteren Person Carruozzos und im Chor der Natur gehabt hatte. Und nachts, wenn ich das klagende Rauschen des Meeres hörte, spürte ich die Gegenwart des gewichtigen Archäologen im Haus der Häuser wie eine nicht hinnehmbare Einmischung. Ich fühlte, wie er in seinem akademischen Hirn über einen anmaßenden, ungerechten Gedanken grübelte, der gegen das Dach gerichtet war, das ihn beherbergte.

Endlich entschloss sich Mollo, der viel herumgegangen war, ohne darauf zu bestehen, dass ich ihn begleitete, zu einer Ausgrabung an einer Stelle, die er für geeignet hielt, und nach siebenstündiger Mühe musste er sich mit nichts zufrieden geben. Gutgläubig hatte ich ihn an vielen geduldigen Beobachtungen teilhaben lassen, doch er wies diese Erhellungen nicht nur zurück, er schloss nicht nur alle Hypothesen aus, die ich vorzutragen wagte – und noch viel weniger akzeptierte er es, das bereits identifizierte und innerhalb der Umzäunung vorbereitete Grab zu öffnen –, sondern ich sah ihn zu meiner Verwunderung am folgenden Morgen fieberhaft auf meinem eigenen Grund und Boden graben, zehn Meter unterhalb meines Hauses. Abgesehen von der ausgesprochen formalen Unkorrektheit, nahm ich bei ihm den spasmodischen Wunsch wahr, gleich unter meiner Nase auf einen Fund zu stoßen, um sagen zu können, dass es mir gar nicht aufgefallen wäre, einen Schatz unmittelbar vor meiner Türe zu haben. Doch weil auch diese Suche kein Ergebnis hervorbrachte, wurde er stumm und versank in Schwermut.

Wenn die Stücke im Haus nicht die gewesen wären, die sie waren, dann, glaube ich, wäre er wieder nach Tarent zurückgefahren und hätte sich nie wieder um uns geschert. Doch vier oder fünf von ihnen waren derart, dass der Experte und der Karrierist in ihm den Verärgerten an die Kandare nahmen. Eines vor allem, das Klageweib, das sich an Brust und Kopf schlug, schien unseren Mann in höchstem Maß zu beunruhigen. Er betrachtete sie mit Groll, Begehren, Zorn. Immer wieder drehte und wendete er sie in seinen Händen, stellte sie ab und nahm sie zehnmal wieder auf. Dabei beobachtete er mich von der Seite voller Bitterkeit und Verwirrung. Ich hatte nicht gesagt, dass ich die Absicht hätte, alles dem Museum zu übergeben, er konnte auch nicht das Geringste über meine Gefühle und Gedanken erahnen. Er hatte nicht den Mut, mir ein weiteres Mal die Bestimmungen vorzuhalten. Am Ende, nach einem inneren Kampf, der ihn zu Boden geworfen haben musste, fand er sich bereit, einen Blick auf die Stelle zu werfen, an der ich begonnen und dann die Ausgrabung für ihn vorbereitet hatte.

In dem Augenblick, als ich ihn der Obhut von Don Calì übergeben hatte, kehrte ich ins Haus der Häuser zurück und traf dort auf Arrichetta. Und gleich darauf, nachdem das sardische Pferdchen gesattelt war, nahm ich, ohne irgendjemandem ein Wort zu sagen oder eine Erklärung zu geben, den Weg über den Berg, zum Bahnhof und fuhr zum Haus von Onkel Gian Michele nach Paola. Die Widersprüchlichkeit meiner Gefühle an dieser Stelle hinsichtlich der Nekropole, Licudis und Arrichettas war unerträglich geworden. Und ich fürchtete um mich selbst.

Den Ausgang der Episode erfuhr ich erst lange Zeit später, als sie in meinen Gedanken schon als dermaßen unbedeutend galt, dass ich ihr nur völlig beiläufig Gehör schenken konnte. In fünf Stunden hatten Biasino und Professor Mollo unter der Mithilfe zuerst von einem, dann von vier, dann von zehn Männern unter den Blicken des halben Dorfes, das herbeigekommen war, um zuzuschauen, eine beachtliche Menge von Vasen ans Licht gefördert, fast allesamt figurativ und einige von allergrößter Schönheit. Das Schauspiel des Gelehrten, der von der Ausgrabung völlig vereinnahmt wurde und sich inmitten von Menschen befand, die er sich vom Leibe halten musste, obwohl er sich bewusst war, dass er ihre Hilfe brauchte, weil er vom Fieber der Entdeckung befallen war, muss einmalig gewesen sein. Weil er von der Annahme ausging, dass er das Werk gemeinsam mit mir angehen und deshalb jede Wahrscheinlichkeit auf Erfolg sich selbst gegenüber leugnen müsse, hatte er sich, vom Mantel bis zum Regenschirm, tadellos gekleidet an die Stelle begeben. Doch als er sich frei und allein fand, als er begriff und schließlich sah, fiel die Schale der Förmlichkeiten von ihm ab. Professor Mollo kehrte bis zu den Haaren schlammverschmiert ins Haus zurück, unter dem Arm hielt er eine Tasche voller Schätze und Erdreich, während hinter ihm eine außergewöhnliche Prozession mit Chören der Bewunderung und des Lobes folgte. Das Volk war ins Haus der Häuser gedrungen, das es auf diese Weise dem Gemeinwohl weihte. Der große Saal mit dem in Stein gehauenen Kamin wurde als Lagerstätte für die Herrlichkeiten auserkoren und blieb daher zwangsläufig für alle zugänglich, gewissermaßen ein allgemeiner Besitz.

In den folgenden Tagen gingen die Ausgrabungen weiter, zudem trafen aus Tarent zwei Assistenten des Museums ein, die, nur Gott weiß wie, von Don Calì bewirtet wurden. Als die archäologische Gesellschaft nach einer Woche die Zelte abbaute, mussten Incoronata, Soccorsa und der kräftige Corazzone das Haus tonnenweise von Dreck befreien. Nach Abschluss dieser Ereignisse hielt Professor Mollo es für angebracht, mir nicht einmal ein förmliches Zeichen des Danks zukommen zu lassen. Allerdings konnte er als Alibi gegen mich meine Unkorrektheit ins Feld führen, um seine eigene zu rechtfertigen, als er nämlich nach der Entdeckung wieder ins Haus zurückkam und mich nicht vorfand, weshalb seine Verwunderung mit ziemlicher Sicherheit durch seine Erleichterung verdrängt worden war. Doch in Wirklichkeit hatte eine mysteriöse Strömung ihn wissen lassen, dass ich weder irgendwelche Absichten in dieser Richtung hegte noch ihm etwas mitzuteilen hatte. Don Calì, der sich in Entschuldigungen ergangen war, die mich betrafen und doch nur dazu führten, meinen absonderlichen Charakter herauszustellen, wurde damit belohnt, dass seinem Handlanger Calimma die Aufsicht über den archäologischen Bereich übertragen wurde. Fast unmittelbar darauf teilte ein eigens aus San Giovanni gekommener Bote in feierlicher Begleitung eines Maresciallo der Carabinieri allen Landeigentümern die Erklärung mit, die sie unter das eifernde Sonderrecht des Gesetzes stellte. Und von diesem Augenblick an drehte sich das Rad des Schicksals über ganz Licudi und führte seine Veränderung herbei.

So unvermittelt meine Reise nach Paola auch war, wirkte sie zu dieser Jahreszeit, in der die Orangen- und Zitronenhaine in voller Frucht standen, doch auch natürlich. Morgens, mit der Sonne unten über der Küste, waren die von Mauern gegen den Wind und von Matten gegen den Frost geschützten Gärten von einem herrlichen Duft und von wunderbaren Lichttupfern erfüllt. Geschickt ging der Pächter mit einer Hacke herum, um die vielen, wie ein Netzwerk auf dem Landstück angeordneten Schleusen der Wasserbäche mit seiner Hand entweder vorsichtig zu schließen oder zu öffnen – doch Janaro Mammola hatte das Feuer gelenkt! Der größte von Onkel Gian Micheles Orangenhainen verfügte über eine gute, ganz allein ihm gehörende Quelle, und die Möglichkeit der Bewässerung, wodurch die Orangen einige Monate lang an den Bäumen bleiben konnten, bis sie auf dem Markt spärlicher und dadurch neuerlich begehrt wurden, war der ganze Stolz der alten Pächter. Sie erklärten mir ihre Kniffe und den Wert dessen, was mir da gehörte. Ich lauschte ihnen wie jemand, der von einem Fest erzählen hört, auf das er nicht gehen wird.

Oben schien das vornehm ruhende Paola sich abseits vom Kieselstrand und vom aufgewühlten, menschenleeren Meer zu halten, das im Winter seine schmutzigen Wellen zäh über das Ufer rollte. Im Sommer ist Paola recht schön: die Kulissen der Straßen, das dunkle Rot und das Chromgrün der Häuser, die Piazzetta mit dem Brunnen und der Kirche Santa Maria di Montevergine mit dem würdigen Gesims aus Stein, der Treppe an ihrer schön bearbeiteten Vorderseite und den kurzen Treppenaufgängen, die zum Eintreten einluden. Doch im Februar bläst der Wind unangenehm, er dringt überall ein, die kleinen Balkone schweigen, und die Farben schlummern. Von der einsam gelegenen Straße außerhalb der Ortschaft kehrte ich wieder in den Innenhof mit dem Brunnen zurück. Dieser Innenhof war ganz homogen gestaltet und abgeschlossen und zeigte einen glatten, leuchtend weiß glänzenden Verputz. Stille lag über diesem Ort oder der Wind seufzte leise vom finsteren Blau herab, das oben die Öffnung des Innenhofs abschloss. Eine Nostalgie der Verlassenheit schwebte aus dieser sich wie bei Leopardi öffnenden Unendlichkeit hernieder.

Im Haus in Paola, das für das Haus der Häuser in Licudi völlig entkleidet worden war, waren nur noch ein als Wohnzimmer möblierter Raum und ein weiterer, etwas kleinerer als Schlafzimmer vorhanden. Die Kälte, gegen die ein träges Holzkohlebecken anzukämpfen versuchte, war deutlich spürbar. Ein kleiner, auf dem Frisiertisch vergessener Kamm, eine Dose, eine Haarnadel erzählten von Amalia, die dort tief aufgewühlt für nur wenige Tage versteckt war: nachdenklich, voller Befürchtungen und Fantasiegebilde.

Wie ich jetzt: zwischen ihrem Schatten, dem von Onkel Gian Michele und dem anderen, eigentümlich nahen der zerstörten Dolores. Als ich auf den kleinen Kamm blickte, der in diesem Zimmer mit seiner unwirtlichen Kälte vergessen worden war, nahm meine Fantasie die Spur eines unbestimmten Dufts wahr. Ich fand unter der Hand Amalias zarte Schulter wieder und ihr Zusammenzucken. Liebte sie wirklich diesen jungen Mann aus Lecce? War es das, was ich mir vorgestellt hatte? Oder kannte ich, wie Onkel Gedeone vermutete, die Wahrheit nicht?

Vielleicht waren wir alle – sie, für immer in den Weiten Amerikas verschwunden, und Gian Michele und Dolores im Jenseits – nicht in der Lage gewesen, einander zu verstehen, uns Liebe und Freude statt Verlassenheit und Einsamkeit zu schenken. Jeder von uns in diesem Haus war allein geblieben, dieses Haus, das ich nur einmal von oben bis unten besucht hatte, um dem gewissenhaften Notar einen Gefallen zu tun, der es übergeben wollte. Und nur sehr gegen die Regungen meines Herzens zeigte ich mich in dem Zimmer auf der zweiten Etage, an das ich jetzt dachte: die durch eingesickerten Regen fleckig gewordene Zimmerdecke; die gedunkelte Wand mit den Spuren der Bilder, des Schranks, des Kopfendes des Bettes: jenes Bettes, in dem Dolores in ihrem Hochzeitskleid, mit einem Kränzchen aus Orangenblüten – aus unserem Orangenhain! – auf dem Kopf, sich den Tod gegeben hatte. Alles war seit Jahren so geblieben. Auf der Terrasse hatte der Asphalt sich gewölbt und gebläht wie eine vorsintflutliche Schale, und grüne Eidechsen mit glänzenden Augen hausten in den vielen Mauerritzen.

Da, wo der Onkel war, spürte ich jenes andere Zimmer oben: ganz leer, und doch flüsterte es. Was er erlitten, sich vorgestellt, geliebt hatte, schien im Schatten zu leben und in mich wie etwas mir Gehöriges zurückzufließen. Sein verschlossenes, allerdings glühendes Leben zwischen den Bücherregalen, das jedem Schritt, jeder Stille der Frau lauschte, die über und in ihm lebte, deren bange Sorge und Mächtigkeit er erahnte, was ihn so abgetrennt hielt und so gefangen. Nicht wegen einer Schuld und auch nicht wegen eines Fehlers, sondern wegen eines Schicksals, das er in seiner stummen Botschaft mir möglicherweise hatte zur Kenntnis bringen wollen, damit ich es verstünde (ich, der es in Gian Luigis Verurteilung eingeschlossen hatte!) und ihm vergeben würde.

Und was war mit Arrichetta? Welche seherische Macht an diesem Ort, an dem ich mich befand, hatte ihr gesagt, dass ich die Furche ihrer eigenen Gedanken entlanggehen würde, die mich und ihn miteinander verbanden, zwischen Zukunft und Vergangenheit, in einem Liebesdilemma, das beide Male nach dem Unmöglichen dürstete? Wenn Gian Michele Dolores über alle Maßen und gegen sie selbst geliebt hatte, so hatte ich mich nicht einmal gefragt, was Arrichetta sich wohl dachte, und damit hatte ich eigentlich geleugnet, dass sie sich irgendwelche Gedanken machen könnte. Wahrscheinlich wollte ich nur ihre Schönheit gelten lassen.

Doch mit fast dreizehn Jahren, »mitten in einem Raum vor den Augen aller geboren«, hatte sie durchaus Gedanken und Vorstellungen. Ich hörte wieder, mitten auf dem Markt in Neapel, ihre vernünftige Verhandlungsweise. Sicher, sie empfand, da sie keine andere Liebe und Zuneigung kannte als die für ihre Angehörigen, keine Gefühle, die sich nicht auf sie bezogen. Ich kümmerte mich um ihre Bedürfnisse, und das reichte ihr, um mir ihre kleinen Bemühungen zu widmen. Doch Liebe?

Als ich sie damals nach Neapel gebracht hatte und in ihr Zimmer gekommen war, um ihr eine gute Nacht zu wünschen – war Onkel Gian Michele hinaufgegangen, um sich von Dolores für die Nacht zu verabschieden? –, war sie in ihrem Bett freundlich etwas auf die Seite gerückt, um mir Platz zu machen. Sie hatte immer in einem Gemeinschaftsbett mit ihren Geschwistern geschlafen. Sie wusste nicht, was ein Hotel war, noch konnte sie sich vorstellen, dass es dort noch ein weiteres Bett für mich gäbe.

Als sie ins Haus gekommen war, hatten die beiden jungen Frauen, ohne ein Wort zu verlieren, einen zusätzlichen Platz am Tisch hergerichtet, wo ich vorher allein saß. Man hatte beschlossen, dass auch eine von ihnen wechselweise dort ihren Platz haben sollte. Gefühlsgeladene, eindeutige Stunden zwischen dem silbernen Glanz des Winterhimmels draußen vor dem Fenster und dem Feuer im Kamin gleich nebenan, das manchmal herhalten musste, um eine Köstlichkeit auf dem dreifüßigen Gestell zu braten. Wenn ich dann früher als sie fertig war, bot mir Arrichetta immer etwas von ihrer Portion an. Sie hatte auch versucht, aus demselben Teller wie Incoronata zu essen: verbliebene Spuren des alten Gemeinschaftsmahls der Familie über der einzigen Beute. Doch eben weil sie immer und ganz Familie war, erschien es unvorstellbar, sie zu entweihen.

Amalia! So wie ich sie Carruozzo entzogen hatte, konnte es jemandem nur gerecht erscheinen, mir Arrichetta wegzunehmen, zugleich mit Licudi womöglich, weil ich es auf die gleiche Weise als das Meine begehrt hatte. Doch was wäre mir nach dem Verlust beider noch geblieben? Was hatte in Gian Michele überlebt, als Dolores von ihm gegangen war und ihn in diesem ständig vom Wind durchwehten Haus mit dem Brunnen im Innenhof zurückgelassen hatte? Jetzt war ich in der Lage, sein Schweigen zu begreifen, das mich als Kind so erschreckt hatte, seinen Rückzug in eine Kontemplation und eine Fantasiewelt, die für andere unzugänglich war. Die Fantasie: ja, die war ihm verblieben, und das Erleben dessen in seinem Kopf, was nur in ihm seinen Ursprung gehabt hatte und ihm Kraft und Gestalt gab; die Intensität des Traums, der die Sanseveros in ihren unerschütterlichen Gewissheiten gestützt hatte, eingenistet im dunklen Laub des Baums.

Und ich, ein im Internat von Giglio verbrauchter junger Mann, der wusste, wie jeder dieser melancholischen Tage sich in meinem Inneren niedergeschlagen hatte, was meine Kraft der Konzentration, der Kontemplation, der Destillierung stärkte, weil alle Aspekte der Taten und des mit ihnen verbundenen Gefühls sich im Filter des Verstandes ablagerten. Und dieser Verstand modulierte sie bis ins Unendliche. Ich, von der Wirklichkeit aufgrund eines Gesetzes abgelehnt, das ich erst später durchschaute, konnte mich, und zwar aufgrund eben dieses Gesetzes, in der Fantasie zurückgewinnen. Diese unmögliche Verbindung von Sinn und Last konnte ich bis an ihre Grenze auskosten und gewissermaßen in meinem Denken erschaffen. Oder hatte ich es nicht schon getan?

Wohin hätte ich Arrichetta auf »die frischen, grünen Weiden« der Vorstellung mit mir geführt? Ganz sicher nicht in eine Großstadt, die einer derartigen Unschuld unwürdig war. Ich dachte an ferne Orte, die in den Bergen lagen, doch die hielt ich für kalt und unwirtlich im Winter, wo sie doch nach Licht, Wärme und Gärten verlangte. Ich mied die Menschen am Vesuv, die sich in einer der schönsten Gegenden der Welt hinter hohen Mauern und Eisentoren verschanzten und von bissigen Hunden bewachen ließen. Ich wich den Gedanken an die Pächter in Paola aus und an das Haus, das mit seinem Schatten dieses unberührbare Glück, diese Heiterkeit verdunkelt hätte. Auf dem Strand der Maronti auf Ischia hätten wir möglicherweise die streunende Katze wiedergefunden, die uns Gesellschaft leisten würde. Doch nachts hätte Arrichetta Angst vor dem Meer gehabt, das bis an die Treppe schwappte. Es schien, als würde die Welt über keinen vollkommenen Ort verfügen, der dazu herhalten konnte, die Vollkommenheit bei sich zu empfangen, und als hätte ich, wenn erst einmal der heiter unbesorgte Anschein verflogen wäre, für den ich in Licudi gesorgt hatte, keinen Ort gefunden, an den ich den herrlichen Beweis dessen hätte bringen können, der sie gewesen war. Wie der Reisende, der von einem unbekannten Land zurückkehrt, besaß ich nur diesen Beweis, um zu zeigen, dass meine Geschichte kein Märchen war. Und gleichzeitig hätte ich, von Eifersucht erfüllt, unter keinen Umständen gewollt, dass jemand sie zu Gesicht bekommen konnte.

Mit Arrichetta hätte die Verwirrung meiner Gefühle zugleich Schwindel und nie gekannte Zärtlichkeit in mir erregt. Ich hätte sie unterrichtet. Sie hätte mich angeblickt, voller Furcht, weil sie ihre kleine Aufgabe nicht richtig gelöst hatte. Ich hätte mich um sie gekümmert, wenn sie krank geworden wäre. Und das Gleiche hätte sie für mich getan, sie hätte mich sanft geweckt, wenn ich einen Albtraum in der Nacht gehabt hätte. (Das war eine von Caterinas Fürsorglichkeiten, die mir dann lange die Hand gehalten und versucht hatte, meinen Puls zu fühlen, ohne dass es ihr jemals gelungen wäre!) Wenn ich mit ihr weggegangen wäre, hätte ich mich über ihre Fertigkeiten als Kind vom Land gefreut, das versteht, einen Stein auf den Schwanz einer Eidechse zu werfen oder einen Vogel mit einer Kordel zu fangen. Und wie ich es in Licudi gemacht hatte, hätte ich sie betrachtet, während sie schlief und sich stundenlang nicht bewegte, gleich den Wilden und den Tieren, die deshalb auf einer wippenden Astgabel oder am Rand eines Abgrunds ausruhen können. Und der heilige Sinn dieser Schönheit hätte mich jedes Mal mit Verehrung und Erstaunen erfüllt, wobei ich natürlich als Einziger ihrer würdig gewesen wäre, gleich dem Priester, welcher als Einziger für den Kult auserwählt ist.

Mit dieser Mischung aus Falschem und Richtigem, aus Vergangenheit und Zukunft, Hingabe und Verzicht, litt ich und gewann Kraft in dieser Bemühung, die Idealvorstellungen meines Verstandes und das höchste Gut meiner körperlichen und geistigen Verfassung zusammenzuhalten. Das alles kehrte zu mir zurück, es war mir überlegen und strömte aus meinen Armen, als hätte ich versucht, eine Welle zu umschlingen. Sofern das, was ich dachte, eine Sünde war, so machte das ständige Nachdenken, bei dem ich es schmeckte, es mir zum diabolischen Vergnügen. Wenn es ein unverdorbenes, unbeflecktes Gefühl war, trat ich in die Halluzination ein, die eine Stufe zur Askese ist. Dann drang wieder der Duft der ungewöhnlichen Blume in meine Nase, die mich in jenem Augenblick damals mit Arrichetta verbunden und von ihr getrennt hatte. Und mir stockte der Atem.

Ich wartete bis Mai, ohne dass ich den Wunsch hatte, irgendwelche Nachrichten von Licudi zu erhalten. Und da erst, durch Vermittlung von Onkel Gedeone, und unter dem Vorwand, dass ich in Frankreich gewesen wäre, bat ich Incoronata um einen Brief. Onkel Gedeone wusste, dass ich in Paola war, dachte aber, ich würde für eine bestimmte Zeit den anderen Besitz von Gian Michele bevorzugen. Der alte Notar hatte sich um die Bedürfnisse meiner Leute gekümmert, ohne mich zu verraten. Incoronata, die nur recht und schlecht zu schreiben verstand, verfasste gemeinsam mit Soccorsa einen detaillierten, unendlich langen Bericht. Ungeheure Ereignisse entluden sich über dem Ort. Arrichetta, für die ich nicht einmal ein Gehalt ins Auge gefasst hatte und die daher eigentlich keine Anstellung im Haus der Häuser hatte, war wegen meiner anhaltenden Abwesenheit wieder zu ihrer Familie zurückgekehrt.

Nachdem Direktor Mollo mit seiner Beute wieder in Tarent war, beschäftigte er einerseits die Restaurierungsabteilung mit intensiven Arbeiten für die Wiederherstellung der zerbrochenen Gegenstände und für die bessere Darstellung der unbeschädigten, und andererseits verfasste er einen gelehrten Bericht für die Generaldirektion, in dem er ausschließlich sich selbst erwähnte. Zudem unterbrach er jede weitere Aufgabe und mühevolle Arbeit, um seine Aufmerksamkeit einzig und allein einer Monographie über die Ausgrabungen in Licudi zuzuwenden, die er als entscheidende Zeugnisse darstellte.

Das entsprach zwar nicht der Wahrheit, doch so, wie er in der Frage gesündigt hatte, ob ein solches Unternehmen überhaupt nützlich sei, blähte er die Sache jetzt in der Hoffnung auf, selber darin eine entscheidende Rolle zu spielen. Er leitete aus der Erforschung dieser Gegenstände die Existenz einer autochthonen Bevölkerung und eine bis dahin nur vermutete Wanderung ab, so dass damit eine Lücke, wie sie die Forscher auf ihrem Wissensgebiet oftmals beklagen, geschlossen wurde.

Nach Beendigung seiner Arbeit trug Professor Mollo seine Gedanken der Archäologischen Gesellschaft in Rom vor und bekam dafür begeisterte Zustimmung. Sein Ministerium ermöglichte ihm daraufhin eine Reise nach Königsberg, wo die Lesung in der berühmten Universität wiederholt wurde. Die deutsch-italienischen Beziehungen, die sich in voller Entwicklung befanden, bekräftigten diese Episode zusätzlich. Eine Pressekonferenz vervollständigte diese Lorbeerbekränzung im Ausland nur noch und trug die Nachricht in die Agenturen der gesamten übrigen Welt. Wie ein Ritual veröffentlichten die Zeitungen sie von Oslo bis Chicago. Licudi war in der Welt lanciert.

Die Zeitungen im Norden Italiens gehören immer zu den ersten bei derartigen Erkundungen, die für die so beliebten »farbigen« Berichte dienlich sind, sofern man nur den Süden von einer gewissen Prägung erkennen kann (würzig, geistreich, aber primitiv), und schickten ihre besten Korrespondenten an diesen Ort. Don Calì, der ja schon seine Erfahrung bei den Assistenten des Museums gesammelt hatte, fand sich bereit, sie zu beherbergen und schenkte Wein und Klagen aus. Deren Echo, auch das Echo der fantasievollen Gerichte, der bukolischen Atmosphäre, zu der es ja wirklich nicht viel bedurfte, drang in die Ohren maßgeblicher Persönlichkeiten im Tourismusverband von Cosenza. Zudem wurde der Präfekt weiter mit Bittgesuchen und Vorhaltungen jeder Art bombardiert, und dieses Mal sah er sich gezwungen, ihnen Gehör zu schenken. Es hieß, er würde Licudi einen Besuch abstatten, was den Ort so sehr in Erstaunen versetzte, dass dies in Fanatismus ausartete. Don Calì sammelte mit einer öffentlichen Unterschriftenaktion das nötige Geld für eine ganze Batterie von Böllern, was sich der gottselige Janaro Mammola nicht einmal im Traum hätte einfallen lassen. Doch am Ende kam von der Präfektur lediglich irgendein beliebiger Beamter. Don Calì verbarg die Wahrheit darüber jedoch: Die Böller gingen los. Licudi wusste, dass der Präfekt persönlich am Ende des Festessens über die Straße geredet hatte. Es war eindeutig, dass es sich nicht um ihn handelte, zumal die Tischgesellschaft aus zwanzig Personen dies bezeugen konnte. Doch der Ersatzmann wurde nie zugegeben. Die Herren vom Tourismus, die mit zweistündiger Verspätung eintrafen – Schuld war der Calitri, der ihnen einen Streich gespielt hatte –, fanden eine Bevölkerung vor, die fieberhaft rief: »Die Straße! Die Straße!« Es war unmöglich, dieser besessenen Menschenmenge zu erklären, wie die öffentliche Verwaltung funktionierte. Und so war es der Direktor des Tourismusverbandes von Cosenza, der ihnen die Straße versprach.

Unmittelbar darauf kam es zu erbitterten Auseinandersetzungen über die Zuständigkeit. Licudi war in Fragen der Präfektur und des Tourismus Cosenza unterstellt, für den archäologischen Bereich aber Reggio Calabria. Doch nachdem Professor Mollo sich der Nekropole bemächtigt hatte, widersetzte er sich mit dem Starrsinn eines Gelehrten, der ähnlich dem eines Ungebildeten ist. Um Mollo Knüppel zwischen die Beine zu werfen, stellten die anderen nun offiziell die Ungesetzlichkeit seines vorgenommenen »Abtransports« fest und führten selbst einige Ausgrabungen durch, um das Antiquarium von Reggio mit den Geräten zu verbinden, die aus den Nekropolen von Caulonia und Medna stammten. Don Calì zuckte nur mit den Schultern, als der vor Wut schäumende Mollo den Calimma vom Posten des Aufsehers entfernte. Durch die halb ausgesprochenen Worte der Gelehrten beider Seiten hatte er aber verstanden, dass eigentlich keine von ihnen ein uneingeschränktes Recht auf die Funde von Licudi besaß, und verschickte daraufhin eine verwirrende Fülle von Denkschriften, Einsprüchen und Anträgen, wobei er dieses Mal sowohl die einschlägigen Gesetze hinsichtlich von Ausgrabungen anführte, als auch die hinsichtlich des Auffindens von Schätzen. Auf diese Weise versuchte er, dem Ort – und nicht etwa den Eigentümern der einzelnen Grundstücke, auf denen die Gräber aufgefunden worden waren und die nichts von ihren Rechten wussten – Schadensersatzzahlungen und Vorteile zu verschaffen. Der Sekretär des Tourismusverbandes fachte das Feuer noch an.

Diese Unruhen brachten die Faschos wieder auf den Plan. Die Doppelherrschaft von Präfektur und Provinzverband war nahezu institutionalisiert. Und weil der Präfekt nicht nach Licudi gekommen war, machte sich jetzt der Parteileiter von Cosenza dorthin auf den Weg. Der Sekretär des faschistischen Ortsverbandes von San Giovanni, der seit dem Äthiopischen Feldzug nicht anwesend war, schickte im Vorhinein einen Trupp von »Letteristen« aus, die die Wände mit den berühmten »Schriften« Mussolinis bereicherten: »Ich hasse die Sesselfurzer!« oder »Gefährlich leben« und viele Male »Duce, du bist unser aller Duce!« Man sah nun von weißen und goldenen Tüchern eingezäunte Tribünen – eine Anleihe bei der Kirche –, und ein Lautsprecher dröhnte durch Straßen, in denen bis dahin nicht einmal die Hufe eines Esels den Staub aufgewirbelt hatten. Der Parteileiter musste anerkennen, dass, um nach Licudi zu gelangen, die Reise auf dem Maultierpfad furchtbar war, dass es unmöglich war, ein heißes Bad zu nehmen – selbstverständlich war ihm die Existenz des Hauses der Häuser verschwiegen worden. Am Ende erhielt er fast jeden Tag in seiner schmucken Hütte in Cosenza Seebarsche, Hasen, Zicklein, alles Nahrungsmittel, die seine Frauen dermaßen entzückten, dass Licudi die Partie gewonnen hatte. Die Provinzregierung nahm Einfluss, die Verwaltungsinspektion für öffentliche Bauvorhaben fasste Beschlüsse. Bevor das Jahr zu Ende ging, wurde der Betrag für die Verbindung von Licudi mit San Giovanni, einschließlich einer Brücke über den Calitri, bereitgestellt.

Natürlich hatten andere, parallel verlaufende Gründe, die zwar verborgen, aber doch wesentlich stärker waren, das Rad in Gang gesetzt. Mit dem Parteileiter waren bereits nicht näher bezeichnete Personen nach Licudi gekommen, die aber alle gegenwärtigen und zukünftigen Verhältnisse genau ins Auge fassten und aus dem gleichen Stoff waren wie die, die vor etwa fünfzehn Jahren dem Herzogssohn Ferrante in Neapel die Präsidentschaft der bewussten Immobiliengesellschaft angeboten hatten. Nach und nach erfuhr man von Dorfbewohnern, die hier und da gegen Summen, die ihnen wie heiliges Manna vorgekommen waren, Grundstücke in bis dahin völlig verlassenen Gegenden verkauft hatten. Der Verlauf der Straße war – ein Geheimnis für alle im Ort – außerhalb bestens bekannt. Don Calì betrieb eine zwar bedeckte, aber sehr intensive Politik, die in einem Netz von Fischen, von Wildbret und frühem Gemüse die gesamte Verwaltungsregion überzog, und er erreichte, dass der Straßenverlauf ein paar Schlenker und überflüssige Kurven machte und damit der Welt einige seiner benachteiligten Grundstücke in Erinnerung rief. Das gleiche taten der Podestà von San Giovanni und der Notar. Für die ersten Aushubarbeiten forderte der faschistische Ortswart von der Bevölkerung eine gewisse Anzahl unbezahlter Arbeitstage. Keiner verweigerte sich. Die Zeitungen beschrieben ausführlich »die Fülle des faschistischen Willens, die ein ganzes Volk antrieb, wie ein einziger Mann zu arbeiten, damit die Räder des Imperiums sich im Vaterlande drehten wie auch in den fernen, von italienischem Blute befruchteten Gegenden«. Die Frauen von Licudi schufteten, in Lumpen gehüllt und von Schlamm bespritzt, im kalten Nordwind und unter glühender Sonne. Es wurde auch nicht nachgeforscht, ob in den Rechnungen des Unternehmers diese Tage als unbezahlte oder bezahlte ausgewiesen wurden. Der Unternehmer selbst, der ein lebhaftes Interesse daran hatte, dass die Straße so lang wie nur irgend möglich wurde, wohnte dauerhaft im Turm von Don Calì. So hatten die vielen Ausgaben für repräsentative Zwecke also einen wunderbaren Mitbeteiligten.

Diese allgemeinen Vorgänge erschütterten die bis dahin reglose Basis des Lebens von Licudi und verursachten jene Schäden, die, anfangs nur leicht und fein, bald schon zu Rissen wurden und auf den bevorstehenden Zusammenbruch der Struktur hinwiesen. Die Grundstücksverkäufe, die sofort etwas Märchenhaftes bekamen, zogen die Einzäunung auch von unwegsamem Gelände nach sich und damit Ansprüche, die bis dahin ungeklärt waren. Die Eigentumsverhältnisse von Landbesitz in Licudi kannten keine im Katasteramt registrierten Übertragungen oder Aktualisierungen. Dort las man von Grundstücken, die auf unbekannte oder ausgewanderte oder vor fünfzig Jahren verstorbene Menschen eingetragen waren. Das einzig konkrete Gesetz des Ortes war das des »gutgläubigen, friedlichen und ungestörten Eigentums«, das das Gesetzbuch mit Worten definiert, deren Sinn sich seit der Epoche der römischen Prätorianer allerdings gründlich gewandelt hat.

Die Einzäunung und der daraus folgende Streit waren eins. Die Menschen von Licudi, die in der Urkunde des Miteigentums das Übereinkommen unterschrieben hatten, fanden sich von einem Augenblick auf den anderen auf gegnerischen Seiten wieder, und durchgängig mit umso größerer Verbissenheit, je enger sie durch die gemeinsamen Grundstücke und Erbrechte miteinander verbunden waren. Das »Feuer des heiligen Antonius«, der heilige und geheimnisvolle Geist der Zwietracht in den Dörfern schlich sich ein und begann, an den Häusern zu nagen. Diejenigen, die bei der Schlacht um Besitztümer unterlegen waren und sich in ihrer erregten Fantasie bereits als die Ausgeschlossenen vom großen Reichtum und von der Pracht des zukünftigen Licudi sahen, versuchten daraufhin Rache zu nehmen, indem sie den anderen so viel Schaden zufügten, wie sie nur konnten. Aus den Geheimnissen, die das einfache Volk sich in gegenseitiger Hilfestellung auf dem heiligen Berg anvertraute, für die Kräuter und Quellen Abhilfe schafften, wurden nun Anzeigen auf den Tischen der Dienststellen der Carabinieri oder der Finanzpolizei. Diese erdichteten Beschwerden, die bereits mit viel Fantasie dem Präfekten von Cosenza vorgetragen worden waren, machten sich nun auf den gerechten Weg zum Finanz- und zum Domänenamt. Wie die von Roberto Guicciardini beschriebenen Italiener in dem ersten, unübertrefflichen Buch über ihre Geschichte, haben sie aufgrund ihrer wilden, sofort eingewurzelten und aufgeschossenen Leidenschaft, mit der sie gegeneinander kämpfen wollten, den Feind auf diese Seite des Calitri gerufen. Und es war eigentümlich, dass dieser das Gesetz war.

Calimma, der weltliche Arm der Gemeinde in Licudi, überbrachte die Botschaft: Das Gesetz machte aus Scrupolas Fleischerei das örtliche Sarajewo. Scrupola hatte von jeher seine Ziegen ganz arkadisch von seinem Bock bis vor die Türe führen lassen. Calimma überbrachte ihm die Untersagung.

»Solange wir unter uns waren!«, hatte Don Calìs Urteil befunden, der darin gleichermaßen Menschen und Tiere einschloss, »doch jetzt!«

Scrupola konnte sich zwar auf keinen Kampf mit den Calìs einlassen, weder mit denen oben in San Giovanni, noch mit denen unten in Licudi, doch konnte er enthüllen, wie Calimma mit einer der unbescholtensten jungen Frauen herummachte. Sie wohnten im gleichen Haus, Wand an Wand, mit einander gegenüberliegenden Eingängen und ohne jede Verbindung. Sie hatten aber ein, genauer gesagt zwei Löcher ins Dach gemacht und schlichen auf Samtpfoten über die Dachziegel jeweils zum anderen. Das ging schon vier Jahre so. Doch Calimma schlug zurück. Die beiden Schwestern des Fleischers, deren Ehemänner in Amerika waren, bedienten sich bei Baculo.

Dieses Gerücht explodierte wie eine Bombe. Über Baculo hatte ich nach der Pilgerreise auf den Berg nichts weiter gehört, als dass hochschwangere Frauen nach ihm schickten, damit er sich an die Türe stellte, denn sie schrieben ihm wohltuende Einflüsse auf ihre Lage zu. Und man hielt ihn für jemanden, der gegen Schlangenbisse immun war. Doch jetzt hieß es, dass Baculo viele dieser verlassenen Frauen nicht nur gedankenlos, sondern auch gefügig und harmlos »zufrieden stellte«, ganz wie sie es wollten, und dafür verlangte er nichts weiter als eine schöne dicke Bohnensuppe und eine halbe Flasche Wein. Natürlich hatte man das immer schon gewusst, aber nie darüber gesprochen. Ein Schwarm anonymer, diffamierender Briefe flog über das Meer. Die Geldanweisungen der »Amerikaner« gerieten – in der Erwartung genauerer Ermittlungen – plötzlich ins Stocken. Andererseits tauchten aus dem einen oder anderen Grund nun viele Fremde im Dorf auf, und so folgten viele dem Beispiel Don Calìs und Popoldos, der gleich an Bedeutung gewonnen und viele Kunden bekommen hatte, und boten Unterkunft und Verpflegung an. Die mit dem Vorwurf in Sachen Baculo bedachten Frauen fanden, nachdem sie einmal bekannt waren, jemanden, der sie drängte und umwarb. Die eine oder andere von ihnen ging darauf ein.

Diesen letzten Hinweis hatte ich einem weiteren Brief Incoronatas entnehmen können. Als die alte Frau gestorben war, die mir ihre Tanagra-Figuren im Tausch gegen fünf Bündel Reisig überlassen hatte, lag sie in der Kirche auf der Totenbahre und wartete nach der Segnung auf ihren Abtransport. Unterdessen waren andere gekommen, die heiraten wollten. Wegen der Reibereien um den Besitz, wegen des bösen Omens und wegen des bereitstehenden Essens, das unappetitlich zu werden drohte, haben sich am Ende die Verwandten der Toten und die Verwandten der Brautleute in der Kirche und davor wieder versöhnt. Ein bei Don Calì wohnender Journalist hatte daraus einen verwirrenden Artikel gemacht. In jedem Haus wollte Licudi jetzt den sofortigen Abriss und Wiederaufbau dieser »Kirche«, die so eng wie ein Schweinestall war und lediglich ein Heiligenbild besaß, auf dem ein schuldloser Jesus auf sein flammendes Herz in der Brusthöhle wies und bat: »Vide cor meum!«

Es herrschte schon tiefe Dunkelheit, als ich endlich wieder mein Haus in Licudi betrat. Ich kam vom Strand her, über die Allee mit den Rosmarinsträuchern, und alles wirkte unverändert: die vielen Olivenbäume, der steinerne Portikus, die etwas verblasste Seitenpforte, und neben dem Feuer der kleine Tisch, an dem ich wieder nur einen für mich gedeckten Platz sah.

Ich fand, dass die Mädchen demutsvoll und mager geworden waren. Die Vertrautheit unter uns, die sich über eine lange Zeit entwickelt und zugenommen hatte, wurde wieder zu Gehorsam. Ich wollte nur wenig erfahren, gleichwohl redeten sie unbeholfen und berieten sich durch Blicke. Ich war grob und unbarmherzig gewesen: Incoronata hatte ich vier Monate lang allein gelassen und ihr überhaupt nichts gesagt. Vielleicht konnte sie das ja noch hinnehmen, doch was eine Entschuldigung betraf, wusste ich, dass das nichts weiter war als ein Wort über nicht mehr gutzumachende Dinge. Sie war wahrscheinlich zu dem Entschluss gelangt, dass sie mich jetzt verlassen sollte.

Schweren Herzens musste sie mir über Arrichetta erzählen. Don Calì stand im Begriff, die Cerza an einen ligurischen Industriellen zu verkaufen, der das Schloss wieder instand zu setzen beabsichtigte. Sie hatten den Wunsch geäußert, Arrichetta mit nach Genua zu nehmen. Der Ziegenhüter fragte nach mir. Auch sie hatten ihm geholfen.

»Wenn sie wollen«, sagte ich und blickte ins Feuer,

»kann sie gehen. Jetzt komme ich nur noch selten her.«

Die beiden waren völlig sprachlos, und ich spürte, wie Incoronatas Gefühle aufbegehrten, sich dann aber gleich wieder legten. Es war ja alles längst sinnlos geworden. Sie sagten zwar nicht, dass auch sie zur Cerza hinaufgehen könnten, jetzt, wo die Tante und die andere taube Bedienerin sehr alt waren und ersetzt werden mussten. Doch ich empfand es so, als hätten sie beide gesprochen.

Taccola, heimlich benachrichtigt, war mit dem Motorboot zur Marina von Diamante gekommen, um mich abzuholen, und wartete bereits unterhalb des Olivenhains auf mich. Ich hatte mich aber mit den Mädchen treffen und mit Incoronata aussprechen müssen. Doch auch nachdem Soccorsa gebeten hatte, gehen zu dürfen, blieben wir noch lange wortlos beim Feuer sitzen. Sie machte auch keine Anstalten, näher zu rücken. Wie groß ihr Schmerz auch immer war, er war unerträglich für mich, mehr noch als mein eigener, doch konnte ich mich weder um sie sorgen, noch um mich selbst. In der Nische neben dem Kamin schlug sich das Klageweib aus Ton gegen Kopf und Brust wegen des Schmerzes, der durch die Dichte der Jahrhunderte über sie gekommen war. Entweder hatte ihre Klage sich auf uns übertragen oder Tredici hatte mich nicht verschont, und der Fluch, dem Mastro Janaro zum Opfer gefallen war, erstreckte sich auch auf mich. Das Haus der Häuser war, ebenso wie Licudi, mit einbezogen. Und ich war benutzt und zurückgewiesen worden, als ich nicht mehr nötig war: zu seinem Schaden. Als ich wieder zu mir kam, sah ich, dass ich allein war. Wie Incoronata es öfter gemacht hatte, war sie hinausgegangen, barfüßig, ohne dass ich es merkte.

Auf dem Weg hinunter zum Strand hörte ich Corrazones kleinen Hund in Richtung meiner Schritte bellen, die er nicht erkannte. Das Dämmerlicht, das dem Aufgang des Mondes vorausgeht, lag bereits über allem. Zuerst hatte uns das Dunkel vor den öden Felsen überrascht, die umso melancholischer aussahen, je mehr der Schatten sich in großer Dichte von der Höhe herabsenkte und die beiden bläulichen Elemente miteinander vermischte, die sich schließlich in der Nacht verloren. Jetzt tauchte die Küste aus der Finsternis wieder auf und wurde von einem langen, undeutlichen Lispeln durchzogen. Der kleine Motor des Leuchtfischerboots, der vielleicht schon müde war, setzte aus.

»Jetzt«, sagte Taccola, ohne die Ruhe zu verlieren, »haben wir alle Zeit, die Mondfinsternis zu betrachten. Der Mond steht gerade über dem Barbanera. Um zwei tritt sie ein.«

Er und die Jungs machten sich an die Ruder, und deren Rhythmus glich sich dem ruhigen Atem der Gewässer an, wie unser eigener Atem auch. Hinter einer fernen Biegung glänzte die Kuppe des Mondes schon auf, dann stieg er empor und leuchtete außergewöhnlich. In Begleitung der schimmernden Feuer der Ortschaften wanderte er über die Berge in die Höhe, stand nun reglos in der Mitte des Himmels und sein Licht nahm zu.

Da hüllte Taccola sich in eine Sackleinwand und zog sich unter den Bug zurück, und die anderen stützten die Stirn auf ihren Handrücken und hielten die Ruder fest im Griff. Es war, als wollten sie einschlafen. Allein betrachtete ich, wie sich über das Gesicht des Mondes der erste, verschwommene Rand eines Schattens schob, der sich immer mehr ausbreitete, bis das Gestirn am Ende nur noch eine Sichel war, ein milchiger Saum, der danach erlosch. Und die Dunkelheit umschloss alles, sie senkte sich von oben auf die erschaudernden Wasserflächen herab.

Über vielfältige Abgründe hing schwebend auch mein Inneres in Leere und Zeit. Jenseits der Ränder der Nacht und des Bewusstseins befanden sich die Wipfel der Oliven da drüben, Incoronata, Arrichetta und vier Jahre meines Lebens, jetzt wieder verborgen von dem wunderbaren und grausamen Kreisen des Lebens. Gleich den Einflüssen der Gestirne auf das Gesicht des Mondes.

Die ungeheure Anstrengung der Bevölkerung von Licudi brachte den Straßenverlauf in wenigen Monaten zum Abschluss, und gegen Ende des Winters 1939 war es für die alten, schon im Ersten Weltkrieg zum Einsatz gekommenen und auf dem Land immer noch überlebenden Bielle Fiats möglich, auf dieser Straße herumzufahren.

Die Einweihung erlebte ein Feuerwerk, das dem des »Monacone« von Neapel würdig war. Zu dieser Gelegenheit spendeten die Ausgewanderten eine Summe, die ausgereicht hätte, in Licudi einen Kindergarten zu bauen, dann aber innerhalb von vierzig phantasmagorischen Minuten zu Asche verbrannte.

Der ganze Ort war inzwischen von fiebrigen Halluzinationen befallen. Der Erwerb von Grundstücken wurde noch intensiver, und die Preise stiegen und stiegen, denn nahezu alles war bereits durch verschiedene Hände gegangen. Eine wachsende Neugier, die bald schon zu einer Mode wurde, trieb ganze Scharen von Touristen über den Calitri. Und vergebens versuchten die Bewohner von San Giovanni, die in ihrer Eifersucht bei den kaudinischen Forken am Rathaus Aufstellung genommen hatten, die Fremden davon abzuhalten, zur Marina hinterzugehen: unbewohnbar, mahnten sie, und was die Preise angeht, einfach absurd. Don Calì bekam seine Ortsschilder, Werbung in den Hotel-Illustrierten, eine Unzahl von Artikeln, die den Ort priesen: Auf diese Weise trugen die Investitionen ihre Früchte. Die Zahl der Liebhaber des Schönen nahm zu.

Das Geflecht der Absprachen und Geschäfte der beiden Calìs waren, im Einvernehmen mit dem Notar, jetzt ungeheuer umfangreich. Da sie die unterschiedlichen Situationen, die Bedürfnisse, die Charaktere kannten, über die Ereignisse, die anderen verschlossen blieben, auf dem Laufenden waren und die Gemeinde, die Post und jede Bewegung von Besitz durch die notariellen Verträge kontrollierten, agierten sie wie ein Clan unter monopolistischen Bedingungen. Da sie auch den Parteileiter von Cosenza mit ins Boot genommen, Mollo und das Antiquarium von Reggio Calabria neutralisiert, das Feuer zwischen beiden geschürt hatten und die fast schon sprichwörtlich gewordene Lustlosigkeit und Trägheit des Präfekten fortdauerte, fürchtete dieser Clan keinerlei Kontrollen. Es gelang ihm, alle möglichen Verhandlungen zu überspringen und Gerissenheit, Einschüchterung und, falls nötig, Gewalt einzusetzen. Am Ende entwickelten die drei unter der Mitwisserschaft des Tourismusverbandes in Cosenza – auch dieser vom Faschistenverband durch Strohmänner manipuliert – einen völlig unrealistischen Bebauungsplan, der nahezu der gesamten Bevölkerung von Licudi mit Enteignung drohte. Natürlich waren die Grundstücke der Erfinder dieses Plans sowie der Förderer und deren Kunden ausgenommen. Niemand im Ort war in der Lage, die Legitimität, die Tragweite und die Folgen des »Plans« zu bewerten, der, ohne jede ökonomische Grundlage, Schulen, Kasernen, Schwimmbäder und sogar ein Casino vorsah. Doch dieses Schreckensbild – für das ein Landvermesser bestens entlohnt wurde, der rein zufällig ein Neffe des Parteileiters war – diente dazu, einerseits eine dichte Wolke von Furcht und Zweifel zu verbreiten, und andererseits lieferte er einen neuen Köder für gewisse Journalisten, die inzwischen auf Don Calìs Verpflegung geradezu abonniert waren. Der Ort, der Genuesern und Lombarden gezeigt hatte, wie es möglich war, eine Straße zu bauen, ohne die Staatskasse um Finanzierung anzugehen, stand möglicherweise mit der gleichen Begeisterung im Begriff, auch noch alles Übrige zu bauen. Das Istituto Luce drehte einen Dokumentarfilm, der in allen Teilen Italiens gezeigt wurde. Die Frauen von

Licudi, die weit ausladende Steine trugen, posierten lachend vor der Filmkamera. Auf der Leinwand eines entlegenen Dorfkinos habe ich sie mit einem nicht in Worte zu fassenden Schmerz wiedererkannt.

War das Jahr 1938 mit dem von Hitler betriebenen Anschluss Österreichs, den das Münchner Abkommen ihm zubilligte, zu Ende gegangen, so bekräftigte das Jahr 1939 den Stählernen Pakt zwischen dem Duce und dem Führer. Das genügte, dass die Deutschen, diese schüchternen Sonnenanbeter – mit Unterstützung der neuen Straße, des Dokumentarfilms und des Parteileiters von Cosenza – ihren Blick nach Licudi richteten. Sie bekamen eher von Gefälligkeit diktierte Bedingungen als touristische oder politische Vergünstigungen eingeräumt. Ganze Mannschaften von Zimmerleuten in soldatischer Aufstellung errichteten – innerhalb eines am Calitri nicht vorstellbaren Zeitraums und mit vorher nie gesehenen vorgefertigten Bauteilen aus Tannenholz – ein fantastisches *Dorf* auf Pfählen, die hydraulisch von den Ameisen ferngehalten wurden. Das alles wuchs durch die Kraft von zweitausend Menschen, wohingegen der Anteil der ansässigen Bevölkerung nicht einmal vierhundert ausmachte. Diese Bauhütte, die in den Augen der Bewohner von Licudi ein einzigartiges Wunder darstellte, wie es wohl – anrührende Ironie des Umgekehrten! – das römische Castrum für die Augen der antiken Germanen gewesen sein muss, umfasste die gesamte Fläche von Don Calìs Olivenhain. Die Zigeuner, die sich immer vom einfachen Volk ferngehalten hatten und jetzt von den Deutschen beschützt wurden, für die sie Eisen bearbeiteten, richteten sich mit Karren und Zelten am Rand meines Grundstücks ein. Corazzone wagte es nicht, sie von dort zu vertreiben.

Von diesem Augenblick an wurde das dörfliche Leben nicht nur überwältigt, sondern in seinen Grundlagen umgestürzt, und das hatte einen Wandel seiner Bräuche zur Folge. Die Bewohner von Licudi bekämpften sich gegenseitig mit äußerster Verbissenheit um die besten oder am höchsten geachteten Posten im *Dorf*. Die germanische Direktion, eisern und unnachgiebig in ihren Geschäftsinteressen, legte mörderische Schichten von vierzehn Stunden fest, die allerdings diesen nichts über ihre Rechte wissenden Menschen nicht voll bezahlt wurden, sondern bestenfalls mit acht Stunden. Doch das *Dorf* war erst in zweiter Hinsicht eine Quelle flüssigen Bargelds – an dem es hier immer gemangelt hatte –, denn vor allem ging es um das Neuartige, das Erstaunliche. Eine Lawine neuer Gegenstände, Systeme und Gewohnheiten bot sich den glänzenden Blicken dieser jahrtausendealten Bevölkerung von schlichten, einfachen Menschen: Maschinen, Ketten und Motoren, das Neueste vom Neuen, perfektioniert von der deutschen Industrie und bedient von Menschen, die in ihrer Gesamtheit auf eine unvorstellbare Art lebten. Ganze Hirtenscharen waren auf den Klang der Echos vom wunderbaren Leben von den Bergen gekommen, warteten abseits, rund um die Abzäunungen, auf eine wackelige Kate. Andererseits fanden die besser aussehenden jungen Männer festen Aufenthalt im *Dorf* und verließen die Häuser: männliche Prostitution für in die Jahre gekommene Damen, wie es die Vorschriften von Signora Maria und ihrem Institut in Mailand vorsahen. Auf die Päderastie reagierte die Einfachheit der Bevölkerung von Licudi so, dass sie ihr jeden ästhetischen oder morbiden Reiz nahm und sie lediglich als neue Anregung betrachtete, und sie ließ sich teilweise aus Trägheit, teilweise aus reiner Profitgier auf sie ein und sprach darüber ganz offen untereinander. Auch Geld aus dunklen Quellen kam in Umlauf, und die dieser Situation innewohnende Zweideutigkeit zog sowohl Veruntreuungen und als auch schwammige Anzeigen nach sich. Doch das Aufkommen immer zahlreicherer Neuigkeiten erstickte das Geschwätz über die kleinlichen Skandälchen.

Don Calì leitete weiterhin dieses Getümmel mit ganzer Seele. Er galt als Wohltäter, weil er die Nutzung des Olivenhains gewissermaßen ohne Gegenleistung gestattet hatte, doch gemeinsam mit seinen Gesellschaftern hatte er sich den Zuschlag für frische Lebensmittel für die *Dorf*bevölkerung gesichert, und zu diesem Zweck nahm er Fischer und Gemüsebauern ganz unterschiedslos in den Würgegriff. Was die Deutschen anging, so war das Lager dem Minister Goebbels überantwortet, dem Finstersten der Hitler'schen Trinität, und so holten sie mit Sondergenehmigungen und hinter dem Rücken des Zolls Waggonladungen voll Lebensmittel und Waren im Gefolge ihrer mit Nazi- und Faschismusparolen ausgestatteten Reisezüge, womit sie nicht nur in beträchtlichem Ausmaß deren Verbreitung in Licudi einschränkten, sondern sogar einen nicht unbedeutenden Schwarzhandel trieben.

Im Übrigen musste das nur an Öl und Sardinen reiche Licudi sich bereits an Reggio Calabria und Mailand wenden, um seine ersten Herbergen zu versorgen, und wie viel Geld auch immer hereinkam, die meisten schlugen nach Fälligkeit der Wechsel wieder ihren ursprünglichen Weg ein. Als zwei zurückgekehrte »Amerikaner« mit ihrem in zehn Jahren angesparten Vermögen nicht ihr »Haus« zu Ende bauten, sondern einen gebrauchten Autobus aus Novara mitbrachten, begannen sie, sobald die noch ganz aus tiefen und aus zugeschütteten Löchern bestehende Straße befahren werden konnte, mit ihrem Beförderungsdienst, der innerhalb kurzer Zeit zur Zerstörung ihres Busses und zum Bankrott der Unternehmer führte. Einzig Novara hatte seinen Nutzen daraus gezogen. Doch der unbesiegbare Wille der Menschen von Licudi brachte sie weiter, wenn auch unter unglaublichen Opfern und unmenschlichen Mühen und ohne sich darüber klarzuwerden, dass alles ihrem Schweiß zu verdanken war und die an die große Glocke gehängte Hilfe von außen viel Unordnung und Erpressung mit sich brachte: Geschäftemacher jeglicher Art – und abgesegnet von den Behörden – machten sich auf den Weg nach Licudi, um dort ihren Vorteil herauszuschlagen, ganz sicher aber keinen Nutzen zu bieten.

Italien hatte es in den achtzig Jahren seit seiner Einigung – und in den dreitausend Jahren seiner Geschichte – nicht fertiggebracht, Wasser in den Ort zu leiten. Jetzt aber schaffte es das zu Ehren der Achse Rom – Berlin in drei Monaten, auch wenn es dann noch ein Kraftakt war, die Leitung vom *Dorf* nach Licudi zu verlängern. Die Hütten auf Pfählen waren, bei genauerer Betrachtung, eine offene Beleidigung der Denkweise des »langschädeligen Blonden mit den blauen Augen« gegenüber den Bewohnern von Licudi, die nicht als Gastgeber betrachtet wurden, sondern als Diener und Buschmänner mit vergiftetem Pfeil. Doch wer erkannte das schon? Auf den Wegen schminkten sich Scharen von kleinen Mädchen mit Lippenstiftstummeln, wenn sie im *Dorf* spielten. Die Streitigkeiten, die Trennungen, die Ehebrüche in den Häusern konnte man nicht mehr zählen. Doch der Erste, der im Ort starb – und wie Hohn wollte es der Zufall, dass es Nduccio der Bettler war –, bekam ein feierliches Begräbnis von der gesamten Bevölkerung – sogar Don Calì nahm daran teil –, ganz sicher nicht aus Verehrung für den Verblichenen, sondern weil sich zum ersten Mal ein Karren mit abklappbaren Seitenwänden, wie man ihn bei Erdaushubarbeiten verwendet, für den Transport einfand. Die Alten schauten zu Mumien erstarrt der Naturkatastrophe zu, die über ihre uralte Landschaft hereingebrochen war, wie es sich ganz sicher vorher schon am Delta des Ganges zu Clives Zeiten zugetragen hatte oder auf Hawaii, wo Kapitän Cooks Spuren verblieben sind.

Als zu Winterbeginn das *Dorf* für dieses Jahr geschlossen wurde, taten sich unendliche Perspektiven für das neue Jahr auf: sicherer Bringer des deutschen Sieges über jeglichen Feind und die Einsetzung Italiens in den ihm zustehenden Kommandobereich der Weltpolitik. Schon hatte die deutsche Armee die

Grenze zu Polen überschritten. Die Abreise der Deutschen aus Licudi, mit Musikkapelle, Lautsprecher, Schwarzhemden und Braunhemden, Hakenkreuzen und Fischerboots- ebenso wie Archäologie-Trophäen, hatte etwas Elektrisierendes. Calimma, der so unfair seines Aufseherpostens über die Ausgrabungen enthoben worden war, hatte im Gegenzug bei unerlaubten, allerdings systematischen Suchaktionen zu Ehren der Gäste mitgeholfen, die in diesen Dingen ziemlich kundig waren. Auch das Haus der Häuser war bei Nacht, als die Mädchen nicht dort waren, besucht worden und sah sich nahezu aller ausgegrabenen Gegenstände beraubt, die mit Sicherheit auf die andere Seite des Brenners verbracht worden waren. Die Verantwortung dafür wurde den Zigeunern zugeschrieben, die ihr Lager aber schon längst abgebaut hatten. Corazzone hatte dank seines granitfesten Schlafs nichts mitbekommen.

Im Verlauf des Winters wurde von den Deutschen und Don Calì gemeinsam der Anschluss des *Dorfs* mit dem Ort fertiggestellt. Die Straße durchschnitt meinen Olivenhain in zwei Hälften und verlief zehn Meter unterhalb des Hauses und isolierte es vom Meer. Über vierzig jahrhundertealte Oliven – von denen ich einigen Namen gegeben hatte – wurden gefällt und zahlreiche nicht so alte. Ich bat den alten Notar in Paola, dieses Verfahren zu verfolgen, doch sollte er mir nur etwas sagen, wenn die Sache aus und vorbei wäre. Wieder brachte ich meine Papiere und Gian Micheles Bücher in die beiden Zimmer nach oben, und von ihnen verbarrikadiert, fand ich mich frei und gefangen wie in der Alten Pulvermühle von Padua, wenn nicht gar wie in den hängenden Gärten. Der Schmerz, der an mir nagte, war bitter, doch mein Herz fügte sich in die Notwendigkeit, ihn hinzunehmen – wie ich physisch ein Trauma ertragen hätte oder eine Wunde –, ohne mich zu beklagen, aus Würde oder aus Einsicht in das menschliche Geschick, so dass sich Stolz und Demut in diesem Verhalten unmittelbar gegenüberstanden, das beiden gleichzeitig zu gehorchen schien.

Onkel Gian Micheles Bücher, die ihn in seiner ähnlichen Einsamkeit begleitet hatten, waren mir eine Stütze. Ich empfand die Stille des Hauses jetzt nicht so wie früher, wenn ich mir vorgestellt hatte, Dolores würde in dem Zimmer über mir wohnen. Sondern später, nachdem sie es für immer verlassen hatte. Und ich empfand dicht neben mir auch wieder Amalias Abwesenheit, was so weit ging, dass ich, wenn ich nachts gelegentlich aufwachte, beinahe versucht war, die Hand auszustrecken, um die Leere zu ertasten, wo sie gewesen war und nicht mehr war. Ich wandte mich wieder den Büchern zu: unter ihnen die *Wahren Geschichten* von Lukian, die Settembrini im Gefängnis übersetzt hatte; die *Satire* von Rosa; die *Marmi* von Doni, die so anders waren als der Mensch, der sie gleichwohl alle ganz genau aufgelistet hatte. Bestimmte seltene französische Bücher: die Erstausgaben der *Cathédrale* von Huysmans, der *Moralités* von Laforgue, *Le Coq et l'Arlequin* von Cocteau aus dem Jahr 1918, mit zwei einzigartigen kalligraphischen Zeichnungen von Picasso, die sich über einer einzigen kontinuierlichen, wunderschönen Linie entwickeln. Es überraschte mich, dass sie untereinander so unterschiedlich waren. Und dann sah ich, dass sie, eben weil sie so unterschiedlich waren und so fern von Gian Micheles Schmerz, dazu gedient haben mussten, seine Einsamkeit zu lindern, so wie sie es jetzt bei mir konnten.

Jeder Tag mit seinem Gefolge der Stunden war wie ein Feind, den es zu überwinden und zu besiegen galt. Und abends wärmte mich eine gewisse, wenn auch nur verschwindend kleine Freude, dass mir dies gelungen war. Ich wusste, dass ich eigentlich noch nicht das volle Ausmaß meines Schiffbruchs erkannt hatte, wie jemand, der seine Verletzung so lange verheimlicht, wie das Blut nicht aus ihr hervorschießt. Doch weil es mir unmöglich war, parallel zum Niedergang Licudis den der ungeheuerlichen Ereignisse nicht zur Kenntnis zu nehmen, die Europa auf den Kopf stellen würden, fühlte ich, ohne es mir zu erklären, dass es gewissermaßen in meiner Macht läge, eine Krise hinauszuzögern, die ich anderenfalls nicht ertragen würde, die, eingebunden in die Tragödie des Krieges, mir damals aber hinnehmbar schien: sozusagen mein gerechter Anteil am Schmerz der anderen.

Es gab da allerdings einen Punkt, der ausschließlich mich betraf, wenn ich ihn für sich betrachtete. Die Einsamkeit, von der ich einmal meinte, dass sie aus mir heraus gegen die anderen entstünde, kam möglicherweise von den anderen zu mir. Nicht, weil ich sie nicht verstehen würde – im Gegenteil, ich liebte sie ja –, sondern weil irgendetwas sie warnte, sich fern zu halten und mich nur dann aufzusuchen, wenn etwas

Notwendiges oder Trauriges bevorstand, das sie nicht in der Lage waren sich vorzustellen, bevor es nicht eingetreten wäre. So war es mit Annina, wegen der Unordnung Cristinas, wegen des Todes von Onkel Federico, wegen des Hinscheidens von Gian Luigi. So auch mit Madame Ninì in Mailand, damit sie die Pension retten konnte. Dann mit Mavi in Ferrara, »damit sie ihre Ehre zu schützen in der Lage sei«. So auch im weiteren mit Don Calì, einem Mann, der das genaue Gegenteil von mir war und mich mit Sicherheit verabscheute, aber dennoch gekommen war, um mich zu bitten, Licudi vorwärts zu bringen.

Der alte Abbé im Seminar von Besançon wird Julien mit den Worten verabschieden: »Ich sehe etwas in dir, das die einfachen Leute beleidigt. Gott wird dir zur Strafe für deinen Hochmut den Hass der anderen zuteil werden lassen.«

War es das? Und was war dieses »etwas«? Langsam entstanden in meiner Vorstellung ganz flüchtige Schatten, die sich zu Gestalten, Aussehen und Worten verfestigten. Konnte eine Elegie von etwas über dreihundert, ziemlich kurzen Versen also das Ergebnis und der Grund für alles sein? Genährt mit einer erregenden und auch gefährlichen Substanz, die tropfenweise genommen werden muss, wie Gift, jedoch in der Lage, Schwären auszuätzen, Gegensätze zusammenzufügen, die Gesundheit und die Ruhe wiederzugeben und gleichzeitig Ordnung und Schönheit auszuströmen: War es das? Jener Logos der Genesis, der das Chaos bändigte, um sich dann aber zurückzuziehen, während seine Regel fortdauerte?

Meine Fantasie trieb mich gegen Ende des Herbstes in den Salento, zum tiefen Punkt eines wirklich fernen Italiens, oberhalb der vor Jahrhunderten ausgehauenen Stufen von Otranto.

Dort unten glänzten, wenn der Abend von jenseits eines grünfarbigen, einsamen Meeres heraufzog, vom letzten Sonnenschein berührt, die Scheiben, vielleicht der Häuser von Scutari.

Wenn ich mit meinen sechsunddreißig Jahren bereits den Lauf meiner Existenz zurückgelegt hatte, wenn das nun das letzte Thule der Legende war, wie Otranto, das sich nach den glorreichen Bluttagen schweigend hingehockt hatte, erschöpft von dem uralten Schmerz, konnte mir nur noch das bleiben.

Doch ich wollte nicht begreifen, dass die Wahrheit etwas Vollendetes ist und dass die unzähligen Fäden, die mein Leben verwoben hat, nur einen Teil einer noch geheimnisvollen Allegorie darstellen. Neulich abends hing sie vom Rand des zerrissenen Schussfadens herunter: Im Dickicht leuchteten schwere Massen undeutlicher Farben und bereits deutliches Gewirr von Zinnoberrot.

Ich kehrte nicht mehr nach Licudi zurück, doch nach dem Osterfest von 1940 kam Incoronata mich in dem Haus in Paola besuchen. Der Umfang des Kriegs hätte jedem begreiflich machen müssen, dass der Fortschritt am Calitri sich um einige Jahre verzögert hatte. Doch Don Calì mit seinem von Propaganda vollgestopften Hirn und seiner Gewissheit eines »Blitzsiegs« war sich, wie im Übrigen alle, völlig sicher, dass der Konflikt innerhalb weniger Monate gelöst würde. Und der Zusammenbruch Frankreichs wie auch die Flucht von Dünkirchen bestätigten nur seine Meinung. Daher breitete sich der Sitz der neuen Verbindung zwischen dem Ort und dem *Dorf* unterdessen bis zu meinen Oliven aus, gewissermaßen gleich hinter dem Haus. Corazzone hatte sein Haus verlassen und sich, ohne mir irgendeine Mitteilung zukommen zu lassen, mit vielen anderen entschlossen, mit seiner ganzen Familie nach Deutschland überzusiedeln: als angeworbener Arbeiter im Sinn der Vereinbarung der Achse.

Incoronata wirkte diesmal bei guter Gesundheit und auch sehr anmutig. Ihre intensive Färbung flammte auf, als sie mich sah, ja, sie versuchte sogar, mir die Hand zu küssen, was sie nur ganz zu Anfang gemacht hatte. Sie hatte mir etwas Vertrauliches mitzuteilen.

»Incoronata«, sagte ich. »Ganz sicher gibt es da einen, der dich will.«

Sie lief rot an, presste ihre Lippen zusammen und blieb mit niedergeschlagenem Blick dort stehen, wie sie es immer tat.

»Er ist ein anständiger junger Mann! Er ist der Sohn des Schmieds von Papasidero!«

»Heirate ihn, Incoronata! Ich brauche Corazzones Haus nicht und es wird nie mehr gebraucht. Ich schenke es dir, mit dem Gemüsegarten, den er angelegt hat. Das heißt vielleicht aber auch, dass du dich ein bisschen um das große Haus kümmerst und auch um die Oliven. Wo es mit mir hingeht, weiß Gott allein.«

Ich sagte ihr, sie solle mit Tommaso die Gerätschaften teilen, das Werkzeug und die Möbel aus diesem Haus. Der Ziegenhüter hatte mir schreiben lassen, dass Arrichetta sich in Mailand verlobt habe. Er wolle mir das Geld für die Schafe zurückzahlen.

»Lass ihn wissen«, sagte ich zu Incoronata, bevor ich sie verließ, »dass das nicht wichtig ist. Sag ihm, es sei mein Hochzeitsgeschenk.«

Sofort stellte ich mir Dolores vor, die sich im weißen Brautkleid, mit einem Kranz aus weißen Orangenblüten auf dem Kopf lachend vom Totenbett erhob und jetzt in Arrichettas Gestalt zum Traualtar ging.

»Allerdings«, fügte ich hinzu, »wirst du ihm auch sagen, dass, wenn sie nach der Eröffnung der Straße auch das Haus wollen, und er von einem Schwimmbad reden hört, von einem Casino, von Enteignung, er in einer stürmischen Nacht eine brennende Strohfackel durch das Gitter des Holzkellers werfen soll. Er wird's schon verstehen.«

Incoronata ließ mir fast unmittelbar darauf einen jener Briefe zukommen, die unter hundert Schmerzen in Zusammenarbeit mit Soccorsa geschrieben wurden. Tredici war nach Licudi zurückgekehrt und hatte sich eine Wohnung zu ebener Erde sozusagen mitten auf der Piazza ausgewählt. Sie war mit einem ihrer Brüder gekommen, der bis dahin in einer Hütte in der Sila gelebt hatte. Ihn hielt sie sich als Mann. Auch ein Kind war dabei, ein Junge, Frucht dieser widernatürlichen Verbindung, der sich auf der Schwelle vor den Augen aller hin- und herwälzte. Und er war wunderschön.

Ich begriff, dass Tredici ihr Werk zu Ende führte. Waren die Eintracht, die Unbeschwertheit, das Vertrauen aus Licudi verschwunden, das von dem Fluch bringenden Genius der Calìs besessen war, so fügte Tredici jetzt ganz unverblümt die Schmähung hinzu.

Doch zurückgewiesen, verroht und gequält in ihrem Fleisch, als ihr zweites Kind gestorben war, hatte sie sich schließlich ihrem eigenen Blut anvertraut und sich mit ihm vereint, ähnlich den Hebräern der Frühzeit, die das Gefühl hatten, einer einzigartigen, abgesonderten Rasse anzugehören, weswegen es ihnen unmöglich war, sich mit anderen zu vermischen. Und die unversehrte Frucht der Vereinigung bestätigte die Reinheit des Blutes der beiden armen Zigeuner von königlichem Geschlecht, gleich den antiken Pharaonen.

Am neunten Juni telegrafierte mir Onkel Gedeone sibyllinisch aus Neapel und bat mich zurückzukommen. Gleich nach Mittag machte ich mich auf den Weg, doch der Eilzug fuhr von Bahnhof zu Bahnhof immer langsamer und schließlich auf das tote Gleis in Celle, im steinigen Tal des Mingardo. Da war es ungefähr fünf.

Gruppen von Bauern und Tagelöhnern hatten sich in großen Haufen an der Türe des Saals versammelt, wo der Bahnwärter sein altes Radio eingeschaltet hatte, das die Stimme des Sprechers deutlich übertrug, dann aber zischte und dröhnte es ohrenbetäubend bei dem dumpfen Lärmen einer fernen Menschenmenge.

Die Reisenden des Zugs gesellten sich dazu: Bäuerinnen mit Körben voller Eier auf dem Kopf, Handlanger, Schüler. Sie sahen stark aus und bedrückt, ihre Augenbrauen hatten sie leicht zusammengezogen, und sie sagten kein Wort und gaben kein Zeichen.

Und die bekannte Stimme brach hervor, gelegentlich unterbrochen von den Geräuschen, die aus dem Lautsprecher zischten und ein Knacken verursachten, in den armen Mauern dieses winzigen Raums mit den alten Schalthebeln, dem altertümlichen Tischchen, auf dem der Telegraf stand, und der Glühlampe ohne Schirm.

»Die Kriegserklärung ist den Botschaftern bereits übergeben worden!«, verkündete die Stimme. Und der Lautsprecher verwischte die Töne zu einem unerträglichen, nicht enden wollenden Gequake. Die Männer in dem Raum sagten kein Wort. Auf ihre Gesichter legte sich der Schatten eines jahrhundertealten Schmerzes. Die Frauen bekreuzigten sich.

Entlang der vesuvischen Küste waren die Lichter bereits verdunkelt. Zweiergruppen von Carabinieri und einige mit Karabinern bewaffnete Soldaten bewachten die Orte. Durch die dichten Häuserreihen neben dem Zug schien Geflüster zu ziehen, eilige Bewegungen, ein Schließen. Eine unberechenbare Erhebung und Vorbereitung.

Schon vorher, als wir an Licudi vorüberfuhren, war es mir vorgekommen, als würde mitten in dem Lärmen des Zuges eine Stimme rufen oder weinen. Die nicht mehr gut zu machenden Ereignisse, Verständnislosigkeit, Geiz und Irrtum traten aus der anonymen Glanzlosigkeit der Zeit heraus und verbreiteten sich über die ganze Erde: Bringer einer Epidemie, welche die Städte vernichten würde, und in der Sühne aller die Sühne eines jeden Einzelnen vollzieht.

Doch im Haus der Häuser: fünf Jahre lang ein Maultierstall für die Soldaten. Der Ziegenhüter wollte die brennende Fackel nicht werfen. Auf diese Weise gab er mir zu verstehen, dass noch Hoffnung für mich bestehe.

Nachwort

Bücher können Schicksale haben, die manchmal rätselhaft scheinen. Sie brauchen den richtigen Moment, um bei den Zeitgenossen anzukommen – den richtigen geistigen Moment oder die richtige politische Situation, den richtigen Diskurs oder manchmal auch genau das Gegenteil, eine neue Vision oder einen ganz unerwarteten Stil. Das Schicksal kann ein Buch zum Kometen machen und danach wieder verschwinden lassen. Und dann kann es später unter veränderten Bedingungen wieder auftauchen und ein ganz anderes Leben beginnen. Dafür gibt es viele Beispiele in der Literatur – Stendhal glaubte, dass seine Bücher erst in hundert Jahren verstanden würden, andere brauchen oftmals drei Dekaden, um wiederentdeckt zu werden, wie Proust in Deutschland mit der ersten vollständigen Übersetzung seiner »Recherche«.

Als Andrea Giovenes Buch »Das Haus der Häuser« (»L'autobiografia di Giuliano di Sansevero«) 1969 den »Aigle d'Or« für den besten europäischen Roman beim Internationalen Festival des Buches in Nizza bekam, hatte er in Italien schon in den ersten Monaten seines Erscheinens mehrere Auflagen erlebt und war ins Französische und ins Schwedische übersetzt worden. Er war für den Nobelpreis im Gespräch, den dann aber ein anderer bekam, und plötzlich drehte sich das Schicksal zu seinen Ungunsten um: Zu Anfang der 1970er Jahre passte die Geschichte eines noblen Neapolitaners nicht in die politische Landschaft Italiens – und auch nicht in die literarische, in der die Avantgarde und vorher schon die Neorealisten die klassische Sprache und Erzählweise aus der Moderne verbannt hatten. Gleichzeitig aber erschien das Buch mit großem publizistischem Widerhall in England und Amerika. Für deutschsprachige Leser ist dieses die erste Übersetzung eines Werks von Andrea Giovene; es gilt also, eine Entdeckung zu machen, die vielen Freunden des italienischen Südens und seiner Literatur bisher vorenthalten wurde.

»Das Haus der Häuser« ist der in sich abgeschlossene dritte Teil der fünfbändigen »Autobiografie des Giuliano di Sansevero«. Die ganze »Autobiografie« umfasst einen Zeitraum von 1903 bis in die 1950er Jahre, die erste Hälfte des 20. Jahrhunderts, aber ihr kultureller Beginn reicht noch ein paar Jahrhunderte zurück: Die hocharistokratische neapolitanische Familie lebt ihre überkommenen Traditionen in der Kindheit Giulianos noch wie in alten Zeiten; im Verlauf des Romans erleben wir die rapiden Veränderungen, die auch den Niedergang der Familie mit sich bringen, die Auflösung einer alten Welt. Der ältere Sohn, Ferrante, wird für das Leben als Repräsentant der Familie vorbereitet, während der Ich-Erzähler Giuliano mit neun

Jahren in ein strenges mittelalterliches Klosterinternat der Benediktiner für vier Jahre verbannt wird, fern von seinen Eltern, aber zuletzt unter den unerbittlichen Augen des Kardinals, der sein Großonkel ist. Giuliano ist ein einsames Kind trotz seiner großen Verwandtschaft, und der Wechsel zwischen Einsamkeit und mondänem Leben, zwischen der Sehnsucht nach Philosophie, Poesie, Askese und dem tätigen Zugreifen werden seine Biografie bestimmen. Die Liebe in ihren verschiedenen Erscheinungsformen ist ein Thema, das den Helden auf der Suche nach dem Absoluten beherrscht, umtreibt, zerreißt, zum Schreiben und zum Verzweifeln bringt. In den 20er und 30er Jahren ist er in Mailand und in der Bohème von Paris, bevor er sich erneut in die Einsamkeit von Kalabrien zurückzieht, um dort, in einem geerbten großen Olivengrund am Meer, das »Haus der Häuser« zu bauen – nicht voraussehend, dass er in der archaischen Landschaft in der Nähe eines Dreihundert-Seelen-Dorfes so sehr ein Teil der Gemeinschaft und verantwortlich für die Geschicke jedes Einzelnen wird, dass alle Vorstellung von asketischem anonymem Leben ad absurdum geführt wird.

Wer Licudi auf der süditalienischen Landkarte finden möchte, wird vergeblich suchen. Die versteckten Hinweise auf denselben Breitengrad wie das antike Troja und den Ausblick von der Küste über das Tyrrhenische Meer auf die fernen Äolischen Inseln geben Auskunft über die ungefähre Lage an der Westküste Kalabriens. Licudi könnte jedes Dorf zwischen uralten Oliven und felsigen Buchten im vergessenen Mezzogiorno jener Zeit sein, und seine Geschichte ist in gleicher Weise real und symbolisch, ein Paradigma für die Entwicklung zahlloser Orte nicht nur in Italien im Laufe des 20. Jahrhunderts. Andrea Giovene führt uns in eine verschwundene Welt, in die zu Beginn des Romans noch archaische der Bauern und Fischer; und die Welt, die sein Alter Ego Giuliano di Sansevero mitbringt, ist die der neapolitanischen Aristokratie, machtlos schon seit Jahrzehnten, zu der Giuliano di Sansevero die Verbindung nahezu abgebrochen hat. Hierin liegt auch der größte Unterschied zu Tomasi di Lampedusas »Gattopardo«, mit dem die »Autobiografie« auf oberflächlicher Ebene viele Gemeinsamkeiten hat – die weiten kargen Landschaften des Südens, die unbarmherzige Hitze des Sommers, die Vegetation; aber der gesellschaftliche Vordergrund des aristokratischen Lebens, dessen Verschwinden den Fürsten von Salina im »Gattopardo« mit Melancholie und Resignation erfüllt, tritt in der »Autobiografie« in den Hintergrund; Don Giuliano ist kein stolzer Prinz, der seinen Machtverlust beklagt, er ist kein müder Décadent, dem jedes Handeln schon zu viel ist, er ist ein Außenseiter seiner Klasse und letztendlich auch seiner Zeit, die ihn dazu zwingt, zum Faschismus Stellung zu beziehen. Wenn er nach Licudi geht, alle Brücken hinter sich abbricht und ein neues Leben beginnt, das sich mehr und mehr als eine komplexe Erfahrung von existenziellem Ausgesetztsein erweist, entzieht er sich auch den politischen Entscheidungen und lässt sich auf eine bäuerliche Realität ein, die seit Jahrhunderten den gleichen Rhythmen und Überlebensstrategien folgt. Das Staunen, mit dem Don Giuliano in dieses Leben eintaucht und Teil von ihm wird, das Glück auch, das er unvermutet angesichts der überwältigenden Schönheit der Landschaft empfindet, verändert ihn selbst und nährt eine Utopie in ihm, von der er doch weiß, dass sie vollkommen anachronistisch ist.

Andrea Giovene aus der herzoglichen Familie di Girasole wurde 1904 in Neapel geboren. Seine Vorfahren lassen sich bis zu Baldassare Giovene im 11. Jahrhundert zurückverfolgen; Goethe erzählt in der »Italienischen Reise« am 2. Juni 1787 von einem Besuch bei der Herzogin Giuliana Giovene di Girasole, geb. Mudersbach-Redwitz in Neapel, die während eines längeren Gesprächs in ihrem Palazzo im Abenddämmern plötzlich einen Fensterladen ihres Salons öffnet und damit den Blick auf den tobenden Vesuv und die glühende Lava frei gibt: ein Schauspiel, von dem Goethe annahm, dass man es wohl nur einmal im Leben zu sehen bekommt. »Dies alles mit einem Blick zu übersehen und den hinter dem Bergrücken hervortretenden Vollmond als die Erfüllung des wunderbarsten Bildes zu schauen, musste wohl Erstaunen erregen.«

Als Andrea Giovene geboren wurde, hatte die süditalienische Aristokratie zwar noch nicht ihren Landbesitz, aber ihre Macht und mehr und mehr auch ihr Vermögen verloren. Nach den Revolutionskämpfen von Garibaldi wurde das bourbonische »Königreich beider Sizilien« (es umfasste Sizilien und das ganze süditalienische Festland mit der Hauptstadt Neapel) mit dem neu geschaffenen Königreich Italien vereint; der letzte sizilianische König Franz II. kapitulierte 1861. In den darauffolgenden Jahrzehnten verarmte der wirtschaftlich immer benachteiligte Süden Italiens drastisch durch die neuen Welthandelsbewegungen; von den 1870er Jahren an wurde der europäische Markt von südamerikanischen Weizenlieferungen überschwemmt, die besonders für die nicht industrialisierten Agrarstaaten verhängnisvoll waren. In der folgenden Zeit der großen Armut begann eine Massenauswanderung süditalienischer Landarbeiter, die von amerikanischen Schifffahrtsgesellschaften organisiert wurde; die Auswirkungen dieser Massenflucht sind in Licudi noch in den 1930er Jahren ein großes Thema.

Andrea Giovene hat Archäologie und Architektur studiert, lebte abwechselnd in Süditalien und Paris, war Mitarbeiter und Herausgeber verschiedener Zeitungen, unternahm lange Reisen in Europa und zog in seinen letzten Lebensjahren nach London. Im Zweiten Weltkrieg war er als Kavallerieoffizier in Griechenland, von wo er nach dem Waffenstillstand zwischen Italien und den Alliierten – ein Frontwechsel, von dem die italienischen Soldaten nichts erfuhren – zusammen mit 500000 italienischen Soldaten von den Deutschen entwaffnet und von ihnen unter Vorspiegelung anderer Absichten nach Polen deportiert wurde. Die Kriegswirren dieser Zeit, in der Badoglio auf Mussolini folgte, sind seit ein paar Jahren in Italien Gegenstand großer Debatten; Andrea Giovene hat schon 1953 in einer Broschüre über die Tatsachen, so wie er sie miterlebt hatte, Auskunft gegeben. »Fatti di Grecia di Polonia e di Germania 1943–1945«, heute nur noch antiquarisch zu bekommen, ist gewissermaßen eine Vorform des vierten Buches der »Autobiografie«, und ein Zeugnis für die Authentizität des Erzählten. Andrea Giovene wurde zunächst in der Festung Lemberg gefangen gehalten und dann zusammen mit 3000 anderen italienischen Offizieren in das Lager Wietzendorf (Lüneburger Heide) deportiert, in dem kurz zuvor mehr als zehntausend russische Kriegsgefangene verhungert und erfroren waren. Als Andrea Giovene die entsetzlichen Zustände nicht mehr aushält, meldet er sich zur Zwangsarbeit und wird verschiedenen norddeutschen Höfen zugeteilt, flüchtet schließlich mit den Bewohnern und erlebt das Kriegsende vor Berlin. Diese Fakten liegen dem vierten Band zugrunde, der sich direkt an »Das Haus der Häuser« anschließt, antithetisch zum erträumten und zeitweilig erreichten Glück in südlicher Stille. Die Perspektive eines italienischen Gefangenen auf die katastrophalen Verhältnisse am Ende des Krieges in Deutschland ist ein seltenes Dokument; Giovenes luzide Menschlichkeit, die sich Schuldzuweisungen angesichts der Leiden aller verbietet, ist imponierend und sehr anrührend. Es ist, nach den Lektionen im Zusammenleben in archaischer ländlicher Form, die größte Herausforderung für den Erzähler, sein humanistisches Credo in erniedrigenden und lebensbedrohlichen Situationen zu erhalten, und wenn es ihm gelingt, dann auch dadurch, dass er unter den widrigsten Umständen die Konzentration auf sein Schreiben und seine Gedanken richten kann, so wie er es als Kind in seiner Zelle im Kloster schmerzhaft gelernt hatte.

Vita activa und Vita contemplativa, das tätige geistesgegenwärtige Handeln und die Reflexion, die Erinnerung, das Philosophieren wechseln sich in Andrea Giovenes Erzählen in einem wiederkehrenden Rhythmus ab. Es ist ein Rhythmus, der sein ganzes Werk durchzieht – wie lange Wellen, aus der Distanz betrachtet, und plötzliche Windstöße, die in die Ereignisse fahren und alles Nahe in seinen minuziösen Formen und Faltungen sichtbar machen. Dieser Wechsel von Distanz und Nähe bestimmt von Band zu Band, von Kapitel zu Kapitel die Sprache und den Stil der »Autobiografia«, manchmal geschieht er wie beiläufig, manchmal in dramatischem Flug, und manchmal scheint es, als würde der Erzähler die Zeit hypnotisieren: eine bestimmte Landschaft von Licudi, ein Lichteinfall, der Anblick eines Menschen dehnt sich zu Momenten der Zeitlosigkeit, die Sprache errichtet poetische Bildtafeln gegen ihr eigenes Verfließen, um bald darauf wieder in den ruhigen, langen Atem des Erzählens überzugehen. Die Wellen des Meers von Licudi sind gleichsam selber das Bild dieser emphatischen Bewegung, die durch das Buch geht, und in ihr wirkt immer etwas Doppeltes, ein doppelter Wunsch: gleichzeitig souverän und vermischt mit den anderen zu sein.

Andrea Giovene hat sein ganzes Leben lang geschrieben, Artikel, Essays, Gedichte – aber das, woran er immer gedacht und formuliert hat, war ein einziges Buch: die eigene Biografie, die wahr sein sollte und ein Kunstwerk; die sich aus der Erinnerung speiste und gleichzeitig darüber hinaus weisen sollte. Indem er sie »Autobiografia di Giuliano di Sansevero« genannt hat, hat er sie ein kleines Stück von sich weggerückt und am Ende, im letzten Band, auch zum Spiel erklärt:

Ich hatte vor, die Wirklichkeit zu verwenden, und nur diese, aber ich wollte sie verändern; es war so, wie wenn ich als Kind mit meiner Schwester Chechina mit meinen Bausteinen spielte: Und mit diesen, die eine präzise Form hatten und eine begrenzte Anzahl, wollte ich ein Gebäude schaffen, das ganz wahr war und ganz fantastisch.

Andrea Giovene starb 1995. Er war ein außerordentlich belesener Mensch, ein bibliophiler Büchersammler mit einer riesigen Bibliothek, die jetzt in Sant'Agata dei Goti (Benevento) von seinem Sohn Lorenzo im Palazzo Cervo bewahrt wird. »L'autobiografia di Giuliano di Sansevero« in fünf Bänden wurde in Italien von 1966–1970 bei Rizzoli veröffentlicht.

Ulrike Voswinckel